# 中國傳記評論

## （第一辑）

主编　熊　明

中国海洋大学出版社

·青岛·

**图书在版编目(CIP)数据**

中国传记评论. 第一辑 / 熊明主编. —青岛：中
国海洋大学出版社，2022.1

ISBN 978-7-5670-3113-5

Ⅰ.①中…　Ⅱ.①熊…　Ⅲ.①传记文学－文学研究－
中国－文集　Ⅳ.①I207.5-53

中国版本图书馆 CIP 数据核字(2022)第 014386 号

| | | | | |
|---|---|---|---|---|
| 出版发行 | 中国海洋大学出版社 | | | |
| 社　　址 | 青岛市香港东路 23 号 | | 邮政编码 | 266071 |
| 出 版 人 | 杨立敏 | | | |
| 网　　址 | http://pub.ouc.edu.cn | | | |
| 电子信箱 | cbsebs@ouc.edu.cn | | | |
| 订购电话 | 0532－82032573(传真) | | | |
| 责任编辑 | 赵孟欣 | | 电　　话 | 0532－85902469 |
| 印　　制 | 青岛国彩印刷股份有限公司 | | | |
| 版　　次 | 2022 年 1 月第 1 版 | | | |
| 印　　次 | 2022 年 1 月第 1 次印刷 | | | |
| 成品尺寸 | 185 mm×260 mm | | | |
| 印　　张 | 13.75 | | | |
| 字　　数 | 269 千 | | | |
| 印　　数 | 1—1000 | | | |
| 定　　价 | 68.00 元 | | | |

发现印装质量问题，请致电 0532－58700166，由印刷厂负责调换。

# 《中国传记评论》编辑委员会

# 目 录

# Contents

# 特　稿

# 建党百年共产党人传记的发展进程*

全　展

**内容摘要**：2021 年是缔造新中国的中国共产党诞生 100 周年。回望中国共产党人传记的发展进程，它在与党俱进、与时代与人民心心相印的前行中散发着葳蕤光泽，成就了百年以来中国传记文学的最美华章。具体包括——新民主主义革命时期：共产党人传记的兴起与成长；社会主义革命和建设时期：英雄模范传记引领时代；改革开放和社会主义现代化建设新时期：异彩纷呈的传记长廊；社会主义新时代：书写伟大复兴之路的中国故事。建党百年共产党人传记取得了巨大的艺术成就，成为一道中国文学的靓丽风景。

**关键词**：共产党人　传记　发展进程　艺术成就　建党百年

2021 年是缔造新中国的中国共产党诞生 100 周年。百年大党，百年辉煌。百年征程筚路蓝缕，百年党史波澜壮阔。百年初心历久弥坚，百年传记可泣可歌。中国共产党在她创建以来的百年间，带领人民站起来、富起来、强起来，复兴之路取得了辉煌的成就。一代又一代优秀共产党人，以热血浇灌理想，用生命捍卫信仰，用奉献诠释崇高，构筑起一座座不朽的精神丰碑。回望中国共产党人传记的发展进程，它在与党俱进、与时代与人民心心相印的前行中散发着葳蕤光泽，成就了百年以来中国传记文学的最美华章。

## 一、新民主主义革命时期：共产党人传记的兴起与成长

中国共产党对文艺工作的重视从建党初期就开始了。党的早期创始人陈独秀、李大钊等创办《新青年》杂志，1923 年正式成为中共中央机关刊物，倡导科学民主，提倡新文学，高举反帝反封建的大旗。党对传记工作的重视亦由来已久，像李大钊、瞿秋白、陈独秀等先后在狱中写过自传。李大钊于 1927 年 4 月在视死如归的心境下撰写了《狱中自述》："钊自束发受书，即矢志努力于民族解放之事业，实践其所信，励行其所知，为功为

＊　基金项目：国家社科基金社科学术社团主题学术活动资助项目"建党百年传记创作发展与总结"（项目批准号：21STB070）。
作者简介：全展，荆楚理工学院教授，中国传记文学学会副会长，中外传记文学研究会副会长。主要从事中国传记文学研究。

罪，所不暇计。"①充分体现了他以天下为己任的情怀，其"壮烈的牺牲足以延长生命的音响和光华"②。瞿秋白写于 1935 年 5 月从容就义前的《多余的话》，身后曾引起颇多误解和争议。这份绝命之作，以超人的勇气和自省，剖析了传主信仰马克思主义的心路历程，反思了中国革命的诸多问题，成就了它在中国共产党人传记史上的经典地位。看似"消沉"，却掩藏着深刻而积极的内涵——慷慨的悲歌，灵魂的释放，光明的向往。"它是视死如归的秋白向着'自己的家园'咏唱的一阕《归去来》，真实生动地再现了他作为诗性革命家返回精神家园的心路历程。"③陈独秀 1937 年 7 月在狱中虽仅完成《实庵自传》的两章：《没有父亲的孩子》和《从选学妖孽到康梁派》，从中仍可窥见作者少年的环境和与其特有的奋斗精神。因为抗日战争爆发，出狱后的陈独秀不是撰写文章就是发表演讲，而无暇续写自传，其没有完成自传的写作，给中国现代史和中国文学史留下巨大的遗憾。

作为一部充满传奇的红色畅销书，《毛泽东自传》（〔美〕斯诺著）1937 年先后在美国 ASIA（《亚细亚》）月刊和上海《文摘》杂志连载，紧接着当年在中国各地出版了不同译者的多种单行本。④这部由毛泽东口述并审定的生平事迹的忠实记录，畅谈传主的童年、少年和青年时代的奋斗人生，以原始性真实性见长，既是中国革命史极其珍贵的重要文献，又是以自传形式出版的第一部中共领袖传记。自 20 世纪 30 年代出版以来，《毛泽东自传》影响了一代又一代共产党人投身中国革命事业，成为经典人物传记和励志读物。

刘白羽、王余杞 1938 年合著的《八路军七将领》，作为国统区第一部集中描写八路军高级将领的传记，涉及的传主包括朱德、任弼时、林彪、彭德怀、彭雪枫、贺龙、萧克 7 人。沙汀 1940 年出版的《随军散记》（后改名《记贺龙》），"以自己的亲身感受，通过贺龙的言谈举止、生活细节，表现了他豪爽直率、自信谦逊的独特个性，展示了英武飒爽、洒脱风趣的贺龙形象"⑤。

1942 年 5 月，毛泽东发表《在延安文艺座谈会上的讲话》，从根本上解决了文艺"为什么人"和"如何去服务"的问题，解决了文艺家的"立场问题，态度问题，工作对象问题，工作问题和学习问题"⑥。在讲话精神指引下，一批又一批作家文艺家奔赴前线和敌后，追寻共产党人的足迹，雕塑出抗日战争和解放战争中的英雄群像，揭示了中国共产党的浴血奋斗史，为中国传记文学留下了光辉的篇章。周而复的《诺尔曼·白求恩断片》，塑造了国际共产主义战士、加拿大共产党员白求恩大夫献身于中国人民解放事业的崇高精神

① 李大钊《狱中自述》，《李大钊文集》（下），人民出版社 1984 年版，第 893 页。
② 李大钊《牺牲》，《李大钊文集》（下），人民出版社 1984 年版，第 118 页。
③ 刘岸挺《〈多余的话〉："回家"之歌——论瞿秋白的诗性生命形式》，《中国现代文学研究丛刊》2007 年第 5 期，第 164～182 页。
④ 俞樟华等编撰《中国现代传记文学编年史》，浙江大学出版社 2019 年版，第 427～428 页。
⑤ 郭久麟《中国二十世纪传记文学史》，山西人民出版社 2009 年版，第 106 页。
⑥ 毛泽东《在延安文艺座谈会上的讲话》，《毛泽东选集》第 3 卷，人民出版社 1991 年版，第 859、848 页。

和光辉人格,将传主身上所具有的共产党人的坚定党性同独特个性和谐统一在了一起。像何其芳的《记贺龙将军》《记王震将军》《吴玉章同志革命故事》,周立波的《聂荣臻同志》《徐海东将军》,陈荒煤的《一个农民的道路》,羽山的《劳动英雄胡顺义》,刘白羽的《井冈山上》,郭沫若的《革命春秋》,郭沫若等的《人民音乐家冼星海》,萧三的《毛泽东同志的青少年时代》《朱总司令的故事》,等等,都是传诵一时的传记佳作。此外,还有李仕亮、冰如、弓金的《边区基干兵团一等英雄李仕亮》,野鲁的《边区地方营兵一等英雄——暴文生》,李冰等的《女英雄的故事》,袁大勋的《战斗模范袁大勋自传》,李方力编的《人民解放军将领印象记》等引起较大反响。这些不仅表明人物短篇传记的空前繁荣,而且表明中长篇传记也进入了一个新的发展阶段。

## 二、社会主义革命和建设时期:英雄模范传记引领时代

1949 年 10 月 1 日,中华人民共和国宣告成立,中国历史开始了新纪元。中国人民从此站立起来,成为国家的主人,迅速掀起了社会主义建设高潮。1950 年 9 月,中央人民政府政务院在北京召开了全国战斗英雄代表会议和全国工农兵劳动模范代表会议,评选出了许许多多的英雄和劳模。毛泽东代表中共中央致贺词,称赞英雄模范是"全中华民族的模范人物,是推动各方面人民事业胜利前进的骨干,是人民政府的可靠支柱和人民政府联系广大群众的桥梁"①。由此,工农兵英模人物成为新中国革命叙事的主角。榜样的力量是无穷的。鼓舞士气、振奋精神的共产党人传记引领时代,成为我们眺望那一让人热血沸腾的时代主峰时的一种宝贵参照。

在新中国前 17 年间,描写革命先烈的传记文学大量涌现,出现了一批思想性艺术性较强的新作品。如缪敏的《方志敏战斗的一生》,杨植霖、乔明甫的《王若飞在狱中》,石英的《吉鸿昌》,张麟、舒扬的《赵一曼》,梁星的《刘胡兰小传》,柯蓝、赵自的《不死的王孝和》,丁洪、赵寰的《真正的战士——董存瑞的故事》,韩希梁的《黄继光》,百友、童介眉的《邱少云》,沈西蒙的《杨根思》,肖琦的《罗盛教》等。这些作品,或描写初心长留天地间不畏牺牲的老一辈革命家,或描写抗日战争、解放战争中慷慨就义的巾帼英雄、出生入死的战斗英雄,或描写抗美援朝战争中奋不顾身英勇战斗的志愿军特级战斗英雄、一级英雄。此外,规模宏大的传记文学合集《志愿军英雄传》,真实记述了 64 位英雄、模范、功臣的事迹,其中不少传主都是壮烈牺牲的共产党员。

当代英模传记初具规模。战争年代革命的幸存者、共和国建设者保卫者可歌可泣的壮举,在传记文学的殿堂里树立起一座座英雄的丰碑。如中国的保尔、兵工功臣吴运铎

---

① 《新中国档案:全国战斗英雄代表会议和全国工农兵劳动模范代表会议》,中央政府门户网站 www.gov.cn,2009 年 8 月 20 日。

1953 年完成的自传《把一切献给党》，真实记录了传主在硝烟弥漫的抗日战争和解放战争中传奇般的英雄经历，体现了我党我军革命的英雄主义和集体主义，写活了一个真正大写的"人"，一个自强、自立，生命不息、战斗不止、无私奉献的共产党人。作品传达出的"活着就是为人民付出"的价值观，极大地激励了亿万中国青年全身心地投入社会主义建设之中。至 20 世纪 60 年代中期，这部传记累计印刷 1000 多万册，并被译成 7 种外文读本，在国内外产生了广泛而深远的社会影响。① 康天翔的《李顺达》，描写全国劳动模范、山西省平顺县西沟村农林牧生产合作社社长李顺达推动农业生产全方位发展，"爱国丰产"的先进事迹。林音频、刘树墉的《郝建秀》，重点叙写了 16 岁的全国劳动模范、纺织女工郝建秀创造先进工作法，为新中国的纺织事业贡献力量的传奇励志故事。

1956 年 5 月 2 日，毛泽东提出了"百花齐放、百家争鸣"的方针。同年秋，中国文联机关刊物《文艺报》专门召开了传记文学创作问题座谈会，用以推动传记文学的发展。黄钢的《革命母亲夏娘娘》，艺术地再现了被周恩来誉为"革命的母亲，大家的娘娘，党的光荣"的夏娘娘的光辉一生。黄庆云的《不朽的向秀丽》和房树民、黄际昌的《向秀丽》，讲述药厂女工向秀丽以血肉之躯拦截一场大火，却把如花的生命永远定格在 25 岁的英雄事迹。1963 年春节，周恩来在人民大会堂接见文艺界人士时指出："你们这些作家，应该大量地反映我们时代的英雄人物。东北有一个战士叫雷锋，他的事迹可以写一写。"解放军文艺出版社和中国青年出版社以最快的速度，分别推出《雷锋的故事》（陈广生、崔家骏）和《雷锋小传》（陈广生）。这两本英雄传记伴随着毛泽东等党和国家领导人为雷锋同志题词而家喻户晓，颇具轰动效应。为和平年代的英模塑像，聚焦解放军战士的还有中国少年儿童出版社编《伟大的共产主义战士王杰》，金敬迈的《欧阳海之歌》，邹琛、王恺的《麦贤得》等。

1966 年 2 月 7 日，《人民日报》头版头条刊发了新华社记者穆青、冯健、周原采写的长篇通讯《县委书记的榜样——焦裕禄》。同年 2—3 月还出版了多部集体编著的人物通讯或"焦裕禄传"，主要有《伟大的战士焦裕禄》《毛主席的好学生——焦裕禄同志》《焦裕禄》等。焦裕禄除"三害"（内涝、风沙、盐碱）一心扑在工作上和甘于奉献、勇于牺牲的革命精神震撼了亿万人民的心，全国迅速掀起了学习焦裕禄精神的高潮。

社会主义革命和建设时期的传记文学并非一帆风顺，而是在曲折中发展。1956 年 7 月，党中央号召老干部撰写革命回忆录，这一新兴的史传文学形式在一段时间内得到了蓬勃的发展。《红旗飘飘》丛刊和《星火燎原》丛书，集结了当时最有代表性的短篇回忆录，所反映的内容都是以描写革命领袖、革命先烈、英雄人物及重大历史事件为主。可惜

---

① 全展《奏响壮丽的生命之歌——重读〈把一切献给党〉》，《文艺报》2021 年 5 月 26 日。

因非正常原因,二者都先后遭遇停刊,直至"文革"结束后才同时得到了重生。[①] 1962年,康生制造一大错案,诬陷长篇传记小说《刘志丹》为"反党小说",致使作者李建彤遭到残酷迫害,上万人受到处理和株连。于是,革命的史传文学创作便偃旗息鼓,无人问津了。及至"文革"十年,所有以前歌颂真名实姓的英雄传记统统被封杀,即使新出现的《刘英俊的故事》之类传记小册子,也打上了"文革"气息的鲜明烙印。而为革命先烈写史作传的作品,自然更是被打入"十八层地狱"。一个最明显的例子是,马烽1964年就完成了《刘胡兰传》的初稿,中国青年出版社曾排印了数百册样本征询意见,作家根据有关方面领导人和知情人的意见进行了修改,之后出版社又重新付排,并打出了清样,但难逃夭折的厄运。[②]

但"文革"期间仍出现了一部特殊的自传性作品,即"囚徒"彭德怀元帅的《彭德怀自述》。它与《多余的话》一样,同属20世纪政治文化语境中的特殊"自白",震古烁今。惨遭残酷迫害的彭德怀,为了回答专案组对他提出的许多荒诞无稽的质问,真诚叙述了自己的人生经历,并作了深刻的自我解剖,对种种污蔑之词进行了义正词严的驳斥,表现出一个老共产党人的铮铮铁骨、耿耿忠心和不屈不挠的坚强信念。遗憾的是,作者生前未能亲见它的出版。

### 三、改革开放和社会主义现代化建设新时期:异彩纷呈的传记长廊

1978年12月18日—22日,党的十一届三中全会召开,开启了改革开放和社会主义现代化的伟大征程,其卓越功绩永载史册。进入20世纪80年代之后,我国传记文学创作逐渐走出低谷,共产党人传记蓬勃发展,形成五音纷繁的交响。"百般红紫斗芳菲""千朵万朵压低枝",借用这两句唐诗来形容这一时期共产党人传记的出版盛况无疑是恰当的。

#### (一)领袖传记:永远的丰碑

领袖传记成为至今长盛不衰的一大文化景观,像毛泽东、周恩来、刘少奇、朱德、邓小平、陈云等人的传记,少则数十种,多则上千种。除了官方修传如金冲及主编的《毛泽东传(1893—1949)》《周恩来传(1898—1949)》等,多部权威性强、影响大、成就高的反映领袖生平和思想的政治传外,以下四类作品亦值得我们关注。[③]

一类是专业作家或传记组成员所写的领袖传记,代表了新时期以来领袖传记的较高

---

①　马榕《〈红旗飘飘〉和〈星火燎原〉割不断的关联》,《中华读书报》2014年1月15日。

②　马烽《刘胡兰传》,中国青年出版社1987年版,第405页。

③　全展《中国当代传记文学概观》,黑龙江人民出版社2004年版,第33～34页。

成就。专业作家如权延赤根据对毛泽东、周恩来等身边的工作人员的广泛采访，创作了《走下神坛的毛泽东》《走下圣坛的周恩来》，王朝柱写有《周恩来在上海》《开国领袖毛泽东》，庞瑞垠写有《早年周恩来》，叶永烈写有《邓小平改变中国》，余玮写有《本色朱德》《传奇陈云》；传记组成员如陈晋写有《独领风骚：毛泽东心路解读》《世纪小平：解读一个领袖的性格魅力》，黄峥写有《刘少奇一生》，程中原、夏杏珍写有《历史转折的前奏：邓小平在1975》。

一类是领袖身边的工作人员，如秘书、警卫、保健医生、摄影师等独撰或与作家合作的领袖传记，因"亲历、亲见、亲闻"而独具特色。如王鹤滨的《在伟人身边的日子——毛主席的保健医生兼生活秘书的回忆》，李银桥、韩桂馨夫妇的《毛泽东和他的卫士长》。侯波摄影、刘彩云编著有《非常人物寻常时》，顾保孜撰文、杜修贤摄影有《共和国红镜头》。又如周恩来的专职保健医生张佐良写了《周恩来的最后十年》，刘少奇的机要秘书刘振德写了《我为少奇当秘书》。

一类是领袖的亲属家人所写的领袖传记。他们以亲人的独特视角、零距离见证书写出一批力作，如《我的父亲毛泽东》（李敏）、《我的父亲刘少奇》（刘爱琴）、《我的父亲朱德》（朱敏）、《我的伯父周恩来》（周秉宜）、《我的父亲邓小平："文革"岁月》（毛毛）、《思念依然无尽——回忆父亲胡耀邦》（满妹）等。

还有一类领袖传记是由外国作家或学者撰写的。其描写多取新的视角，常用新的材料，为人们更加宏观、更加全面地认识和评价中共领袖人物，提供了帮助。像美国罗斯·特里尔的《毛泽东传》、瑞士韩素音的《周恩来传》、美国傅高义的《邓小平时代》、美国罗伯特·劳伦斯·库恩的《他改变了中国：江泽民传》等。当然，作者因大部分生活在西方，其自身的局限也是难以避免的。

领袖是党的旗帜，革命的舵手。领袖传记真实生动地阐释了中国共产党为什么"能"，中国共产党为什么"行"，具有如莫洛亚所说"岩石般的坚硬"之"真实"、"彩虹般的光彩"之"个性"。

第一，材料丰富翔实，全方位再现领袖人物的雄才大略和人格魅力。王朝柱的《开国领袖毛泽东》，敏锐地抓住"开国"——这段毛泽东的人生高峰，形象地揭示出毛泽东和他的战友们代表中国最广大的民众正确选择了历史，建立了一个新中国的丰功伟绩。全传选取的时段是1948年底至1952年新中国成立前后，浓墨重彩地描绘出了毛泽东领导全党、全军、全国人民所走过的那段艰难而辉煌的日子。通过一系列有关中国前途与命运的重大事件的展示，再现了领袖胸有成竹、运筹帷幄、决胜于千里之外的雄才大略。

毛毛的《我的父亲邓小平："文革"岁月》，对邓小平在"文革"十年中跌宕起伏的政治历程，他在这个过程中对中国前途和命运的深入思考，作了真实生动的记述。从中我们可以看到一代伟人邓小平身处逆境仍矢志不渝、追求真理的坚强信念。邓小平身处逆境仍殚精竭虑地探索着富国强民之路,解答了人们一个问题,为什么在经历了巨大的动乱和苦难后,中国最终选择了改革开放的道路。

库恩的《他改变了中国:江泽民传》,塑造了一个丰满立体的中国领导人形象。他有着深厚的中国文化与传统的根基,有着受压迫而产生的爱国主义情怀,拥有受到早期社会主义影响的理想,具有工程师解决问题的思想方式,知识分子涉猎百科的雅趣,以及洞明世事、处事练达的政治才干。作品把江泽民丰富的情感与挑战性的理论创造联为一体,从而全方位地描绘出中国革命与建设的壮观图景。

第二,鲜活而浓烈的人民性。于俊道主编的《共和国领袖真情实录》系列 6 种,生动描述了人民领袖的感情世界、情趣爱好、婚姻生活、情操风范等。如写毛泽东农民的生活习惯,爱吃红烧肉,离不开红辣椒,没有几件像样的衣服;写刘少奇与家人风雨共担,情系湖湘的故乡情结,以人为本、执政为民,对每个公民负责,多为群众着想;写周恩来与革命的终身伴侣邓颖超的爱情与家庭生活,他心中装着亿万人、唯独没有他自己,广交朋友,魅力永存的人际交往之路;写朱德放弃高官厚禄,36 岁加入中国共产党,在生活上从不搞特殊化,对衣着没有什么特别的讲究,粗茶淡饭、吃饱就行,为了节约甚至戒掉了香烟。

第三,深刻的历史反省、反思意识。例如王观泉的《被绑的普罗米修斯——陈独秀传》,便形象地表明一个伟大的也是苦难的“盗火者”的命运,作品最突出的特色是既充分肯定传主的功绩,又不回避其错误与不足。王铁仙主编的《瞿秋白传》,聚焦传主波澜起伏、曲折悲壮的一生,从时代的变化探求领袖复杂的行为思想,分析其在理论上和政治上的偏颇与失误,体现出一种从容反思、平等对话的气度。即使对毛泽东的功过是非,许多传记作品也能以客观求实的态度去反映、认识和评说。如毛毛的《我的父亲邓小平:“文革”岁月》,突出剖析了毛泽东晚年“复杂的政治心态”。

### (二)尽情讴歌百年党史上的先驱者和抗日将士

1921 年中国共产党的成立,是中华民族发展史上开天辟地的大事件。中国共产党人不惜抛头颅,洒热血,就是为了建立独立自主富强的新中国。以全新的视野、宏大高远的立意和丰盈翔实的史料,尽情讴歌百年党史上的先驱者,是这一时期共产党人传记突出的成就。李大钊、陈独秀、何叔衡、董必武、王尽美、陈潭秋、陈延年、邓中夏、苏兆征、蔡和森、向警予、瞿秋白、李立三、邓恩铭、张太雷、彭湃、恽代英、夏明翰、周文雍、刘志丹、董振堂等一大批共产主义先锋战士,成为新的文学传主。

王朝柱的《李大钊》,致敬“铁肩担道义,妙手著文章”的中共主要创始人之一李大钊,浓墨重彩地展现了这位伟大的“播火者”短暂而又壮烈的一生。他为探求救国之路而上下求索,在昔日革命先驱或落伍、或怯退彷徨、或卖身求荣的背景下,冲破迷雾为革命“播火”。他是一位有血肉、有魂魄、有矛盾、极丰满的先驱人物。丁晓平的《硬骨头:陈独秀五次被捕纪事》，以文学、历史、学术、政治的多重视角观照和跨文体写作，完整翔实地再现了传主五次被捕、监押、营救和释放的历史原貌，写出了一个"终身的反对派"的生命强音和一个响当当硬骨头的悲剧人生。王观泉的《一个人和一个时代——瞿秋白传》，全景式地向读者呈现了一个立体、丰富的瞿秋白。作品传料丰富、翔实，并通过考证澄清了一些史实。既注重传主36年的生活道路，又注重传主的思想历程，探寻使他成长为马克思主义革命家的种种因素。因笔端常带感情，语言活泼洗练，透过一个时代看一个书生领袖的命运，堪称一首悲壮的交响诗。魏巍、钱小惠的《邓中夏传》，追寻我党早期的一位卓越领导人和杰出的工人运动领袖非凡的革命斗争足迹，骨纵成灰，矢志不渝。张羽、铁凤的《恽代英传》，描摹这位"中国革命青年的楷模"，始终坚持仰视其精神，平视其形骸，把他作为一个有血有肉，有成长过程，有优点有缺点，有理性也有感性的活生生的年青人来写，使这部传记不仅具备了翔实厚重、朴素无饰的史学品格，而且具备了勾画明晰、尽传精神的文学神采。吕芳文、蒋薛的《夏明翰》，讲述了豪绅家庭出身的夏明翰不惜抛弃荣华富贵的生活，追求真理、献身革命的人生历程，"砍头不要紧，只要主义真"，其正气凛然的精神激励和鼓舞着一代又一代共产党人前仆后继、英勇奋斗。徐方平的《蔡和森评传》，对提出"中国共产党"名称的第一人革命的一生作了较详尽的叙述和评论。蔡和森追求真理的科学精神，艰苦奋斗的革命传统，矢志不渝的理论自信，成为共产党人弥足珍贵的精神财富。纪学、吴忧的《向警予》，聚焦在大革命时代英勇就义的模范妇女领袖向警予短暂而光辉的一生，她为中国革命的胜利和妇女的解放付出了毕生的精力。

卢权、禤倩红的《苏兆征》，描写杰出的工人领袖苏兆征英勇战斗、鞠躬尽瘁的一生，生动再现了早期工人运动波澜壮阔的历史画卷，透过书中血与火的历史，能让人充分感受到工人运动先驱为理想信念不屈不挠的斗争精神。范晓春的《陈延年》，语言凝练，图文并茂，真实再现了陈延年为领导工人阶级解放事业而奋斗的光辉事迹和宁死不屈、慷慨就义的革命精神。刘艳的《陈潭秋》，以生动的笔法，赞颂中共一大代表、真正的布尔什维克陈潭秋坚持斗争、舍生取义的红色人生。黄庆云的《刑场上的婚礼》，深得《史记》写人的神韵。通过惊心动魄的场面描写，富于戏剧性的故事情节，把革命伴侣周文雍和陈铁军的成长过程写得有声有色，把他们在革命斗争中建立起来的爱情写得高尚而壮烈。张俊彪的《最后一枪》（董振堂传）和《血与火》（刘志丹传）等传记，生动再现碧血黄沙的大西北革命历史，传主全身洋溢着为信仰奋斗到底的革命英雄主义和乐观主义精神，感人至深。两传弥漫着一种英烈的悲壮之气与崇高之美，形成了一种独到的高昂与悲怆相融相生的艺术风格。

此外，任建树的《陈独秀大传》、唐宝林的《陈独秀全传》、陈铁健的《瞿秋白传》、李龙如的《何叔衡》、胡传章和哈经雄合著的《董必武传记》、陈光辉的《李达画传》、郭晨和刘传政合著的《李立三》、柯兴的《高君宇与石评梅》、伊里的《张太雷》、于元的《彭湃》、闫勋才的《邓恩铭》、丁龙嘉的《王尽美》等，也是这一时期出现的优秀或较优秀传记作品。

讴歌以身殉国的抗日将士的传记蔚为大观。共产党抗日英烈传记主要代表作品有：左太北的《我的父亲左权：一个抗日英雄的成长史》、马国超的《我的父亲马本斋》、穆欣的《吉鸿昌将军》、晓音的《一代名将彭雪枫》、王辅一的《项英传》、阎启英的《江上青》、卓昕的《杨靖宇全传》、王忠瑜的《赵尚志传》、徐光荣的《赵一曼》、肖世庆的《李红光传奇》、李燕子的《李兆麟传奇》、王鸿达的《冷云传奇》、王宝国的《民族女英雄李林传》等。这些传记都有着较为开阔的艺术视野，形象鲜明的英雄传奇，抗战精神内涵的深刻阐释，但仍有继续拓展和深化的空间。[①]

### （三）开国将帅传记：迷人的文苑风景线

同领袖传记一样，开国将帅传记也是文学中经久不衰、高亢优美的主旋律。以丛书为例，在20世纪80年代便有石言主持的卷帙浩繁的《陈毅文学传记》，主要包括何晓鲁、铁竹伟的《从沙场走向十里洋场》、何晓鲁的《元帅外交家》和铁竹伟的《霜重色愈浓》等，较全面深刻地再现了陈毅多彩的个人命运和内心世界。20世纪90年代有王焰主编的《彭德怀元帅壮烈人生丛书》（全8册），使彭德怀百战沙场、感慨悲歌，不屈不挠、刚正不阿，作为"一个真正的人"的形象跃然纸上。在庆祝建军75周年之际，解放军出版社又推出《中国人民解放军元帅传记丛书》（9卷），艺术地再现了元帅们独特的形象，重新抒写补充了我军鲜活不绝的光辉史册。影响较大者，还有解放军文艺出版社出版的《百战将星》丛书和《一代元戎》丛书，从不同方面丰富了中国革命将领的人物画廊。以单行本出版的将帅传记更是难以胜数。如刘白羽的《大海——记朱德同志》、范硕的《叶剑英在1976》、李荣德的《罗荣桓》、胡家模的《当代奇帅》（刘伯承传）、权延赤的《龙困——贺龙和薛明》、张麟的《徐海东将军传》、点点的《非凡的年代》（罗瑞卿传）、董保存的《谭震林外传》、彭荆风的《秦基伟将军》、尹家民的《多彩将军》、吴东峰的《开国将军轶事》、李文卿的《近看许世友》、张胜的《从战争中走来——两代军人的对话》（张爱萍传）等特别引人瞩目。

开国将帅传记文学的突出特点，主要体现在以下四个方面。

第一，独特的视角与纪实的手法。将帅传记的作者大都是多年钟情于军事文学创作的军旅作家，或为将帅传记编写组的成员，或为军报记者，或得天独厚、有在将帅身边工作生活之先利条件（如将帅后人、秘书等），这都在一定程度上保证了传记作品具有较高的史料价值和文学欣赏价值。

---

[①] 全展《为了不能忘却的纪念——著名抗日英烈传述评》，《传记文学：观察与思考》，西南师范大学出版社2016年版，第229～238页。

第二，传奇色彩与常人情怀的统一。许多传记文学在选材上都比较注重生活化和情节化，还原将帅的常人情怀，具有故事的传奇性、朴实性和可读性。如刘学民等人的《红军之父》(朱德卷)，写 1949 年 10 月 1 日开国大典，当毛泽东宣布中央人民政府成立了的时刻，在当时几乎所有的电影、照片中，人们都难以找到朱德的身影——那时他正抓住一位摄影记者的双腿，以使那位记者能够将身体探出天安门城楼上的汉白玉栏杆，拍摄到毛泽东宣告的全景——这就是朱老总与众不同的地方。

第三，较厚实的战争文化内涵。由于中国革命和战争的特殊性，开国将帅传记的主人公大都是文化不深、功勋大、个性强的高级将领，诚如朱苏进所说的那样："正如没有读过兵书也可以成为战将一样，没有'文化'(或者缺乏文化)也是一种文化品格，有时甚至可以成为一种出类拔萃的文化品格。"[①]吴东峰的《开国将军轶事》较好地揭示和表现了众多高级将领的文化品格——一种东方式的操守、大气、豁达和智慧。于是，敦厚张云逸、耿直罗瑞卿、慈心黄克诚、智慧粟裕、"冒失鬼"叶飞、"雷公"刘亚楼、刚烈许世友、神威杨勇、精明张震、"疯子"王近山、布衣皮定均、"拼命三郎"陶勇……一个个性格鲜明、有血有肉的天地英雄向我们走来。

第四，别具一格的对话意识。《从战争中走来》作为两代军人心灵的对话，别具一格。传记记录了张爱萍暮年时对自己心路历程的回顾和在重大历史关头的抉择与思考。作品真实再现了一个时代，一群英雄，一段传奇，写出了父亲人生的追求，儿子心中的挚爱。

因为叙述人"我"的时刻在场，"我"能以"我"的亲身经历和感知去把握传主父亲，以他曾有过的视角去看待世界、审视人生，以"我"的理智和判断由父亲而说开去的整整那一代人包括那个非凡的年代。如此一来，不仅回放张爱萍在革命的时代和市场化的时代中的身影，而且融入了作者自己的诸多思考。作品将史诗记述和思辨相结合，时代背景刻画和现代精神相结合，为传记文学创作带来了勃勃生机与活力。

### (四)深切怀念改革元勋功臣

在享受改革开放带来的巨大成果时，人们不会忘记"杀出一条血路来"的改革元勋功臣。解放思想，克难攻坚，再现改革年代风起云涌，为激情燃烧的峥嵘岁月记史立传，这是一代中国人的集体记忆，触动心灵深处的感动。

程中原倾力打造的《转折年代：邓小平在 1975—1982》，刻画改革开放的总设计师在历史转折中的思想理论、政治智慧、人格魅力与历史贡献，与央视一套热播电视剧《历史转折中的邓小平》相得益彰，一起重温那段波澜壮阔的难忘岁月。作品从邓小平带有传奇色彩的个人经历切入，浓墨重彩地再现了这一伟大历史转折的来龙去脉：前奏——邓

---

① 朱苏进《他们曾经辉煌》，吴东峰《开国将军轶事》序，解放军文艺出版社 2002 年版，第 3 页。

小平与1975年整顿,决战——从四五运动到粉碎四人帮,新路——党的十一届三中全会前后到十二大,其间共产党人的集体苏醒,既生动具体,又引人入胜。张黎群等主编的《胡耀邦(1915—1989)》,通过叙述胡耀邦整顿科学院、在中央党校拨乱反正、平反冤假错案、真理标准大讨论、坚持改革开放、推进全面改革等重大事件中的言语行动,特别是人物在尖锐复杂的矛盾冲突中表现出来的非凡胆识,形象地再现了传主"光辉的一生、战斗的一生","他夙夜在公、呕心沥血,鞠躬尽瘁、死而后已,书写了无愧于共产党员称号的人生,作出了彪炳史册的贡献"①。阎启英、李玉泰、孙新阳的《习仲勋画传》,后半部聚焦赴任广东主政的习仲勋勇立时代潮头、让思想冲破牢笼,"杀出一条血路来"的历史性贡献。他坚持拨乱反正,踏遍广东大地探索体制改革,创办经济特区,回京担任党和国家领导人职务后为实现新老干部交替倾注了大量心血。张广友的《改革风云中的万里》,截取了万里在铁路整顿——中国改革序幕中最辉煌的一段予以展示。作为邓小平任命的铁道部部长,万里不辱使命,在风口浪尖上快刀斩乱麻,捅掉马蜂窝,迅速扭转了局面。传记还真实再现了万里担任安徽省委第一书记期间,在广阔的江淮大地彻底解决"文革"遗留问题,不遗余力推行包产到户、大搞农村改革的伟大功勋。

向明的《改革开放中的任仲夷》,奏响传主在改革开放发轫之初坚持破冰之旅、劈风斩浪奋然前行的华彩乐章。作品以报春的红梅比喻任仲夷"欲传春消息,不怕雪埋藏"的个性特征和风貌,每章前均恰到好处地引用古今咏梅的诗句,将梅凌寒独开的意象贯穿全传始终,可说是别具一格的富有创造性的诗性传记。夏蒙、钟兆云的《项南画传》,以图文并茂的形式记录了传主开拓进取的一生。思想解放的先驱项南出任"封疆大吏",他在福建披荆斩棘开创了诸多奇迹:开通全国首家万门程控电话,利用外资为特区插上腾飞的翅膀,成立第一家中外合资公司,彻底平反福建地下冤假错案,冲破重重阻力引进外资项目,大胆给企业"松绑"放权……他在人民心中树立起不朽的丰碑。涂俏的《袁庚传——1978—1984改革现场》,具有独特的艺术魅力。作者为袁庚立传,细致入微,将人带入了私人的、日常的细节之中,一个时代变得具体鲜活,记忆被赋予了见证的力量。"涂俏用富于个性色彩的笔墨,对'改革从何处来? 改革要往何处去?'等争论进行形象的诠释,在对改革进行热情的总结和反思中,为抵达当代党心民意提供了一个具有历史意味的文学标本。"②

### (五)当代英模的文化重塑

2014年10月15日,习近平《在文艺工作座谈会上的讲话》高瞻远瞩地指出:"实现中

————————

①　习近平《在纪念胡耀邦同志诞辰100周年座谈会上的讲话》,《人民日报》2015年11月21日。
②　张胜友《激情澎湃的改革岁月——序〈袁庚传——改革现场〉》,《中国作家》2008年第3期,第81～85页。

华民族伟大复兴需要中华文化繁荣兴盛"，"而实现这个目标，必须高度重视和充分发挥文艺和文艺工作者的重要作用。""立时代之潮头、发时代之先声，为亿万人民、为伟大祖国鼓与呼。"①面对全球经济、政治、文化发展的大趋势，21世纪的当代英模传记，怀着与时俱进的现代理念，重塑充满时代精神和个性魅力的英模形象，在重新发掘和塑造中华民族精神方面做出了新的卓越贡献，反映出创作者高度的文化自觉和文化自信。

殷云岭的《雷锋传》突破了先前一些"雷锋传"的时代局限，它最大的特色就在于以全新的理念，全方位、多视角地再现了雷锋平凡而伟大的一生，将雷锋突出的业绩和绚烂多姿的精神世界、短暂而又辉煌无比的生命轨迹，鲜活地展现在世人面前，给人以心灵的涤荡和催人奋进的力量。它同时让我们看到，雷锋作为一个"自然人""有情人"的属性亦是健全的，甚至是完美的。他有着鲜明的个性特征和迷人的个人魅力，既助人为乐又追求时尚，爱岗敬业也热爱青春。这样重塑的"新"雷锋，使雷锋回到了最初的"普通一兵"、善良青年的原点位置，使读者能够将心比心地践行雷锋精神，让一些人从对雷锋乃至对雷锋精神的怀疑中解脱出来。何香久继创作传记小说《焦裕禄》之后，又撰写了《焦裕禄传》，并写了长篇电视连续剧《焦裕禄》。他刻画的焦裕禄形象鲜活感人。传主始终不忘全心全意为人民服务的宗旨，不仅有着博大的爱民情怀，而且爱妻子、爱子女、擅长拉二胡，还演过歌剧。这是一位县委书记的灵魂史章，一位人民公仆的人生传奇，一个立体多面、血肉丰满的文学形象，富有强烈的时代感和浓郁的生活气息。

在改革开放和现代化建设新时期，共产党人传记塑造了一批熠熠发光的英雄群像，宛如繁星灿烂，闪耀在人们的记忆之中。广大人民群众既被《王进喜》（冷笛）、《时传祥》（曹德全）、《孟泰》（本书编写组）、《张秉贵》（本书编写组）、《马永顺传》（吴宝山、曹锋）、《史来贺》（蒋永武）、《将军农民甘祖昌》（彭霖山）、《口述申纪兰》（申纪兰口述，李忠元、刘晓丽编）等传中那样的工人农民形象深深地感动，又被《雷锋1940—1962》（师永刚）、《苏宁》（王和平）、《杨业功》（陈可非）、《李向群》（王通贤）、《丁晓兵》（文炜）等传中那样的解放军/武警官兵形象深深地感动；既被《焦裕禄传》（殷云岭、陈新）、《高原雪魂——孔繁森》（郭保林）、《任长霞》（申剑、申硕）、《县委书记谷文昌》（孙永明）、《当代焦裕禄：廖俊波》（王国平）等传中那样的党员干部形象深深地感动，又被《钱学森传》（叶永烈）、《魂牵心系原子梦：钱三强传》（葛能全）、《两弹元勋邓稼先》（祁淑英）、《于敏》（郑绍唐、曾先才）、《王大珩传》（胡晓菁）、《吴孟超——游刃肝胆写春秋》（桑逢康）、《蒋新松传》（徐光荣）、《屠呦呦传》（《屠呦呦传》编写组）、《陆元九传》（刘茂胜）、《誓言无声铸重器——黄旭华传》（王艳明）、《罗阳》（黄传会）等传中那样的科学家形象深深地感动。

————————

①　习近平《在文艺工作座谈会上的讲话》，《人民日报》2015年10月15日。

## 四、社会主义新时代：书写伟大复兴之路的中国故事

2017 年 10 月 18 日，习近平在党的十九大报告提出中国特色社会主义进入了新时代。为表彰一批为新中国做出杰出贡献的个人，引导全社会见贤思齐，经党中央批准，继 2009 年评选"双百人物"之后，2018 年我国又授予个人"改革先锋"称号，2019 年又授予"最美奋斗者"个人、"共和国勋章"和国家荣誉称号。这些受党和国家表彰的先进模范，绝大多数都是共产党人的优秀代表。2021 年，中共中央首次为全国各条战线党员中的杰出代表颁授"七一勋章"。"新时代是需要英雄并一定能够产生英雄的时代。"①在中华民族实现伟大复兴的过程中，必然会涌现出一批批新时代的巨人和英雄。作家进一步增强了"有信仰""有情怀""有担当"的责任心和使命感，推出了一批"有筋骨""有道德""有温度"的优秀作品。

中央党校采访实录编辑室的习近平系列传记，寻踪领袖治国理政思想的心路历程，包括《习近平的七年知青岁月》《习近平在正定》《习近平在厦门》《习近平在宁德》《习近平在福州》《习近平在福建》《习近平在浙江》《习近平在上海》等。作品以采访实录的叙述方式，为人们讲清了一个最基本的，也是最应该回答和读者最想了解的问题：习近平是怎样从一名下乡知青一步步锻炼成长为中国共产党和中华人民共和国的领袖的。知情人的零距离见证，生动描绘出传主树立矢志不渝的理想追求和植根爱国为民的家国情怀，充分体现了习总书记的领导风范、远见卓识、坚定信仰和优良作风。

在事关国家和民族命运的重大时间节点，传记文学都能近距离地呈现自己的立场，具有在场性。如抗击新冠肺炎疫情的"生命写作"。熊育群的《钟南山：苍天在上》，重写大医大爱的仁爱之心和守护生命的道德风骨，充满了完整的命运感。作品从钟南山在飞驰武汉的高铁上仰着头小憩的照片切入，从新冠肺炎与非典两场疫情钟南山四处奔波不知疲倦忘我战斗写起，笔触深入传主丰富的精神世界。此外，除了疫情中的钟南山外，传记还写到传主的家学渊源、成长求学经历，他所率领的团队的专业素养和职业操守等故事，立体多面地诠释了院士的专业、战士的勇猛、国士的担当，呈现出可亲可敬的"这一个"。程小莹的《张文宏医生》，以华山医院感染科主任张文宏的经历为主线，再现其精湛医术和人格魅力，全景呈现了 2020 年抗疫的上海方案和中国经验。传中张文宏大量的话语及其附录"张医生的话"——一个智者的声音，充分显现出传主的精气神。李春雷的短篇传记《铁人张定宇》，描写身患渐冻症的"铁人院长"为保卫武汉拼尽全力与生命赛跑的故事，扣人心弦，引人入胜。铁人，并非仅仅形容张定宇的意志刚强如铁，还与他的身体状况有关，由于病情日益加重，他双腿僵硬犹如铁具……可在党中央领导的规模空前

---

① 习近平《在"七一勋章"颁授仪式上的讲话》，《人民日报》2021 年 6 月 30 日。

的抗疫战斗中,张定宇带领医护人员拼命地工作,向死而救生,兵不解甲,马不停蹄!

再如脱贫攻坚奔小康的时代记忆。任仲文编的《传奇校长张桂梅和 1804 个女孩的故事》,生动展现"全国脱贫攻坚楷模"张桂梅的传奇人生。"把大山女孩送进大学",这是张桂梅创办华坪免费女子高中矢志不渝的追求。她不忘初心,牢记使命,依靠教育真正促进乡村振兴,坚持用红色基因树人、启智、铸魂,让学生远方有灯、脚下有路、眼前有光。百色市委宣传部编著的《黄文秀扶贫日记》,堪称新时代的青春之歌。它首次较全面地展示"时代楷模"黄文秀在扶贫期间的工作日记,以日记讲述扶贫故事,真实反映驻村第一书记的学习、工作和奋战在脱贫攻坚一线的历程及取得的成效。传主将 30 岁的青春永远定格在扶贫路上,令人痛惜不已。翟英琴精心为"太行山新愚公"李保国教授立传,《李保国》一书见证了脱贫壮举的岁月轨迹。传主扎根太行山 35 年如一日献身扶贫,"把论文写在大地上",每年进山"务农"超过 200 天,手把手将科学技术传授给农民,用科技为荒山带来苍翠,用产业为百姓拔掉"穷根"。

新时代英雄辈出。描写多姿多彩的时代楷模,弘扬奉献精神,是讲好中国故事题中的应有之意。樊锦诗口述、顾春芳撰写的《我心归处是敦煌:樊锦诗自述》,作为"敦煌的女儿"唯一的精神自传,写出了一个真实而又完整的樊锦诗。两位合作者心灵相契,将传主个人的命运同敦煌研究院的历史以及文物保护的研究、弘扬和发展完美融合,加之"口传心授"恰到好处地把握拿捏,撰写者对于生命、历史、文化和艺术感悟都注入到了传主的内心深处,格外动人心魄。钟法权的《张富清传》,倾情再现 60 载深藏功名无私奉献的95 岁老英雄的本色人生。在部队,张富清为建立新中国浴血奋战,战功卓著;转业到地方,他扎根贫困山区为民造福。作品用质朴而优美的文字清晰客观地还原了传主的血肉之躯与军人本色,又以思想的厚度解读平凡而伟大的人物精神密码,对老英雄心系人民、再立新功的豪情壮志进行了满怀深情的讴歌。王龙的《迟到的勋章》,一部献礼志愿军入朝作战 70 周年的重磅力作,讲述了抗美援朝一级战斗英雄、特等功臣柴云振浴血奋战的生死传奇。该传立意高远,构思严谨,融厚重的思想性、细腻的文学性、生动的可读性于一体,其中,第一人称的传主口述与第三人称的撰者述评交错使用,形成两代军人别具一格的心灵对话,造成了一种分外感人的精神力量。吴晶、陈聪的《黄大年》,记述海归战略科学家黄大年心有大我、至诚报国的优秀事迹,善用故事说话,靠细节感人。写传主以只争朝夕的精神投身国防科研,谱写了一首矢志创新的奋斗之歌。余雷的《杨善洲》着力构筑共产党人的精神家园而别开生面。退休的地委书记杨善洲,带着一群人上了过度砍伐的大亮山植树造林,一干就是 22 年,给后代留下一片生命的绿洲。此外,值得一读的还有写红色音乐家的《吕其明》(薛锡祥),写近 90 岁高龄还在为国奉献的"纺织仙女"的《黄宝妹》(徐鸣),写德艺双馨的老艺术家的《烟雨平生蓝天野》(蓝天野、罗琦),写英年早逝的"最美奋斗者"的《那朵盛开的藏波罗花:钟扬小传》(梁永安)等,均丰富厚重,色彩斑斓，无不给人以强烈的感动。

### 五、共产党人传记巨大的艺术成就

建党百年来的共产党人传记汗牛充栋，难以胜数，保守估计当以数万计。共产党人传记肩负起为人民写作、为时代立传的历史使命，用中国故事塑造民族精神，为社会构筑起精神高地，彰显出当代中国传记文学的气质风韵。共产党人传记取得巨大的艺术成就，成为中国文学一道靓丽的风景。

第一，弘扬伟大建党精神，用文学生动阐释中国共产党人的精神谱系。

在庆祝中国共产党成立100周年大会上，习近平总书记精辟概括伟大建党精神的深刻内涵，指出：“一百年前，中国共产党的先驱们创建了中国共产党，形成了坚持真理、坚守理想，践行初心、担当使命，不怕牺牲、英勇斗争，对党忠诚、不负人民的伟大建党精神，这是中国共产党的精神之源。”①百年来的共产党人传记弘扬伟大建党精神，用文学的笔法真实再现了一大批视死如归的革命烈士，再现了一大批顽强奋斗的英雄人物，再现了一大批忘我奉献的先进模范。这些琳琅满目的传记作品，生动讲述优秀共产党人用初心使命写就的壮美人生，展现他们崇高而美丽的心灵，形象彰显了党的性质宗旨和政治品格的精神谱系。如《一个革命的幸存者——曾志回忆录》，是共产党人的杰出代表曾志晚年在病榻上完成的一部回忆录。它讲述了一个革命者坚贞跌宕的一生，传中血火交融的革命斗争与荡气回肠的儿女情怀交相辉映，堪称百折不挠的伟大史诗、坚守理想信念的铁血长歌。传主15岁加入中国共产党，一生遭遇过的艰难险阻何其多，经历过的生死考验何其多，付出过的惨烈牺牲又何其多，但她任凭风雨曲折，革命的青春朝气始终不变，信仰忠诚毫不褪色。再如甘仁荣的《父亲甘祖昌》，是爱女对严父的深情回忆。作者特别重视传料的丰富性、生动性和独特性，真实详尽地记录了老红军甘祖昌将军转战南北、屡建奇功战斗的一生，解甲归田、甘当农民、联系群众、艰苦奋斗的一生，严以律己、无私奉献、一心为公、清正廉洁的一生。作品借助传主平凡生活中的琐事，在还原历史塑造人物方面做得非常细致扎实。

第二，形成一支庞大成熟的作家队伍，构建传记生产力同台竞技的艺术格局。

共产党人传记使得传记文学的文体精神发扬光大，与庞大成熟的作家队伍密不可分。由于共产党人传记文体跨学科的特殊性——政治、历史、文学的多重变奏，其作者队伍除专业作家外，还包括了不少党史、国史、军史的专家学者；有的则两者兼而有之。这里我们可以列出一长串的名单。如果说20年为一代人的话，那么百年便有五代作家。出生于19世纪末的郭沫若、萧三算第一代即老老生代，出生于20世纪初和20年代的沙

---

① 习近平《在庆祝中国共产党成立100周年大会上的讲话》，《人民日报》2021年7月2日。

汀、何其芳、刘白羽、魏巍、黄庆云、任建树、石言、王忠瑜、张麟、范硕等为第二代即老生代。30年代和40年代出生的为第三代即次老生代,前者主要有金冲及、张广友、卓昕、陈广生、王维玲、王观泉、祁淑英、陈铁健、程中原、陈利明、唐宝林、柯兴、修来荣等,后者主要有叶永烈、郭晨、王朝柱、徐光荣、王铁仙、郭久麟、纪学、胡世宗、张雅文、赵俊清、权延赤、李荣德、丁龙嘉、陈廷一、尹家民、何晓鲁、铁竹伟、罗英才、孙琴安、石钟扬、黄传会等。50年代和60年代出生的为第四代即中生代,前者主要有毛毛、姜安、吴东峰、张俊彪、王宏甲、殷云岭、忽培元、何香久、何建明、董保存、张树军、戴茂林、顾保孜、朱洪、陈晋、王宝国等,后者主要有夏蒙、徐鲁、阎启英、钟法权、涂俏、李春雷、钟兆云等。70年代和80年代出生的为第五代即新生代,前者主要有毛新宇、余玮、吴志菲、孔东梅、丁晓平、文炜、周海滨等,后者有胡仰曦、胡晓菁。我们欣喜地看到,在改革开放和社会主义现代化建设新时期,"30后""40后""50后""60后""70后"作家同台竞技,其中有一些在21世纪成为当代传记文学史上独具艺术风格和重要影响力的主流作家。

第三,传记文学呈现多维开放态势,带来中国故事的璀璨多姿。

题材时空的大开放。改革开放以来,随着思想解放和社会变革的潮流,拓展了传记作家的思维空间,也开阔了共产党人传记的历史视野和艺术视野。不少题材禁区已被打破,传主形象日益丰富多彩。不仅大量出现百年党史上的先驱者、革命先烈、人民领袖、开国将帅,而且大量出现各行各业的先进模范人物、各条战线的时代楷模先锋。外国友人中的共产党人成为新的文学传主。他传,如苏菲的《我的丈夫马海德》;自传、回忆录,如伊斯雷尔·爱泼斯坦著、沈苏儒等译的《见证中国——爱泼斯坦回忆录》,格·卡明斯基主编、杜文棠校译的《中国的大时代——罗生特在华手记》。这些都极大地丰富了中国共产党人传记的画廊。百年党史上的悲剧人物如王明、张国焘、高岗、林彪、"四人帮"、康生、陈伯达等,也纳入作家的关注视野,这方面有影响的作品主要有戴茂林、曹仲彬的《王明传》,张树军的《张国焘传》,戴茂林、赵晓光的《高岗传》,少华、游胡的《林彪的这一生》,叶永烈的《四人帮全传》《陈伯达传》等,从一个特殊的侧面反映出中国改革开放的勇气。

表现视角的独特性。微观的、全景的、内涵厚重的作品批量出现,让历史插上文学的翅膀而传播久远。刘白羽的精神自传《心灵的历程》凌云健笔,长达102万字,既有勾勒历史大局的"写意",也有描述历史细节的"工笔",其巨大的艺术创造和炫目笔法让人目不暇接、浮想联翩。陈晋著有《文人毛泽东》《毛泽东的诗路和心路》等数部"毛泽东传",他多"从文化性格、文化思想、理论个性、实践个性、人格个性这些角度切入"①。而孔东梅则以伟人后代和当代女性的双重视角出发,从外孙女的角度、寻常人的心态《翻开我家老

---

① 王桂环《让历史和理论插上翅膀——访中共党史文献著名学者陈晋同志》,《北京党史》2018年第6期,第51~58页。

影集》，描绘了"我心中的外公毛泽东"，《听外婆讲那过去的事情》，将女性、婚姻、家庭等内容娓娓道来。丁晓平近十年来以党史人物传为读者所熟知，他追求的是一种"文学、历史、学术的跨界跨文体写作"，始终遵循"真实、严谨、好看"的创作标准①，如他的《中共中央第一支笔——胡乔木在毛泽东邓小平身边的日子》等。

结构模式的多样化。与常用的编年体或纪事本末体结构全传不同，胡仰曦的《痕迹：又见瞿秋白》则属于全新创造的诗性结构。著者"完全依照瞿秋白的遗愿设计与叙述程序，完全依照《痕迹》'未成稿'的纲目章节梳理人事、安排框架"，"梳理出诗人革命家一生的心路历程与历史坐标"②。既镂刻传主逼真的人生"痕迹"，又凸显其灵魂意象。或用"糖葫芦"结构，如石钟扬、石霁的《永远的新青年：陈独秀与五四学人》；或用"倒金字塔式"结构，如张雅文的《为你而生：刘永坦传》；或用时空交错式结构，如黄传会的《罗阳》；或用"板块结构"，如徐鲁的《林俊德——铸造"核盾"的马兰英雄》；或用"对讲式"结构，如郭久麟的《从牛圈娃到名作家——张俊彪传》；或用"蒙太奇"结构，如彭小莲的《他们的岁月》；或用"复调"结构，如樊锦诗口述、顾春芳撰写的《我心归处是敦煌：樊锦诗自述》；或用以"本传"为经、以"列传"为纬的结构，如王维玲的《岁月传真：我和当代作家》。

传记名称的丰富性。共产党人传记现在有传、传记、大传、小传；有新传、诗传、评传；有正传、外传、本传、别传；有全传、简传、简影、传略；有前传、后传；有画传、图传、影传、像传、相传；有自传、自述、口述自传、回忆录、实录；有合传、家书、家传、家族传；有日记、手记、年谱；有故事、印象记；等等。在全媒体时代，除了传统的纸质传记外，还有新潮的电子传记、有声读物，加上众多的影视传记、传记剧，传记文学的品种真是琳琅满目，美不胜收。

奋斗百年路，启航新征程。新时代，我们理应赓续红色血脉，不断书写中国共产党人新的精神史诗。

---

① 徐艺嘉《既有文学的野心　也有史学的野心——丁晓平访谈录》，《神剑》2016年第3期，第115～118页。
② 胡仰曦《自序》，《痕迹：又见瞿秋白》，人民文学出版社2019年版，第3页。

# 中国古代杂传
# 整理与研究专题

# 百年中国古代杂传整理研究的回顾与展望*

## 熊　明

**内容摘要：**现代学术视阈下中国古代杂传的整理研究，真正开始于 20 世纪 20 年代鲁迅与朱东润，自此迄今，恰百年历程。回顾百年中国古代杂传整理研究历程，在 19 世纪末，实现从传统学术视阈下的研究到现代学术视阈下的研究转型之后，大致可以分为三个阶段，一是 19 世纪末至 20 世纪前期，二是 20 世纪后期，三是 21 世纪以来。总结百年中国古代杂传整理研究取得的进展与经验，我们认为当下及以后很长一段时期，中国古代杂传整理研究仍面临许多艰巨任务。

**关键词：**中国古代杂传　整理研究　回顾与展望

中国古代杂传，就身份而言，在史志书目编目著录中隶属史部，是与正史、编年、杂史等并列的史部子类。历代重要的史志书目如《隋书·经籍志》《旧唐书·经籍志》《新唐书·艺文志》《宋史·艺文志》前后相继，在梳理杂传渊源流变及根本属性中从不同角度对杂传进行了定义。至元代的马端临，其杂传定义最为清晰："杂史、杂传，皆野史之流出于正史之外者。盖杂史，纪志编年之属也，所记一代或一时之事；杂传者，列传之属，所记者一人之事。"①通过对比杂史与杂传，主要就二者在体裁方面的不同做出定义。明代的焦竑也曾略加解说："杂史、传记皆野史之流，然二者体裁自异，杂史，纪志编年之属也，纪一代若一时之事；传记，列传之属也，纪一人之事。"②焦竑的定义与马端临相近，也是将其在与杂史的比较中从体裁方面对二者加以定义。析而言之，他们对杂传的定义实际上包含三个方面：一是正史之外的野史；二是列传之属，即传体；三是记一人之事。综合历史上各家对杂传的定义，将杂传视为正史以外的、与列传相类的人物传记，③最为确妥。

作为史之一类，杂传长期仅仅被作为正史之外的一种补充性史料而存在，因而不为

---

\*　基金项目：国家社会科学基金重大项目"中国古代杂传叙录、整理与研究"（编号：20&ZD267）；教育部人文社科研究规划基金项目"汉魏六朝杂传叙录"（编号：19YJA751045）
　　作者简介：熊明，文学博士，中国海洋大学文学与新闻传播学院教授，博士生导师，国家社科基金重大项目首席专家。主要从事中国古代传记文学与文献、中国古代小说与文献的研究整理。

① 马端临《文献通考·经籍考》，华东师范大学出版社 1985 年版，第 538 页。
② 焦竑《国史经籍志》，《续修四库全书》本。
③ 熊明《汉魏六朝杂传研究》，中华书局 2014 年版，第 28 页。

学界所重视。近代以来,现代学术研究逐渐取代传统学术研究,现代学术研究有着一系列的严格规范,在诸多方面有别于传统学术。因此,本文对杂传研究的学术史梳理,以传统学术视阈下的杂传研究为基础,以现代学术研究视阈下展开的中国古代杂传研究为起点。

## 一、传统学术视阈下中国古代杂传的著录与辨体

杂传之名,首见于《汉书·艺文志》,其《六艺略》中孝经类著录有"《杂传》四篇"。可见在先秦两汉时期,杂传已经成为一种文类,有了相应的地位和影响,并在目录学中体现出来。至唐初,已累积大量杂传作品,《隋书·经籍志》乃"部而类之",于史部首设"杂传"类,著录杂传作品"二百一十七部,一千二百八十六卷。通计亡书,合二百一十九部,一千五百三卷"。《隋书·经籍志》杂传类序,认定《周官》所载外史、司寇等所掌所书,闾胥、族师、党正所记,是杂传的远源,而阮仓之《列仙图》是杂传之雏形,刘向之《列仙传》《列士传》《列女传》诸传,是杂传之"始作"。自《隋书·经籍志》以降,历代官私书目几乎均于史部设杂传类,著录杂传数量亦皆可观。检历代官私书目中所立杂传类及其序注和所著录作品,不难发现,辨体,即对杂传进行界定与明确杂传具体所指,并将其从杂家、杂史、故事、小说等其他文类区别出来,一直是各种官私书目的重要内容。郑樵就列举了包括杂传在内不易区分的五类著作:"古今编书所不能分者五:一曰传记,二曰杂家,三曰小说,四曰杂史,五曰故事,凡此五类之书,足相紊乱。"[1]就其因由,主要在于,杂传文体虽承列传而来,特征鲜明,但体制灵活,"幽人处士"[2]或"方闻之士"[3]"率尔而作"[4],因而往往不守常体,多有越界,由此造成杂传的多向度变体,与杂家、小说、杂史、故事等之间文体界线模糊。

《隋书·经籍志》杂传类序在追溯杂传的渊源之后,对杂传做出了界定,其云:"后汉光武,始诏南阳,撰作风俗,故沛、三辅有耆旧节士之序,鲁、庐江有名德先贤之赞。郡国之书,由是而作。魏文帝又作《列异》,以序鬼物奇怪之事,嵇康作《高士传》,以叙圣贤之风。因其事类,相继而作者甚众……"[5]由此可知,其杂传所包括的范围,内容上不仅有郡国耆旧节士、名德先贤及圣贤的事迹,也包括鬼物奇怪之事。《隋书·经籍志》虽未对杂传进行明确的判定,但在具体著录时,排列颇有规律,大致相同或类似的置于一处,前后相邻,可见其具体包括先贤耆旧传、高士传、孝子传、忠臣传、家传、列女传、僧传、道传、冥

---

[1]　[宋]郑樵撰,王树民点校《通志二十略·校雠略》"编次之讹论十五篇",中华书局1995年版,第1817页。
[2]　[明]焦竑《国史经籍志》卷三传记类序,《续修四库全书》本。
[3]　《宋三朝艺文志》传记类序,见马端临《文献通考·经籍考》杂史各门总杂传类序引,华东师范大学出版社1985年版,第537页。
[4]　[唐]魏徵等《隋书·经籍志》杂传类序,中华书局2011年版,第982页。
[5]　[唐]魏徵等《隋书·经籍志》杂传类序,中华书局2011年版,第982页。

异传、神怪传等类别。《旧唐书·经籍志》删落类序，但从其所录具体作品看，基本承袭《隋书·经籍志》，这从其杂传类后简短说明亦可得到证明："右杂传一百九十四部，褒先贤耆旧三十九家，孝友十家，忠节三家，列藩三家，良吏二家，高逸十八家，杂传五家，科录一家，杂传十一家，文士三家，仙灵二十六家，高僧十家，鬼神二十六家，列女十六家。"大致与《隋书·经籍志》同，而增加了科录一家。同时，《旧唐书·经籍志》也在事实上对杂传进行了分类，明确了杂传的类型，大致划定了杂传的边界。

《新唐书·艺文志》对杂传的界定与判别，与《隋书·经籍志》《旧唐书·经籍志》相比，发生了较大的变化，它保留了《旧唐书·经籍志》的科录一类，把《旧唐书·经籍志》中的高僧、仙灵、鬼神三类，也就是《隋书·经籍志》中的僧传、道传、冥异、神怪四类剔除，放入子部释家或神仙家中。另外，又将如徐景《玉玺正录》《国宝传》这样的叙物之书纳入杂传类中。其后，《崇文总目》《文献通考·经籍考》《宋书·艺文志》等史志书目及其他宋元私家目录学著作，其杂传所指大致如《新唐书·艺文志》，时或有所增加。然亦有例外，郑樵所作《通志》，其《艺文略》之传记，与时人观念有较大差别，似乎又回归《隋书·经籍志》的杂传观念，包括耆旧、高隐、孝友、忠烈、名士、交游、列传、家传、列女、科第、名号、冥异、祥异十三类。而观其各类名目，则又应当综合了《新唐书·艺文志》《崇文总目》等诸书志的杂传界定，这应当与郑樵编纂《通志》的体例和材料来源、取资态度有关。郑樵《通志·艺文略》多取历代现存书志，汇编而成，特别是唐前书籍存佚，多依托《隋书·经籍志》及《旧唐书·经籍志》，故《通志·艺文略》的杂传界定与判别，呈现出融通的面相。

明代书目也多从《新唐书·艺文志》《宋书·艺文志》的杂传界定与判别，如焦竑《国史·经籍志》就认为杂传包括耆旧、孝友、忠烈、名贤、高隐、家传、交游、列女、科第、名号、冥异、祥异诸类。藏书家祁承㸁《澹生堂藏书目》史部有记传一门，他对杂传的判别可谓别具一格，认为杂传可分为衰辑、别录、高贤、垂范、汇传、别传、事迹、行役、风土九类。

《四库全书总目》认为历代官私书目对杂传的界定和判别驳杂混乱，未能把握杂传的本质，"诸家著录体例相同，其参错混淆亦如一轨"。因而《四库全书总目》重新梳理了杂传的渊源，认为："纪事始者，称传记始黄帝，此道家野言也。究厥本源，则《晏子春秋》是即家传；《孔子三朝记》其记之权舆乎？裴松之注《三国志》、刘孝标注《世说新语》，所引至繁，魏晋以来，作者弥夥。"由此出发，重新设定对杂传的判别标准，将杂传归为五类："一曰圣贤，如孔孟年谱之类；二曰名人，如《魏郑公谏录》之类；三曰总录，如《列女传》之类；四曰杂录，如《骖鸾录》之类；其杜大圭《碑传琬琰集》、苏天爵《名臣事略》诸书，虽无传记之名，亦各核其实，依类编入。至安禄山、黄巢、刘豫诸书，既不能遽削其名，亦未可熏莸同器，则从叛臣诸传附载史末之例，自为一类，谓之别录。"①由于《四库全书》的巨大影响，

---

① ［清］永瑢等《四库全书总目》卷五七史部传记类序，中华书局1995年版，第513页中。

《四库全书》以后，各官私书目对杂传的判别，多依循《四库全书》。如清高宗敕撰《续文献通考·经籍考》传记类即云："马端临《通考》传记一门最属繁杂，王圻《续通考》所载漫无别择，尤为泛滥，若郑樵《通志·艺文略》分目十三，又嫌琐屑，今以《四库全书》之例……"①不过，也有例外，如大史学家徐乾学的《传是楼书目》对杂传的界定与判别，就不从《四库全书》，他将杂传分为耆旧、孝友、忠烈、名贤、高隐、家传、列女、名号、谱系、家谱十类。②似又回归《新唐书·艺文志》以来传统的杂传观念。

纵观历代官私书目的杂传界定与判别，从《隋书·经籍志》到《四库全书总目》，虽然都抓住了杂传的本质属性，但对杂传的定义并没有取得完全一致，对杂传边界的划定，也没有达成最终的一致和统一。因而，历代官私书目杂传类的著录，都存在这样那样的不确定或有争议之处，需要加以认真审视和辨析。

## 二、19 世纪末 20 世纪前期：中国古代杂传的补录与辑佚

19 世纪末 20 世纪前期，中国古代杂传研究经历了一个转型过程，即从传统学术视阈下的研究向现代学术视阈下的研究转变，这种转变，可以上溯至乾嘉时期的章宗源。章宗源的《隋书经籍志考证》，是传统学术视阈下对唐前杂传的一次大规模考察，下启清末的姚振宗，并由此开启清末民初学术界大规模对历代艺文志的补订之风，其间也包括对历代杂传的考察、补录和辑佚。

### (一)传统学术视阈下杂传研究的成就与终结

#### 1. 章宗源与《隋书经籍志考证》

对中国古代杂传著录情况的考察和考订，清乾嘉时期的章宗源是当之无愧的先行者。据孙星衍《五松园文集》所录《章宗源传》载，"章宗源字逢之，浙江山阴人，以兄编修宗瀛官京师，遂亦大兴籍中式乾隆丙午科举人。少聪颖，不喜为时文，以对策博赡发科，益好学，积十余年，采获经史群籍传注，辑录唐宋以来亡佚古书，盈数笈。自言欲撰《隋书经籍志考证》，书成……"章宗源惑于广慧寺明心，终身不悟，嘉庆五年(1800)疾卒于京师，年未满五十。今所见《二十五史补编》本《隋书经籍志考证》十三卷，仅有史部考证，杂传考证在第十三卷。章宗源《隋书经籍志考证》是第一部对唐前杂传进行系统考释的古典学术之作，依托《隋书·经籍志》著录，梳理每一部杂传之著录流变、存佚情况，并对散佚杂传佚文进行考辨、汇集，大致厘清了唐前杂传数量及其存佚等基本情况。

---

① ［清]清高宗敕撰《续文献通考·经籍考》传记类按语，《十通》本，浙江古籍出版社影，1988 年。
② ［清]徐乾学《传是楼书目》卷二，《续修四库全书》本。

2. 姚振宗与《隋书经籍志考证》

至清末，姚振宗在章宗源《隋书经籍志考证》的基础上，更撰《隋书经籍志考证》五十二卷，又撰《汉书艺文志拾补》六卷、《后汉艺文志》四卷、《三国艺文志》四卷，均涉及唐前杂传。对唐前杂传基本生态进行了更为细致和全面的梳理考察。

姚振宗的《隋书经籍志考证》史部杂传部分，不仅对《隋书·经籍志》著录的唐前杂传的书名、卷数、作者、存佚等情况做了较为细致的辨析、考订，也对唐前《隋书·经籍志》未著录的杂传进行了调查和考索，补录了大量《隋书·经籍志》没有著录的杂传，并对其题名、卷数、作者、存佚等进行了辨订，按类编列。章宗源《隋书经籍志考证》主要考订了唐前杂传中的散传，收录散见于《三国志》裴松之注、《后汉书》李贤注、《世说新语》刘孝标注、《水经注》、《文选》李善注中的注引和《北堂书钞》《艺文类聚》《太平御览》等类书征引中的唐前散传184种。姚振宗《隋书经籍志考证》则在此基础上，对唐前杂传进行了全面的辨订，不仅涉及章宗源主要考订的散传，更涉及章宗源未及深考的大量类传，收录唐前杂传共470种之多。

可见，与章宗源相比，姚振宗对唐前杂传的调查和考订更加细致，不仅直接引用章宗源的考订成果，同时，对杂传著录流变、存佚情况的考订更加细致深入，尤其是对大量未见著录于《隋书·经籍志》等书目而散落各处的杂传的收集、考订，基本完成了对唐前杂传的初步普查。姚振宗的普查、考订，将数量巨大然而却长期被遮蔽、被忽略的汉魏六朝杂传呈露出来，为其随后被纳入现代学术研究视野奠定了基础，打开了现代学术研究视域下的中国古代杂传整理研究之门。

章、姚二人对唐前杂传的考订工作，开启了现代学术对中国古代杂传的整理研究之路，具有开拓之功。

3. 清末民国各家补艺文志对中国古代杂传的调查和补录

姚振宗之后，清末民国时期，出现了对历代史志的订补之风，订补各代经籍志、艺文志的补志相继撰成，其中涉及杂传部分，进一步对历代杂传进行了调查、补录，主要集中于唐前和宋辽金元。侯康《补后汉书艺文志》史部杂传类录有40种，姚振宗《后汉艺文志》史部杂传记类录有58种，曾朴《补后汉书艺文志并考》史部杂传类录有47种，顾櫰三《补后汉书艺文志》录有后汉散传和部分类传44种。三国杂传，侯康《补三国艺文志》史部杂传类著录有杂传52种，姚振宗《三国艺文志》史部杂传记类著录有54种。两晋杂传，丁国钧《补晋书艺文志》卷二史录杂传类补录有236种，文廷式《补晋书艺文志》卷二史部杂传类补录有224种，秦荣光《补晋书艺文志》卷二史部传记类补录有345种，吴士鉴《补晋书艺文志》卷二史录杂传类中补录有243种，黄逢元《补晋书艺文志》卷二史录杂传类补录有91种。南北朝杂传，徐崇《补南北史艺文志》史部杂传类卷一《南史》著录有

46 种杂传,除去其中的志怪 10 种,实际共 36 种;卷二《北史》著录有 19 种,除去志怪 3 种,实际共 16 种,合《南史》《北史》杂传共 54 种。另外,聂崇岐《补宋书艺文志》史部补录刘宋一代杂传 22 种(其中包括志怪 7 种),陈述《补南齐书艺文志》卷二史部补录萧齐一代杂传 8 种,张鹏一《隋书经籍志补》卷二史部补录杂传 11 种(基本为南北朝时期杂传)。宋辽金元杂传,倪燦《宋史艺文志补》补录"七家三十一卷",缪荃孙《辽艺文志》史部传记类补录 3 部,王仁俊《辽史艺文志补正》史部传记类补录 3 部,黄任恒《补辽史艺文志》史部传记类补录 2 部,钱大昕《补元史艺文志》史部传记类补录 41 种。倪燦《补辽金元艺文志》史部传记类补录"三十一家一百四十五卷",金门诏《补三史艺文志》史部传记类补录 15 种。这些补经籍志或补艺文志,由章、姚二人对唐前杂传的调查、考订,拓展到对中国历代杂传的调查、清理和确认,因而,综合各家,基本弄清了中国历代杂传创作的数量等基本情况,也对历朝各代杂传的存佚、流传、引录、收录等做了简单清理。这些补经籍志、补艺文志,再加上历代史志书目著录,构成了中国古代杂传数量等的初步、粗略信息。

自章宗源开始,到清末从姚振宗到侯康等诸家历代艺文志补,对历代杂传著录、存佚等的考订,是传统学术研究视阈下杂传研究的重要成就,为现代学术视阈下的杂传研究奠定了基础。清末以来,西风渐炽,姚振宗等继章宗源之后的杂传研究工作,是传统学术视阈下杂传研究的终结,呈现出一种总结性的集成性研究态势,而其间也隐然萌动着新的研究取向,比如大规模系统性研究目标的设定、多角度观照方式以及融通的学术态度等,已然显露出承前启后的学术面相。

### (二)现代学术视阈下杂传研究的起步

在杂传辑佚、校勘方面,明代的《汉魏丛书》《广汉魏丛书》《说郛》等已有对杂传的零星辑录,清乾嘉以来,如《玉函山房辑佚书》《玉函山房辑佚书续编》等也有对杂传的零星辑佚。此略而不论。顾櫰三《补后汉书艺文志》在考订东汉一代单篇散传的同时,对存有佚文的后汉单篇散传杂传进行了辑录。

在这一阶段,鲁迅和朱东润的杂传辑佚和研究值得注意。

1. 鲁迅的中国古代杂传辑佚

鲁迅先生在考察中国古代典籍以及浙江绍兴地方古代文献时,辑录了部分古代杂传,包括单部的张隐《文士传》和包含在《会稽郡故事杂集》中的《会稽先贤传》《会稽典录》《会稽后贤传记》《会稽记》等。鲁迅先生对中国古代散佚杂传的辑录,包括如文本校勘条理、出处标注等体例制度,已不同于传统学术的古籍辑佚,可视为现代学术意义上的古籍整理实践。鲁迅先生的古籍整理成就,杂传只是其中一部分,当然其杂传辑佚实践,为后来科学、规范的杂传辑佚树立了典范。

2. 朱东润的中国古代杂传研究和辑佚

朱东润在传记创作与研究中,对中国古代杂传多有涉及,作为学者和传记作家,朱东润是真正开拓中国现代传记文学领域的第一人。朱东润从 20 世纪 30 年代开始投入传记研究,先后完成《中国传叙文学底进展》《传叙文学之前途》《大慈恩寺三藏法师传述论》《传叙文学与人格》等论文,并于 1942 年完成《八代传叙文学述论》(1942 年著,复旦大学出版社 2006 年正式出版)。这些研究成果,多是传记文学研究领域相关问题的首发之论。

朱东润的《八代传叙文学述论》,是现代学术视阈下系统进行传记文学研究的开山之作,他自言他所说的"传叙文学就是时人称为'传记文学'的文学,但是为求名称确当起见,应该称为传叙文学"①,并说:"关于中国传叙文学底著述,《隋书·经籍志》收入史部杂传类,这是最古的分类。"其后,他对"传叙文学"名称和流别进行了追溯和阐释,"传人曰传,自叙曰叙",传叙文学在总体上包括传人之作、自叙之作。细分则有行状,以及和状类似的著作:德行、言行、故事、本事、伪事、画像、家传、阀阅、道家内传、别传与《文章叙录》一类的作品。在《八代传叙文学述论》中,朱东润首先指出:"传叙文学是文学的一个部门。""传叙文学是文学,然而同时也是史;这是史和文学中间的产物。"②在承认传叙文学史学属性的同时,指出并阐释了传叙文学的文学属性。这是对杂传性质认识的十分重要的转变,一改传统学术对杂传史学属性的固有认识和判断,将杂传纳入文学视野进行观照,开启了对杂传文学属性与特征的探讨,具有重要的学术史意义。

从第三章开始,朱东润在书中梳理并考察了八代传叙文学的基本情况,从"传叙文学底蒙昧时期"的《穆天子传》,《东方朔传》,刘向《列女传》《列仙传》《列士传》《孝子图》,司马相如自叙,汉武三传,《飞燕外传》,到"传叙文学底产生"的别传、郡书、总传,到"传叙文学底自觉"的"确有作者可指"如魏文帝《典论自叙》《海内士品录》《列异传》,魏明帝《海内先贤传》,高贵乡公《自叙》,周斐《汝南先贤传》,3 部篇幅较长的传叙《献帝传》《曹瞒传》《管辂传》,魏国别传《任嘏别传》,钟会《母张夫人传》,魏代的总传《列异传》《海内先贤传》《先贤行状》《圣贤高士传》,蜀汉传叙《赵云别传》《费祎别传》《蒲元传》《李先生传》,吴国诸人别传《虞翻别传》《陆绩别传》《诸葛恪别传》《孟宗别传》等,到"几个传叙家底风格"的郭冲《诸葛亮隐没五事》《吴质别传》,何劭《王弼传》《荀粲传》,夏侯湛三篇《羊秉叙》《夏侯称夏侯荣序》《辛宪英传》,傅玄三篇《自序》《马钧序》《傅嘏传》、皇甫谧《自序》《玄晏春秋》《高士传》《逸士传》《列女传》,两晋总传尚可考见者《魏末传》《汉表传》《江表传》,两晋

<hr>

① 朱东润《八代传叙文学述论》,复旦大学出版社 2006 年版,第 19 页。
② 朱东润《八代传叙文学述论》,复旦大学出版社 2006 年版,第 1 页。

家传《褚氏家传》、《江氏家传》、司马彪《序传》、华峤《谱叙》，两晋郡书可考者张方《楚国先贤传》、范瑗《交州名士传》、白褒《鲁国先贤传》、高范《荆州先德传》、陈寿《益部耆旧传》，到"传叙文学勃兴底幻象"列举《隋书·经籍志》杂传类所录，以及霸史类王度《二石传》《二石伪治时事》等，杂史类傅畅《晋诸公赞》，到"南朝文士底动向"的裴伯子《薛常侍家传》、《荀氏家传》、裴松之《裴氏家传》、明粲《明氏世录》等、陶潜《孟府君传》、江淹《袁友人传》、萧统《陶渊明传》，总传如郭缘生《武昌先贤传》、刘义庆《徐州先贤传》、《江左名士传》、张骘《文士传》以及诸家《孝子传》等，"北方的摹本"的家传《崔氏五门家传》《暨氏家传》《周齐王家传》，郡书崔慰祖《海岱志》、阳休之《幽州古今人物志》、刘芳《徐州人地录》等，到"划时代的自叙"——《法显行传》，"《高僧传》的完成"——《高僧传》。

　　细检朱东润各篇所论涉及"传叙"文学作品，基本都是杂传作品。也就是说，朱东润所论"八代传叙文学"，实际上是汉魏六朝杂传，其八代传叙文学"述论"实际上是汉魏六朝杂传的一次宏观考察，梳理了汉魏六朝时期杂传产生、发展的线索及各阶段的主要作品。是一部汉魏六朝杂传发展史。在此意义上，朱东润的《八代传叙文学述论》是现代学术视阈下第一部汉魏六朝杂传史。

　　在此书的附录部分，朱东润辑录了汉魏六朝时期的杂传18种，包括附录第一《东方朔别传》、附录第二《钟离意别传》、附录第三《郭林宗别传》、附录第四《赵云别传》、附录第五《邴原别传》、附录第六《孙资别传》、附录第七《曹瞒传》、附录第八钟会《张夫人传》、附录第九何劭《荀粲传》、附录第十何劭《王弼传》、附录第十一夏侯湛《辛宪英传》、附录第十二傅玄《马钧序》、附录第十三郭冲《诸葛亮隐没五事》、附录第十四皇甫谧《庞娥亲传》、附录第十五释法显《法显行传》、附录第十六陶潜《晋故征西大将军长史孟府君传》、附录第十七萧统《陶渊明传》、附录第十八释慧皎《晋庐山释慧远传》。

　　杂传虽然不是鲁迅和朱东润学术研究的主要方面，但鲁迅和朱东润对中国古代杂传的关注，无疑对学术界有着启发意义，筚路蓝缕，拓开现代学术视阈下中国古代杂传研究这一学术领域。特别是朱东润的传叙文学研究，是"真正现代意义上的中国传记文学研究"，"朱东润先生致力于传记文学的研究、著述和教学，为中国文学界做了一番披荆斩棘的工作"。①

### 三、20 世纪后期：中国古代杂传整理研究的渐兴

　　20世纪50年代开始至20世纪末，学术界很少有人对中国古代杂传进行全面的考辑与研究。大多数工作或是概略论及，或仅就一部杂传或一代杂传或某一方面问题进行论述。

---

① 魏雪、全展《改革开放四十年中国传记文学研究的回顾与反思》，《中州学刊》2018 年第 9 期。

首先,在一些中国传记文学通史和断代史著作中,开始注意并纳入杂传。其中,通史如韩兆琦的《中国传记文学史》(河北教育出版社 1992 年)、陈兰村主编的《中国传记文学发展史》(语文出版社 1999 年,2012 年修订本),断代史如李祥年的《汉魏六朝传记文学史稿》(复旦大学出版社 1995 年)、郭丹著《史传文学》(广西师范大学出版社 1999 年,2014年又以《先秦两汉史传文学史论》在上海古籍出版社再版)等,在叙及各代传记文学时,均有少量篇幅论及各时代的杂传创作。

以晚出中国古代传记文学通史陈兰村主编的《中国传记文学发展史》为例。该书为最新一种中国传记文学通史,囊括从先秦至现代(余论部分延及当代)的中国传记文学。共分 9 章,其中,第一至第七章为中国古代传记文学发展史,在第一章"先秦传记文学的产生与发展"中,第四节提到的《晏子春秋》,可视为杂传萌芽。第二章"《史记》的诞生和汉代史传文学的辉煌",共分 6 节,在第六节最后第四点"汉代其他的传记文学"中论及两汉杂传刘向《列女传》和《东方朔传》。第三章"魏晋南北朝史传文学价值的下降和杂传的兴起",章节题目标列杂传,共分 4 节,以第三节专门讨论"魏晋南北朝杂传的兴起",涉及"什么是杂传""杂传的思想特征""杂传的艺术特色""散传和别传",论及 20 余种魏晋南北朝杂传。第四章"唐代史传文学和碑志传记",共分 6 节,其中第二节"《慈恩传》的传记文学价值"、第三节"韩愈、柳宗元传记文的生命力"、第四节"韩、柳以外的唐人散传"、第五节"别开生面的唐代自传",论及唐代杂传,包括《慈恩传》、韩愈杂传 4 种、柳宗元杂传 8种、韩柳之外 3 种、自传 5 种。第五章"宋元传记文学在曲折起伏中的嬗变与演进",共分五节,其中第二节第三点论及"欧阳修的散传创作",第四节第一点论及"金代元好问的传记文",第三点论及"元代的杂传"。第六章"明代市民传记的兴起与传记文学观的新突破",共分 4 节,第一节论及"宋濂及明初的传记文",包括宋濂、高启、方孝孺的杂传创作,第二节、第三节在讨论明代市民传记时涉及杂传。第七章"清代传记文学的精致与停滞",共分 4 节,各节均涉及清代的杂传创作。

可以看出,陈兰村主编的《中国传记文学发展史》在梳理中国传记文学发展史的过程中,注意到了历代杂传,且有一定篇幅的讨论。又如李祥年的《汉魏六朝传记文学史稿》,属于断代传记文学史,以汉魏六朝的传记文学为研究对象,在以正史如《史记》《汉书》等中的列传为主要研究对象之外,对汉魏六朝时期的杂传也有概略论述。各种传记通史或断代史将杂传作为古代传记的一类,纳入传记史的宏观体系,对于杂传传记文学身份与地位的确立,有着积极意义。

其次,某部、某代杂传或杂传某一方面的微观研究。少数学者对中国古代杂传进行了零星的阐释和解析。如陈兰村《浅论魏晋六朝杂传的文学价值》(《浙江师范学院学报》1985 年第 2 期)、李祥年的《论魏晋南北朝的时代环境及社会思潮对杂传内容的影响》(《浙江师范大学学报》1986 年第 2 期)、李世萼《我国优秀古典杂传的传奇笔法》(《杭州师范学院学报》1990 年第 3 期)、田延峰的《汉魏六朝时期人物别传综论》(《宝鸡文理学院学报》1995 年第 2 期)等。对某部、某代或杂传的某些方面的微观研究的出现，表明中国古代杂传正逐渐进入研究者视野。

再次，少数学者开始投入中国古代杂传的辑佚整理工作。如黄惠贤校补习凿齿《校补襄阳耆旧记》(中州古籍出版社 1987 年)，朱迎平《第一部文人传记〈文士传〉辑考》(《古籍整理研究学刊》1994 年第 6 期)、李剑国《〈神女传〉〈杜兰香传〉〈曹著传〉考论》(《明清小说研究》1998 年第 4 期)、周勋初辑校《文士传》(载《魏晋南北朝文学论丛》，江苏古籍出版社 1999 年)。同时，一些特殊的专门类传，特别是那些传承有序、完帙流传至今者，也开始有学者关注，陆续被点校出版，如慧皎《高僧传》、道宣《续高僧传》、赞宁《宋高僧传》、义净《大唐西域求法高僧传》等就被收入中华书局的"中国佛教典籍选刊"，点校出版。而如中国书店更是将南朝梁慧皎、唐道宣、宋赞宁、明如惺的《高僧传》合编，以《四朝高僧传》出版。

总之，20 世纪后期的中国古代杂传整理研究，依然是零星和分散的。而无论是整理还是研究，均在微观与较小的领域展开，并有所突破。特别是各种传记通史、断代史将杂传纳入其中，给予杂传一定的地位和篇幅加以讨论，是值得注意的现象和趋势，这表明，中国古代杂传正在逐渐引起学者的关注和重视，走入学术研究视野。

### 四、21 世纪：中国古代杂整理研究的新进展

21 世纪以来，越来越多的学者意识到杂传的学术价值，投入中国古代杂传的整理研究工作。

#### 1. 笔者的中国古代杂整理研究

进入 21 世纪，笔者是较早致力于中国古代杂传整理与研究的学者。笔者 1998 年秋考入南开大学文学院，跟随李剑国先生治中国小说史，开始关注并研究中国古代杂传。2002 年，以《杂传与小说：汉魏六朝杂传研究》为题的论文，获得博士学位。该博士论文经修订后，于 2004 年 1 月由辽海出版社出版，2017 年 6 月第 2 版。《杂传与小说：汉魏六朝杂传研究》在考察汉魏六朝杂传的基础上，梳理汉魏六朝杂传与唐人小说之间的渊源流变关系。自此以后直到现在，笔者始终专注于中国古代杂传这一领域，陆续在各类学术期刊发表有关汉魏六朝杂传整理研究的大量学术论文。这些论文大致分为两类：一是对汉魏六朝杂传进行个案考订、辑佚和作家作品研究的论文，如《皇甫谧考》(《文献》2001 年第 4 期)、《略论皇甫谧杂传的小说品格》(《锦州师范学院学报》2002 年第 2 期)、《〈曹瞒传〉考论：兼论六朝杂传的小说化倾向》(《古籍研究》2002 年第 1 期)、《文士群像的速写：〈文士传〉考论》(《古籍研究》2002 年第 4 期)、《〈东方朔传〉考论》(《鞍山师范学院学报》

2003 年第 2 期）、《刘向〈列士传〉辑校》（《文献》2003 年第 2 期）、《刘向杂传创作考论》（《锦州师范学院学报》2003 年第 3 期）、《生命理念的投射：嵇康与〈圣贤高士传赞〉》（《古籍整理研究学刊》2004 年第 6 期，中国人民大学复印报刊资料《中国古代、近代文学研究》2005 年第 4 期全文转载）、《论〈晏子春秋〉的传记文学品格》（《社会科学论坛》2006 年第 1 期）、《习凿齿及其杂传创作考论》（《沈阳师范大学学报》2008 年第 6 期）、《〈名士传〉〈竹林七贤论〉考论》（《淮阴师范学院学报》2009 年第 6 期，《高等学校文科学术文摘》2009 年第 6 期转载）、《魏晋南北朝诸〈孝子传〉考论》（《古籍研究》2013 年第 2 期）、《论汉武三传及其传人策略的典型意义》（《重庆大学学报》2013 年第 5 期）等；二是对汉魏六朝进行整体宏观考察及杂传与小说关系问题研究的论文，如《论六朝杂传对史传叙事传统的突破与超越》（《辽宁大学学报》2000 年第 6 期）、《六朝杂传与传奇体制》（《武汉大学学报》2001 年第 5 期，人大复印报刊资料《中国古代、近代文学研究》2002 年第 2 期全文转载）、《六朝杂传概论》（《辽宁大学学报》2002 年第 1 期）、《试论汉魏六朝人物传写的小说化倾向》（《沈阳师范大学学报》2003 年第 2 期）、《略论杂传之渊源及其流变》（《辽宁大学学报》2003 年第 4 期）、《论六朝杂传叙事建构的小说化倾向》（《古籍研究》2003 年第 2 期）、《从汉魏六朝杂传到唐人传奇》（《社会科学辑刊》2005 年第 5 期）、《虚构与汉魏六朝杂传的小说化》（《辽宁大学学报》2006 年第 4 期）、《略论唐人小说之史才、诗笔与议论》（《沈阳师范大学学报》2007 年第 6 期）、《汉魏六朝杂传兴盛的人文观照及其品格检视》（《辽宁大学学报》2009 年第 3 期）《论〈燕丹子〉与汉魏六朝杂传的叙事策略》（《华中师范大学学报》2013 年第 2 期）等。在微观与宏观考察相结合的基础上，笔者进一步总结汉魏六朝杂传的整理和研究成果，先后完成博士学位论文《杂传与小说：汉魏六朝杂传研究》（2002 年南开大学博士学位论文），专著《杂传与小说：汉魏六朝杂传研究》（博士论文修订而成，辽海出版社 2004 年初版，2017 年第二版）、《汉魏六朝杂传研究》（中华书局 2014 年）、《汉魏六朝杂传集》（全四册）（中华书局 2017 年）等。

**2. 学术界开始关注并投入对中国古代杂传的整理研究**

21 世纪以来，除笔者之外，已有越来越多的学者开始关注中国古代杂传，并尝试从不同角度、不同层面进行探讨和研究。如张新科的《三国志所引杂传述略》（《陕西师范大学学报》2003 年第 5 期）一文考察了《三国志》裴松之注所引杂传，认为从形式上看，这些杂传与史传不同，它们脱离史书独立存在，标志着魏晋时期古典传记文学进入了一个新的发展阶段；从艺术渊源看，它们继承了以《史记》为代表的史传传统，但又有发展，具有传奇色彩和感情色彩。它们既补充了《三国志》的不足，又使历史人物个性化，因而有较高的史学、文学价值。李建东《叙事文学的先声——论"野史杂传"向小说之过渡》（《学术论坛》2003 年第 1 期）一文认为东汉魏晋时期的"野史杂传"，不仅起到在史传向小说发展过程中的中介作用，而且是整个中国小说发展史的直接滥觞。卞东波《六朝"高士"类杂传考论》（《古典文献研究》辑刊 2004 年）对六朝以高士命名的类传如皇甫谧的《高士传》等的作者、流传及其内容和撰作目的等进行了考察。刘湘兰的《两晋史官制度与杂传的兴盛》（《史学史研究》2005 年第 2 期）一文认为两晋"著作郎始到职，必撰名臣传一人"的史官制度，为寒微士人凭借文史著述之才进入仕途打开了一个门径，激发了寒士们对人物别传的创作热情，由此导致了两晋杂传的大量涌现。仇鹿鸣的《略谈魏晋的杂传》（《史学史研究》2006 年第 1 期）一文则主要通过分析郡书、家传、别传三种类型的杂传，探讨了杂传与当时的社会风气，尤其是士族文化之间的关系。朱静的《魏晋别传繁兴原因探析》（《盐城师范学院学报》2006 年第 2 期）一文认为，别传之所以在魏晋时期创作如此繁盛，史官文化传统、九品中正的选官制度等是其主要的原因。杨子龙的《浅谈魏晋南北朝时期杂传之别传》（《四川教育学院学报》2009 年第 3 期）一文从别传的内容题材出发，探讨别传这一体式能在魏晋时期兴盛的原因，并提出别传对于研究魏晋文学历史的一些作用。陈庆的《小议汉魏六朝人物别传》（《四川理工学院学报》2008 年第 2 期）对"别传"概念进行了辨析，探讨了汉魏六朝时期的人物别传，并提出了该时期"别传类传记"的史学范畴。另外，赵华的《略论别传与史传之异同》（《黑河学刊》2003 年第 6 期）一文对别传与史传作了界定，王焕然的《试论汉末的名士别传》（《沈阳师范大学学报》2004 年第 2 期）则主要讨论了汉末的名士别传，陈东林的《刘向〈列女传〉的体例创新与编撰特色》（《明清小说研究》2006 年第 2 期）与李亮的《鲁迅与〈会稽郡故书杂集〉》（《鲁迅研究月刊》2006 年第 1 期）则是在其他问题的讨论中涉及了汉魏六朝杂传。另外，朱迎平《唐宋传体文流变略论》（《学术研究》2010 年第 5 期）、尹福佺《中古杂传对〈三国志演义〉建构与禁锢》（《兰台世界》2011 年第 13 期）、聂付生《杂史、杂传叙事对朝鲜汉文叙事文的影响》（《中国文学研究（辑刊）》2011 年第 1 期）、王勇《论魏晋"杂传"的小说化》（《重庆广播电视大学学报》2012 年第 2 期）、王勇《经、史分途与魏晋杂传的文体生成》（《成都理工大学学报》2012 年第 4 期）、娄欣星《论古代假传的文体特点》（《浙江师范大学学报》2014 年第 1 期）、裴媛媛《六朝杂传与文学——以〈曹瞒传〉为例》（《江西教育学院学报》2014 年第 1 期）、金仁义《门阀士族与东晋南朝杂传和谱系撰述的发展》（《史学史研究》2014 年第 3 期）、王勇《论魏晋杂传叙事的基本特征》（《文艺评论》2015 年第 2 期）、刘银清《汉魏晋杂传的转变与融合》（《内蒙古大学学报》2015 年第 6 期）、袁启桢《论〈列女传〉对传文体式（例）的新创造及目录学意义》（《唐山师范学院学报》2019 年第 1 期）、蔡丹君《六朝杂史、杂传与咏史诗学的发展——从阳休之〈陶渊明集〉所收〈集圣贤群辅录〉说起》（《北京大学学报》2019 第 2 期）等论文，涉及杂传文体、叙事及其他特征以及与杂史、小说、诗歌的关系等方面，也足见中国古代杂传研究的进一步深入。中国古代杂传的辑佚整理也时或有见，如陈庆元《黄璞〈闽川名士传〉辑考》（《文献》2003 年第 2 期），就对唐代福建地方性杂传《闽川名士传》进行了辑校、考证,使《闽川名士传》有了比较可靠的辑本,同时,对作者黄璞等其人的生平行事,也做了简略考证。张亚军《〈世说新语〉注引袁宏〈名士传〉考略》(《古籍整理研究学刊》2010 年第 3 期)考证了《世说新语》中的《名士传》佚文情况。此外,聂付生《杂史、杂传叙事对朝鲜汉文叙事文的影响》(《中国文学研究(辑刊)》2011 年第 1 期),则注意到杂史、杂传对中国周边国家叙事文的影响。

在 21 世纪的中国古代杂传整理研究中,浙江师范大学俞樟华教授的研究成就值得注意。俞樟华教授在 20 世纪后期主要从事《史记》研究,独著或与人合著多部《史记》研究论著,包括俞樟华等著《清代的〈史记〉研究》(黑龙江人民出版社 2016 年),张新科、俞樟华《史记研究史略》(三秦出版社 1990 年),安平秋、张大可、俞樟华《史记教程》(华文出版社 2002 年),张大可、俞樟华、梁建邦编《史记论著提要与论文索引》(商务印书馆 2015 年)等。进入 21 世纪,俞樟华教授独著或与人合著,先后完成多部中国古代传记研究专著,包括:俞樟华《古代传记理论研究》(黑龙江人民出版社 2000 年),俞樟华、许菁频《古代杂传研究》(吉林文史出版社 2005 年),俞樟华、邱江宁《清代传记研究》(上海三联书店 2013 年),俞樟华等《古代传记真实论》(中国文史出版社 2013 年),俞樟华、林尔等《宋代传记研究》(黑龙江人民出版社 2015 年),俞樟华、娄欣星《古代假传和类传研究》(黑龙江人民出版社 2015 年),俞樟华等《中国现代传记文学编年史》(浙江大学出版社 2020 年),等等。其中,如《古代杂传研究》《清代传记研究》《宋代传记研究》《古代假传和类传研究》等,是俞樟华教授指导的硕士研究生的毕业论文修订合编,在考察中国古代传记文学时,较为广泛地涉及了中国古代杂传的某些方面,或是某一杂传作家的创作考察,或是某一较短历史阶段杂传创作的整体考察。专著之外,俞樟华独自或与其研究生共同发表历代各类杂传研究的论文多篇,如俞樟华、娄欣星《论古代女性类传》(《荆楚理工学院学报》2012 年第 3 期)等。俞樟华教授是 21 世纪以来较多投入中国古代杂传研究为数不多的学者之一。

另外,邱江宁、唐云芝的专著《元代中期馆阁文人传记研究》(中国社会科学出版社 2019 年)以及邱江宁、林乾浩《论元代馆阁文人传记的写作维度》(《西北民族大学学报》2020 年第 1 期)等论文,考察元代中期馆阁文人传记,涉及这一时期的杂传,也属于近年中国古代杂传研究的新成果。

3. 硕士、博士学位论文开始聚焦中国古代杂传

21 世纪以来,一些硕士、博士论文,也开始以杂传为研究对象,在较为广泛的层面,考察中国古代杂传。其中硕士学位论文有:方梅《〈高僧传〉艺术论》(浙江师范大学 2003 年硕士学位论文)、朱静《魏晋别传研究》(南京师范大学 2004 年硕士学位论文)、赵蕾《〈文士传〉研究》(河南大学 2004 年硕士学位论文)、丁红旗《皇甫谧〈高士传〉研究》(河南大学

2005 年硕士学位论文)、《广陵已绝响，犹存高士魂——嵇康〈圣贤高士传〉研究》(山东大学 2007 年硕士学位论文)、尹雨晴《刘向〈列女传〉研究》(河北师范大学 2009 年硕士学位论文)、薛雅芬《汉魏六朝人物传记研究》(西北大学 2011 年硕士学位论文)、王玉楼《汉魏六朝孝子传研究》(暨南大学 2011 年硕士学位论文)、谷文彬《嵇康〈圣贤高士传赞〉研究》(广西师范大学 2012 年硕士学位论文)、唐蓉《两汉杂史杂传类志怪小说研究》(中南大学 2013 年硕士学位论文)、王勇《魏晋南北朝杂传考论》(安徽大学 2013 年硕士学位论文)、娄欣星《论古代杂传中的类传》(浙江师范大学 2013 年硕士学位论文)、蔡婉娥《王绩〈会心高士传〉人物研究》(福建师范大学 2014 年硕士学位论文)、肖婉《魏晋南北朝高士传记研究》(湖南师范大学 2014 年硕士学位论文)、孙小娴《邵廷采传体文研究》(兰州大学 2014 年硕士学位论文)、张旭《志怪与汉魏六朝史学研究——以杂传为主要研究对象》(西北大学 2014 年硕士学位论文)、辛志峰《三国杂传研究》(山东师范大学 2015 年硕士学位论文)、马梦莹《道教仙传文献目录分类研究》(陕西师范大学 2016 年硕士学位论文)、褚桂燕《清代女性类传研究》(陕西师范大学 2017 年硕士学位论文)、湛玉霞《皇甫谧〈高士传〉研究》(重庆大学 2017 年硕士学位论文)、黄姣雪《宋代杂传文体研究》(湖北大学 2018 年硕士学位论文)、徐黛君《晚明杂传体隐逸类传编纂研究》(浙江师范大学 2018 年硕士学位论文)、隋严《汉魏六朝杂传中的女性伦理建构研究》(辽宁师范大学 2019 年硕士学位论文)、罗佩轩《魏晋先贤传研究》(西北师范大学 2019 年硕士学位论文)、杨瑞楠《〈列仙传〉研究》(西南大学 2019 年硕士学位论文)、刘友丰《晋代杂传研究》(山东师范大学 2020 年硕士学位论文)。博士学位论文有：李兴宁《魏晋时期别传研究》(台湾高雄师范大学 2003 年博士学位论文)、武丽霞《唐代杂传研究》(四川大学 2004 年博士学位论文)、刘湘兰《六朝史传、杂传与小说叙事比较研究》(南京大学 2005 年博士学位论文)、史素昭《唐代传记文学研究》(暨南大学 2009 年博士学位论文)、史卉《魏晋南北朝杂传研究》(山东大学 2011 年博士学位论文)、裴媛媛《汉末六朝杂传提要》(曲阜师范大学 2012 年博士学位论文)、孙文起《宋代传记研究》(南京大学 2017 年博士学位论文)。硕、博论文以中国古代杂传为研究对象，表明学术界已逐渐意识到中国古代杂传的重要学术价值，并尝试进行探析。

需要提到的是，在中国古代杂传作品中，一些特殊的作品意外受到特别关注，比如刘向《列女传》，在各个不同角度上受到广泛关注，各类研究论文、著作比较多，此不单列。类似者如慧皎《高僧传》等亦如此。此类可归入单部作品研究的范围内，属于特殊现象，特此说明。

总之，21 世纪以来，中国古代杂传开始引起学术界有识之士的关注，并相继展开了相关研究和杂传文本的辑佚校勘工作，在更广泛的层面，取得了一定成绩。

为推动中国古代杂传研究的深入开展，迫切需要对中国古代杂传及其基本文献(包括文本及相关文献资料）进行一次全面、系统的普查、整理和研究，以推动中国古代杂传研究及传记文学研究乃至中国文学与史学研究相关领域的可持续发展。

## 五、百年来中国古代杂传整理研究的进展、不足与挑战

现代学术视阈下中国古代杂传的整理研究，真正开始于 20 世纪 20 年代鲁迅与朱东润，自此迄今，正好百年左右历程。综观百年来中国古代杂传的整理研究，无论是实践层面，还是理论层面，都取得了令人瞩目的进展。

### （一）百年中国古代杂传整理研究进展

1. 在实践层面

首先，历代杂传的调查、清理。从章宗源、姚振宗，到清末民国各家补艺文志对中国古代杂传的调查和补录，再到 20 世纪后期开始逐渐走向系统化的杂传研究，研究者对中国古代杂传的调查、清理，逐渐走向深入。历代杂传的创作、存佚、版本、流传以及数量等基本历史生态，得到较为细致的考察，基本摸清了历代杂传的情况。

其次，历代杂传的辑录、校勘。从鲁迅在清理乡帮文献时辑录、校勘涉及部分杂传，到朱东润有意识地专门辑录，到 20 世纪后期开始，从零星、分散，到专门、大规模地辑录、校勘一代或历代杂传，杂传整理取得巨大成就。

再次，杂传研究逐渐成为重要文学研究的重要领域。杂传从百年前的少有人问津，研究者寥落、研究成果稀少，到 21 世纪以来，大量硕、博论文以杂传研究选题，杂传研究逐渐引起学术界的关注，并成为重要的学术研究增长点。

2. 在理论层面

首先，承认杂传是史学属性的同时，逐渐承认杂传的文学属性。从而在关注杂传史料价值之外，开始关注并探析杂传的文学价值。自朱东润先生提出"传叙文学是史"，"传叙文学也是文学"的判断后，杂传作为朱东润先生所谓"传叙"文学的主要部分，逐渐被纳入文学研究视野，其文学属性不断被揭示和阐发，越来越清晰、系统。

其次，将杂传纳入中国传记文学史和文学史的宏观体系与视野，将其作为中国传记文学和中国文学的重要部分，进行考查和研究。虽然这种观照较为粗略，但毕竟给予了杂传在传记文学史与文学史中相应地位和关注。

再次，杂传概念、范畴等基本问题得到探讨，杂传和史学领域的杂史、故事、旧事等与文学领域的小说、诗歌、散文等的关系得到梳理、探析，杂传自身的独特性得到揭示，逐渐明晰，作为独立文类的地位得以确立。

又次，部分历史时期和部分重要类别的杂传研究，取得重要进展。中国古代杂传的发展涵盖整个中国古代时期，类别多样。研究者大多选取一个历史时段或者某一类杂传

进行深入研究,比如汉魏六朝时期,比如散传、类传、假传等等,得到了充分深入的研究。

综观百年中国古代杂传整理研究史,对中国古代杂传的认识逐渐深入,中国古代杂传领域的基本问题逐渐清晰,特别是以下数端。

(1)中国古代杂传作品数量巨大,相关文献资料遗存丰富,但散佚严重,迫切需要加以整理保护。

(2)中国古代杂传创作源远流长,贯穿整个中国古代文学、史学发展历史,是文学与史学特别是文学学科的重要构成部分,但其文学属性与身份长期被忽视和遮蔽。

(3)中国古代杂传文体独立,有着线索清晰、传承有序的发展历史,且在历史的发展过程中,自成体系,特征鲜明,形成了系统、完善的基本范畴和清晰、自洽的内在逻辑。

(4)中国古代杂传具有兼文兼史的属性和身份,在其历史发展过程中,史传化之外,文章化倾向显著,是构成其历史发展、嬗变的重要方面。

(5)中国古代杂传的发展历史,既表现出典型的连续性,又表现出鲜明的阶段性。

(6)中国古代杂传与文学领域中小说、散文、诗歌等关系密切,且相互影响,有着广泛的交流、对话和互动。

(7)中国古代杂传与史学领域中史传、杂史、故事等关系密切,且相互影响,有着广泛的交流、对话和互动。

(8)中国古代杂传作为正史列传以外的历史人物传记,是正史列传以外人物传记的重要文献资料,特别是在历史人物、历史事件等研究方面,史料价值独特,可以作为正史等主要史书人物史料的补充或与其他史籍相互参证。

(9)中国古代杂人物传录生活化的为传方式,使得杂传中保存了当时大量的地方民俗风情、特定时代的人文习尚,有着丰富的一时一地的民俗、民风资料遗存,在古代社会生活史及民间民俗、民风研究中,具有标本意义。

### (二)百年中国古代杂传整理研究的不足

百年来,中国古代杂传研究取得了巨大进展,但也有显著不足,主要体现在以下几方面。

(1)中国古代杂传体系化理论建构的缺失。传记文学自纳入文学研究视野,理论建构尝试一直没有停止,朱东润的《八代传叙文学述论》,韩兆琦《中国传记文学史》、陈兰村《中国传记文学发展史》以及朱文华的《传记通论》,李祥年《传记文学概论》,俞樟华《中国传记文学理论研究》《古代传记真实论》,张新科的《中国古典传记文学的生命价值》等等,均在建构中国传记文学理论体系上,做出了有益尝试,虽然或多或少涉及中国古代杂传,然而,大多未对杂传相关理论问题进行深入探讨,建构中国古代杂传的理论体系,也大多缺乏对杂传整理研究方法的理论总结。而汪荣祖《史传通说——中西史学之比较》等著述，虽站在中西比较的宏大视阈下考查中国史传，而对杂传的理论探讨以及方法论，也是缺失的。总之，百年中国古代杂传整理研究，体系化的理论建构与方法论总结是缺位的。

（2）中国古代杂传史研究与书写的缺失。如前所书，百年来，虽有如朱东润《八代传叙文学述论》、李祥年《汉魏六朝传记文学史稿》、韩兆琦《中国传记文学史》、陈兰村《中国传记文学发展史》等传记文学史等，杂传虽是被纳入其中，但独立且体系化的中国古代杂传史，却始终缺失。而如熊明《汉魏六朝杂传研究》，俞樟华《古代杂传研究》《清代传记研究》《宋代传记研究》等，也只是某一历史时期的杂传研究或某一历史时期中部分杂传的专题研究。完整而体系化的中国古代杂传史书写仍然缺失。

（3）国外中国古代杂传整理研究的缺失。国外中国古代杂传研究的长期缺失，是不争的事实。相较于国内，在国外，几乎没有学者真正投入中国古代杂传研究。只有极个别学者涉足此领域，也主要是在进行其他研究时附带涉及。巡检外国的中国古代杂传研究，目前只有少数日本学者略及。京都大学的川合康三教授先后完成的《隋书经籍志详考》（合著，汲古书院 1995 年）、《中国的自传文学》（蔡毅译，中央编译出版社 1999 年）等学术著作，涉及中国古代的杂传。《隋书经籍志详考》对史部杂传的考索，也有一些新的发现和新的见解。《中国的自传文学》涉及中国古代杂传中的自叙（序）传，角度新颖，颇有启发意义。在中国古代杂传的辑佚方面，如日本学者古田敬一，也曾辑录有《文士传辑本》。总之，与国内相比，国外的中国古代杂传研究更加冷落。日本的小林升于《魏晋时代的传记与史官》（《早稻田大学大学院文学研究科纪要》第十九辑，1974 年）一文中，在梳理魏晋传记的发生发展与史官之间关系时，也涉及魏晋的杂传创作。

另外，卞东波在考查东亚中国文学影响与传播过程中，注意到中国古代杂传曾影响韩国和日本的传记特别是假传的写作。对日本传记写作影响，他提到其在哈佛大学哈佛燕京图书馆中发现了一部日本汉文假传集《器械拟仙传》的写本，传书首有"天明壬寅春三月鼎湖南知稱"之序，"天明壬寅"即天明二年（1782），即此传成书于江户时代中期。卞东波认为，此《器械拟仙传》模仿中国古代杂传中的"假传"一类，并对其进行了深入的论析。古代朝鲜半岛也受中国古代杂传中假传影响，出现了数量众多的假传，许多研究者已注意到这一问题。①

### （三）中国古代杂传整理研究的挑战与机遇

中国古代杂传，文体独立，自成体系，自先秦至清代道光二十年（1840），历史发展线索清晰，传承有序、作品众多，特征鲜明，价值独特，但散佚严重。自现代学术兴起以来，鲁迅、朱东润等一大批学者和年轻的硕士、博士研究生先后涉足杂传整理研究领域，陆续

---

① 卞东波《戏拟之间：日本汉文假传集〈器械拟仙传〉的叙事张力》，《文艺理论研究》2021 年第 1 期。

出版、发表了一些有创见、有突破的中国古代杂传整理研究专著和论文，在推动中国古代杂传整理研究、扩大中国古代杂传影响方面，做出了积极的努力和成就。但毫无疑问，相对于丰富的杂传文献遗存和多方面的独特价值，投入中国古代杂传整理研究的力量和资源依然严重不足，成果零星分散，对中国古代杂传全面、系统的整理研究严重落后。在以下诸方面，亟须开拓。

（1）全面、系统进行中国古代杂传的调查、整理。中国古代杂传，自先秦孕育萌芽到两汉兴起并走向繁荣至于清代，在漫长的历史发展过程中，产生了数量巨大、类型多样的丰富作品。然而历代产生的这些杂传作品，由于各种原因，保存分散，一部分著录于史部杂传类或传记类，一部分系于作者文集，还有大量的则散落各处。同时，与杂传的属性、身份、地位相关，在流传中大量散佚，其佚文在古籍旧典中则多见称引。然而，中国古代杂传的散佚危机，并没有引起学术界的重视。为防止中国古代杂传的继续散佚，更好地保存、利用中国古代杂传，迫切需要对中国古代杂传进行抢救性调查、清理，辑佚、校勘，汇编成集，建立中国古代杂传资料库。

（2）全面、系统进行中国古代杂传的考察、研究。杂传作为正史列传以外最为重要的人物传记类型，经过先秦以降的长期孕育，至刘向作《列女传》诸传，创立杂传文体，杂传正式登上历史舞台。杂传在诸多方面表现出自己的鲜明个性特征，并在长期的历史发展过程中，形成了不同于正史列传的独特品格，成为一种特殊的传记类型。清代学者章学诚提到杂传对传记文学的影响："史学衰，而传记多杂出。"①然而，无论是史学领域还是文学领域，都还没有对中国古代杂传及其历史发展进行系统的理论总结阐释。因此，对中国古代杂传的基本范畴包括概念内涵、构成要素、发生原理、主体构成、时空边界、性质特征、主要标志等进行提炼、界定和阐释，并在此基础上，梳理和总结中国古代杂传的历史发展与嬗变过程及其规律，实现对中国古代杂从微观到宏观全面、系统的考察和研究，建构中国古代杂传历史发展模型和理论体系，具有充分的必要性。

（3）中国古代杂传的文学价值的揭示和利用。中国古代杂传自《隋书·经籍志》开始，就被著录于史部，杂传也当然地被认为具有史学属性与身份。然而，中国古代杂传自其萌芽产生开始，文学性始终也是其重要属性。先秦时期处于萌芽阶段的杂传性作品《穆天子传》《燕丹子》等，其间丰富的想象力让人惊叹，文学性显而易见。汉魏六朝时期大量出现的杂传，小说化倾向明显，成为唐人传奇小说的渊源之一，文学性不可否认。自唐以降，随着大量文人特别是著名文人加入杂传作者队伍，杂传的文章化成为杂传的显著特征和重要趋势。但长期以来，由于杂传在史志书目中著录于史部，人们对其史学属性与身份认识固化，杂传的文学属性与身份没有得到应有的揭示和阐释，其丰富的文学

---

① ［清］章学诚撰，叶瑛校注《文史通义校注》卷四《黠陋》，中华书局 1985 年版，第 429 页。

价值也没有得到客观、公正的梳理、总结和利用。通过对中国古代杂传全面、系统的整理研究，将有助于对其文学性的总结和阐释，也将有助于对其文学价值的揭示和利用，修正对中国古代杂传的偏颇认识。

（4）中国古代杂传史料价值的发掘和利用。杂传为史部一类，在历史人物、历史事件等方面，史料价值独特。杂传所载文献多为"史不及书"者，保留了大量正史以外的史料，可以作为正史等主要史书的补充，或与其他史籍相互参证。即所谓"质正疑谬，补缉阙疑"①。明代焦竑在《国史经籍志》传记类序中就说："至于流风遗迹，故老所传，史不及书，则传记兴焉。……然或具一时之所得，或发史官之所讳，旁掺互证，未必无一得焉，列之于篇以广异闻。"②比如《三国志》裴松之注、《世说新语》刘孝标注等，就引用了大量杂传，作为相关人物史料的补充。唐初修《晋书》，在为许多人物立传时，都大量采用了当时的杂传。比如《晋书·嵇康传》，参考并摭取了魏晋间的嵇康多种杂传，如佚名的《嵇康别传》、嵇喜的《嵇康传》、孙绰《嵇中散传》。然而，中国古代杂传独特的史料价值，并没得到充分的发掘和利用。通过对中国古代杂传全面、系统的整理研究，将有助于对其史料价值的发掘和利用。

（5）中国古代杂传传统文化价值的发现和利用。杂传"非正史"的野史身份，使其不再拘泥于正史选择人物、事件必须重大的要求，史的责任意识也已明显淡化。就人物的去取而言，往往是"史笔之所不及者"③，故并不十分在意人物其恶是否可以戒世，其善是否可以示后。不仅选择标准有了很大不同，而且对人物的关注，也主要不是其历史事实了，而是人物自身。程千帆言："史传之作，乃以史实整体为对象，故以传传人，亦着眼史实所关，而定其去取。若《史记·留侯世家》谓留侯'所与上从容言天下事甚众，非天下所以存亡，故不著'，是其义也。而杂传之作，则专以传主一人为对象，虽所取资亦有存汰，然要与史传标准有异。"④也就是说，如果说正统史传对人物的定位是历史化的，那么，杂传对人物的定位则可以说是趋向于生活化了。生活化的为传方式，使得杂传中保存了当时大量的地方民俗风情、特定时代的人文习尚，有着大量的一时一地的民俗、民风资料遗存，值得挖掘、利用。特别是在当下提倡传统文化、复兴传统文化的时代背景下，杂传资料中的这些民俗、民风资料，是极为鲜活的历史存在。故在挖掘、利用传统民间、民俗文化方面，丰富的中国古代杂传是重要的资源库。然而，这一方面的价值，也因中国古代杂传整理研究的长期缺失，而没有发挥应有的作用。对中国古代杂传全面、系统的整理研

---

① 《宋三朝艺文志》杂史类序，《文献通考·经籍考》杂史各门总杂史类序引，华东师范大学出版社1985年版，第535页。

② ［明］焦竑《国史经籍志》卷三杂传类序，《续修四库全书》本。

③ 《宋三朝艺文志》传记类序，《文献通考·经籍考》杂史各门总杂传类序引，华东师范大学出版社1985年版，第537页。

④ 程千帆《闲堂文薮》第二辑《汉魏六朝文学散论》之二《史传文学与传记之发展》，齐鲁书社1984年版，第162页。

究,将有助于其中所蕴藏的丰富的传统文化价值的发现和利用。

另外,杂传兼文兼史的特殊身份,不仅与同属于史部的杂史、故事有着千丝万缕的联系,也与属于子部的杂家、小说甚至集部的散文、诗歌等有着广泛而密切的关系。元初马端临《文献通考》卷一九五《经籍考》杂史类引郑樵语曰:"古今编书,所不能分者五:一曰传记,二曰杂家,三曰小说,四曰杂史,五曰故事。凡此五类书,足相紊乱。"马端临自己也指出:"盖有实故事而以为杂史者,实杂史而以为小说者。"也就是说,中国古代杂传与其他文学和史学类别,有着深刻而广泛的联系,就文学而言,杂传与小说、杂传与散文其他类别、杂传与诗歌有着广泛的交流和对话,比如杂传与小说,明人陈言就说:"正史之流而为杂史也,杂史之流而为类书、为小说、为家传也。"《宋两朝艺文志》云:"传记之作……而通之于小说。"然而,在中国古代文学研究中,无论是小说研究、还是散文、诗歌研究,却极少注意杂传与小说、杂传与散文其他类别、杂传与诗歌之间的联系,并极少对他们之间的交流和对话进行梳理和探究。因此,通过对中国古代杂传的全面、系统整理和研究,可以为相关学科领域的研究提供充分、全面的文献和学理支持,推进相关研究的发展和深入。

总之,中国古代杂传是一个广阔且蕴藏丰富的学术宝库,亟待进一步开拓深耕。

# 《敦煌氾氏家传》校笺*

## 武丽霞　罗　宁

**内容摘要**：《敦煌氾氏家传》，见于敦煌遗书斯一八八九号卷子，共九十七行，后有缺文。向达题名为"敦煌氾氏家传"。池田温录其文并为解说，王仲荦作《燉煌氾氏人物传考释》稍有发明，然各家录文，校误未尽，且事义有未明之处，乃继武前贤，为作校笺一卷，庶可晓其文义、明其史实云尔。

**关键词**：《敦煌氾氏家传》　文本整理　校笺

敦煌遗书斯一八八九号卷子，共 97 行，后有缺文。向达题名为"敦煌氾氏家传"（见其《伦敦所藏敦煌卷子经眼目录》，载《唐代长安与西域文明》，三联书店，1957 年；池田温录其文并为解说见其《敦煌氾氏家传残卷について》，《东方学》第二十四辑，东京 1962 年；唐耕耦、陆宏基收入《敦煌社会经济文书真迹释录》第一辑中，书目文献出版社，1986 年；王仲荦作《燉煌氾氏人物传考释》见其《敦煌石室地志残卷考释》，上海古籍出版社，1993 年），稍有发明。然各家录文，校误未尽，且事义有未明之处，乃继武前贤，为作校笺一卷，庶可晓其文义、明其史实云尔。

氾氏之先，出自有周，帝喾之苗裔也。帝妃姜原，履大人之迹，感而有娠，十二月生弃①，即帝尧弟也②，能播殖百谷，为稷官，曰稷③。历夏、殷常为农正，世世居于西戎，后迁于豳④。大王为狄所侵，〔迁〕于歧阳⑤，百姓从之，若归于市。招辑戎俗，筑城墉，立宗庙，王道之端，始于此矣⑥。后稷受封于邰，赐姓曰姬。稷生不窋，不窋孙公刘，受封于邵陵⑦。公刘〔孙〕皇僕，受国于邰⑧。〔皇〕僕生差弗⑨，差弗生毁隃，毁隃生公非，公非生高圉，高圉生亚圉，亚圉生祖累，祖累生古公亶甫⑩。古公亶甫生〔大王〕季历，季历生文王昌，〔昌〕生武王发⑪。

## 【校笺】

①《史记·周本纪》："周后稷，名弃。其母有邰氏女，曰姜原。姜原为帝喾元妃。姜

---

* 基金项目：国家社科基金重大项目"中国古代杂传叙录、整理与研究"（编号：20&ZD267）

作者简介：武丽霞，文学博士，《西南交通大学学报（社科版）》副编审。罗宁，文学博士，西南交通大学人文学院教授、博士生导师。主要从事中古文献与文学研究。

原出野,见巨人迹,心忻然说,欲践之,践之而身动如孕者。居期而生子,以为不祥,弃之隘巷,马牛过者皆辟不践;徙置之林中,适会山林多人,迁之;而弃渠中冰上,飞鸟以其翼覆荐之。姜原以为神,遂收养长之。初欲弃之,因名曰弃。"《史记正义》:"期满十月。"(据《史记正义佚文辑校》《史记会注考证》)《诗·大雅·生民》述后稷"诞弥厥月,先生如达",郑笺云:"大矣后稷之在其母,终人道十月而生。生如达之生,言易也。"然《毛诗正义》引薛琮答韦昭,中引《史记》"居期而生子"为"及期而生子",且解之为"则终一年",复以《毛诗》与郑笺为是,而曰"马迁之言未可信也"。盖"十二月生弃"之说,乃以古人解《史记》"期"字义不同而生,复以帝王诞生必有异相(如《史记·吕不韦传》载"大期时"而生秦王政),故氾氏后人以为弃亦当如此矣。

②《史记·五帝本纪》:"帝喾娶陈锋氏女,生放勋。"《正义》:"《帝王纪》云:帝喾有四妃,卜其子皆有天下。元妃有邰氏女,曰姜嫄,生后稷。次妃有娀氏女,曰简狄,生卨。次妃陈丰氏女,曰庆都,生放勋。次妃娵訾氏女,曰常仪,生帝挚也。"放勋即尧,与弃皆为帝喾之后。

③《史记·周本纪》:"帝舜曰:'弃,黎民始饥,尔后稷播时百谷。'封弃于邰,号曰后稷,别姓姬氏。后稷之兴,在陶唐、虞、夏之际,皆有令德。"《索隐》:"即《诗·生民》曰'有邰家室'是也。邰即斄,古今字异耳。"《正义》:"《括地志》云:'故斄城一名武功城,在雍州武功县西南二十二里,古邰国,后稷所封也。有后稷及姜嫄祠。'毛苌云:'邰,姜嫄国也,后稷所生。尧见天因邰而生后稷,故因封于邰也。'"

④《史记·周本纪》:"后稷卒,子不窋立。不窋末年,夏后氏政衰,去稷不务,不窋以失其官而犇戎狄之间。"《正义》:"《括地志》云:'不窋故城在庆州弘化县南三里,即不窋在戎狄所居之城也。'"据此,后稷之族于夏、商时皆为农正,不窋时则迁于西戎(庆州弘化县在今甘肃庆阳),与"世世居于西戎"之说不同。而迁豳则公刘时事。

⑤"迁"字原缺,据文义补。大王谓古公亶父。《毛诗正义》引《诗谱》:"至商之末世,大王又避戎狄之难,而入处于岐阳,民又归之。"《诗·鲁颂·閟宫》:"后稷之孙,实维大王。居岐之阳,实始翦商。"

⑥《史记·周本纪》:"古公亶父复脩后稷、公刘之业,积德行义,国人皆戴之。薰育戎狄攻之,欲得财物,予之。已复攻,欲得地与民。民皆怒,欲战。古公曰:'有民立君,将以利之。今戎狄所为攻战,以吾地与民。民之在我,与其在彼,何异。民欲以我故战,杀人父子而君之,予不忍为。'乃与私属遂去豳,度漆、沮,逾梁山,止于岐下。豳人举国扶老携弱,尽复归古公于岐下。及他旁国闻古公仁,亦多归之。于是古公乃贬戎狄之俗,而营筑城郭室屋,而邑别居之。作五官有司。民皆歌乐之,颂其德。"据此可知,大王乃是弃戎俗而复后稷耕种之事也。《太平御览》卷一百五十六引《帝王世纪》亦云:"古公亶父,是为大王,以脩德为百姓所附。……王于是改戎俗,筑城郭,立宗庙,设官司。"然传云"招辑

戎俗",似有异说。然"招辑"为招集、招抚之意,招辑戎俗者,招揽戎人为我所用也,此谓聚集人口之意。

⑦《史记·周本纪》:"后稷卒,子不窋立。不窋末年,夏后氏政衰,去稷不务,不窋以失其官而犇戎狄之闲。不窋卒,子鞠立。鞠卒,子公刘立。公刘虽在戎狄之闲,复脩后稷之业,务耕种,行地宜,自漆、沮度渭,取材用,行者有资,居者有畜积,民赖其庆。百姓怀之,多徙而保归焉。周道之兴自此始,故诗人歌乐思其德。"传云公刘封于邵陵,未见他书记载,疑"邵"是"邰"之误。《诗·大雅·公刘》"笃公刘"句毛传云:"公刘居于邰,而遭夏人乱,迫逐公刘。公刘乃辟中国之难,遂平西戎,而迁其民邑于豳焉。"郑玄《诗豳谱》亦云:"豳者,后稷之曾孙也公刘者、自邰而出、所徙戎狄之地名。"(《毛诗正义》引)据毛郑之说,公刘乃避夏人之乱,自世居之邰迁于豳,即西戎之地也。此与不窋奔戎狄、公刘迁豳之说不同。史家于此无定论,而本文兼取二说,自相矛盾。

⑧"孙"字原无,据《史记》补。"皇僕",《史记》作"皇仆"。《史记·周本纪》:"公刘卒,子庆节立,国于豳。庆节卒,子皇仆立。"按,司马迁以庆节国于豳,《诗经》及毛传、郑玄皆以公刘迁豳,与本文所说皇仆"受国于邰"有异。

⑨"皇"字原缺,据文意补。

⑩《史记·周本纪》:"皇仆卒,子差弗立。差弗卒,子毁隃立。毁隃卒,子公非立。公非卒,子高圉立。高圉卒,子亚圉立。亚圉卒,子公叔祖类立。公叔祖类卒,子古公亶父立。"

⑪"大王"二字当删。"昌"字据文意补。

武王受命,封弟旦于周,故《春秋左氏传》曰:凡、蒋、邢、茅、胙、祭,周公之胤,享国者七子,凡是其一焉①。隐公七年,凡伯来朝是也。杜预云:汲郡共县城东南有凡城,当是其国②。于周之世,常为诸侯,遭秦乱,避于氾水,遂改为氾焉③。汉司空何武所封氾乡侯,是其地也④。王沈魏书曰:"氾氏之先,出自黄帝之支庶,帝喾之苗裔也。周公之子凡伯,夏之后也。"⑤皇甫《士安》《世纪》曰:"氾氏之先,出周凡伯之后也。当周之世,或为诸侯,或为蒸庶,遭乱秦,避于氾国。"⑥中间遗漏,绝灭无依。自氾敄巳下⑦,至于氾璜、氾毓之徒⑧,虽传芳巳久,绝而不录。成帝御史中丞氾雄⑨,直道见悖。河平元年,自济北卢县⑩徙居燉煌,代代相生,遂为燉煌望族。孝廉绝世,声誉有闻,略述宗枝,乃为颂曰:

【校笺】

①《左传》僖公二十四年:"凡、蒋、邢、茅、胙、祭,周公之胤也。"杜预注:"胤,嗣也。"《史记·鲁周公世家》:"周公卒,子伯禽固已前受封,是为鲁公。"《索隐》:"周公元子就封于鲁,次子留相王室,代为周公。其余食小国者六人,凡、蒋、邢、茅、胙、祭也。"凡国在今河南辉县西南。《续汉书·郡国志一》河内郡:"共本国。淇水出。有氾亭。"李贤注

"汜亭":"凡伯邑。"

②《春秋》隐公七年:"冬,天王使凡伯来聘。戎伐凡伯于楚丘以归。"杜预注:"凡伯,周卿士。凡国,伯爵也。汲郡共县东南有凡城。"《左传》隐公七年:"初,戎朝于周,发币于公卿,凡伯弗宾。冬,王使凡伯来聘。还,戎伐之于楚丘以归。"共县,在今河南辉县一带。

③汜氏,邵思《姓解》卷一:"汜,音帆,出燉煌郡。皇甫谧云:本姓凡,遭秦乱,避地汜水,因改焉。亦音,似非姓也。汉有汜胜之,晋有汜毓,又有逸人汜腾者。"郑樵《通志·氏族略二·周同姓国·凡氏》:"周公第二子凡伯之后。袁崧云:凡在共县西南。今卫州城西南二十二里有凡城。皇甫谧谓,凡氏避秦乱,添水为汜氏。"郑樵按:"凡者,周公之后为凡国;汜者,周大夫采邑也。自是两家。因知姓氏家有避地改姓之言,多无足取。"又《通志·氏族略三·以邑为氏·周邑·汜氏》:"音凡,本亦作汜。周大夫食采于汜,因以为氏。汉有汜胜之,为黄门侍郎,撰农书十二篇。"王应麟《姓氏急就篇》卷下"颍永汜汜凡"条:"汜氏,国名[名]。皇甫谧云:本姓凡氏,秦乱避地于汜水,因改焉。汉有汜胜之,子辑为燉煌太守。汜宫、汜昭。晋有汜衷、汜毓、腾。《济北英贤传》:汜昭。晋汜瑗,西凉汜称,后魏汜潜、汜礼。汜氏,后汉汜嶷。凡氏,周公子封凡,凡伯之后。《吕氏春秋》:燕有凡繇。"所引《吕氏春秋》见《恃君览·行论》。按,汜水源自今山东曹县,东北流至今山东定陶北古荷泽,久湮。

④《汉书·何武传》:"何武字君公,蜀郡郫县人也。……武更为大司空,封汜乡侯,食邑千户。汜乡在琅邪不其。哀帝初即位,襃赏大臣,更以南阳犨之博望乡为汜乡侯国,增邑千户。"师古曰:"为后改食博望乡,故此指言在琅邪不其也。汜音凡。其音基。"按,琅邪不其指琅邪郡不其县,秦置琅邪郡,西汉时统县五十一。不其县在今山东青岛崂山区、城阳区。此琅邪不其之汜乡,与汜水非在一地,文中谓"是其地也",有误。

⑤王沈,字处道,太原晋阳人。晋武帝时以佐命之勋,转骠骑将军、录尚书事,加散骑常侍,统城外诸军事。曾与荀顗、阮籍共撰《魏书》。参见《晋书·王沈传》。《隋书·经籍志》正史著录晋司空王沈撰《魏书》四十八卷。书已佚。

⑥皇甫谧字士安,安定朝那(今甘肃平凉西北)人,撰有《帝王世纪》十卷。《晋书》卷五十一有传。《帝王世纪》久佚,清有宋翔凤辑本(刊《训纂堂丛书》中),顾观光辑本(刊《指海》中),今有徐宗元《帝王世纪辑存》,皆无书中所引文字。前注所引《姓解》《通志》《姓氏急就篇》等亦有皇甫谧之说,当系《帝王世纪》书中语。

⑦汜敳,史书无载。《元和姓纂》卷九"汜":"燉煌:(汜)胜之后。晋有郎中汜腾,张掖太守汜彦,天宝有刑部郎中汜云、南郑县尉汜叔敖,并其后也。济北卢县:晋有汜毓,字稚春,七代同居。晋武帝征为秘书郎,不就,著书七万言。"此汜叔敖为唐天宝时人,非文中所说汜敳。

⑧汜璜,史书无载。明凌迪知《万姓统谱》卷六十七"汜"有唐汜璜,称"大将,破交

趾"，然历代史书未见此记载。考《三国志·孙皓传》云：建衡元年(269)，"遣监军虞氾、威南将军薛珝、苍梧太守陶璜由荆州，监军李勖、督军徐存从建安海道，皆就合浦击交阯。……（三年）是岁，氾、璜破交阯，禽杀晋所置守将，九真、日南皆还属"。氾、璜谓虞氾、陶璜也，《万姓统谱》之"氾璜"固为传载之误，而其源或可溯至此书也。氾毓见《晋书·儒林传》："氾毓，字稚春，济北卢人也。奕世儒素，敦睦九族，客居青州，逮毓七世，时人号其家'儿无常父，衣无常主'。毓少履高操，安贫有志业。父终，居于墓所三十余载，至晦朔，躬扫坟垄，循行封树，还家则不出门庭。或荐之武帝，召补南阳王文学、秘书郎、太傅参军，并不就。于时青土隐逸之士刘兆、徐苗等皆务教授，惟毓不蓄门人，清静自守。时有好古慕德者谘询，亦倾怀开诱，以一隅示之。合《三传》为之解注，撰《春秋释疑》、《肉刑论》，凡是述造七万余言。年七十一卒。"

⑨氾雄，史书无载。

⑩河平，汉成帝年号，公元前28年至公元前25年。济北卢县，在今山东济南长清区一带。按，西汉时卢县属泰山郡，东汉和帝永元二年(90)始分泰山郡置济北国，曹魏、西晋仍之。参见《汉书·地理志上·泰山郡》《续汉书·郡国志三·济北国》《晋书·地理志上·济北国》。西汉河平年间不得称"济北卢县"。

于显远祖，巍巍帝皇。翘足鼎湖①，祉胤余祥。祚流帝喾，延稷公［流］〔刘］②。绵绵瓜瓞，赫赫隆周③。文王受命，武王重集。万国是建，奕世蕃邑。文公鲁邦④，崇勋休祖。曰德远嗣，曰仁流楚⑤。考躬泮涣⑥，［项］〔顷］遭其难⑦。避暴琅耶⑧，归德从汉。司农表德，著书民要⑨。三辅是赖，九流先道⑩。其惟中丞，世笃忠贞。面折庭争，惮慑公卿⑪。祸福斯易⑫，子孙罗骈⑬。冠盖西土，朱紫腾名。

【校笺】

①《史记·封禅书》："黄帝采首山铜，铸鼎于荆山下。鼎既成，有龙垂胡髯下迎黄帝。黄帝上骑，群臣后官从上者七十余人，龙乃上去。余小臣不得上，乃悉持龙髯，龙髯拔，堕，堕黄帝之弓。百姓仰望黄帝既上天，乃抱其弓与胡髯号。故后世因名其处曰鼎湖，其弓曰乌号。""翘足鼎湖"谓怀想先祖黄帝，盖以帝喾及氾氏源出于黄帝也。

②"延"字，王仲荦校作"诞"。"流"为"刘"之误。

③《诗·大雅·緜》："緜緜瓜瓞。民之初生，自土沮漆。古公亶父，陶复陶穴，未有家室。古公亶父，来朝走马，率西水浒，至于岐下。爰及姜女，聿来胥宇。周原膴膴，堇荼如饴。"序云："《緜》，文王之兴，本由大王也。"此诗写古公亶父迁于岐阳、定居周原之事，歌颂周先祖功德。《诗·小雅·正月》："赫赫宗周，褒姒灭之。"此处藉《诗经》之句言氾氏先祖后稷、公刘之繁衍兴盛，定居周原，乃为周之发源也。

④周公旦封于鲁地，谥号文公。《史记·周本纪》："是故周文公之颂曰：'载戢干戈，载櫜弓矢，我求懿德，肆于时夏，允王保之。'"《集解》："韦昭曰：文公，周公旦之谥。"

⑤《文选》卷十八嵇康《琴赋》："流楚窈窕，惩躁雪烦。"李善注："言流行清楚，窈窕之声，足以惩止躁竞、雪荡烦懑也。"此二句谓先祖之德行为后人承嗣，仁义为后人流播。

⑥泮涣，分散。此谓氾氏祖先分散各地。唐王太真《锺期听琴赋》："淋漓沸渭，牢落泮涣。"

⑦项，据文意当改作"顷"。

⑧琅耶，即琅琊郡，谓秦乱时凡伯之后避地氾水，前云"遭秦乱，避于氾水，遂改为氾焉"是也。然氾水非在琅琊之地，此又以何武所封氾乡侯混合而为言，氾乡在琅琊不其县。

⑨民，王仲荦校作"吕"[以]。按，此句西汉氾胜之。《汉书·艺文志·诸子略》农家著录氾胜之十八篇。小注云："成帝时为议郎。"师古曰："刘向《别录》云：使教田三辅，有好田者师之，徙为御史。"王应麟《汉书艺文志考证》卷七："皇甫谧云：本姓凡氏，遭秦乱，避地于氾水，因改焉。胜之撰书言种植之事。子辑为燉煌太守。"《晋书·食货志》："昔汉遣轻车使者氾胜之督三辅种麦，而关中遂穰。"

⑩九流，指诸子九流十家，泛称诸子书。先道，即先导。

⑪此四句谓氾雄，即前所称："成帝御史中丞氾雄，直道见惮。"

⑫意谓祸福乃易，前"遘其难"，后乃子孙繁衍，冠盖西土。

⑬罗骈，同骈罗，骈比罗列，意为众多。


氾讳曌，字孔明，蜀郡太守吉之第二子也①。高才，通经史，举孝廉，擢拜尚书。后迁左丞相。出洛阳城，京师贵人送者千余乘。性清严高亮，言不妄出，时人为之语曰："宁为刑法所加，不为氾君所非。"②

【校笺】

①据后文云氾吉孙氾孚，与张奂等同时，张奂为汉末人，则氾吉、氾曌亦为后汉人。然史书不载此三人。蜀郡，秦置，汉仍之，治所在今四川成都。

②此事同后汉陈寔事。《后汉书·陈寔传》："寔在乡间，平心率物。其有争讼，辄求判正，晓譬曲直，退无怨者。至乃叹曰：'宁为刑罚所加，不为陈君所短。'"


氾孚，字仲夏，蜀郡太守吉之孙。通经笃行，州辟为从事，太守马艾甚重之①，征为州辟司空②，屡辞不起。孚志节尤高，躭道乐业，州累辟命，司空曹公察孝廉③，皆不就。下帷潜思，不闚门庭，或半年百日④。吟咏古文，欣然[犹]〔独〕嘆⑤。精黄老术。苍梧太守令狐溥与太常张奂书曰⑥："仲夏居高笃学，有梁鸿、周党之伦⑦。"其见重如此。病卒。

【校笺】

①马艾，王仲荦校为"马苂"。按，《三国志·魏书·阎温传》有"燉煌太守马艾"，或即此人。

②"征为州辟司空"六字疑衍。

③曹公指曹操。建安元年(196)曹操为司空，多所辟召。《三国志·邴原传》："魏太祖为司空，辟原署东阁祭酒。"《三国志·管宁传》："太祖为司空，辟宁。"《三国志·徐奕传》："太祖为司空，辟为掾属，从西征马超。"《三国志·梁习传》："太祖为司空，辟召为漳长，累转乘氏、海西、下邳令，所在有治名。"《三国志·张既传》："太祖为司空，辟，未至，举茂才，除新丰令，治为三辅第一。"《三国志·辛毗传》："太祖为司空，辟毗，毗不得应命。"《三国志·刘放传》注引《(孙)资别传》："太祖为司空，又辟资。"

④阒同窥。《汉书·董仲舒传》："董仲舒，广川人也。少治春秋，孝景时为博士。下帷讲诵，弟子传以久次相授业，或莫见其面。盖三年不窥园，其精如此。""下帷"与"不窥园"后多用作苦读之典故。此句谓氾孚苦学。

⑤犹嘆，当作"独笑"。嘆同笑。《三国志·蜀书·谯周传》："诵读典籍，欣然独笑，以忘寝食。"

⑥令狐溥，据《新唐书》卷七十五《宰相世系表下》，汉建威将军令狐迈，与翟义起兵讨王莽，兵败死之。子令狐称奔燉煌，居效谷。子由，后汉伊吾都尉。由子禹，字巨先，博陵太守。禹子溥，字文悟，苍梧太守。又，《元和姓纂》卷五"令狐"："汉有令狐迈，避王莽乱，居燉煌，生称。敦煌效谷县：称曾孙溥，后汉苍梧太守。"然史书不载令狐溥其人。张奂(104—181)，字然明，敦煌渊泉(今甘肃安西东)人。《后汉书》卷六十五有传。汉灵帝建宁二年(169)张奂为太常。

⑦梁鸿，字伯鸾，扶风平陵人。受业太学，后归乡里。娶同县孟氏女，名孟光，共入霸陵山中，以耕织为业。咏《诗》《书》，弹琴以自娱。著书十余篇。周党，字伯况，太原广武人。家产千金，后散与宗族，免遣奴婢，至长安游学。及王莽窃位，托疾杜门。光武时征，自陈愿守所志，帝乃许焉。遂隐居黾池，著书上下篇而终。二人事迹并见《后汉书·逸民传》。

氾续①，字弘基，昭武令先之吉孙也②。续有名称，博学有才度。族叔上洛太守毗拊其首曰③："汝，吾宗千里驹也。"④历事三朝，士〔有〕〔友〕服其清亮⑤。举秀才，为郎中，迁中〔部〕〔都〕谒者⑥。部内有连理之瑞，续图形上颂，文甚清丽，重华览而嘉之⑦，礼以束帛。迁小府参军⑧，转右军都尉。

【校笺】

①《太平御览》卷五百一十三引崔鸿《前凉录》云："范绩，字弘基。绩幼有名称，族叔

上洛太守毗拊其首曰:'汝,吾宗千里驹也。'历仕三朝,士友服其清亮。举秀才,为郎中,迁中都谒者。""范绩"当为"氾续"之误。

②昭武,西汉始置县,属张掖郡,西晋泰始元年(265)避司马昭讳改作临泽县,治在今甘肃张掖西北。吉孙,泛指后裔子孙。氾先既为昭武令,则约为魏时人。

③上洛,又作上雒,西汉置县,西晋泰始二年(266)置郡,在今陕西商洛一带。氾毗见后。

④"吾宗千里驹"之语,屡见于中古史籍。如《三国志·曹休传》载曹休族叔曹操谓左右曰"此吾家千里驹也",《晋书·刘曜传》载刘曜族叔元海称其"此吾家千里驹也",《晋书·苻朗传》载苻朗叔苻坚尝目之曰"吾家千里驹也"(又见《世说新语·排调》注引裴景仁《秦书》)。

⑤士有,《太平御览》卷五百一十三引崔鸿《前凉录》作"士友",据改。《梁书·刘遵传》:"美誉嘉声,流于士友;言行相符,终始如一。"

⑥中部,《太平御览》卷五百一十三引崔鸿《前凉录》作"中都",据改。

⑦重华谓张重华(326—353),前凉时执政者,346年至353年在位。《晋书》卷八十六有传。

⑧小府参军,不详。《晋书·张轨传》有太府参军索辅。


氾祎①,字休臧,晋冥安太守②,素刚直。祎少好学,[事师][师事]司空索静③,通三《礼》、三《传》、三《易》、河图洛书,玄明究算历。性高义,居家不简堕④,昏行不改节⑤,不偶众以[素][索]名⑥,不畏毁以求誉。举孝廉,贤良方正对策第一,拜驸马都尉,除护羌将军、驸马都尉⑦,徙禄福令⑧。性刚直,不事上府。酒泉太守马模遣督邮张休祖劾祎⑨,祎曰:"君不闻宁逢三千头狼,不逢氾休臧。"

【校笺】

①氾祎,前凉时人。《晋书》之《张茂传》《张骏传》有长史氾祎,即此人。又,《太平御览》卷四二八引崔鸿《前凉录》:"氾祎,字休臧,燉煌人。为福禄令,刚直不事上府。酒泉太守马汉遣督邮张休祖劾祎,休祖曰:'君不闻宁逢三千头虎,不逢张休祖乎?'祎怒,以印系肘,而就缚。缚讫,发印以告。[从]事闻(文渊阁四库全书本无从字),休祖坐不解印、擅缚令长,以大不敬论。祎迁居延令。"所记与此传略同。马总《通历》《通纪》卷五记张骏"嗣伪位,犹称建兴十二年,长史范祎请改年号,骏不从",范祎即氾祎。

②冥安,西汉置县,属敦煌郡,晋元康中,改属晋昌郡,周武帝省入凉兴县,属常乐郡。县治故址在今甘肃瓜州县东南锁阳城。史书未记载置冥安郡事,冥安太守不知何谓。又下文复有"西海太守祎",盖氾祎亦尝为西海太守。

③事师,据文意当作"师事"。索静即索靖。《晋书·索靖传》:"索靖,字幼安,敦煌人

也。累世官族，父湛，北地太守。靖少有逸群之量，与乡人氾衷、张魈、索紾、索永俱诣太学，驰名海内，号称'敦煌五龙'。四人并早亡，唯靖该博经史，兼通内纬。……太安末，河间王颙举兵向洛阳，拜靖使持节、监洛城诸军事、游击将军，领雍、秦、凉义兵，与贼战，大破之，靖亦被伤而卒，追赠太常，时年六十五。后又赠司空，进封安乐亭侯，谥曰庄。"

④简墮，同简惰，轻慢懈怠之意。《文选》卷十七傅毅《舞赋》："简惰跳蹄，般纷挐兮。"李善注："简惰，疏简怠惰也。"《旧唐书·房琯传》："琯又多称病，不时朝谒，于政事简惰。"

⑤昏行，昏黑之中。《刘子·慎独》："故蘧瑗不以昏行变节，颜渊不以夜浴改容。"唐袁孝政注："昏行，夜闇也。此明百王执礼不移。蘧瑗夜行，乘车至卫君门前过，下车揖门而过。卫君在内闻之乘车至门，不闻行车之声。卫君曰：必是蘧瑗也。"事又见《列女传·仁智·卫灵夫人》。《意林》卷五引《唐子》："君子不以昏行易操，不以夜昧易容。"

⑥素，池田温校作"表"，王仲荦校作"索"，是。索名，求名誉令闻也。素、索二字古书中常混。《礼记·中庸》："子曰：'素隐行怪，后世有述焉，吾弗为之矣。'"朱熹《四书章句集注》云："素，按《汉书》当作'索'，盖字之误也。索隐行怪，言深求隐僻之理，而过为诡异之行也。"《汉书·艺文志·方技·神仙家》序引孔子曰："索隐行怪，后世有述焉，吾不为之矣。"颜师古注云："《礼记》载孔子之言。索隐，求索隐暗之事，而行怪迂之道，妄令后人有所祖述，非我本志。"

⑦驸马都尉，前已见，池田温校为衍文。

⑧禄福，西汉始置县，为酒泉郡治所，即今甘肃酒泉。《汉书·地理志》作禄福，《续汉书·郡国志五》《晋书·地理志上》《隋书·地理志上》称福禄。此云"禄福"，或据旧名。

⑨《晋书·张骏传》："先是，愍帝使人黄门侍郎史淑在姑臧，左长史氾祎、右长史马谟等讽淑，令拜骏使持节、大都督、大将军、凉州牧、领护羌校尉西平公。"是前凉张骏时期(324—346)有马谟，或即此酒泉太守马模。又，前注引《太平御览》作马汉，不知究作何字也。


氾毗①，字公辅，西海太守祎之弟也②。清素有节行，学通经礼，好立然诺之信。曾夜行，得遗彩数十匹，追求亡主归之。主分彩遗毗，毗曰："吾若取此，岂若尽取之乎?"毗后遗缣百匹，人得而归毗，毗分之以半，人曰："吾安敢忘君昔者敢取之言耶?"轨闻嘉叹。察孝廉，辟治中、别驾，皆不就。永兴二年③，举秀才，除郎中、酒泉令、太宰参军。讨虏有功，封安乐亭侯④，食邑二百户。好雅贤，致仕，荐酒泉赵彝、〔西〕平田祐⑤，皆至二千石，而不知毗之达己，毗终亦不言。永嘉五年⑥，除上洛太守⑦，路隔不行。时人为之颂曰：穆穆安乐，高才硕德。行为世范，言为物则⑧。擢秀西州，声扬上国。剖符千里，众望允塞。阴荐田祐，潜举赵彝。见公谢世，恸哭之悲。〔禹贡〕〔贡禹〕在朝，王阳弹冠⑨。锺生早世，伯牙绝弦⑩。今氾生逝矣，吾属处世，若乘舟之无檝。其世上见思如此。

**【校笺】**

①汜毗,史书无载。

②《晋书·地理志上》:"西海郡故属张掖,汉献帝兴平二年,武威太守张雅请置。"亦即汉时居延属国,在今内蒙古额济纳旗东南。

③晋惠帝永兴二年,公元 305 年。

④西晋赵王伦曾封安乐亭侯(《晋书·赵王伦传》)。索靖卒后赠司空,进封安乐亭侯。(《晋书·索靖传》)

⑤"平田祐",王仲荦校为"北平田祐",池田温校为"西平田祐",是。西平郡,东汉时置,在今青海西宁一带。晋时西平有田姓。《晋书·沮渠蒙逊载记》:"(段)业先疑其右将军田昂,幽之于内,至是,谢而赦之,使与武卫梁中庸等攻蒙逊。业将王丰孙言于业曰:'西平诸田,世有反者,昂貌恭而心很,志大而情险,不可信也。'"《晋书·张玄靓传》中有西平田旋。田祐不见记载。《晋书·张轨传》中有"太守赵彝"(应为酒泉太守),当即本文所称"酒泉赵彝"。

⑥永嘉五年(311),晋怀帝遣使者进拜张轨镇西将军、都督陇右诸军事,封霸城侯,进车骑将军、开府辟召、仪同三司。策未至,而王弥遂逼洛阳。(《晋书·张轨传》)

⑦上洛,在陕西商洛。前汜续传亦称"族叔上洛太守毗"。

⑧《世说新语·德行》:"陈仲举言为士则,行为世范。"

⑨《汉书·王吉传》:"王吉字子阳,琅玡皋虞人。……吉与贡禹为友,世称'王阳在位,贡公弹冠',言其取舍同也。"此言"禹贡在朝,王阳弹冠",误。

⑩《吕氏春秋·孝行览·本味》:"伯牙鼓琴,锺子期听之。方鼓琴而志在太山,锺子期曰:'善哉乎鼓琴,巍巍乎若太山。'少选之闲,而志在流水。锺子期又曰:'善哉乎鼓琴,汤汤乎若流水。'锺子期死,伯牙破琴绝弦,终身不复鼓琴,以为世无足复为鼓琴者。"

汜涛①,字世震,西海太守祎之孙也。为护羌参军、番禾太守②。[世][性]刚鲠峻直③,博学属文。容[狠][貌]短小④。弱冠,屡陈时[正][政]损益⑤,凉文王张骏嘉之⑥,辟为都官从事。明笔直绳⑦,好刺举⑧,为朝士豪贵所忌,托以他事,还郡。为沙州记室从事,称孝廉。文王廿二年⑨,令追还台,因上书曰:"臣闻禀有生之形,遭有事之会,曾不能尊主建勋,没无休声,以遗后世,非人豪也。每惟齐客以商歌作翼⑩,重华以[嬴][嬴]粮佐命⑪,末始未曾不凤[霄][宵]慨叹⑫,有怀高风。往遇殿下,应其革运,开辟四门⑬,剖砾求珠,含瑕访玉。臣得危言于初祚之际⑭,邀福于九天之上。"凉文王骏大悦,纳之,擢为儒林郎中,亲宠管要⑮。

**【校笺】**

①《太平御览》卷三七八引刘彦明（昞）《燉煌实录》："汜涛，字世震，博学善属文。为人短小。弱冠，屡陈损益。"

②番禾，西汉置番和县，西晋称番禾县，属武威郡。其地约在今甘肃永昌。番禾置郡时间不详，考《晋书·吕光载记》，后凉吕纂时（399—402），吕超为番禾太守，吕隆降姚兴时（403），齐难以郭将为番禾太守。据此残卷，则前凉时已置郡矣。

③世，池田温以为当作"世震"，脱"震"字。按，当为"性"之误。《晋书·谢邈传》："邈性刚鲠，无所屈挠，颇有理识。"《周书·赫连达传》："达性刚鲠，有胆力。"

④狠，当作"貌"。

⑤正，当作"政"。

⑥张骏（307—346），字公庭，前凉主。公元324年至346年在位，私谥文公。（《晋书·张骏传》）

⑦明笔直绳，严明之笔，正直之绳，比喻纠弹严明，无所曲挠，中古时多以指御史执事严明。宋孝武帝《华林都亭曲水联句效柏梁体》："明笔直绳天威谅。（御史中丞臣颜师伯）"（《艺文类聚》卷五十六引）《太平御览》卷二百二十六引崔鸿《十六国春秋·前录》："段凯骁勇善射，好读书，为御史中丞，明笔直绳，无所阿避，号曰老虎。"《晋书·李胤传》："迁御史中丞，恭恪直绳，百官惮之。"

⑧刺原作"刾"，俗字。刺举，即检举。《汉书·盖宽饶传》："擢为司隶校尉，刺举无所回避，小大辄举，所劾奏众多。"《汉书·孙宝传》："臣幸得衔命奉使，职在刺举，不敢避贵幸之势，以塞视听之明。"

⑨文王廿二年，公元346年。是年张骏卒。

⑩齐客谓宁戚。《列女传》卷六《辩通·齐管妾婧》："桓公因出，宁戚击牛角而商歌，甚悲。桓公异之，使管仲迎之，甯戚称曰：'浩浩乎白水！'"

⑪嬴粮，当作"赢粮"，担负粮食。《庄子·庚桑楚》："南荣趎赢粮七日七夜，至老子之所。"陆德明《释文》引《方言》："赢，儋也。齐、楚、陈、宋之间谓之赢。"贾谊《过秦论》："斩木为兵，揭竿为旗，天下云会响应，赢粮而景从，山东豪俊遂并起而亡秦族矣。"《后汉书·邓禹传论》："邓公赢粮徒步，触纷乱而赴光武，可谓识所从会矣。"

⑫未始未曾，四字疑当作"未始"，衍"未曾"二字。霄，当作"宵"。

⑬《尚书·舜典》："询于四岳，辟四门，明四目，达四聪。"孔传："开辟四方之门，未开者广致众贤。"《左传》文公十八年"宾于四门"，杜预注："辟四门，达四聪，以宾礼众贤。"阮籍《与晋王荐卢播书》："开辟四门，延纳羽翼贤士，以赞雍熙。"《魏书·元澄传》："愚谓可敕有司，修复皇宗之学，开辟四门之教，使将落之族，日就月将。"

⑭危言，直言。《汉书·贾捐之传》："臣幸得遭明盛之朝，蒙危言之策，无忌讳之患，

敢昧死谒卷卷。"颜师古注:"危言,直言也。言出而身危,故曰危言。《论语》称《孔子》曰:'邦有道,危言危行。'"《论语·宪问》:"子曰:邦有道,危言危行;邦无道,危行言孙。"

⑮管要,管理要务之意。《宋书·张敷传》:"中书舍人狄当、周赳并管要务。"伏滔《徐州都督王坦之碑铭》:"君以时望管要,绸缪主相之间,熙赞盛明。"(《文馆词林》卷四百五十七)

　　汜咸,字宣合,为侍御史辅之玄孙也①。咸弱冠从苍梧太守同郡令狐溥受学②,明通经纬,行不苟合。初,咸当世,非政不合,门无杂客。太常奂致书与令狐溥曰③:"宣合独怀白玉,进退由道,是以尤屈。"咸轻财好施,俸禄虽丰,而家常不足。中子玮为咸立庙,从王孟曾之孙买石人、石兽等④,置于庙中,铭其背曰:"此是神石人。"后有人辄椎破之,遂乃流血。事具《实录·王琴传》⑤。

## 【校笺】

①汜咸、汜辅,史书不载。

②令狐溥,见前汜孚传注。

③太常奂,即张奂,见前汜孚传注。

④《太平御览》卷三六八引《燉煌实录》:"王棽(音参,又丑林切)卒,有盗开棽冢者,见棽与人樗蒲,与杯酒赐盗者,惶怖既饮,见牵铜马出。其夜有神告城门:'我,王孟曾使也。人发孟曾冢,以酒黑其唇,明日入城,有黑唇者是也。'须臾马还,流汗。盗明诣城门,不觉唇黑,为吏所缚。(孟曾,琴之字也。)"《白氏六帖》卷九《唇·黑唇》引《燉煌实录》:"王禁字孟曾,卒,有盗发冢,见禁与人樗蒲,赐盗者饮,出。其夜告城门云:孟曾使[人]也,〔人〕发曾冢,禁赐酒以黑其唇,明入城,黑唇者是也。须臾贼至,为门吏所缚。"《独异志》卷上:"《燉煌实录》云:王樊卒,有盗开其冢。见王樊与人樗蒲,以酒赐盗者。盗者惶怖饮之。见有人牵铜马出冢者。夜有神人至城门,自言是王樊使,今有发冢,以酒墨其唇,但至,可以验而擒之。盗即入城,城门者乃缚诘之,如神言。"(又见《太平广记》卷三一七《王樊》引《独异志》)上引各书所载为一事,唯王孟曾名有棽、琴、禁、樊之不同。

⑤《北堂书钞》卷一百六十引留(刘)彦明《燉煌实录》:"王琴卒后,墓门前有石人、师子,子孙寒微,卖与汜氏。致之,车破牛死。汜氏就打破,皆血出。"本文所谓"实录王琴传",当即《敦煌实录·王琴传》。又按,《敦煌实录》十卷,北凉时刘昞(字延明)撰,《隋书·经籍志》史部霸史著录。《魏书·刘昞传》《北史·刘延明传》作二十卷。

　　汜昭①,字嗣光,处士之孙也。昭弱冠,从贤良同郡索袭受业②,善属文,与武威段遐论圣人之道③,甚有条理。为人方正,好面折直言,退不谈人之非,凉武王轨辟为从事④,迁主簿。在职清平，好理枉屈。人曾于夜中持金以报昭，昭责而遣之。张寔深器重之⑤，寔既嗣位，令曰："天下有事廿余年⑥，众纲驰废，刑政不修，其高选十部从事⑦，以肃清上下。武威，十郡之首，绳举尤难。主簿氾昭，刚毅雅亮，有二鲍之风⑧，以昭部武威，负公之事，当知无不举，如鹰鸇之逐鸟雀⑨，虽吾儿有事，皆得举之。"视事，豪杰望风栗服。拜揎次长⑩，黄龙见其界。

## 【校笺】

①《太平御览》卷八一〇引崔鸿《前凉录》："氾昭，字嗣先，燉煌人。辟州主簿，志在理枉申滞。人有于夜中投昭黄金者，昭责而遣之。"与文中所载近似。又按（题）陶潜《圣贤群辅录》卷下："胶东令卢氾昭字兴先，乐城令刚戴祈字子陵、颍阴令刚徐晏字孟平，泾令卢夏隐字叔世、州别驾蛇丘刘彬字文曜。右济北五龙，少并有异才，皆称神童，当桓灵之世，时人号为五龙。见《济北英贤传》。"称氾昭为桓灵时人，与此似非同一人。

②《晋书·隐逸传·索袭》："索袭，字伟祖，敦煌人也。虚靖好学，不应州郡之命，举孝廉、贤良方正，皆以疾辞。游思于阴阳之术，著天文地理十余篇，多所启发。"

③段退，无考。

④张轨（255—314），字士彦，安定乌氏人，前凉之实际建立者。死后晋谥为武公。张祚篡位时，改建兴四十二年为和平元年（354），追曾祖轨为武王，祖寔为昭王，从祖茂为成王，父骏为文王，弟重华为明王。见《晋书》卷八十六《张轨传》《张祚传》。

⑤张轨死后其子张寔（271—320）继位，公元314年至320年在位。《晋书》卷八十六有传。

⑥元康元年（291）二月，惠帝贾后密召楚王玮入朝，诛灭杨骏等人，复召宗室诸王至洛阳，拜汝南王亮为太宰，与太保卫瓘辅政。六月，贾后命卫将军司马玮杀司马亮、卫瓘，旋以擅杀大臣为名，处死司马玮。永康元年（300），梁王肜、赵王伦废贾后，杀司空张华、尚书仆射裴頠、侍中贾谧等，次年，赵王伦称帝，尊惠帝为太上皇。齐王冏、成都王颖、河间王颙举兵讨伐，此后战乱不断，直至建兴四年（316）西晋灭亡。前凉张寔建兴二年（314）即位时，距元康元年已二十余年，故云。

⑦"十部"疑为"十郡"之误，下文亦云"十郡"。按，西晋初凉州有八郡：敦煌、武威、张掖、酒泉、西海、西平、西郡、金城。惠帝元康五年（295）置晋昌郡。后张轨置武兴、晋兴两郡，张寔置广武郡，合为十二郡（《晋书·地理志上》）。此处张寔言十郡，盖约略之数。

⑧二鲍，指东汉鲍永、鲍恢。《后汉书·鲍永传》："鲍永字君长，上党屯留人也。……建武十一年，征为司隶校尉。帝叔父赵王良尊戚贵重，永以事劾良大不敬，由是朝廷肃然，莫不戒慎。乃辟扶风鲍恢为都官从事，恢亦抗直不避疆御。帝常曰：'贵戚且宜敛手，以避二鲍。'其见惮如此。"

⑨䳐:同鸢。鹰䳐泛指猛禽。《后汉书·盖勋传》:"盖勋字元固,敦煌广至人也。······乃谏鹄曰:'夫缝食鹰鸢欲其䳐,䳐而亨之,将何用哉?'"

⑩揩次,西汉置县,属武威郡,故城在今甘肃古浪县北。

　　氾曼者,晋时凉人也。性沉邃有志行。凉王举秀才,拜临津都尉①。凉桓王崩,张祚篡位②,抚军张瓘兴义于枹罕③,移檄郡国,郡国多应之。叹曰:"凉国不天④,文、桓早世⑤,储后幼冲⑥,傍枝篡乱。吾生扰攘,位下官微,身居小宰,当若之何?且张瓘天性安忍⑦,视高步远,非人臣也。"遂单马去官,北突固都⑧。至后凉主即位⑨,曼以佐命之功,封安乐[庭]〔亭〕侯⑩,拜凉兴令⑪。其丧母,至诚泣血,毁瘠过礼。征补理曹郎中、禁中监,后为湟河太守⑫,民夷歌德⑬。加陵江将军,转振武将军。时年六十九,寿终矣。

**【校笺】**

　　①据《晋书·地理志上》,永宁中(301—302),张轨为凉州刺史,分西平界置晋兴郡,统晋兴、枹罕、永固、临津、临鄣、广昌、大夏、遂兴、罕唐、左南等县。临津治在今青海循化东。

　　②永和九年(353),张重华卒,谥昭公,后改为桓公。其子张耀灵嗣位,年十岁,旋为伯父张祚杀害。张祚自称大都督、大将军、凉州牧、凉公。永和十一年(355),张瓘、张琚、宋混等杀张祚。按,此卷后"储后幼冲,傍枝篡乱"云云,即指此事。参见《晋书》卷八十六《张耀灵传》《张祚传》。

　　③《晋书·张祚传》:"祚宗人张瓘时镇枹罕,祚恶其强,遣其将易揣、张玲率步骑万三千以袭之。······祚又遣张掖太守索孚代瓘镇枹罕,为瓘所杀。玲等济河未毕,又为瓘兵所破。揣单骑奔走,瓘军蹑之。祚众震惧。敦煌人宋混与弟澄等聚众以应瓘。······瓘弟琚及子嵩募数百市人,扬声言:'张祚无道,我兄大军已到城东,敢有举手者诛三族。'祚众披散。琚、嵩率众入城,祚按剑殿上,大呼,令左右死战。祚既失众心,莫有斗志,于是被杀。枭其首,宣示内外,暴尸道左,国内咸称万岁。祚篡立三年而亡。"按,《晋书·五行志下》称张瓘为"枹罕护军",与此卷称"抚军"不同。枹罕,西汉置县,属金城郡,西晋张轨时分西平界置晋兴郡,县属晋兴郡。县治在今甘肃临夏。

　　④不天,不获上天福佑。《左传》昭公十九年:"大夫谋对,子产不待而对客曰:郑国不天,寡君之二三臣札瘥夭昏。"杜预注:"不获天福。"

　　⑤文桓早世,指张骏、张重华去世。早世,过早去世。《左传·昭公三年》:"则又无禄,早世陨命。"

　　⑥储后幼冲,储君幼小,指张耀灵十岁嗣事。王俭《褚渊碑文》:"明皇不豫,储后幼冲。"(《文选》卷五十八)

⑦安忍，安于残忍也。《左传》隐公四年："夫州吁，阻兵而安忍。阻兵，无众；安忍，无亲。众叛、亲离，难以济矣。"

⑧固都，不详。

⑨后凉主指吕光（336—399），公元386年吕光建元曰太安，史称后凉。

⑩安乐庭侯，当作"安乐亭侯"。

⑪凉兴县，始置时间不详。《晋书·李暠传》："（段）业乃杀（索）嗣，遣使谢（李）玄盛，分敦煌之凉兴、乌泽、晋昌之宜禾三县为凉兴郡，进玄盛持节、都督凉兴已西诸军事、镇西将军，领护西夷校尉。"此事约在隆安四年（400），是此前已有凉兴县，治在今甘肃安西县南。

⑫湟河，置郡时间不详。《晋书·地理志上》："张骏分武威、武兴、西平、张掖、酒泉、建康、西海、西郡、湟河、晋兴、广武合十一郡为凉州。"是前凉张骏时已置郡。其地约在今青海湟源县附近。

⑬民夷，民众。《后汉书·刘虞传》："虞初举孝廉，稍迁幽州刺史，民夷感其德化，自鲜卑、乌桓、夫余、秽貊之辈，皆随时朝贡，无敢扰边者，百姓歌悦之。"《隋书·高劢传》："朝廷以劢有威名，拜洮州刺史。下车大崇威惠，民夷悦附，其山谷间生羌相率诣府称谒，前后至者数千余户。"


　　氾绪，字叔纵，为西域长史洋之曾孙也①。敦方正直，尝于当郡别驾令狐富［授］〔受〕《春秋》《尚书》②。孤幼，事母以孝［廉］〔闻〕③，仕郡上计掾，坐法④。常救死罪，死罪者于冥中持金数十两报恩，绪诃之曰："君之免罪，恩由明主，何得以此谢我。又吾自幼及长，未曾［授］〔受〕人毛分之遗⑤，君速去，勿以相污。"人曰："今蒙宽宥，实在于君，故于冥中奉少物以达至心，人无知者。"续曰："古人有言：谓天盖高，不敢不跼⑥。君何言之鄙乎！"卒以清廉著闻，莫敢有交私者。

**【校笺】**

①氾绪、氾洋，事迹无考。

②令狐富，无考。"授"当作"受"。

③孤幼，疑当作"幼孤"。"孝廉"当作"孝闻"。

④坐法，疑有脱文。

⑤"授"当作"受"。毛分，一毛一分，谓极少。

⑥《诗经·小雅·正月》："谓天盖高，不敢不局；谓地盖厚，不敢不蹐。"《释文》："局，本又作跼。"毛传："局，曲也。蹐，累足也。"郑笺："局蹐者，天高而有雷霆、地厚而有陷沦也。"

汜瑗字彦玉①,晋永平令宗之孙也②。父族有经学。郡旧时俗皆葬于邑中,坟墓卑湿。叹曰:"陵之为言终也③,终当山陵,胡为邑泽哉!"遂葬父于东石④,为时所非,禁固十年⑤。县令李充到官⑥,称志孝合礼,众心乃化,遂皆出葬东西石⑦。瑗少刚果有壮节,州辟主簿、治中、别驾、从事,举秀才。三王兴戈,惠帝复祚,相国齐王[国]〔冏〕专权失和⑧,瑗切谏,不从,自诡为护羌长史,来西。凉武王轨与语,不觉膝之前席⑨。瑗出,王谓左右曰:"此真将相才,吾当与共济世难。"遂周旋帷幄,公干心脊⑩。

## 【校笺】

①汜瑗,前凉张轨之重要将领。《太平御览》卷七百三十引崔鸿《十六国春秋·前凉录》:"况瑗与同郡陈瑛、宗配遇相者于路,相者曰:'三人皆二千石封,然况瑗腹有逆毛,当兵死,无后。'"据《晋书·张轨传》载,张轨以宋配、阴充、况瑗、阴澹为股肱谋主。永嘉初,轨遣中督护况瑗率众二万讨韩稚,况瑗先遗书劝降,稚乃降。

②永平,晋为张掖郡属县,治所在今甘肃张掖西北。汜宗,无考。

③《国语·齐语》:"定民之居,成民之事,陵为之终。"韦昭注:"以为葬地。"

④东石,盖指敦煌城东之高处。敦煌东有三危山。《新唐书·地理志四》:"敦煌,下。东四十七里有盐池,有三危山。"伯二六九一号卷子《沙州志》:"三危山,州东南三十里。"不知是否即其处。

⑤禁固,同禁锢,禁止从政为官。蔡邕《陈太丘碑文》:"会遭党事,禁固二十年,乐天知命,澹然自逸。"(《文选》卷五十八)

⑥李充,无考。《晋书》卷八十一有江夏人李充,字弘度,曾为县令,迁中书侍郎,卒官。疑非此人。

⑦西石,盖指敦煌城西之高处。按志书,敦煌西有白龙堆。《汉书·地理志》:"敦煌郡,武帝后元年分酒泉置。正西关外有白龙堆沙,有蒲昌海。"

⑧惠帝永宁元年(301)春,赵王伦篡帝位,迁惠帝于金墉城,号曰太上皇。齐王冏、成都王颖、河间王颙举兵讨伐,史称"三王",不久赵王伦兵败被杀,惠帝复位。乃以齐王冏为大司马、都督中外诸军事,专权朝政。太安元年(302)十二月丁卯,河间王颙表齐王冏窥伺神器,有无君之心,与成都王颖、新野王歆、范阳王虓同会洛阳,请废冏还第。长沙王乂奉乘舆屯南止车门,攻冏,杀之,幽其诸子于金墉城,废冏弟北海王寔。参见《晋书·惠帝纪》《齐王冏传》。

⑨此事与苏绰事近似。《周书·苏绰传》:"太祖乃起,整衣危坐,不觉膝之前席。语遂达曙不厌。诘朝,谓周惠达曰:'苏绰真奇士也,吾方任之以政。'即拜大行台左丞,参典机密。自是宠遇日隆。"

⑩公干心脊,才干出众,倚为心腹。心脊,心与脊背。《尚书·君牙》:"今命尔予翼,

作股肱心膂。"《正义》："膂，背也。汝为我辅翼，当如我之身，故举四支以喻，为股肱心体之臣，言委任如身也。"

### 《敦煌氾氏家传》校笺终

　　家传之由来尚矣。前汉司马迁为三十世家，各详渊源嗣续，七十列传，亦间有包举一枝前后世系数人者（如《李将军列传》，首详李广，次及子当户、椒、敢三人，末记当户子李陵事）。此家传之权舆也。及至东汉，始有《扬雄家牒》（见《艺文类聚》《史通》所称，疑子云门人子弟所为，《汉书·扬雄传》多所采摭，惜不能辨之）。继而家传、别传勃兴，盖其时士大夫渐具独立之地位，慎终追远，思显先代，乃发为著述，褒美篇籍。其后阀阅更立，各矜门第，谱录家传，益多而繁矣。唐前家传，今不存一，检诸隋志，其目尚夥（通计二十九种，其名家传、家纪者，曰李氏、桓氏、太原王氏、褚氏、江氏、庾氏、裴氏、虞氏、曹氏、范氏、纪氏、韦氏、孔氏、暨氏、周氏、令狐氏、何氏。多宗族后人撰作，而佚散未录者又不知凡几。），亦史部杂传之一大类也。唐沿六朝之风，仍尚氏族，然考之新旧唐志，家传仅得九种（《何妥家传》《裴若弼家传》《令狐家传》《燉煌张氏家传》《安兴贵家传》《郭公家传》《颜氏家传》《相国郐侯家传》《河东张氏家传》），不复盛况，宋以后士族衰而家传愈少，且书写之体渐异，名同而实异也。（参见武丽霞《论古代家传之演变》，载《内蒙古师范大学学报》2006年4期。）《敦煌氾氏家传》一种，盖燉煌氾氏之后人所述，亦承家显世之意，虽非出自名手，有乖史实，所述事杂虚诞，文多鱼豕，要不废其为见存最古家传之地位矣。

　　考《敦煌氾氏家传》之体，首述宗枝演变，次颂先祖仁德（明清后家谱乃袭此体式），继列氾瞾以下十人之传，详略不一，前后次第亦有差缪。至于其人其事，或信而有征，或幽逸难稽，校笺已随文而言之。至其撰写时间，或如王仲荦推测，当是唐代书手所写，然亦不能详究。又据传言之，此十人凡东汉二人（瞾、孚），余则前凉时人（曼入后凉），然汉魏至隋唐闲氾氏人物尚多（池田温尝胪举之），今卷阙如，知非全帙也。虽然，幸赖此九十七行之残卷，不唯见敦煌乡邦人物之盛，有补前凉一代史实，尤能据知家传之体式，察究家传之源流。斯晋唐家传之仅存世间者，可不珍贵耶？谨校笺如右，庶诠其文字事义焉。至于探微索隐，考详文史，请俟来日。

### 引用书目

　　《毛诗正义》，《十三经注疏》，中华书局，1980年。

　　《尚书正义》，《十三经注疏》，中华书局，1980年。

　　《礼记正义》，《十三经注疏》，中华书局，1980年。

　　《春秋左传正义》，《十三经注疏》，中华书局，1980年。

《论语注疏》,《十三经注疏》,中华书局,1980 年

朱熹《四书章句集注》,中华书局,1983 年。

司马迁《史记》,中华书局,2013 年。

泷川资言《史记会注考证》,上海古籍出版社,1986 年。

张衍田《史记正义佚文辑校》,北京大学出版社,1995 年。

班固《汉书》,中华书局,1962 年。

范晔《后汉书》,中华书局,1965 年。

陈寿《三国志》,中华书局,1959 年。

房玄龄等《晋书》,中华书局,1974 年。

魏收《魏书》,中华书局,1974 年。

令狐德棻等《周书》,中华书局,1971 年。

李延寿《北史》,中华书局,1974 年。

魏征等《隋书》,中华书局,1973 年。

王应麟《汉书艺文志考证》,《玉海》附刻,江苏古籍出版社、上海书店,1987 年。

《国语》,上海古籍出版社,1998 年。

徐宗元《帝王世纪辑存》,中华书局,1964 年。

郑樵《通志》,中华书局,1987 年。

刘向《列女传》,四部丛刊本。

陶潜《圣贤群辅录》,袁行霈《陶渊明集笺注》,中华书局,2003 年。

林宝《元和姓纂(附四校记)》,中华书局,2008 年。

王应麟《姓氏急就编》,《玉海》附刻,江苏古籍出版社、上海书店,1987 年。

邵思《姓解》,《古逸丛书》本。

凌迪知《万姓统谱》,文渊阁《四库全书》本。

郭庆藩《庄子集释》,中华书局,1961 年。

陈奇猷《吕氏春秋校释》,学林出版社,1984 年。

傅亚庶《刘子校释》,中华书局,1998 年。

马总《意林》,四部丛刊影印武英殿本

余嘉锡《世说新语笺疏》,上海古籍出版社,1993 年。

虞世南《北堂书钞》,学苑出版社,1998 年影印孔广陶刊本。

欧阳询《艺文类聚》,上海古籍出版社,1965 年。

白居易《白氏六帖事类集》,文物出版社,1987 年。

李昉等《太平御览》,中华书局,1960 年。

李昉等《太平广记》,中华书局,1961 年。

刘昫等《旧唐书》，中华书局，1975 年。

欧阳修、宋祁《新唐书》，中华书局，1975 年。

陈伯君《阮籍集校注》，中华书局，1987 年。

萧统编《文选》，中华书局，1977 年。

罗国威《文馆词林校证》，中华书局，2001 年。

向达《伦敦所藏敦煌卷子经眼目录》，《唐代长安与西域文明》，三联书店，1957 年。

池田温《敦煌氾氏家传残卷について》，《东方学》第二十四辑，1962 年。

唐耕耦、陆宏基《敦煌社会经济文书真迹释录》第一辑，书目文献出版社，1986 年。

王仲荦《燉煌氾氏人物传考释》，《敦煌石室地志残卷考释》，上海古籍出版社，1993 年。

# 古代杂传的流传与辑校*

## ——以《类说·逸士传》为中心的考察

### 关　静

**内容摘要：**中国古代杂传数量庞大，价值独特，但散佚严重，研究不足。因此，探查古代杂传的流传情况，对相关文本进行辑佚、校勘，是进行杂传研究的前提和基础。本文以《类说·逸士传》的文献来源与生成机制，以及《类说·逸士传》在南宋时期的流传情况为中心，结合具体实例，讨论古代杂传据以辑校的中间资料可能存在的问题及应对策略。结论认为，杂传辑校应注意作为中间环节的类书或丛书的文献传承、相互关系及可能错舛，提高辑校成果的准确性。

**关键词：**杂传　流传　辑校　《类说》　《逸士传》

杂传，即"正史以外，与列传相类之传人篇什"①，学界对汉魏六朝杂传与唐传奇之间的渊源关系已有较为深入的探讨②，然而正如熊明教授所指出的："由于种种原因，汉魏六朝时期产生的这些杂传，除少数较为完整地保存至今外，绝大多数都已散佚，今天，我们只能在各种古籍旧典的征引中看到它们的断章残句。"③因此，展开杂传研究的前提条件是调查古代杂传的流传情况，进行杂传辑校。以《汉魏六朝杂传集》为代表的著作显示出古代杂传辑校的丰硕成果。然而，古代杂传时间跨度长，所涉典籍众多，作为辑校来源的大量类书、丛书之间关系猥杂，向乏研究，凡此都会对辑校成果产生不利影响。

皇甫谧④《逸士传》主要记录上古到汉末隐士事迹，原书今已不存，《新唐书·艺文志》史部杂传记类、《通志·艺文略》史部传记类有著录。唐宋类书、诗文注本中不时出现《逸

---

*　基金项目：中国博士后科学基金第 69 批面上资助项目（编号：2021M691675）
作者简介：关静，南开大学文学院博士后。主要从事中国古代文学、小说文献学研究。

① 熊明辑校《汉魏六朝杂传集》，中华书局 2017 年版，例言第 1 页。

② 参见熊明《汉魏六朝杂传为唐传奇重要渊源》，《中国社会科学报》2011 年 8 月 30 日第 10 版文学；孙逊、潘建国《唐传奇文体考辨》，《文学遗产》1999 年第 6 期。

③ 熊明《汉魏六朝杂传为唐传奇重要渊源》，《中国社会科学报》2011 年 8 月 30 日第 10 版，第 1 页。

④ 皇甫谧（215—282），字士安，号玄晏先生，撰有《针灸甲乙集》《帝王世纪》《高士传》《逸士传》《列女传》《玄晏先生集》等书。《晋书》有传，称其"耽玩典籍，忘寝与食，时人谓之'书淫'"，"以著述为务"。见［唐］房玄龄等撰《晋书》卷五十一列传第二十一，中华书局 1974 年版，第 1409～1410 页。

士传》身影,其中,编成于南宋绍兴六年(1136)的曾慥《类说》收录《逸士传》一书。《类说》所收条目虽然不多,但其中既有保存皇甫原书内容者,又有存在错舛者,相关条目伴随着南宋典籍的大量引录,颇具典型性。下文即以《类说·逸士传》为中心,略作讨论。

## 一、《类说·逸士传》的文献来源与生成机制

《逸士传》见于《类说》五十卷本卷一下、六十卷本卷二,共收录"1. 一瓢""2. 居士屬""3. 百结衣""4. 生女炙面""5. 虱入豕栅"五个条目,传世诸本均无作者信息。《类说》中《列女传》《高士传》《逸士传》次第排列,三书与皇甫谧佚书书名相合。① 因此,研究者多将《类说·逸士传》视为皇甫谧《逸士传》并用于辑校。

《类说·逸士传》并非皇甫谧佚书。已有学者注意到《类说》与《绀珠集》末卷《诸集拾遗》之间存在袭用关系②,并直指《类说》部分引书"实属作伪"③。《绀珠集》十三卷(含末卷《诸集拾遗》),收书 138 种,传为朱胜非所编,成书时间在南宋初年。现存最早版本为明天顺七年(1463)贺容刊本,书前序言称该本据绍兴七年(1137)麻沙本翻雕而成。《绀珠集》《类说》在体例、引书、条目、文字上颇有相似重合,对于二书的先后顺序,因外证缺乏,此前学界并无定论。近年来,除前述李更教授诸文外,陈静怡、赵君楠等学者亦纷纷撰文从文本内证证实《绀珠集》在前,《类说》在后,《类说》因袭了《绀珠集》的大量内容。④《类说》在因袭《绀珠集》内容后还存在合并条目、调换条目顺序等操作。

为更直观展示《类说·逸士传》的文献来源,现将其条目及可能出处列表1。

表 1　《类说·逸士传》条目及可能出处

| 《类说·逸士传》⑤ | 可能出处 | 文本 |
| --- | --- | --- |
| 1. 一瓢:<br>许由居箕山,唯有一瓢酌水。挂于树枝,风吹瓢鸣,以为烦,掷去之。 | 《绀珠集·诸集拾遗》⑥ | 风鸣瓢:<br>《逸士传》许由居箕山,有一瓢酌水。挂树,风吹瓢鸣,以为烦,遂弃之。 |

---

① 其中台湾"国家图书馆"藏明嘉靖伯玉翁抄本《高士传》书名下方署有"玄晏先生皇甫谧撰"。

② 李更《〈绀珠集·诸集拾遗〉臆说》,《北京大学中国古文献研究中心集刊》第十七辑,北京大学出版社 2018 年版,第 236 页。

③ 李更《〈类说〉本〈续博物志〉的前世今生——兼议〈类说〉对〈绀珠集·诸集拾遗〉的袭用及古书作伪》,《中国典籍与文化》2018 年第 3 期,第 79 页。

④ 参见陈静怡《〈类说〉版本及引书研究》,台北大学硕士学位论文,2012 年;赵君楠《〈类说〉因袭〈绀珠集〉考论》,北京大学硕士学位论文,2015 年。

⑤ 《类说》文字由笔者据[宋]曾慥《类说》诸本汇校。以下同。

⑥ 《绀珠集》文字出自[宋]佚名《绀珠集》,国家图书馆藏天顺七年刻本,善本书号 02618。以下同。

（续表）

| 《类说·逸士传》 | 可能出处 | 文本 |
|---|---|---|
| 2. 居士屩：<br>蜀隐士朱桃椎以草屩为业。以屩置路隅，人识之曰："此朱居士屩也。"以米易去。 | 《绀珠集·诸集拾遗》 | 朱居士屩：<br>蜀隐士朱桃锥以草屩为业。置路隅，人识之曰："此朱居士屩。"以米易去。 |
| 3. 百结衣：<br>董威在洛阳，隐居白社，以残絮缕帛为衣，号"百结衣"。 | 《五色线》① | 百结衣：<br>《士明录》曰：董威辇在洛阳，止白社中，时出于市，得残缯絮，结之为裳，号"百结衣"。 |
| 4. 生女炙面：<br>昭君村至今生女，必炙其面。白乐天诗云："至今村女面，烧灼成瘢痕。" | 《绀珠集·谈助》 | 炙面女：<br>昭君村生女皆炙其面。白居易诗云："至今村女面，烧灼成斑痕。" |
| 5. 虱入豕栅：<br>虱入豕栅，议择食曰："肥豕不度腊。"相与食其瘠者。 | 《五色线》 | "群虱聚食"：<br>《韩子》曰：三虱在豕上，相与语，一虱适之，曰："奚说?"一虱曰："争肥硗者。"一虱答曰："肥豕不度腊。"相与聚食其瘦者，人乃不杀也。 |

　　首先分析出自《绀珠集》的三个条目。《类说》将《绀珠集·诸集拾遗》"59. 风鸣瓢"条（注出《逸士传》）改作"一瓢"收入《逸士传》，这一操作无可厚非。《类说》既而又从《诸集拾遗》往前两条，找到书写隐士的"57. 朱居士屩"条纳入《逸士传》。见图1、2。《绀珠集》中，"朱居士屩"并不属于《逸士传》内容。朱桃椎事迹见于《旧唐书》《大唐新语》等书，其为唐人，显然此条不属于生活于西晋的皇甫谧《逸士传》所著内容。《类说》率先将朱桃椎事迹与皇甫谧《逸士传》绾合，引发错舛。再者，《类说》"4. 生女炙面"条同样与《绀珠集》存在关联，此条乃是循着《绿珠传》—《续谈助》—《绀珠集·谈助》②—《类说》的路径辗转而来。晁载之《续谈助·绿珠传》原文作："昭君村生女皆炙破其面，故白居易诗云：'不取往者戒，恐贻来者冤。至今村女面，烧灼成瘢痕。'此又与不完具者同焉。"③《绀珠集·谈助》摘录《续谈助》共11条，其中包含"10. 炙面女"条："昭君村生女皆炙其面。白居易诗云：'至今村女面，烧灼成斑痕。'"④只列引书《谈助》而未落实到《绿珠传》上。或因《类说·

① 《五色线》文字出自［宋］佚名《五色线》，上海师范大学古籍整理研究所编《全宋笔记》第八编第十册，大象出版社2017年版。
② 《绀珠集·谈助》的内容全见于今本《续谈助》。
③ ［宋］晁载之《续谈助》卷五，台湾"国家图书馆"（以下简称"台图"）藏道光六年孙鋆抄本，第17叶。
④ ［宋］佚名《绀珠集》卷十一，第13～14叶。

逸士传》摘录条目过少，不足以成书，《类说》迻录《绀珠集·谈助》"10. 炙面女"条收入《逸士传》[①]，进而出错。

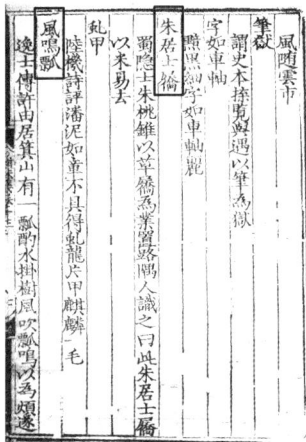

图 1　国家图书馆藏天顺刻本《绀珠集》，善本书号:02618

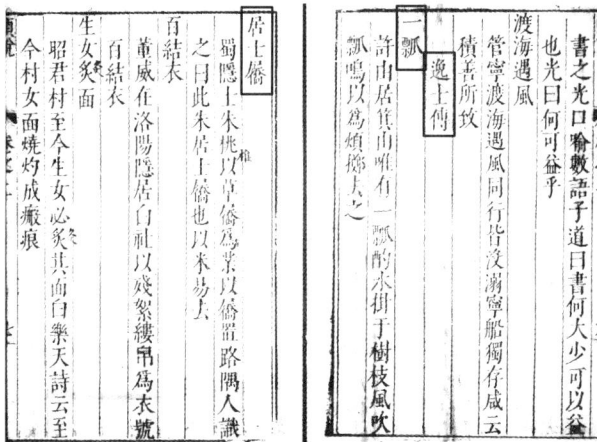

图 2　国家图书馆藏天启刻本《类说》，善本书号:07555

　　其次分析见于《五色线》的两个条目。此前学界对《五色线》关注甚少，不妨略作说明。《五色线》乃宋人所编小型类书，成书时间不明，有学者根据"周紫芝（1082—1155）《太仓稊米集》卷二一有诗题引及'罗叔共《五色线》'"推定编纂者为罗叔恭[②]，《遂初堂书目》[③]《宋史·艺文志》《四库全书总目》等皆有著录。今存最早版本为弘治二年(1489)绮冀刊本，分上、中、下三卷，中国国家图书馆、北京大学图书馆等馆皆有藏本，另有《说郛》《丛书集成初编》等版本，《全宋笔记》第八编第十册予以点校。《五色线》的条目编排已有分类倾向，但未标注具体门类。此书条目与《绀珠集》《类说》同样多有重合，从具体文字看，应是《五色线》最早，《绀珠集》次之，《类说》最晚。[④]

　　《类说》"3. 百结衣"条，董威为何人不可考，《五色线》标目同作"百结衣"，正文文字较《类说》有溢出，传主名"董威辇"。核《太平御览》作:

　　　　王隐《晋书》曰:董威辇，不知何许人。忽见洛阳，止宿白社，于市得残缯，辄结以为

---

① 　《类说》并未收录《谈助》，但是《绀珠集·谈助》不少条目见于《类说》不同引书中。

② 　参见石昌渝主编《中国古代小说总目》，山西教育出版社 2004 年版，第 499 页。秦川《中国古代文言小说总集研究》，闵宽东、陈文新、刘僖俊《韩国所藏中国文言小说版本目录》等著作均采此说。罗叔恭，名辣，《宋元学案》有传，活动于两宋之际。

③ 　一说《五色线》编纂于宋元之际，因尤袤(1127—1194)《遂初堂书目》即已著录此书，则《五色线》成书不会晚至宋元之际。

④ 　限于篇幅，此不赘述。详参关静《两宋之交的说部丛钞与知识传播——以〈续谈助〉〈绀珠集〉〈类说〉为中心》，北京大学博士学位论文，2020 年，第 47~51 页。

衣,号曰"百结衣"。①

王隐《晋书》已佚,今房玄龄等编《晋书·董京传》载董京其事:

董京,字威辇,不知何郡人也。初与陇西计吏俱至洛阳,被发而行,逍遥吟咏,常宿白社中。时乞于市,得残碎缯絮,结以自覆,全帛佳绵则不肯受。或见推排骂辱,曾无怒色。②

则传主名董京,字威辇,原传中并未提取出"百结衣"这一词汇,"百结衣"标目主要在类书系统《太平御览》《五色线》等中沿用。《五色线》将"辇"讹作"辈",《类说》以及作为其直接来源的《绀珠集》③或以为"辈"乃"朋辈"之义,故直呼"董威"。那么《类说》"百结衣"条从《五色线》系统而来甚明。《类说》中"隐居"二字未见于之前的典籍,或许是曾慥为符合《逸士传》的设定而进行的增改。

《类说》"5. 虱入豕栅"条出现在《逸士传》则更耸人听闻,这则故事最早见于《韩非子》,原文作:

三虱食彘,相与讼,一虱过之,曰:"讼者奚说?"三虱曰:"争肥饶之地。"一虱曰:"若亦不患腊之至而茅之燥耳,若又奚患?"于是乃相与聚嘬其身而食之。彘臞,人乃弗杀。④

正与《五色线》所云出自《韩子》相符。《五色线》本保留原文的基本结构,又提炼出"肥豕不度腊"等句。《类说》得以沿用,并将其与《逸士传》捏合。

要之,《类说·逸士传》除首条"一瓢"所载许由事迹为皇甫谧《逸士传》内容外,其他条目均不属于皇甫谧原书内容。错舛条目虽然源自《绀珠集》《五色线》等书,但是将其与皇甫谧《逸士传》联结则肇始于《类说》。其生成机制大略如下:《类说》从《绀珠集·诸集拾遗》中发现"一瓢"条,注出《逸士传》,又在相邻位置发现同样书写隐士/逸士事迹的"朱居士屩""百结衣",从而萌生出辑佚《逸士传》的想法。第4、5条或是为了充数而阑入,导致与原书毫不相关。非皇甫谧原书内容的引入使得《类说·逸士传》的确存在"涉伪"嫌疑。总体上,《类说》中存在"涉伪"问题的引书具有相似的特点,如:能在《绀珠集》中找到对应,收录的条目数量不多,每条文字较少等。

## 二、《类说·逸士传》在南宋时期的流传情况

"涉伪"内容的危害在于它会随着《类说》的传播,在后续文献中引发进一步的混乱,

---

① ［宋］李昉等《太平御览》卷六百八十九服章部,《四部丛刊》三编子部第16册,上海书店出版社1936年版,第5叶。
② ［唐］房玄龄等《晋书》卷九十四列传第六十四隐逸,中华书局2003年版,第2427页。
③ 李更教授通过对《说郛·诸集拾遗》的考察,认为《说郛》卷八〇《诸集拾遗》实际引录自《绀珠集·诸集拾遗》。《说郛》中"董威在洛阳隐居白社,以残絮缕帛为衣,号'百结衣'"条,与《类说》完全相同,怀疑《绀珠集》原有相关条目,为《类说》《说郛》等承袭,后明刻本《绀珠集》遗漏相关内容(李更《绀珠集·诸集拾遗》臆说,第236页)。笔者赞同这一看法,那么此条的流传当是《五色线》—《绀珠集》—《类说》。
④ ［清］王先慎撰,钟哲点校《韩非子集解》卷八说林下第二十三,中华书局2011年版,第189页。

不过这也使得相关内容成为特殊的"标记物"，便于考察相关内容在此后的流播。

上文厘清《类说·逸士传》的文献来源与生成机制，确定致误乃至"涉伪"环节出自《类说》，那么相关的"涉伪"内容虽不能用于辑校，却能成为《类说》的特殊版本标记物，便于考察相关条目在南宋时期的流传。由于《类说·逸士传》"1. 一瓢"条与《绀珠集》文本、出处相近，究竟出自二者中哪一书难以遽定，此处不作讨论。而将"2. 居士屩""3. 百结衣""4. 生女炙面""5. 虱入氽栅"等条与皇甫谧《逸士传》绾合则始自《类说》，因此可借由这四个条目考察《类说·逸士传》在南宋典籍中的流传情况。

关于"2. 居士屩"条，成书于绍兴十九年（1149）的《海录碎事》中有同名条目，正文作："蜀隐士朱桃椎以屩置路隅，人识之，曰：'此朱居士屩也。'以米易去。"①较《类说》仅删略"以草屩为业"五字。《海录碎事》将其收录在"隐逸门"，与《类说·逸士传》暗合，而与《绀珠集》标目、正文均存在细微差异，故出自《类说》本可能性更大。

关于"3. 百结衣"条，《三洞群仙录》中即有"沈彬三举董威百结"条，文作："《逸士传》：董威在洛阳，居白社，以残絮缕帛为衣，号为百结。"②《三洞群仙录》前有南宋绍兴二十四年（1154）序，则其成书距《类说》不到二十年，虽与今本《类说》存在个别文字的差异，但是出处正是《类说》存在伪误的《逸士传》，人物亦称"董威"，出自《类说》甚明。《施注苏诗》中《九日次定国韵》注云："《逸士传》：董威……"③与《类说》文同。此外，《类说·逸士传》"一瓢""百结衣"两条并见于《锦绣万花谷》后集，注明"并出《逸士传》"，且称"董威"。则在南宋《三洞群仙录》《施注苏诗》《锦绣万花谷》后集等典籍中，已可见《类说·逸士传》的流传痕迹。

关于"4. 生女炙面"条，《苕溪渔隐丛话》后集有：

《复斋漫录》云："韩子仓题《昭君图诗》'寄语双鬟负薪女，炙面谨勿轻离家。'余考唐《逸士传》云：'昭君村至今生女，必炙其面。'白乐天诗：'至今村女面，烧灼成瘢痕。'乃知炙面之事，乐天已先道之也……"④

《苕溪渔隐丛话》将《逸士传》与昭君故事并提，当是受《类说》误导所致，至于此处称"唐《逸士传》"，或许源自《复斋漫录》编纂者的误读。《诗话总龟》后集同样引录此条内容⑤，而《诗话总龟》成书于宣和五年（1123），由此亦能为《诗话总龟》后集为书坊主将《苕溪渔隐丛话》《韵语阳秋》等书捏合而成的观点提供有力证据。

① ［宋］叶廷珪撰，李之亮校点《海录碎事》卷八下，中华书局 2002 年版，第 379 页。下引此书均为此版本。
② ［宋］陈葆光《三洞群仙录》卷十五第九，《四库全书存目丛书》子部第 258 册影印涵芬楼影印明正统刻道藏本，齐鲁出版社，第 589 页。
③ ［宋］苏轼撰，施元之注《施注苏诗》卷三十二，国家图书馆藏清康熙三十八年（1699）宋荦刻本，第 14 叶。
④ ［宋］胡仔纂集，廖德明校点《苕溪渔隐丛话》后集卷四十，人民文学出版社 1962 年版，第 329～330 页。
⑤ ［宋］阮阅著，周本淳校点《诗话总龟》后集卷四十一，人民文学出版社 2006 年版，第 264 页。

事有凑巧，本属谬误的"5.虱入豕栅"条又见于《海录碎事》，文作："虱议所食：虱入豕栅，议所食曰：'肥豕不度腊。'相与食其瘠者。《逸士传》。"①文字与《类说》同，出处正作《逸士传》。

由上可略见《类说·逸士传》在南宋的流传情况。《海录碎事》《三洞群仙录》等书与《类说》成书时间极为接近，这说明《类说·逸士传》的错舛问题出现时间较早。参考《类说》在南宋的刊印情况，应在绍兴十年（1140）建阳麻沙书坊的《类说》初刻本中就已如此，这一问题极有可能出自曾慥之手。《类说》传世版本差异甚巨，不少讹误产生于流传过程中，《类说·逸士传》的错舛说明《类说》本身内容亦可能存在问题，而这对于引书辑校至为重要。

### 三、古代杂传辑校资料可能存在的问题与应对策略

对于《逸士传》，《玉函山房辑佚书》辑录许由佚文一则②，《汉魏六朝杂传集》因体例原因衷辑《类说·逸士传》所有条目，便于读者观览，不过也增加了读者辨识的难度。③必须强调的是这类舛误不只存在于《类说·逸士传》中，此处不妨将考察范围扩展到《类说》所收其他杂传，甚至《类说》之外的《绀珠集》等书，探讨古代杂传辑校中，作为中间环节的辑校资料本身可能存在的问题。

#### （一）辑校材料存在条目误收

《类说》中还有其他引书存在条目误收。如《类说·高士传》"斜其被"条述黔娄先生逝世后，其妻与曾西讨论是否斜其被以覆其体之事。此条乃是赞美黔娄之妻对其丈夫品行的了解以及遇事冷静沉着，所以未见于《高士传》今传本而见于《列女传》"鲁黔娄妻"④，《类说》误收。这一条目伴随《类说》的流传赫然出现在南宋类书中，如《海录碎事》中夫妇门亦有"斜其被"条⑤，文字、出处全同《类说》。此外，《事类备要》前集卷二十八亲属门、卷六十三丧纪门，《锦绣万花谷》前集卷二十六、后集卷六十五，《事文类聚》前集卷五十一丧事门，《韵府群玉》卷十三去声等皆收录此条。这也导致"斜其被"条多次出现在《高士传》辑佚成果中。

---

① ［宋］叶廷珪撰，李之亮校点《海录碎事》卷二十二下，第987页。
② 文作："许由隐箕山，无杯器，以手捧水饮之。人遗一瓢，得以操饮。饮讫挂于木上，风吹沥沥有声。由以为烦，顷去之。李瀚《蒙求自注》上。"［清］王仁俊《玉函山房辑佚书》补编，上海古籍出版社1989年版，第313页。
③ 熊明辑校《汉魏六朝杂传集》第三册，中华书局2017年版，第1345～1356页。
④ ［清］王照圆《列女传补注》，华东师范大学出版社2012年版，第78页。按，此本作"曾子"。
⑤ ［宋］叶廷珪撰，李之亮校点《海录碎事》，第266页。

### (二)辑校材料存在版本差异

另一种情况是辑校材料本身存在版本差异。仍以《类说》为例,通行之天启刻本中,"刘晨阮肇"条属于刘𫗧《传记》一书的末条内容,中华本《隋唐嘉话》收入补遗,按云:"疑非刘𫗧《传记》所有。"①"刘晨阮肇"内容在《太平广记》中注出《续齐记》,与《类说》天启刻本所注出处不一。考《类说》其他早期抄本,如上海图书馆藏清五十卷本、台图藏淡生堂抄本等版本皆将此条收录在《续齐谐记》末尾,天启刻本的舛误是由于刊刻者为变更卷次所做的"移花接木"式的改动。② 那么,《传记》辑佚时就无须收录此条。

### (三)辑校材料将相邻两书的条目、出处张冠李戴

某些类书在引录前人典籍时,容易将某个条目的出处误注为前后相邻的其他书名,而后这一错误在类书、地志、诗文注本中辗转相沿。如《类说》中《商芸小说》《卢氏杂说》二书次第排列,《卢氏杂说》中"烂蒸葫芦"条,文作:

郑余庆召亲朋,呼左右曰:"谕厨家:烂蒸去毛,莫拗折项。"诸人以谓必蒸鹅鸭。良久就食,每人前粟米饭一盂,烂蒸葫芦一枚。公食甚美,诸人强进而罢。③

《海录碎事》亦有"蒸葫芦"条,文作:"郑余庆处分厨家:'烂蒸去毛,莫拗折项。'客以为必是鹅鸭,乃是烂蒸葫芦。商芸《小说》"④猜测此条亦源自《类说》,叶廷珪在抄写条目时误注为前书书名。

再如《绀珠集》卷九《汉武故事》《北里志》二书前后相连,《北里志》"4、连头眉"条正文作:"一画连心,细长,谓之'连头眉',又曰'仙蛾粧。'"⑤《海录碎事》"仙蛾粧"条注出《汉武故事》,该条袭自《绀珠集》而误书前书书名。此后,宋本《记纂渊海》卷195、《事文类聚》后集卷12均云出自《汉武故事》。此条还曾被鲁迅辑入《古小说钩沉·汉武故事》,又有学者再行订补。⑥

### (四)多种辑校材料对古代杂传的不同改动

最后,不同典籍在转录古代杂传时受制于体例,可能出现改动原书内容的操作,譬如合并、拆分、节略内容等等。以《赵后外传》为例,《类说·赵后外传》所引文字略长,《海录

---

① ［唐］刘𫗧撰,程毅中点校《隋唐嘉话》补遗,中华书局1997年版,第61页。
② 对此,笔者另有专文《〈类说〉天启刻本之生成与明代后期的书籍刊刻》,待刊。
③ 据［宋］曾慥《类说》诸本汇校。
④ ［宋］叶廷珪撰,李之亮校点《海录碎事》,第227页。
⑤ ［宋］佚名《绀珠集》卷九,国家图书馆藏天顺七年刻本,善本书号02618,第26叶。
⑥ 赖信宏《鲁迅〈汉武故事〉辑本订补》,《台大中文学报》2013年第42期。

碎事》存在将《类说》内容拆分为几条的行为，如"1. 宜主合德"总叙飞燕、合德二人得名原因及其特异之处，《海录碎事》拆为"飞燕""肌滑"2 条；"4. 新兴髻慵来妆"条，《海录碎事》提取出"慵来装""远山黛""淖夫人"3 条，详见表 2。探明《类说》《海录碎事》所收《赵后外传》之间的源流关系，如若《赵后外传》散佚①，辑佚时在《类说》《海录碎事》之间只采录《类说》文本即可，否则容易重复辑佚。

表 2　《类说》与《海录碎事》所收《赵后外传》条目对比

| 《类说·赵后外传》② | | 《海录碎事》所引《赵后外传》③ |
| --- | --- | --- |
| 1. 宜主合德：冯万金善歌，世事江都王。王孙女……一产二女，归之万金。长曰宜主，次曰合德，遂冒姓赵氏。宜主聪悟，家有彭祖方脉之书，善行气术，长而纤细，举止翩然，谓之飞燕。合德肤滑，出浴不濡，善歌知音，皆绝色也。 | 卷十下帝王部后妃门 | 飞燕：赵后飞燕名宜主，纤便轻细，举止翩然，人谓之飞燕。《赵后外传》 |
| | | 肌滑：赵飞燕妹昭仪名合德，肌滑，出浴不濡，姊弟皆出世色也。 |
| 4. 新兴髻慵来妆：樊嬺进言合德美容貌，帝召入宫。合德新沐，膏九廻沉水香；为卷发，号"新兴髻"；为薄眉，号"远山黛"；施小朱，号"慵来妆"。左右啧啧嗟赏。宣帝时披香博士淖方成，白发教授宫中，号"淖夫人"，在帝后唾曰："此祸水也，灭火必矣。" | 卷七上圣贤人事部上妇人门 | 慵来装：赵婕好好为卷发，号新兴髻；为薄眉，号远山黛；施小朱，号慵来装。《赵后外传》 |
| | | 远山黛：见上。 |
| | 卷十下帝王部后妃门 | 淖夫人：帝召合德，宣帝时披香博士淖方成，白发教授，宫中号淖夫人，在帝后唾曰："此祸水也，灭火必矣！" |

　　综上，古代杂传的辑校材料可能存在种种问题，包括但不限于条目误收、版本差异、出处误注、不同改写等等。以《类说·逸士传》为例，理清其文献来源与流传情况，既能还原相关条目的生成过程，又能有效判别下游文献的错舛致误原因，可谓一举多得。研究者在进行杂传辑校时，应注意作为中间环节的类书或丛书的成书、版本、流传诸问题，尤其需要留心不同典籍之间的文献传承、相互关系及可能错舛，尽可能提高辑校成果的准确性。

　　附记：本文曾在中国海洋大学"文本整理、阐释与理论建构——中国古代杂传与小说前沿问题学术研讨会"汇报，感谢山东大学洪树华教授、北京大学赵白生教授、西南大学罗宁教授的宝贵意见，感谢熊明教授邀稿，谨致谢忱！

---

① 《赵后外传》另有《说郛》《顾氏文房小说》等传本，较《类说》所收更完整，此处仅作假设。
② 《类说》文字皆出〔宋〕曾慥《类说》卷一《赵后外传》，据《类说》诸本汇校。
③ 《海录碎事》文字皆引自〔宋〕李廷珪撰，李之亮校点《海录碎事》。

# 元代传记中的民族书写*

## 邱江宁

**内容摘要**：传记是真实记录时代的重要载体。元朝作为游牧民族统治的大一统王朝，它的形成与发展无处不体现着多民族并存与碰撞融合的历史。本篇认为元代传记滋生于多民族并存的典型环境中，民族起源与民族自身特质以及多元文化之间的相互学习成为元代传记书写的重要内容和突出特征。面对多民族碰撞、融合的普遍现实情境，同是元代社会精英阶层的元代传记书写者，他们在对传主的书写过程中，对多民族共同体的认同建构意识值得更深入的探究。

**关键词**：元代传记　时代印记　多民族并存　民族书写　多民族共同体

"传者，传也，纪载事迹以传于后世也"，《文体明辨序说》："自汉司马迁作《史记》，创为'列传'以纪一人之始终，而后世史家卒莫能易。嗣是山林里巷，或有隐德而弗彰，或有细人而可法，则皆为之作传以传其事，寓其意；而驰骋文墨者，间以滑稽之术杂焉，皆传体也。"①《四库全书总目》云："传记者，总名也。类而别之，则叙一人之始末者为传之属，叙一事之始末者为记之属。"②作为纪实性文体，传记是最有可能具体地靠近和展现其所属时代复杂性和真实性的重要载体。元朝作为游牧民族统治的大一统王朝，它崛起于西北，历经"并西域，平西夏，灭女真，臣高丽，定南诏，遂下江南"③的过程而最终统一。它最典型的特征是多民族共存，而多民族的碰撞与融合是这个时代最浓墨重彩的主题。所以，就传记的时代性特征而言，元代传记的民族书写内容非常突出。不仅因为这个王朝的形成糅合着许多民族传奇的迁徙经历，更因为元代传记书写的对象自身承载着时代和家族赋予他们的民族基因。而且，不可避免的是，那些带着民族烙印的传主在被书写时，他们的民族基因密码在被解码的同时，又生动且深刻地体现着那个时代的人们尤其是精英群体对多民族共同体的认同意识。

---

* 作者简介：邱江宁，文学博士，浙江师范大学人文学院教授，英国剑桥大学、北京大学访问学者。浙江省"151人才工程"重点资助人才，教育部长江学者·青年学者。主要从事元明清文学研究。

① ［明］徐师曾《文体明辨序说》之《传》，罗根泽校点《文章辨体序说》《文体明辨序说》合刊本，人民文学出版社1962年版，第153页。

② ［清］纪昀《四库全书总目提要》，河北人民出版社2000年版，第1608页。

③ ［明］宋濂等《元史》卷五八《地理志一》，中华书局1976年版，第1345页。

## 一、多民族共存的传记创作氛围

中国历史上，元朝虽享国不算长，却在多民族国家形成与发展历程中占有绝不能忽略的突出地位，就元朝典型的四类人群组合情形来看，诚如元人陶宗仪所指出的"蒙古七十二种""色目三十一种""汉人八种""金人三十一种"①。从占据统治地位的蒙古民族到地位尊显的色目族群，再到元朝定义的汉人群体和金人群体，无不深刻地反映着这个规模空前的大一统王朝所具有的多民族碰撞与融合的历史。无论元代传记怎样书写，如果它不能避开时代的影响的话，那么这个时代的典型传主身上必然会或多或少地承载着多民族融进的内容，这可能也是这个时代贴到他们身上最具标志意味的印记。

首先，蒙古是"有毡帐百姓"组成的庞大群体。蒙古民族是随着大蒙古国的建立而形成的。据《元朝秘史》《史集》等史书记载，成吉思汗在战胜敌部后，总是将被俘部众强行分散，拨与本部各将领管辖，用这种方式使他们与蒙古部众融为一体。以蒙古本部为核心，如同滚雪球一般，塔塔儿、克烈、蔑儿乞、乃蛮等部逐一被并入蒙古部中。蒙古逐渐成了混杂着众多"有毡帐百姓"的庞大群体。② 陶宗仪所以能列举"蒙古七十二种"，即源于蒙古民族实为众多的氏族部落群体所组成这一社会背景，而拉施特在《史集》中曾叙述蒙古民族起源道：

由于成吉思汗及其宗族的兴隆，由于他们是蒙古人，于是各有某种名字和专称的各种突厥部落，如札剌亦儿、塔塔儿、斡亦剌惕、汪古惕、客列亦惕、乃蛮、唐兀惕等，为了自我吹嘘起见，都自称为蒙古人……蒙古人不过是全体突厥草原部落中的一个部落……因为他们的外貌、形状、称号、语言、风俗习惯和举止彼此相近。③

拉施特的描述很不错，成吉思汗所出身的蒙古乞颜部是蒙古的核心部分，辽金时期蒙古高原诸部都是组成它的基本成员，从这时起，"蒙古"这一名称，就不只是某一部落或部落联盟的称谓了，而被使用于整个民族共同体。④ 元朝的统治群体就是多民族融合的结果，而那些直接记载元朝统治群体缘起的著作如《蒙古秘史》《史集》，还有《世界征服者史》《元史》等史书以及大量个人传记等都非常直接地反映了蒙古民族自身的多民族融合情形。

其次，色目泛指从葱岭以西东迁而来的亚、欧移民群体。蒙古人的世界征略活动导致了亚、欧民族大规模的迁移和流动。蒙古时代所谓的"色目人"即"西域人"，陈垣在《元

---

① ［元］陶宗仪《南村辍耕录》卷一"氏族"，中华书局 1959 年版，第 12～14 页。
② 罗贤佑《元代民族史》，四川民族出版社 1996 年版，第 16 页。
③ 〔波斯〕拉施特《史集》卷 1 第 1 册，余大钧、周建奇译，商务印书馆 2017 年版，第 168～169 页。
④ 罗贤佑《元代民族史》，四川民族出版社 1996 年版，第 17 页。

西域人华化考》中指出："西域人者色目人也。不曰色目而曰西域者，以元时分所治为蒙古、色目、汉人、南人四色，公牍上称色目，普通著述上多称西域也。"①据《南村辍耕录》的统计，元代东迁中土的西域色目约有 31 种，他们是哈刺鲁、钦察、唐兀、阿速、秃八、康里、苦里鲁、刺乞歹、赤乞歹、畏吾、回回、乃蛮歹、阿儿浑、合鲁歹、火里刺、撒里哥、秃伯歹、雍古歹、蜜赤思、夯力、苦鲁丁、贵赤、匣刺鲁、秃鲁花、哈刺吉答歹、拙儿察歹、秃鲁八歹、火里刺、甘木鲁、彻儿哥、乞失迷儿等。由于译音的问题，陶宗仪的统计往往被人讥为重复。② 但无法否认的事实是，在元朝，大量东迁的西域人，"自岭北到云南，由畏兀儿地至江浙"，"几乎无处、无地不在"③。以十余万人而崛起西北的蒙古人，在长期征略世界的进程中，将最先内附的西域人视若股肱，并肩共进，而这种在战争中结成的联盟也使得蒙古人对西域人的信任程度最深，就元朝的政治格局而言，西域人的影响举足轻重。作为深刻反映时代面貌的元代传记，对这个群体的载记数量和载记丰富程度都规模空前。无论是当朝赫赫的冢宰贵胄，还是翊戴有功的赳赳武夫，又或者是富甲天下的巨商，诗书传家的士绅，或者下层仆役胡奴，可以说，西域人传记当仁不让地成为元代传记中最富时代特征的核心代表。

其三，定义稍显驳杂的汉人群体。陶宗仪在《南村辍耕录》"氏族"条中叙及"汉人"时，写道"汉人八种：曰契丹，曰高丽，曰女直，曰竹因歹，曰术里阔歹，曰竹温，曰竹亦歹"，从陶宗仪的叙述来看，"汉人"并不是指汉族人，钱大昕在《十驾斋养新录》中认为"汉人、南人之分，以宋金疆域为断"，也就是说"汉人八种"不包括真正的由汉族人统治的南宋区域的汉族人。刘迎胜先生在综合海内外学者研究的基础上认为，"汉人八种"是元朝统治者对境内使用汉文的各民族的统称，并不代表这些民族本身都自我认同为汉人。而出现在元朝人口中的常用语"汉儿"，其实是延承辽、金两代华北人民的自称，也是宋人对他们的称呼。汉人与辽、金、元统治者的关系较南人更密切，与南人是两个不同的群体。另外，"汉人八种"中的"术里阔歹"实为"术里阁歹"，即 jurjidai（女真）；"竹赤歹"实为"竹儿亦歹"，亦即 jurjidai（女真）的音译，"竹因歹"与"竹温"为蒙古语中对汉人的称谓。④ "汉人群体"划分与认知上的复杂性，只是从侧面反映出元代社会族群的多民族交融特征。对于元代传记而言，不能龁离的多民族交融社会背景，使得其传主的人生经历以及创作者的写作意旨始终都会折射出其多民族共存的事实基础。

① 陈垣《元西域人华化考》"绪论"，上海古籍出版社 2000 年版，第 1 页。

② ［元］陶宗仪《辍耕录》卷一"氏族"条，上海古籍出版社 2012 年版，第 26～27 页。按，清人钱大昕认为陶宗仪的统计重复舛讹，他统计的色目氏族有 23 种，而据今人核查，陶、钱二氏的统计既有重出，也有错漏。由于元人对色目人译名不划一，实际很难精确计出元代色目人的种数。常见于元人记载的色目人有唐兀、乃蛮、汪古、回回、畏兀儿、康里、钦察、阿速、哈刺鲁、吐蕃等。

③ 马建春《元代东迁西域人及其文化研究》，民族出版社 2003 年版，第 68 页。

④ 刘迎胜《"汉人八种"新解——读陈寅恪〈元代汉人译名考〉》，《西北民族研究》2020 年第 1 期，第 44 页。

其四，数量巨大的南人群体。所谓南人，在辽金时期，北人称宋统治区的人民为"南家""蛮子"，元统一之后被称为"南人"。钱大昕在《十驾斋养新录》中认为"汉人、南人之分，以宋金疆域为断，江浙、湖广、江西三行省为南人，河南省唯江北淮南诸路为南人"①。又按《元史》所载，元代的"河南省江北淮南诸路"为淮西江北道、江北淮东道、山南江北道三道。淮西江北道包括庐州路（含和州、无为州、六安州）、安丰路（含濠州）、安庆路。江北淮东道包括扬州路（含真州、滁州、泰州、通州、崇明州）、淮安路（含海州、泗州、安东州）、高邮府。山南江北道包括中兴路、峡州路、安陆府、沔阳府、荆门州、德安府（含随州）。综合而论，则今江苏省除徐州市和宿迁市区之外的全部地区、安徽省淮河以南地区、上海市、江西省、浙江省、福建省、广东省、广西壮族自治区、海南省、湖北省、湖南省等辖区的人皆被元蒙统治者划为"南人"范畴。②

综上所述，虽然元王朝的特点有很多方面，但是，元朝作为蒙古游牧民族统治的南北一统、疆域空前辽阔的大一统王朝的这个特征却最为本质。在这个本质条件影响下，元朝政府分出的四等人，且四等人活动的主要区域都集中地体现出多民族群体交融、碰撞、共存的特征。与这一王朝社会背景相呼应的包括元代传记在内的所有元代文学创作，其主要特点可以用"多元混融"四个字来概括。"多元"特征是显而易见的，无论是就疆域范围、人口族群，还是物种特色以及信仰差异而言，元代的多元特征都是"旷古所未有"③。"混融"特征也是必然而然的，作为游牧民族统治的大一统王朝，元王朝在统治方针与政策制定理念上都体现出草原游牧文化与中原农耕文化、伊斯兰商贸文化交错共存、多维共生的特征，这种共生共存的糅合情形并非完美，而是呈现出多种文化与文明胶着混融的特点。④ 所以，深刻反映元代社会生活的传记无论怎样书写，关于多民族交汇、碰撞、融合的内容都不可避免地要成为它的主体展现部分和主体特质。

## 二、元代传记书写的民族书写特征

与之前所有的王朝相比，元朝作为北方唯一的游牧民族统治的大一统王朝，这个时代的民族融合进程，并非汉族中心者所认知的那样，是其他民族主动寻求汉化的情形。与这种认知颇有些相悖的事实是，汉族为主体的南人群体在这个时代与统治者的关系最远。在整个社会重北轻南，对南人"深闭固拒，曲为防护"⑤的氛围中，南人如果期望获得

① ［清］钱大昕《十驾斋养新录》卷九"赵世延杨朵儿只皆色目"条，陈文和、孙显军校点，江苏古籍出版社 2000 年版，第 188 页。
② 此段有参考黄二宁《元代南人北游述论》一文论述，《内蒙古大学学报》2013 年第 5 期，第 70～76 页。
③ ［元］戴良《皇元风雅序》，《九灵山房集》卷二九，文渊阁《四库全书》第 1219 册，（台北）商务印书馆 1986 年版，第 588 页上。
④ 邱江宁《元代馆阁文人活动系年》"绪言"，人民出版社 2013 年版，第 5 页。
⑤ 叶子奇《草木子》卷三，文渊阁《四库全书》第 866 册，（台北）商务印书馆 1986 年版，第 772 页。

政治认同或者社会资源往往需要借由包括蒙古、色目以及汉人等族群的北人的援手才有机会。这可能也就意味着,在元代,那些自来被汉族文人颇为轻慢、随意表述的戎、狄之辈有可能器宇轩昂、阔步张狂地展示属于他们自己的民族特质与来历,并以从未有过的自信姿态来改变元代传记的书写内容,而元代传记也每每因为对传主身上所附着的民族基因解码式的叙述,进而以民族传奇的书写特征与其他时代的传记划开界限。

其一,元代传记中的氏族起源叙述。如陶宗仪所表述,元朝是一个族群组合丰富,氏族起源与来历极为复杂的朝代,这个时代堪称多民族融汇的最繁盛期。而在元朝之前的传统史书及传记写作中,一方面是多民族融汇情形不能与元朝的规模相比,传记创作数量难以成规模;更重要的一方面是,与之前时代包括唐朝在内的汉文化占据绝对中心位置,他族努力学习汉文化和努力汉化的情形相比,元朝多元文化相对平等并存的情形推动了元代多民族传记书写的繁荣,元代人们对他族群体的氏族起源叙述要丰沛、细致得多。例如陶宗仪在"氏族"条说到金人姓氏时总结说:"金人姓氏:完颜汉姓曰王,乌古论曰商,乞石烈曰高,徒单曰杜,女奚烈曰郎,兀颜曰朱,蒲察曰李,颜盏曰张,温迪罕曰温,石抹曰萧,奥屯曰曹,孛术鲁曰鲁,移剌曰刘,斡勒曰石,纳剌曰康,夹谷曰仝,裴满曰麻,尼忙古曰鱼,斡准曰赵,阿典曰雷,阿里侃曰何,温敦曰空,吾鲁曰惠,抹颜曰孟,都烈曰强,散答曰骆,呵不哈曰田,乌林答曰蔡,仆散曰林,术虎曰董,古里甲曰汪。"[①]尽管陶宗仪的记录已经比较详悉,但到底不如负载着氏族起源的传记书写那么细致、生动。例如虞集的《高庄僖公神道碑》,即叙录陶宗仪列举到的"乞石烈曰高"的复杂族源与姓氏情形。文章写道:

> 公系出女真,以高为氏,奎章阁艺文监丞纥石烈希元,与公同出女真,亦以高为氏,状公世家、岁月、子孙尤备。臣又得考而载焉。女真之地,东接高句丽,西迤燕云之北。分族此石居之,各为部落,非郡县,无市井杂处者。故其为氏,或以名,或以爵,或以官,或以里。而称高氏者,曰渤海,曰女希烈,曰纥石烈,曰孛述鲁,亦或为高氏。公盖渤海部之高也,先茔在辽东凤凰山,金时碑刻具在,多贵爵,位太师者一人,节度使者十人。[②]

文章所述主人公高䴙是女真族人。由于元朝对女真族施行"若女真、契丹生西北不通汉语者,同蒙古人;女真生长汉地,同汉人"[③]的政策,成为汉人的女真多改女真姓氏为汉姓。"纥石烈"则改为"高"姓。纥石烈氏,源出唐朝时期"靺鞨三十姓"之一的"纥石列",到金朝时称"纥石烈",在女真族中属于"白号之姓",即贵族之姓。纥石烈,汉语语义为"高",所以纥石烈在元朝时大多改为高姓。由虞集的文章可以知道,元朝时期女真人

---

①　[元]陶宗仪《南村辍耕录》,中华书局 1959 年版,第 14 页。
②　[元]虞集《高庄僖公神道碑》,王颋校注《虞集全集》,天津古籍出版社 2007 年版,第 1050～1051 页。
③　[明]宋濂等《元史》卷一三《世祖本纪十》,中华书局 1976 年版,第 268 页。

的活动区域东接高丽，西近燕云之北，人们分族而居。同族中，人们又根据自己的名字、爵号、官职、故里来别以姓氏。以高为姓氏的女真族有渤海、女希烈（钮祜禄），纥石烈（赫舍哩），孛术鲁（富珠哩），还有些本来姓高的人氏。虞集笔下的传主高麟则来自渤海高氏。另外，纥石烈姓氏以辽东为郡望，高麟家的先茔在辽东凤凰山，则高麟家在金朝是位望甚高的贵族，所以虞集在文中交代高麟家族在金朝多贵爵，有太师一人，节度使十人。

虞集对高麟氏族来历的记录不仅详于陶宗仪，同样也详于以往的大量史书和传记载记，例如魏收为鲜卑族源进行的传记：

昔黄帝有子二十五人，或内列诸华，或外分荒服，昌意少子，受封北土，国有大鲜卑山，因以为号。其后，世为君长，统幽都之北，广漠之野，畜牧迁徙，射猎为业，淳朴为俗，简易为化，不为文字，刻木纪契而已，世事远近，人相传授，如史官之纪录焉。黄帝以土德王，北俗谓土为托，谓后为跋，故以为氏。其裔始均，入仕尧世，逐女魃于弱水之北，民赖其勤，帝舜嘉之，命为田祖。爰历三代，以及秦汉，獯鬻、猃狁、山戎、匈奴之属，累代残暴，作害中州，而始均之裔，不交南夏，是以载籍无闻焉。[①]

此段出自《魏书》的开篇，作为记载鲜卑拓跋部早期至公元550年被北齐取代这一阶段的史书，北齐时期的魏收具有大量可以凭依的原始文献。但在对比虞集与魏收两人关于女真与鲜卑氏族的书写时，还是能发现二者一详细，一粗简，而二者的根本区别可能在于他们书写的态度。在虞集和魏收所处的氛围中，都有多民族并存的社会特征；但不同之处在于，魏收作为汉族文人精英，且浸染于鲜卑贵族努力汉化的环境中，对鲜卑历史的态度依旧以载籍为据，对"载籍无闻"的内容，则语焉不详。虞集在元朝虽贵为馆阁文臣，但南人所处的地位其实不容许他倨傲地看待那些非中原出身的他族人们。而当虞集以平等甚至尊重的态度去书写女真贵族高麟的生平时，他会因为郑重而特意请教同为纥石烈姓的女真同事奎章阁艺文监丞纥石烈希元，最终他对于其他族群来历的表述密实而详悉。

虞集《高庄僖公神道碑》对于女真族的氏族起源叙述非常典型，但并非个案，在元朝多民族并存的时代氛围中，他族人们像汉人一样有着对刻碑作传以垂名后世的热情，使得元代传记中多元氏族的起源书写频常而丰富。再如欧阳玄《高昌偰氏家传》对高昌回鹘偰氏来历的表述：

偰氏，伟兀人也。其先世曰暾欲谷，本中国人，隋乱，突厥入中国，人多归之。突厥部以女婆匐妻默棘连可汗，为可敦。乃与谋其国政。《唐史·突厥传》载其事甚详。默棘连卒，国乱，婆匐可敦率众归唐，唐封为宾国夫人。而默棘连故地尽为回纥所有，暾欲谷子

①　［南北朝魏］魏收《魏书》，中华书局1974年版，第1页。

孙遂相回纥,回纥即今伟兀也。回纥尝自以其鸷捷如鹘,请于唐,更以回鹘为号。伟兀者,回鹘之转声也。其地本在哈喇和林,即今之和宁路也。有三水焉,一并城南山东北流,曰斡耳汗。一经城西北流,曰和林河。一发西北东流,曰忽尔斑达弥尔。三水距城北三十里,合流曰俣辇杰河。回纥有普鞠可汗者,实始居之,后徙居北庭。北庭者,今之别失八里城也。会高昌国微,乃并取高昌而有之。高昌者,今哈剌和绰也。和绰,本汉言高昌,高之音近和,昌之音近绰,遂为和绰也。哈剌,黑也,其地有黑山也。今伟兀称高昌,地,则高昌,人则回鹘也。①

在欧阳玄这段文字中,他从历史源流、地理分布、语音语义的角度来叙述高昌偰氏的源流,可谓清晰密实,而他之所以能做到如此清晰密实,是因为请求作传的偰文质对自己的氏族起源进行了自觉自主的资料梳理。偰文质认为自己的家族自高祖、曾祖以来,皆"勤瘁王家,翊兴大业",若不努力载记,则"俛仰陈迹",很可能湮没于历史的硝烟长河中,"无以示来者",所以"谨具世次、履历"②,请更擅长文字表述的欧阳玄加以撰次。

翻检元代传记,基于游牧民族成为统治者,多民族并存的现实基础,更基于他族族群社会地位提升,汉族文化颇有被贬抑的倾向,而他族文化相对更受到关注的文化背景,元代传记的民族性大大提升,氏族起源与来历的相对清晰化叙述成为元代传记书写中非常值得注意的内容。

其二,元代传记中的民族印记叙述。细细辨析整个中华民族发展史,民族迁徙其实是它形成、发展过程中的常态,或者说是推动其发展的重要动力。在元朝,作为统治者的蒙古民族不仅自身迁徙是常态,更推动掀起了13～14世纪,全世界最大规模的民族迁徙。如果元代传记没有记述或不能表现元朝的这个时代典型特征,它也当不起"元代传记"的这个名称。在元代大量的功勋神道碑和著名人物的墓志铭、行状中,往往就在传主的豹变行藏中穿插着民族迁徙的生动轨迹和民族的独特性格气质。

例如在元代著名武将土土哈的传记中,阎复这样写道:

公,钦察人。其先系武平北折连川按答罕山部族,后徙西北绝域,有山曰玉理伯里,襟带二河,左曰押亦,右曰也的里,遂定居焉,自号钦察。其地去中国三万余里,夏夜极短,日暂没辄出。川原平衍,草木盛茂。土产宜马,富者有马至万计。俗衽金革,勇猛刚烈,盖风土使然。公之始祖曲年,高祖唆末纳,曾祖亦纳思,世为钦察国王。太祖征蔑乞国,其主火都奔钦察,遣使亦纳思曰:"汝奚匿吾负箭之麋?亟以相还,不然祸且及汝。"亦纳思谓使者曰:"逃鹑之雀,蘙荟犹能生之,吾顾不如草木耶!"岁丁酉,宪宗在潜邸,奉命薄伐,兵已扣境。公之父班都察举族迎降,从征麦怯思国。世祖征大理、伐宋渡江,率

① ［元］欧阳玄《高昌偰氏家传》,陈书良、刘娟校点《欧阳玄集》卷一一,岳麓书社2010年版,第171页。
② ［元］欧阳玄撰,陈书良、刘娟校点《欧阳玄集》卷一一,岳麓书社2010年版,第178页。

其种百人侍左右。……中统初，同气有阋墙之衅，靖乱第功，赏银百两。公年逾弱冠，亦以功受银五十两。班都察卒，乃袭父职，备宿卫。①

从阎复的叙述次序可以看到，他对土土哈发迹历史的表达是从民族迁徙轨迹的角度、从这个民族逐渐向中原腹地靠拢的历史来进行的。土土哈来自钦察族，其实是这个民族的王子。这个民族最先是武平北折连川按答罕山部族，之后迁徙到西北绝域，此地距离中原地域极远，其地理气候条件与中原地域相异，从而滋养孕育了这个民族极不同于中原人的"勇猛刚烈"气质。由于钦察族与蒙古人的冲突，导致了蒙古人大兵扣境。进而钦察族被裹挟着加入蒙古人的征略步伐，西征、南下，最终与蒙古人分享战争胜利的果实，成为大一统元朝的掌权贵族。诚如虞集所评论：

国家治平之业，所以尊安而久固者，礼乐刑政，一本于朝廷。而执干戈以卫社稷于四境之外者，则必有桓毅过人之勇，直亮不回之节，以兼爪牙腹心之任，而又世世祖父、子孙相承一志，然后可以内为天子之所信倚，外为强敌之所慑服，故处常则有不可犯之势，遭变则建非常之功。②

可以说土土哈的人生经历伴随钦察民族融入蒙古军队、元朝政局的历史，而民族迁徙进程中的民族性格塑造、民族生存压力以及委曲求全、重获新生的历程虽不足以完全解释传主个体的性格独特性，却能让人看到这个群体、这个家族所彰显的民族基因。在叙及土土哈的孙子燕铁木儿的辉煌人生时，《元史》写道：

燕铁木儿宿卫禁中，夜则更迁无定居，坐以待旦者，将一月。弟撒敦、子唐其势时留上都，密遣塔失帖木儿召之，皆弃其妻子来归……丙子，燕铁木儿蓐食倍道而还。丁丑，抵榆河，闻帝出都城，将亲督战，燕铁木儿单骑请见，曰："陛下出，民心必惊，凡剪寇事一以责臣，愿陛下亟还宫以安黎庶。"文宗乃还……己卯，与王禅前军遇于榆河北，我师奋击败之，追至红桥北。王禅将枢密副使阿剌帖木儿、指挥忽都帖木儿引兵会战。阿剌帖木儿执戈入刺，燕铁木儿侧身以刀格其戈就斫之，中左臂。部将和尚驰击忽都帖木儿亦中左臂。二人骁将也，敌为夺气，遂却。因据红桥。两军阻水而阵，命善射者射之，遂退，师于白浮南。命知院也速答儿，八都儿、亦讷思等分为三队，张两翼以角之，敌军败走。辛巳，敌军复合，鏖战于白浮之野，周旋驰突，戈戟蓑摩。燕铁木儿手毙七人。会日晡，对垒而宿。夜二鼓，遣阿剌帖木儿、李伦赤、岳来吉将精锐百骑鼓噪射其营，敌众惊扰，互自相击，至旦始悟，人马死伤无数。③

①　［元］阎复《枢密句容武毅王碑》，《全元文》第 9 册，凤凰出版社 2004 年版，第 265 页。
②　［元］虞集《句容郡王世绩碑》，《虞集全集》，天津古籍出版社 2007 年版，第 1018 页。
③　［明］宋濂等《元史》卷一三八《燕铁木儿传》，中华书局 1976 年版，第 3327～3329 页。

　　这段文字出自《元史·燕铁木儿传》，而所以能叙述得如此生动具体，是因为在燕铁木儿当朝的时候，元文宗特在复位登基之后命当时最受器重的馆臣马祖常作《太师太平王定策元勋之碑》《敕赐太师秦王佐命元勋之碑》。比起端正严肃的碑文制作，《元史》中的《燕铁木儿》以后来者的态度将燕铁木儿身上钦察人典型的勇猛刚烈的民族性格作了更浓墨重彩的诠释和刻画。所谓"勇猛"，是知死不避，勇往直前，没有任何犹疑与退缩，在这段文字所涉及的两都战役中，燕铁木儿家族成员都是抛妻弃子，守则"更迁无定居，坐以待旦"，战则身先士卒，勇猛精进，不避艰险，文中"阿剌帖木儿执戈入刺，燕铁木儿侧身以刀格其戈就斫之，中左臂"，气势令人胆寒；所谓"刚烈"，用在燕铁木儿的身上则是"倔强固执""刚愎而上悍"，上引文中特别有一处他与文宗的对话，是燕铁木儿听闻文宗出都城亲自督战，燕铁木儿单骑请见，坚决让文宗回宫，在另一处还有类似的对话："帝遣赐上尊，谕旨曰：'丞相每战亲冒矢石，脱有不虞，其若宗社何！自今后但凭高督战，察将士之用命不用命者以赏罚之可也。'对曰：'臣以身先之，为诸将法。敢后者军法从事。托之诸将，万一失利，悔将何及。'"①因为燕铁木儿及其家族率领钦察军的浴血奋战，元文宗不仅在泰定帝死后夺权成功，也在与兄长元明宗的夺位争战中取得胜利，最终两次登基，燕铁木儿一家及钦察军也因此权倾朝野。燕铁木儿更是借两都战役走向权力巅峰，在文宗朝"凡号令、刑名、选法、钱粮、造作，一切中书政务，悉听总裁。诸王、公主、驸马、近侍人员，大小诸衙门官员人等，敢有隔越闻奏，以违制论"②。

　　细究燕铁木儿的发迹细节，可以联系到他的民族性格，而他的民族性格形成又与钦察民族艰难的迁徙历程和生存斗争密切相关。不仅是燕铁木儿，类如马祖常、余阙、燕真、廉希宪、阿里海牙等元朝著名文臣武将，他们的发迹历史无不体现着民族迁徙和发展历程中所形成的独特民族性格，而元代传记在进行书写时，往往在反映传主自身独特性格之际即熔炼萃集着民族的生存史、发展史，这可能也正是蒙古游牧民族建立大一统元朝带给这个时代人们的命运烙印和性格基础吧。

　　其三，元代传记书写中的民族融合叙述。关于元朝社会、元朝政局中的多民族并存情形，宋子贞在给耶律楚材撰写的神道碑上曾有这样的表述："国家承大乱之后，天纲绝，地轴折，人理灭，所谓更造夫妇、肇有父子者，信有之矣。加以南北之政，每每相戾，其出入用事者，又皆诸国之人，言语之不通，趣向之不同，当是之时，而公以一书生孤立于庙堂之上，而欲行其所学，戛戛乎其难哉！幸赖明天子在上，谏行言听，故奋袂直前，力行而不顾。然而其见于设施者十不能二三，而天下之人固已钧受其赐矣。"③在宋子贞的表述中，关于元代多民族并存情形有几个方面内容的体现：西北崛起的蒙古政权统治下，借由儒

①　[明]宋濂等《元史》卷一三八《燕铁木儿传》，中华书局1976年版，第3329页。
②　[明]宋濂等《元史》卷一三八《燕铁木儿传》，中华书局1976年版，第3332页。
③　[元]宋子贞《中书令耶律公神道碑》，《全元文》第1册，第178页。

家思想而建立的伦理道德体系遭到毁灭性的摧折；蒙古人的朝堂之上，聚拢了包括蒙古、西域、契丹、女真等多民族的精英，他们言语不通，趣向不同；任何一种思想和行动的推广，都会遇到多民族文化的碰撞与冲突，戛戛难运；而耶律楚材以孤勇之气，力行而不顾，竟然使得其学得以推行二三，令天下之人同享其惠。事实上，耶律楚材所面对的问题正是元代社会的多民族融合问题，它在元代传记的书写中又可以归结为以下三个层面的叙述。

首先，文化碰撞在元代传记书写中成为传主经历中的重要表现内容。身处元代社会，面对多民族并存的现实世界，多元文化之间的相互隔阂与碰撞冲突不可避免。以耶律楚材为例，宋子贞在神道碑中所谓"南北之政，每每相戾，其出入用事者，又皆诸国之人"①，耶律楚材代表的是位处于蒙古南边、深受汉文化影响的金源政治思维，而作为统治者的蒙古人代表南下的北方游牧民族统治思维，此二者之间构成一重文化碰撞；而耶律楚材与那些来自西域的诸国之人之间在语言、趣味、信仰等方面又构成一重文化碰撞；蒙古人信任西域诸国之人，耶律楚材需要越过诸国之人来实现政治抱负，其文化碰撞又多出数重。

耶律楚材的政治困境在元朝并非单独现象，《元史》在尚文的传记中曾叙录他与省臣平章的一段对话，即非常生动地反映出不同文化在价值观、义利观上的巨大区别：

西域贾人有奉珍宝进售者，其价六十万锭，省臣平章顾谓文曰："此所谓押忽大珠也，六十万酬之不为过矣。"一坐传玩，文问何所用之，平章曰："含之可不渴，熨面可使目有光。"文曰："一人含之，千万人不渴，则诚宝也；若一宝止济一人，则用已微矣。吾之所谓宝者，米粟是也，一日不食则饥，三日则疾，七日则死；有则百姓安，无则天下乱。以功用较之，岂不愈于彼乎！"平章固请观之，文竟不为动。②

由于元代文献散佚非常严重，《元史》修撰之际参阅的大量文献也多缺佚，关于尚文的著述和相关载记目前已佚失，但《元史》中这段对话却显然凭依有据。这段对话是《元史》中关于尚文事迹的叙录主体，其主体意思则是尚文站在农耕文明为基础的儒家思想立场上，批评省臣平章不计性价比地购买珠宝的行径。据元朝的用人制度，担任长官的多为蒙古、色目群体，汉人、南人不得预选，所以，与尚文对话的省臣平章应是色目官员。西域的波斯盛产珠宝，从汉籍有记载的文字来看，波斯商人也每每以罕见的珠宝作为硬通货来换取丝绸、瓷器等对于波斯和西方来说非常稀缺的东方商品，从中谋得暴利。如文中所引，西域商人售卖的珠宝要价 60 万锭，以《元史》所载至元二十二年（1285）百官俸例来看，"从一品：六锭，五锭。正二品：四锭二十五两，四锭一十五两。从二品：四锭，三锭三十五两，三锭二十五两。正三品：三锭二十五两，三锭一十五两，三锭。从三品：三

---

① ［元］宋子贞《中书令耶律公神道碑》，《全元文》第 1 册，第 178 页。
② ［明］宋濂等《元史》卷一七〇，中华书局 1976 年版，第 3988 页。

锭,二锭三十五两,二锭二十五两"①,则这个珠宝的价格等于当时的从一品朝臣1万个月的俸禄。所以,尚文与省臣的对话相当尖锐地体现出农耕文明与商贸文明之间在价值观和义利观上的深刻差异。而综观有元一代,蒙古统治者崇奢尚宝风气甚炽,尚文的立场和思想固然有相当的汉人群体支持,但其实戛戛难运。

再类如吴澄给刘宣写的行状。文中,作者直接征引了刘宣至元二十三年(1286)的两封奏疏,一封是刘宣上疏请求罢征交趾,还有一封是请求罢征日本,其篇幅约占全篇的五分之一。作者吴澄作为农耕文明孕育的精英文人,他对刘宣止戈反战的赞赏立场一目了然。而据史料,刘宣上疏之际,元朝一直都在紧锣密鼓地进行征日准备,在至元二十四年(1287)四月,征东行省入手了一批西域炮,准备在日本大展拳脚;还更新了奖惩措施"有功者,军前给凭验,俟班师日改授"②。而除了征日之外,在刘宣上疏之后,元朝还发动了对蒲甘、爪哇等邻近国家的战争。而综观忽必烈朝,远征大理、平灭南宋、发动对日本、缅甸、安南等国的战争,且与海都持续数十年的拉锯战等等,几乎没有停止过征伐,刘宣代表的农耕文明与他所处的以游牧文明为主导统治地位之间的环境,有着根本性的差异和冲突。所谓"游牧、商业起于内不足,内不足则需向外寻求,因此而为流动的、进取的。农耕可以自给,无事外求,并必继续一地,反复不舍,因此而为静定的,保守的"③,在吴澄撰写行状的选材与详略处理中,其实传达着文化碰撞对于身处其中的人们的深刻影响。而放眼元代传记,这或许是它书写中直接或者间接,有意识或无意识表述的重要内容。

其次是文化多元学习与互动是元代传记书写传主成长的重要环节。再回到耶律楚材的传记,可以看到,宋子贞对他的书写中一方面强调耶律楚材鹤立于蒙古及诸国之人林立的朝堂上,一切主张都难于得到认可和实施;另一方面更突出耶律楚材放宽胸怀,学务该洽,努力学习和吸收其他类型文化的优秀品质:

其学务为该洽。凡星历、医卜、杂算、内算、音律、儒释、异国之书,无不通究。尝言西域历五星密于中国,乃作《麻答把历》,盖回鹘历名也。又以日食躔度与中国不同,以《大明历》浸差故也,乃定文献公所著《乙未元历》行于世。④

在耶律楚材的时代,西域历算法"其推验之精,盖未有出于此者也"⑤,当时的中国历法无法企及。《元史》记载:"至元四年(1267),西域札马鲁丁撰进《万年历》,世祖稍颁行之。"⑥而耶律楚材学习、运用并形成《乙未元历》的时间为1235年,比札马鲁丁要早数十

① ［明］宋濂等《元史》卷九六《食货志四》,中华书局1976年版,第2451页。
② ［明］宋濂等《元史》卷一二《世祖本纪九》,中华书局1976年版,第253页。
③ 钱穆《中国文化史导论》(修订本)"弁言",商务印书馆1994年版,第2页。
④ ［元］宋子贞《中书令耶律公神道碑》,《全元文》卷八,第1册,第178页。
⑤ ［明］宋濂等《元史》卷五二《历志四》,中华书局1976年版,第1120页。
⑥ ［明］宋濂等《元史》卷五二《历志四》,中华书局1976年版,第1120页。

年。他的历书虽未被采用，但可以想见，耶律楚材作为契丹皇族后裔，所以能在时代风云际会中，始终位据上游、脱颖而出，是因为他可以不立崖岸、不置町畦，和融、诚实地接纳多元文化，并努力为多元文化并存的时代所用，这也正呼应了他的父亲给他取名"楚材"，字"晋卿"的含义。可以说，"学务为该洽"是耶律楚材人生经历的重要主旋律。

在元代，耶律楚材现象绝非个案，应该说那个时代的精英们都像耶律楚材一样，在竭力融入那个多民族文化交杂并存的时代。他们从不同区域或民族而来，在各个领域之中，努力从时代的多元文化氛围中汲取营养，至于他们的传记，人们哪怕只是吉光片羽地稍加载记，也能让人感受到这些独特个体在自己的时代里如何成长为熠熠生辉的那一个。例如元代最著名的雕塑家阿尼哥与刘元师徒，他们的人生历程即昭昭然显示出多元文化相互学习之后的辉煌与精彩。程钜夫为尼波罗人阿尼哥撰写的神道碑写道：

……命取古铜人示之曰："此王檝奉使来时所进，关鬲脉络咸备，岁久缺坏，命匠缮葺，皆辞不能。汝能之乎？"辄诺，奉诏。至元二年乙丑，补铜人成。①

阿尼哥是来自天竺尼波罗的王室后裔，因为元朝帝师八思巴在吐蕃需建造黄金浮屠，他作为尼波罗工匠应召进入元朝，又因为技巧出众而留在元朝。上所引文字指出，元朝宣抚使王檝出使南宋，将宋朝的针灸铜人带回。针灸铜人乃北宋著名医生王唯一按照人形绘制人体正面、侧面图，并标明腧穴的精确位置，之后宋仁宗又令王惟一负责设计，政府组织工匠，于天圣五年（1027）以精铜铸成的人体模型。② 因为工艺精巧，更兼其中所体现出精妙的中医针灸理论，针灸铜人成为宋朝的国宝，所以王檝才会郑重地将它进献给元世祖忽必烈。不过，因时间久远，王檝带回的针灸铜人虽然关鬲脉络咸备，却颇有缺坏之处，且元朝工匠无人能修复，而阿尼哥竟然将它补缀修成。尽管程钜夫的神道碑没有叙录阿尼哥修缮铜人的具体过程，但其间阿尼哥对铜人制作原理、对人体关鬲脉络中所蕴蓄的中医理论必有诸多研磨。程钜夫在神道碑中还记载阿尼哥一生的建筑成绩云："最其平生所成，凡塔三，大寺九，祠祀二，道宫一。若内外朝之文物、礼殿之神位、官宇之仪器，组织镕范、传埴丹粉之繁缛者不与焉。"③可以想见，包括针灸铜人的修复以及那些塔、寺、祠庙、道观等建筑成果，无不生动地体现出阿尼哥对其时多元文化的深刻观察和借鉴、吸纳。而更有意味的是，阿尼哥竟然还教出了优秀的中原弟子刘元，据元人记载：

刘元，字秉元，蓟之宝坻人。官至昭文馆大学士、正奉大夫、秘书监卿。元尝为黄冠，

---

① ［元］程钜夫《凉国敏慧公神道碑》，《全元文》第16册，第363页。
② 按：模型铜人为青年裸体，其长短大小与真人同，体内装配五脏六腑，与真人生理结构一致，四肢及内脏均可拼拆。外表刻有三百五十四个穴位（据王惟一专著《铜人腧穴针灸图》），旁用金字标明穴位名称。模型胸背前后两面可以开合，体内雕有脏腑器官，铜人表面镂有穴位，穴旁刻题穴名。同时以黄蜡封涂铜人外表的孔穴，其内注水。如取穴准确，针入而水流出；取穴不准，针不能刺入。
③ ［元］程钜夫《凉国敏慧公神道碑》，《全元文》第16册，第364页。

师事青州杞道录。传其艺非一,而独长于塑。至元七年,世祖建大护国仁王寺,严设梵天佛像,特求奇工为之。有以元荐者,及被召。又从阿尼哥国公学西天梵相,神思妙合,遂为绝艺。凡两都名刹,有塑土范金,抟换为佛,一出元之手,天下无与比。[①]

　　如果说,阿尼哥成就的获得在于他进入元朝之后,善于向其时元朝境内的多元文化进行学习与融汇的话;那么,刘元的成就,则是他作为中原本土工匠向来自域外的多元文化互动和学习的结果。从刘元的小传来看,他以黄冠道士而进入梵天佛像的修建工匠之列,又因中土之技艺而习得西天梵相之术,最终"神思妙合,遂为绝艺"。可以说,在多元文化的交融并汇和相互成就之下,刘元与阿尼哥以及他们同行缔造了那个时代精美绝伦的雕塑与造像技术。而从元代传记书写的视角来看,多元文化的相互学习和互动或许是整个时代文化精神的总体特征体现,那些被书写和记载的元代精英个体,他们的人生履历和不寻常境遇也不期而然地展现着时代的总体特征。

　　最后,推动文化融合是元代传记中传主的重要人生价值体现。对于那些留下传记和被书写、揄扬的元代各个领域的精英来说,或者说,对于那些参与元代传记书写的文人来说,传主们的人生重要价值应该是他们用尽一生的才华与智慧去推动多元文化的融合,不管对于传主自身来说是主动进行还是被动接受,也不管书写者们是有意识地表现还是无意识地展示。这既是时代自带的命题,又是传记的写作使命所在。例如塔塔统阿的传记,在《元史》关于他的叙述中,最核心的一段内容如下:

　　塔塔统阿,畏兀人也。性聪慧,善言论,深通本国文字。乃蛮大扬可汗尊之为傅,掌其金印及钱谷。太祖西征,乃蛮国亡,塔塔统阿怀印逃去,俄就擒。帝诘之曰:"大扬人民疆土,悉归于我矣,汝负印何之?"对曰:"臣职也,将以死守,欲求故主授之耳。安敢有他!"帝曰:"忠孝人也!"问是印何用,对曰:"出纳钱谷,委任人材,一切事皆用之,以为信验耳。"帝善之,命居左右。是后凡有制旨,始用印章,仍命掌之。帝曰:"汝深知本国文字乎?"塔塔统阿悉以所蕴对,称旨,遂命教太子诸王以畏兀字书国言。[②]

　　关于塔塔统阿的传记内容,只有《元史》的记载,而《元史》关于他的记载也非常简略,这一段即为其人生履历的主体。但是,值得注意的是,《塔塔统阿传》在列传序列中却排列于成吉思汗有权势的黄金家族成员、战功赫著的武将之后,地位极为显著。所以这一段文字也就成为塔塔统阿人生价值、历史价值体现的重要文字。通过这段记载可以知道,塔塔统阿本是乃蛮部落人,这个部落是成吉思汗统一蒙古高原进程中最强劲的对手之一,成吉思汗必灭之而后快。而塔塔统阿在被俘虏之后,之所以能活着并赢得成吉思

---

① 　[元]陶宗仪《南村辍耕录》卷二四"精塑佛像",中华书局 1959 年版,第 294 页。
② 　[明]宋濂等《元史》卷一二四《塔塔统阿传》,中华书局 1976 年版,第 3048 页。

汗的尊重，是因为他的忠诚与能力，这也是成吉思汗不拘一格取材的根本因素。尤其是后者，众所周知，1206 年大蒙古国的建立不仅标志着古代蒙古人，也标志着塞北游牧社会完成了"低度发展的文明时期"向"经典意义上文明时期"的过渡①，所以，当塔塔统阿带着国印以及满腹文字经纶出现在成吉思汗的西征军前时，他的熠熠光辉便照亮了成吉思汗尚处暗昧之中的发展思绪。此后，塔塔统阿"教太子、诸王以畏兀字"的具体事迹虽因载记汗漫不可名其状，但是，蒙古人自塔塔统阿之后，开始有了文字载记，畏兀字成为蒙古国字。这样看来，则塔塔统阿的人生不可以被淹没，他彪炳史册的真正意义就在于他将发达的畏兀文明带入粗粝的蒙古文明之中，推动了二者的融合，使蒙古人在人类"经典意义上文明时期"也开始有了自己的印记与声音，就这个层面而言，塔塔统阿这一段人生的意义就足以功盖千秋了。

站在文化融合的角度看，如果说塔塔统阿人生的意义在于将蒙古人从暗昧无记的世界带入可记可述的历史轨道的话，那么在元代，无数传主的人生意义则在于推动元代社会走向文明有序的发展进程。西夏人高智耀是其中需要被重点提到的传主。据虞集的传记知道，高智耀本是西夏宰相之子，且高中进士第二名，西夏灭亡后隐居贺兰山，被窝阔台征用。被征用之后，在蒙古窝阔台汗、蒙哥汗以及忽必烈朝的运行过程中，高智耀都矢志不渝、百折不挠地劝谕、教导蒙古统治者尊重儒士，勿将儒士贬损如民如兵：

皇子之镇西凉也，大发民为兵，儒家在行。公上谒，力言其不可，盖儒者之有用，不在荷戈与殳也，以其言而罢之。宪宗皇帝之初，议者又欲籍儒为兵，公又力言之，上乃问公曰："儒之为用，视巫、医何如？"公曰："非此之谓也。昔之有天下者，用儒则治，舍儒则乱，则其效也。盖以为儒者以仁义为本，未有仁而遗其亲者也，未有义而后其君者也。为臣而忠，为子而孝，儒之教也。"上善之曰："前未有以此告朕者。"儒者得复不与，自此始。世祖皇帝建元立极，置官府、定制度，列群臣以共天职，而命公专领汉、夏诸儒之事焉。是时军旅未息，西北之儒，多在俘虏中，公请于朝，皆遣为良民。或先以钱得之者，官出钱以赎，遣使拣阅得儒者数千人。或议其诡滥，上以诘公，公对曰："均之金也，色有浅深，谓非金不可。均之士也，学有优劣，谓非士不可。"噫！汉、夏之地方数千里，不能使数千人学道，以备朝廷无穷之用乎？此公之深意也。于是，以儒为户，始有别籍。至元八年，有旨若曰：凡儒人壬子年在别籍，中统四年未附籍及漏籍者，并高智耀赎诸驱虏者，尽使阅实，有文学者复其家，凡民家子通文学者，复其身，著为令甲。②

这段文字出自虞集的《（龙兴路东湖书院）重建高文忠公祠记》，借助立祠的机会，同

---

① 张树栋、刘广明主编《古代文明的起源和演进》第十三章"塞北游牧社会走向文明的历程"，南京大学出版社 1991 年版，第 261 页。

② ［元］虞集《（龙兴路东湖书院）重建高文忠公祠记》，《虞集全集》，天津古籍出版社 2007 年版，第 661～662 页。

时也由于立祠者乃时任中书平章、高智耀的孙子纳麟，虞集得以详细载记高智耀的人生。这其中，推动蒙古人对儒家文化的认同过程被虞集大书特书。由于高智耀的努力，蒙古人加诸儒士的粗蛮政策每有缓冲和折扣，千万儒士也因此免于沉沦下僚。诚如虞集所指出："儒之为道，本于天理民彝，纲常立而天下之为父子、君臣者定，非百家众艺之可同也。"为了维护儒家士子的尊严，高智耀"抗正言于干戈抢攘之中，存儒术于涂炭颠沛之极，我朝儒业之不泯，实权舆于此。尸而祝之，亦人心之不能自已者也"。在虞集看来"表里经纬之成，能左右弥纶之，大业天实启之，有开必先，则存乎其人矣"①，高智耀就是"其人"之中的卓著者。站在立祠的角度，虞集认为高智耀的事迹值得被刻碑立祠的意义在于，13～14世纪间的千万儒士应当感激高智耀其人，而蒙古元朝更应该感谢如高智耀一般的人们，由于他们汲汲致力于多元文化的弥纶经营，不仅之后的蒙古灭宋进程中，璀璨的儒家文明得以尚存颜面，没有完全倾覆于蒙古铁蹄之下，更使得元朝逐渐步入文明的轨道，社稷臻于泰山平稳之安。

综而论之，传记作为存一代之史的重要载体，每个朝代的总体特征会成为其书写过程中不可忽略的主题。在元代，多民族并存带来的多元文化碰撞、融合现象频繁且突出。与之前其他朝代相比，那些成为元代传记中书写对象的传主们，他们辉煌而值得书写的人生轨迹、人生价值里，其实始终都无法脱略那已然熔炼于时代命意中的民族融合与文化融合，如何刻下那些融合的痕迹与印记，是元代传主们的意义，也是元代传记书写的意义。

### 三、元代传记书写体现着多民族共同体的认同意识

众所周知，中华民族并非一系单传的族裔，而是多元、多系复合体。五千多年来，无论是民族范畴的中华民族，还是文化综合体的中华文明，皆呈现"多元一体格局"。中华文明多元融汇与大一统，是多民族统一国家成长发展的显著特征之一。多民族统一国家的成长发展，曾经"历时性"地呈现先秦、魏晋南北朝、晚唐宋辽金元和明中叶到近代四次民族大融汇，而元朝是中华民族实现民族大一统、大融汇最繁盛的时期。尽管汉人在元朝的政治地位不高，但是中原汉族对周边民族具有强烈的吸引力，无论是匈奴、乌桓、鲜卑、柔然、突厥、回鹘、吐蕃、契丹、党项、女真还是元朝统治者——蒙古民族，他们作为游牧民族，因与农耕民交换贸易需要以及中原自身的强大吸引力，频繁挥戈南下及内迁，或与汉族融汇，或入主中原，一步步推进了中华多民族共同体的形成。元朝传记虽然书写和记载了无数融入中国的各民族精英，但这其中95%以上都是汉语书写的作品，这些作品无论如何书写那些他族精英的民族印记，最磨不开、最值得注意的依旧是多民族共同

---

① ［元］虞集《〈龙兴路东湖书院〉重建高文忠公祠记》，《虞集全集》，天津古籍出版社2007年版，第661页。

体的认同意识。

例如赵孟頫写阿鲁浑萨理道：

公开明廓深，喜怒不形于色，仁足以立政，智足以周物，明时务，识大体。初为世祖所知，即劝以治天下必用儒术，江南诸老臣及山林薮泽有道艺之士，皆宜招纳，以备选录。于是置集贤院，下求贤之诏，遣使天下。天下闻风而起，至者悉命公馆之，礼意周洽，皆喜过望。其有不称旨者，亦请厚赉而遣之，以劝来者。而集贤长贰，极一时名流，尽公所荐用。又请置国子监学官，增博士弟子员，优其廪，既学者益众。①

书写者赵孟頫是南宋宗室，代表中原文明中的最高层精英。阿鲁浑萨理系畏兀儿贵族，曾受学于帝师八思巴"学浮屠法，不数月尽通其书，旁达诸国及汉语"。忽必烈知其才，让他学习汉文经典，"顷之，遂通诸经史百家，若阴阳、历数、图纬、方技之说，靡不精诣"。且不言阿鲁浑萨理在多元文化氛围中对于多元文化的习得与历练，赵孟頫对阿鲁浑萨理的推崇在于，他站在多民族文化共同体的角度力劝元世祖忽必烈用儒术治天下，推动政府从用人制度和育人措施等方面广纳儒家精英为国家服务。阿鲁浑萨理从统治管理的角度，深刻认同汉法对于国家有序运行的意义，而赵孟頫也正是从文化认同的角度给予阿鲁浑萨理高度评价与论定，他在传记中写道：

太祖皇帝既受天命，略定西北诸国，回鹘最强，最先附，遂诏其主亦都护第五子，与诸皇子约为兄弟，宠异冠诸国。自是有一材一艺者，毕效于朝。至元、大德间，在位之臣非有攻城野战之功，斩将搴旗之勇，而道包儒释，学际天人，寄天子之腹心，系生民之休戚者，惟赵国文定公而已。②

赵孟頫认为，在元朝大一统进程中，各个被征服国的人们凡有"一材一艺者，毕效于朝"，而与那些有着"攻城野战之功，斩将搴旗之勇"的人们相比，阿鲁浑萨理真正以管理者的角度来思考和对待多民族并存与文化认同问题，所以他能够"道包儒释，学际天人"，赵孟頫认为这才是真正的"寄天子之腹心，系生民之休戚者"。既然多民族共存已成事实，那么如何建立文化认同感其实是管理者亟须思考且拿出措施的关键环节。作为南宋宗室，赵孟頫愿意皈依蒙古人统治的麾下，他对阿鲁浑萨理的肯定之中即包含他的价值认同和理念倾向。而阿鲁浑萨理不是赵孟頫传记书写中的个案，类如对不忽木、全岳柱等色目精英的书写都有类似的价值判读，而赵孟頫的传记也并非个案，可以说，那个时代的管理阶层和精英集团都有着类似的倾向，传记书写中也都颇有体现。

再如程钜夫奉旨为西域拂林人爱薛撰述的碑文《拂林忠献王神道碑》。在碑文中，程

① ［元］赵孟頫《大元敕赐故荣禄大夫中书平章政事守司徒集贤院使领太史院事赠推忠佐理翊亮功臣太师开府仪同三司上柱国追封赵国公谥文定全公神道碑铭》，钱伟强点校《赵孟頫集》，浙江古籍出版社2012年版，第196页。
② ［元］赵孟頫《赵孟頫集》，钱伟强点校，浙江古籍出版社2012年版，第194～195页。

钜夫也指出效力于元王朝的人才是四海万国之士:"窃谓古之有天下者,皆以得人为基。我朝以神武仁恕定四海,群方万国,忠良亮直、雄伟杰隽之士,莫不都俞庙堂之上,历数世而弥光。"①而拂林人爱薛不仅"于西域诸国语、星历、医药,无不研习",更重要的是,爱薛和阿鲁浑萨理一样,能"寄天子之腹心,系生民之休戚",因为"刚明忠信,能自致身立节","直言敢谏"而被元世祖器重。从程钜夫的碑文内容来看,在1800余字的篇幅中,作者用了700余字的篇幅来撰述爱薛的"直言敢谏"的言行,略引一部分如下:

> 中统壬戌春,诏都城二月八日大建佛事,临通衢结五采流苏,楼观集教坊百伎,以法驾迎导。公进言曰:"方今高丽新附,李璮复叛,淮海之戍习斗达旦,天下疲弊,疮痍未瘳。糜此无益之费,非所以为社稷计也。"上嘉纳之。是月望,上幸长春宫,欲因留宿。公趣入,谏曰:"国家调度方急,兵困民罢,陛下能安此乎?"上方食,愕然,尽以赐公,拊其背曰:"非卿,不闻斯言。"促驾还。自是,日见亲近。公亦无所隐。至元戊辰春,大蒐于保定之新安,日且久。公于上前语供给之民,曰:"得无妨尔耕乎?"上即日罢。从幸上都。新凉亭成,大宴诸王。百官竞起行酒,公进曰:"此可饮乎?"②

从爱薛的进谏内容来看,无非要求皇帝勤政、止奢、爱民、劝农等等;而如果忽略爱薛的西域氏族身份的话,则这些内容其实与正史中所记中原汉儒对待皇帝及国事的态度一般无二。爱薛的进谏中包含着对汉法管理的理解和认同。再联系中统元年(1260),刚刚即位的忽必烈以蒙古大汗的身份第一次向汉地士民颁布的《即位诏》所云,新建的王朝将"祖述变通",致力于改变"武功迭兴,文治多缺"的局面,期望"远近宗族、中外文武,同心协力,献可替否之助"③,作为极早追随蒙古统治者的西域人,爱薛的进谏内容还包含着他对《即位诏》内容的执行,也包含着他辅助蒙古人立足中原的良苦用心。书写者程钜夫作为最早一批归附蒙古人的南人,在努力适应以蒙古、色目人为核心的政治格局过程中,也铸就了"士生天地间,当以济人利物为事,奈何琐琐以自厚一身为哉"④的用世哲学,这使得他对传主的书写也同样立足于努力构建多民族文化认同的理念基础。

再如欧阳玄书写《高昌偰氏家传》。这个家族值得书写的典型意义在于,在整个元代的16次科举考试中,高昌偰氏家族有9位进士及第,不仅远高出其他西域人华化的水平,甚至可以与汉人分庭抗礼,可以说,高昌偰氏家族的华化历程是整个元代西域人华化进程的精彩缩影。它恢宏而生动地展现了元代"西域人华化"的具体进程,这个华化进程可以概括表现为三个阶段:第一阶段是取得汉人姓氏;第二阶段是在汉地取得社会地位

---

①　[元]程钜夫《拂林忠献王神道碑》,《程钜夫集》卷五,湖北人民出版社2018年版,第86页。

②　[元]程钜夫《拂林忠献王神道碑》,《程钜夫集》卷五,湖北人民出版社2018年版,第85页。

③　[明]宋濂等《元史》卷四《世祖本纪》第1册,中华书局1976年版,第64~65页。

④　揭傒斯《元故翰林学士承旨程公行状》,《程钜夫集》附录,湖北人民出版社2018年版,第588页。

的同时努力汉化；第三阶段是取得与汉人同等的汉文化成就。这其中，欧阳玄的书写有意无意地揭示出，文化认同意识深深地推动了这个家族的内迁进程，也改变了这个家族的命运。

拉开元代传记的卷轴，让人深感震撼的是，这个王朝的统治者以游牧草莽之群入主中原，在中原立身百余年，致力于既保有多民族并存之实，又努力建构有序的管理体系，最终竟将中华民族的影响扩展到13～14世纪的全世界，甚至深刻地影响了嗣后的世界文化进程。那些虎虎而有生气、呼之而欲现的传主，带着自己民族的典型印记丰富了元代传记的书写内容，也确立了书写者的表达立场。与之前的宋朝或者更早的其他朝代、单一民族为主的传记创作相比，元代传记的多民族、多文化交融的特征明显，传记书写者在面对多民族并存现实中的复杂立场和寻求建构文化认同的意识令人印象深刻，因此，其民族书写内容也就格外值得关注和研究。而必须承认的事实是，汉族最初是由中原不同族群融合而成，本来即为多元一体的典范，作为历史表达的主要载体，传记必然会反映和呈现这一点，这也就意味着，那些记载着中华民族成长的所有传记，其中的民族书写内容都是不可忽略，值得细细研磨和讨论的。

# 小说、史传与类传的叙事传承对于文本构成的影响 *

## ——以蒋防《霍小玉传》中的"李益疾"叙述为中心

### 田恩铭

**内容摘要**：蒋防《霍小玉传》演绎情爱故事以叙述"李益疾"的产生及其影响。小说的主旨就是解释疾病生成的原因，及其对于婚姻生活和仕宦生活的双重影响。《旧唐书》当是以《霍小玉传》为主而融合《唐国史补》所述内容，采撷中唐小说、笔记之叙事内容入史，予以形象上的盖棺论定，"李益疾"便成为李益形象的组成部分。《新唐书》延用此写法，将李益列入"文艺"专传中，遂使"李益疾"二次入史而进一步强化诗才与"李益疾"的关联性。《旧唐书》以之入史坐实其事，《新唐书》再次认定其唯文艺而已，两次强化发挥了为李益形象定型的作用。《唐才子传》采撷《旧唐书》原文入传，结合柳宗元《先君石表阴先友记》"癖疾"之说，构成新的类传叙事文本。辛文房并没有将"李益疾"与文学、仕宦结合起来，仅仅将"李益疾"的影响限定于"少有痴病"，叙事文本便有了想象的空间。

**关键词**：唐传奇  史传文本  "李益疾"  类传

蒋防《霍小玉传》叙述的是唐代诗人李益的一段风流韵事，这段故事滋生"李益疾"，后入《旧唐书》《新唐书》中，再入《唐才子传》。从小说到史传完成节选式采撷过程，再入类传则呈现出与其他诗人不同之处。诗家名望、婚姻生活、仕宦之路都与"李益疾"建立了关联性，这其中似有可发掘之空间。虽然有学者就《霍小玉传》《李益墓志》与史传相比较，如何安平《〈霍小玉传〉〈李益墓志〉及史传中的李益形象比较研究》一文将小说、墓志、史传加以比较，却仅仅就材料来源、文体特征等方面笼统言之，未提出不同文体聚焦的问题所在。故而，本文聚焦于小说、史传、类传的传承性与出土文献背离造成的文化叙事间隔，以此彰显出关于文人形象之文化记忆的重要性。

## 一、《霍小玉传》："李益疾"与情爱叙事的关系

《霍小玉传》促进了"李益疾"的广泛传播，因始乱终弃而被诅咒患病的故事比较独特。《霍小玉传》的作者蒋防是中唐时期一位与李益是同一时代而非同一阵营的文人。

---

\*  作者简介：田恩铭，文学博士，黑龙江八一农垦大学教授。主要从事中国古代文学研究。

周绍良《唐传奇笺证》认为《霍小玉传》原名为《霍王女小玉传》，李剑国认为亦可能是《霍王小玉传》①，还有可能为《霍家小玉传》。《霍小玉传》当作于李益卒后不久，或在大和三年（829）。

　　《霍小玉传》写的是盛、中唐之际诗人李益与霍小玉的故事，围绕"李益疾"的形成，始乱终弃与克己复礼构成了两个相互矛盾的叙事节点。陇西李氏乃是高门士族，小说的开始，李益春风得意，欲觅得佳偶以满足情欲需求。《霍小玉传》云："大历中，陇西李生名益，年二十，以进士擢第。其明年，拔萃，俟试于天官。夏六月，至长安，舍于新昌里。生门族清华，少有才思，丽词嘉句，时谓无双，先达丈人，翕然推伏。每自矜风调，思得佳偶，博求名妓，久而未谐。"这是情爱叙事的前提，以李益为中心展开故事情节。因之，媒婆鲍十一娘为之引见霍王女小玉。《霍小玉传》云："故霍王小女，字小玉，王甚爱之。母曰净持，即王之宠婢也。王之初薨，诸弟兄以其出自贱庶，不甚收录，因分与资财，遣居于外，易姓为郑氏，人亦不知其王女。资质浓艳，一生未见，高情逸态，事事过人，音乐诗书，无不通解。昨遣某求一好儿郎，格调相称者。某具说十郎。他亦知有李十郎名字，非常欢惬。住在胜业坊古寺曲，甫上车门宅是也。已与他作期约。明日午时，但至曲头觅桂子，即得矣。"李益遂令家童借鞍马，修饰容仪，通夕不寐，还不断地"引镜自照"。由鲍十一娘引出霍小玉的母亲净持，李益获得表决心的机会。"生谢曰：'鄙拙庸愚，不意故盼，倘垂采录，生死为荣。'"如此衬托，小玉方才出场。还要有一个彼此相面的过程，以确认风流才子的诗与人是否对应：

　　遂命酒馔，即令小玉自堂东阁子中而出。生即拜迎，但觉一室之中，若琼林玉树，互相照曜，转盼精彩射人。既而遂坐母侧，母谓曰："汝尝爱念'开帘风动竹，疑是故人来。'即此十郎诗也。尔终日吟想，何如一见？"玉乃低鬟微笑，细语曰："见面不如闻名，才子岂能无貌？"遽起，连拜曰："小娘子爱才，鄙夫重色。两好相映，才貌相兼。"母女相顾而笑，举酒，数巡。生起，请玉唱歌。初不肯，母固强之。发声清亮，曲度精奇。②

　　才与貌合是李益与小玉恋爱的决定因素，如果像温庭筠那样则不会有风流韵事发生。李益的诗在歌妓阶层中传播甚广。李益《竹窗闻风寄苗发司空曙》诗云："微风惊暮坐，临牖思悠哉。开门复动竹，疑是故人来。时滴枝上露，稍沾阶下苔。幸当一入幌，为拂绿琴埃。"③这首诗充当了小玉与李益"遇见"的媒介，霍小玉一见钟情，两人遂定情，乃至于夜半时分李益援笔立誓。传云：

　　中宵之夜，玉忽流涕谓生曰："妾本倡家，自知非匹。今以色爱，托其仁贤，但虑一旦

---

① 李剑国《唐五代志怪传奇叙录》，中华书局 2017 年版，第 552 页。
② 李剑国《唐五代传奇集》，中华书局 2015 年版，第 1008～1009 页。
③ 王胜明《李尚书诗集编年校注》，社科文献出版社 2013 年版，第 146 页。

色衰，恩移情替，使女萝无托，秋扇见捐。极欢之际，不觉悲至。"生闻之，不胜感叹。乃引臂替枕，徐谓玉曰："平生志愿，今日获从，粉骨碎身，誓不相舍。夫人何发此言！请以素缣，著之盟约。"玉因收泪，命侍儿樱桃，褰帷执烛，授生笔研。玉管弦之暇，雅好诗书，筐箱笔研，皆王家之旧物。遂取朱丝缝绣囊越姬乌丝栏素缣三尺以授生。生素多才思，援笔成章。引谕山河，指诚日月，句句恳切，闻之动人。染毕，命藏于宝箧之内。自尔婉娈相得，若翡翠之在云路也。①

故事讲到这里依旧浪漫而富有诗意，对于李益来说已经达成愿望，对于小玉来说已经以盟誓证实。接下来就发生变化了，"李益疾"的形成便有了征兆。第一次变化是李益要离开，小说云：

如此二岁，日夜相从。其后年春，生以书判拔萃登科，授郑县主簿。至四月，将之官，便拜庆于东洛。长安亲戚，多就筵饯。时春物尚余，夏景初丽，酒阑宾散，离思萦怀。玉谓生曰："以君才地名声，人多景慕，愿结婚媾，固亦众矣。况堂有严亲，室无冢妇，君之此去，必就佳姻，盟约之言，徒虚语耳。然妾有短愿，欲辄指陈，永委君心，复能听否？"生惊怪曰："有何罪过，忽发此辞？试说所言，必当敬奉。"玉曰："妾年始十八，君才二十有二，迨君壮士之秋，犹有八岁。一生欢爱，愿毕此期。然后妙选高门，以谐秦晋，亦未为晚。妾便舍弃人事，剪发披缁，夙昔之愿，于此足矣。"生且愧且感，不觉涕流。因谓玉曰："皎日之誓，死生以之。与卿偕老，犹恐未惬素志，岂敢辄有二三。固请不疑，但端居相待。至八月，必当却到华州，寻使奉迎，相见非远。"更数日，生遂诀别东去。②

离别之际的二次发誓令人感动。这是两人的恋爱之过程，故事到这里堪称完满。唐传奇中多有此种描写，如《莺莺传》写张生与莺莺的幽会，一旦离别则故事发生转折。《李娃传》写郑生财尽，李娃则设计抛弃之。如果就此不再继续，则仅仅构成故事之断片，并不完整。而完整的故事则以理念引领过程，需要发生、发展、延续和收尾。这其中往往有一个节点出现，即爱到深处则有别离，一旦离开或可相聚，如若不聚则为悲剧。郑生被李娃设计抛弃则沦落为唱挽歌者，又遭其父毒打弃之，成为乞讨者。讲到这里仅仅完成一半，另一本则要两人再次相遇。但是，悲剧仅仅是就两人中的某一人而言的，虽然另一人也因有过一段真情而黯然神伤，却不若某一人那么严重，甚至付出生命的代价。

李益衣锦还乡，登科授官，接下来面临的正是婚姻。第二次变化就此到来，因婚姻结束恋爱生活。小说写道："更数日，生遂诀别东去。到任旬日，求假往东都觐亲。未至家日，太夫人已与商量表妹卢氏，言约已定。太夫人素严毅，生逡巡不敢辞让，遂就礼谢，便

---

①　李剑国《唐五代传奇集》，中华书局 2015 年版，第 1009 页。
②　李剑国《唐五代传奇集》，中华书局 2015 年版，第 1009～1010 页。

有近期。卢亦甲族也，嫁女于他门，聘财必以百万为约，不满此数，义在不行。生家素贫，事须求贷，便托假故，远投亲知，涉历江淮，自秋及夏。"①负心不可避免，唐代小说中，《莺莺传》与《霍小玉传》在叙事指向上有共通之处。张生和李益同样有愧心，并以不同方式补偿。两人堪称是功成名就后负心的两种类型人物，张生以忍情而明理令人生厌。小说中的李益负心是有一个过程的，"生自以辜负盟约，大愆回期，寂不知闻，欲断期望，遥托亲故，不遗漏言。玉自生逾期，数访音信，虚词诡说，日日不同。博求师巫，遍询卜筮，怀忧抱恨，周岁有余，嬴卧空闺，遂成沈疾。虽生之书题竟绝，而玉之想望不移，赂遗亲知，使通消息。"这相当于电影中的蒙太奇镜头，一边不断托词，日显虚伪；一边相思日重，寻之心切。于是，引出紫钗的故事，明代汤显祖据《霍小玉传》改变的戏曲名为《紫钗记》。霍小玉耗尽资财，觅李益不得，便变卖首饰，于是将紫玉钗卖掉，卖钗的过程中巧遇"老玉工"，这是他当年做的，而且是给霍王的小女儿做的。如今这个小女儿家道中落，又沦为倡伎，爱上一个"小鲜肉"，没想到却成了负心汉。老玉工就将落难的霍小玉引荐给延光公主，公主给了她们一笔钱，继续找李益。此段铺陈极力渲染霍小玉相思之深。可是，还是找不到李益，怎么办呢？此事牵扯到了李益的亲属，开始出现转机，也迎来了矛盾设置的高潮。"时生所定卢氏女在长安，生即毕于聘财，还归郑县。其年腊月，又请假入城就亲，潜卜静居，不令人知。有明经崔允明者，生之中表弟也，性甚长厚。昔岁常与生同欢于郑氏之室，杯盘笑语，曾不相间。每得生信，必诚告于玉。玉常以薪刍衣服，资给于崔，崔颇感之。生既至，崔具以诚告玉。玉恨叹曰：'天下岂有是事乎！'遍请亲朋，多方召致。生自以愆期负约，又知玉疾候沉绵，惭耻忍割，终不肯往，晨出暮归，欲以回避。玉日夜涕泣，都忘寝食，期一相见，竟无因由。冤愤益深，委顿床枕。自是长安中稍有知者。风流之士，共感玉之多情；豪侠之伦，皆怒生之薄行。"②不仅有通风报信的，还在社会舆论上，形成了谴责李益的传播语境。李益的薄情触动了两类人：风流之士和豪侠之伦。当风流之士亦觉得李益很过分，就会有豪侠之人出面拯救爱情。

写到这里，李益的负心者形象已经形成。小玉尚在苦苦寻找，李益却在苦苦躲避。关于寻找的故事传播开来，唯不见她所要寻找的恋人。不在场的李益便成为被谴责的对象。负心者形象形成了，还要进行救赎，从而使故事波澜起伏。与《李娃传》"大团圆"的完整性相比，《霍小玉传》则是彻头彻尾的悲剧。登场的风流之士是韦夏卿，大历时期他尚在青年。韦夏卿是元稹的岳父，也是后来一位举足轻重的官员，引荐了一批有志之士，如吕温、李景俭、窦群等人。小说云："时已三月，人多春游。生与同辈五六人诣崇敬寺玩牡丹花，步于西廊，递吟诗句。有京兆韦夏卿者，生之密友，时亦同行。谓生曰：'风光甚

① 李剑国《唐五代传奇集》，中华书局 2015 年版，第 1010 页。
② 李剑国《唐五代传奇集》，中华书局 2015 年版，第 1011 页。

丽，草木荣华。伤哉郑卿，衔冤空室。足下终能弃置，实是忍人。丈夫之心，不宜如此，足下宜为思之。'"①你要想想，这么做合适吗？可是豪侠之士根本不给李益想的机会。正在此时，豪士出现了。"衣轻黄纻衫，挟朱弹，风神隽美，衣服轻华，唯有一剪头胡雏从后，潜行而听之。"胡雏则是胡族的小孩子，这是当时常见的装扮。胡姬、胡雏遍布两京，李白、杜甫的诗作中亦有所描绘。故事怎么展开的？传云：

> 俄而前揖生曰："公非李十郎者乎？某族本山东，姻连外戚。虽乏文藻，心尝乐贤。仰公声华，常思觐止。今日幸会，得睹清扬。某之敝居，去此不远，亦有声乐，足以娱情。妖姬八九人，骏马十数匹，唯公所欲，但愿一过。"生之侪辈，共聆斯语，更相叹美。因与豪士策马同行，疾转数坊，遂至胜业。生以进郑之所止，意不欲过，便托事故，欲回马首。豪士曰："敝居咫尺，忍相弃乎？"乃挽挟其马，牵引而行。迁延之间，已及郑曲。生神情恍惚，鞭马欲回。豪士遽命奴仆数人，抱持而进。疾走推入车门，便令锁却，报云："李十郎至也！"一家惊喜，声闻于外。②

豪侠先是诱引，诱引先显李益之薄情；过其门而不入再显薄情，再强制其来见霍小玉，复显出李益之薄情。李益来之前霍小玉还做了一个梦。梦在小说中出现具有预言的功能。霍小玉的梦则决定其见到李益便是永诀。"先此一夕，玉梦黄衫丈夫抱生来，至席，使玉脱鞋。惊寤而告母，因自解曰：'鞋者，谐也。夫妇再合。脱者，解也，既合而解，亦当永诀。由此徵之，必遂相见，相见之后当死矣。'"③事情严重了，相思之情可解，然而从此天地相隔。于是，霍小玉让母亲为之梳妆，装扮自己，"妆梳才必，而生果至"。如何相见呢？《霍小玉传》云：

> 玉沉绵日久，转侧须人，忽闻生来，欻然自起，更衣而出，恍若有神。遂与生相见，含怒凝视，不复有言。羸质娇姿，如不胜致，时复掩袂，返顾李生。感物伤人，坐皆欷歔。顷之，有酒肴数十盘，自外而来。一坐惊视，遽问其故，悉是豪士之所致也。因遂陈设，相就而坐。玉乃侧身转面，斜视生良久，遂举杯酒酬地曰："我为女子，薄命如斯；君是丈夫，负心若此。韶颜稚齿，饮恨而终。慈母在堂，不能供养。绮罗弦管，从此永休。徵痛黄泉，皆君所致。李君李君，今当永诀！我死之后，必为厉鬼，使君妻妾，终日不安！"乃引左手握生臂，掷杯于地，长恸号哭数声而绝。母乃举尸置于生怀，令唤之，遂不复苏矣。④

小玉生病而李益得疾。香消玉殒，小玉之有情人形象尽显而出；未履盟约，李益之负心者形象尘埃落定。何以补救？"生为之缟素，旦夕哭泣甚哀。将葬之夕。生忽见玉穗

---

① 李剑国《唐五代传奇集》，中华书局 2015 年版，第 1011 页。
② 李剑国《唐五代传奇集》，中华书局 2015 年版，第 1011～1012 页。
③ 李剑国《唐五代传奇集》，中华书局 2015 年版，第 1012 页。
④ 李剑国《唐五代传奇集》，中华书局 2015 年版，第 1012 页。

帷之中，容貌妍丽，宛若平生。着石榴裙、紫榼裆、红绿帔子。斜身倚帷，手引绣带，顾谓生曰："愧君相送，尚有余情。幽冥之中，能不感叹。愿君努力，善保辉光。'言毕，遂不复见。明日，葬于长安御宿原。生至墓所，尽哀而返。"这样李益算是留下"有情人形象"的侧影。可是，这还不够，他的心中留下了阴影，那就是善妒，即两《唐书》所言之"李益疾"。小说云："后月余，就礼于卢氏，伤情感物，郁郁不乐。夏五月，与卢氏偕行，归于郑县。至县旬日，生方与卢氏寝，忽帐外叱叱作声。生惊视之，则见一男子，年可二十余，姿状温美，藏身映幔，连招卢氏。生惶遽走起，绕幔数匝，倏然不见。生自此心怀疑恶，猜忌万端，夫妻之间，无聊生矣。或有亲情，曲相劝喻。生意稍解。后旬日，生复自外归，卢氏方鼓琴于床，忽见自门抛一斑犀钿花合子，方圆一寸余，中有轻绡，作同心结，坠于卢氏怀中。生开而视之，见相思子二，叩头虫一，发杀觜一，驴驹媚少许。生当时愤怒叫吼，声如豺虎，引琴撞击其妻，诘令实告。卢氏亦终不自明。尔后往往暴加捶楚，备诸毒虐，竟讼于公庭而遣之。卢氏既出，生或侍婢媵妾之属，暂同枕席，便加妬忌。或有因而杀之者。"①后来严重到"大凡生所见妇人，辄加猜忌，至于三娶，率皆如初焉。"娶了三任妻子都怀疑其有外遇，家庭生活并不幸福。李益本来就是渴望一次没有结果的相遇，相遇而相欢即可，并无将恋爱转为婚姻之愿望。不意被霍小玉束缚，并以生命为代价制造了一个轰动京都的故事，故事里的自己愈加不堪。本按照一般观念娶大姓女并无足怪，却落下了"李益疾"导致其终生无完满的婚姻。小玉之死，不仅仅是李益个人造成的，亦是门第观念作祟的结局。唐人重四姓，郑（荥阳）、卢（范阳）、李（赵郡）、崔（清河）。后加上太原王氏，则为五姓，再将博陵崔氏、陇西李氏加上，便为七姓。② 据程国赋的统计，唐人小说以大姓为人物者有四十三篇③，多是经典之作，如《枕中记》《柳毅传》《柳氏传》《李娃传》《莺莺传》《虬髯客传》《裴航》等等。这种写法显然是来源于史传，史传入传人物起笔便叙出身，往往用"著姓""世家"等词突出门第，不过，成为习见之写法以后便难以辨其源流。

　　"李益疾"是如何形成的？因始乱终弃而造成的。故事的叙事指向则是以礼抑情，乃是克己复礼的结果。这样的结果带来小玉的诅咒，尽管在李益的深情送葬中以梦中相见的方式得到部分消解，却没能让李益避开"痴病"，反而成为无法抹去的心结。一段缠绵悱恻的爱情故事，才貌双全是两人发生情爱的基点，叙事的指向是阐释"李益疾"。事实上，蒋防《霍小玉传》以演绎情爱故事叙述"李益疾"的产生及其影响。与《长恨歌》一样，创作主题因情爱叙事而变得模糊。就"李益疾"的记述，《霍小玉传》并不是孤立的存在。散文、笔记中多有叙及，如李肇《唐国史补》卷中云："散骑常侍李益少有疑病，亦心疾

① 李剑国《唐五代传奇集》，中华书局 2015 年版，第 1013 页。
② 程国赋《唐代小说与中古文化》，文津出版社 2000 年版，第 2～3 页。
③ 程国赋《唐代小说与中古文化》，文津出版社 2000 年版，第 4～6 页。

也。"①柳宗元《先君石表阴先友记》云："李益，陇西姑臧人。风流有文词。少有癖疾，以故不得用。"②李翱《论故度支李尚书状》："朝廷公议亦云：李尚书性猜忌，甚于李益，而出其妻。"③小说的主旨就是解释"李益疾"生成的原因，对于婚姻生活和仕宦生活的双重影响。于是，唐人的笔下，关于诗人李益的文化记忆歌诗和"李益疾"成为两个叙事的要点。

## 二、两《唐书》："李益疾"的入史文本

小说中的李益与真实的李益是一个人吗？这个故事是真的吗？此事宋代便有争议。姚宽《西溪丛话》认为实有其事，陈振孙则疑为假托。④ 这个故事的影响便是导致"李益疾"被写入史传成为李益形象的文本内容。《旧唐书》一三七卷云：

> 李益，肃宗朝宰相揆之族子。登进士第，长为歌诗。贞元末，与宗人李贺齐名。每作一篇，为教坊乐人以赂求取，唱为供奉歌词。其《征人歌》《早行篇》，好事者画为屏障；"回乐峰前沙似雪，受降城外月如霜"之句，天下以为歌词。

> 然少有痴病，而多猜忌，防闲妻妾，过为苛酷，而有散灰扃户之谭闻于时，故时谓妒痴为"李益疾"；以是久之不调，而流辈皆居显位。益不得意，北游河朔，幽州刘济辟为从事，常与济诗而有"不上望京楼"之句。宪宗雅闻其名，自河北召还，用为秘书少监、集贤殿学士。自负才地，多所凌忽，为众不容，谏官举其幽州诗句，降居散秩。俄复用为秘书监，迁太子宾客、集贤学士判院事，转右散骑常侍。大和初，以礼部尚书致仕，卒。⑤

《旧唐书》将李益列入善属文的传记组合当中，与徐浩、赵涓、刘太真、李纾、邵说、于邵、崔元翰、于公异、吕渭、郑云逵、李贺等人入同一个单元。传记文本包括三个方面的内容：一是李益歌诗的影响；二是"李益疾"的影响；三是李益的仕宦生涯。以一个人的名字命名一种因猜忌而成的病状，这大概是独一无二的。"李益疾"的叙事来源难以考察，从唐代留存的四个文本来看，主体内容来自《霍小玉传》的可能性最大。⑥ 原因有二：一是叙述李益和小玉的故事中，小玉有"我死之后，必为厉鬼，使君妻妾，终日不安"；二是"大凡生所见妇人，辄加猜忌"。两处言语与《旧唐书》所用之话语遣词最近。当是以《霍小玉传》为主而融合《唐国史补》所述内容。另一个例证便是关于李益诗名亦采自《唐国史补》，云："李益诗名早著，有《征人歌且行》一篇，好事者画为图障。又有云：'回乐峰前沙

① 聂清风《唐国史补校注》，中华书局 2021 年版，第 159 页。
② 尹占华《柳宗元集校注》，中华书局 2013 年版，第 768 页。
③ ［唐］李翱撰，郝润华、杜学林校注《李翱文集校注》，中华书局 2021 年版，第 157 页。
④ 李剑国《唐五代志怪传奇叙录》，南开大学出版社 1993 年版，第 453 页。
⑤ ［五代］刘昫《旧唐书》，中华书局 1975 年版，第 3771 页。
⑥ 傅璇琮主编《唐才子传校笺》，中华书局 1989 年版，第 104 页。

似雪，受降城外月如霜。不知何处吹芦管，一夜征人尽望乡。'天下亦唱为乐曲。"①《旧唐书》史臣采撷中唐小说、笔记之叙事内容，于五代时期进入史传，相当于形象上的盖棺论定，"李益疾"便成为李益形象的组成部分。

在《旧唐书》的基础上，《新唐书》采取减法叙事，据其卷二〇三：

李益，故宰相揆族子，于诗尤所长。贞元末，名与宗人贺相垺。每一篇成，乐工争以赂求取之，被声歌，供奉天子。至《征人》《早行》等篇，天下皆施之图绘。

少痴而忌克，防闲妻妾苛严，世谓妒为"李益疾"。同辈行稍稍进显，益独不调，郁郁去。游燕，刘济辟置幕府，进为营田副使。尝与济诗，语怨望。宪宗雅知名，召为秘书少监、集贤殿学士。自负才，凌藉士，众不能堪，谏官因暴幽州时怨望语，诏降秩。俄复旧官，累迁右散骑常侍。大和初，以礼部尚书致仕，卒。时又有太子庶子李益同在朝，故世言"文章李益"以辨云。②

《新唐书》亦称"李益疾"，仅言"少痴而忌克，防闲妻妾苛严"，显然出自宋祁的手笔。据李益《卢氏墓志铭》，其妻十四岁嫁给李益，三十七岁卒，并没有被休掉。再据崔郾《陇西李府君墓志铭》，李益前后两度娶妻，均为范阳卢氏，有二子，一女。为什么李益被写得如此不堪？卞孝萱认为与牛李党争有关系。《霍小玉传》的作者蒋防与李绅、元稹关系密切，因他们推荐得为翰林学士。李绅、元稹与李德裕友善，与令狐楚则相恶。令狐楚属牛党，最喜欢的诗人就是李益，编《御览诗》选了李益三十六首，又曾荐拔他。于是，蒋防为迎合李绅等人便攻击李党的令狐楚和李益。③ 这些仅供参考，其实并不一定有如此深意，街头巷尾的传说往往会将一个人污名化，这个污点一旦属于史册则难以翻身。

减去爱情故事的渲染，两《唐书》以实录入史，亦源于故事的动人之处。李剑国评价《霍小玉传》云："唐人传奇当推此传第一。情节委曲，性格鲜明，对话见其个性，细节见其心理：皆见小说描写功力。小玉形象殊佳，唐稗实属鲜见。观其自知娼家非匹，但求八年之期，真沉静有识者也；被弃而想望不移，百计使通消息，终抱恨成疾，真笃情者也；见益而含怒，万恨聚心，一恸而卒，化厉鬼复仇，真刚毅者也。"④切中肯綮，尚可补充。见益而含怒复含情，因益之哭丧而同情，霍小玉真有情人也。日本学者小南一郎《唐代传奇小说论》云："即使霍小玉本人原谅了李生，那些大众却无法原谅李生，根据他们的心情而形成的因果关系支撑起了这一故事。"⑤霍小玉的魂灵已经原谅了李生，而霍小玉因李生而死，

①　聂清风《唐国史补校注》，中华书局 2021 年版，第 257 页。
②　［宋］欧阳修、宋祁《新唐书》，中华书局 1975 年版，第 5784～5785 页。
③　卞孝萱《〈霍小玉传〉是早期"牛李党争"的产物》，《社会科学战线》1986 年第 2 期。《唐人小说与政治》，鹭江出版社 2003 年版，第 292 页。
④　李剑国《唐五代志怪传奇叙录》，中华书局 2017 年版，第 554～555 页。
⑤　〔日本〕小南一郎《唐代传奇小说论》，北京大学出版社 2015 年版，第 173 页。

李生的形象在大众的心中难以扭转，发出的诅咒依然生效。负心人遂成为李益的代名词，"李益疾"便成为负心的后果，以不同的载记方式传布开来。小说中的叙事获得认可，而后被采撷入史。从小说到正史，是叙事载体的变化，《旧唐书》以之入史坐实其事，《新唐书》再次认定其唯文艺而已，两次强化发挥了为李益形象定型的作用。

### 三、《唐才子传》：类传文本中的"李益疾"

"李益疾"与被提及的名篇《征人歌》《早行篇》《夜上受降城闻笛》一起成为传记文本的叙事核心要素，李益的形象便与诗人和心疾患者密不可分。因诗家名望而有风流韵事，因风流韵事而落下心疾，因心疾发作而婚姻不谐，因婚姻不谐而影响仕宦。"李益疾"在李益一生行事中具有媒介功能，联结着恋爱与婚姻生活。不同的文体也在发挥不同的作用，小说阐释原因、史传坐实其事、类传以为逸事，叙事空间的变化对于我们如何面对其人其事提出挑战："李益疾"与李益的人生到底存在多大的关联度？是其人生的一个小插曲还是影响一生的不道德因素？蒋防、柳宗元、李肇、李翱均是一时人物；《霍小玉传》《唐国史补》《论故度支李尚书状》《先君石表阴先友记》是不同的文体呈现方式，当时人的文化记忆是可靠的。《旧唐书》《新唐书》采撷入传并将李益的心疾命名为"李益疾"，既新鲜又有意味，从此"李益疾"便成为诗人吟咏的一个主题，也是坊间谈论的话题。唐人已有《霍小玉歌》《惆怅诗》咏其事。直到辛文房《唐才子传》，"李益疾"才以不同的方式出现在类传文本之中。

辛文房《唐才子传》为李益作传，采取的记叙方式与两《唐书》不同。这部类传是为有唐一代诗人画像，生平、名望、逸事、风格、评价构成了需要的元素。如何安排这些元素使之成为自己满意的样态，辛文房可谓煞费苦心。《唐才子传》关于李益的传记文本内容变化较大，以文学、仕宦为主，重点评价其边塞诗文的影响。传云：

> 益，字君虞，陇西姑臧人。大历四年齐映榜进士，调郑县尉。同辈行稍进达，益久不升，郁郁去游燕、赵间，幽州节度刘济辟为从事。未几，又佐邠宁幕府。风流有词藻，与宗人贺相埒，每一篇就，乐工略求之，被于雅乐，供奉天子。如《征人》《早行》篇，天下皆施绘画。二十，三受策秩，从军十年。运筹决胜，尤其所长。往往鞍马间为文，横槊赋诗，故多抑扬激厉悲离之作，高适、岑参之流也。宪宗雅闻其名，召为秘书少监、集贤殿学士。自负其才，凌轹士众，有不能堪，谏官因暴其诗"不上望京楼"等句，以涉怨望，诏降职。俄复旧，除侍御史，迁礼部尚书，致仕。大和初卒。益少有僻疾，多猜忌，防闲妻妾，过为苛酷，有散灰扃户之谈，时称为"妒痴尚书李十郎"。有同姓名者，为太子庶子，皆在朝，人恐莫辨，谓君虞为"文章李益"，庶子为"门户李益"云。有集今传。[①]

① 孙映逵校注《唐才子传校注》，中国社会科学出版社1993年版，第256～257页。

基本生平叙述完毕才引出"李益疾"，却并未以之命名。关于"李益疾"的叙述是以《旧唐书》为蓝本，结合柳宗元《先君石表阴先友记》"癖疾"之说，形成了关于"李益疾"的文本内容。"妒痴尚书李十郎"的说法不知出自何处。值得注意的是，辛文房并没有将"李益疾"与文学、仕宦结合起来，而且将"李益疾"的影响定位于"少有痴病"，叙事文本便有了想象的空间。传记文本中叙述初入官场有"同辈行稍进达，益久不升"的叙述，却没有与"李益疾"联系起来；后入幕府，"自负其才"亦与之无涉。这造成一种可能：李益疾仅仅是少年时候的事儿，并未影响李益的一生。这与墓志的叙述相符。

事实上，"李益疾"既部分地消解了李益的诗家名望，也对他的婚姻、仕宦产生了重要影响。相比之下，《唐才子传》所重构的李益传记将这种影响降到最小。至此，我们再考察《唐故银青光禄大夫守礼部尚书致仕上轻车都尉安城县开国伯食邑七百户赠太子少师陇西李府君墓志铭并序》与小说及传记文本的关系，就会发现在这个遮蔽"李益疾"的文本中，诗家名望在文字中如此耀眼。根据王胜明的研究，《李府君墓志铭》所述生平可补充现存文本的缺失。[①] 但是，《李府君墓志铭》也极有可能将"对于李益形象不利的材料全部去除，有意规避不使人知，把有益的一面故意放大，惟恐人不知"[②]。王胜明则依据《李府君墓志铭》欲为李益负心汉形象平反，认为《霍小玉传》所言李益二十四岁结婚不实，当是四十九岁。[③] 问题也许就出在这里，四十九岁之前的李益是否有过婚姻，是否曾经娶过卢氏女而患上"李益疾"呢？《霍小玉传》中明确地说李益"三娶"，而《李府君墓志铭》则仅仅叙述"二娶"，恰恰缺失了曾有的一次婚姻。从现有史料来看，传记作者均聚焦于李益"少有痴病"，我们不能忽略"李益疾"至其中年后治愈的可能性。根据卞孝萱的考述，李翱《论故度支李尚书事状》写于元和五年（810）。李肇《唐国史补》完成于长庆时期。而柳宗元《先君石表阴先友记》写于元和二年（807），是现存关于"李益疾"的最早文本。根据王胜明《李益年谱新编》是年李益六十二岁，卞孝萱《李益年谱稿》则认为李益六十岁。此时李益的少年痴病一事已经广为流传，至长庆时期则成为朝议的话题，被李肇记录下来，收入《唐国史补》。细读《李府君墓志铭》则不难发现文本在突出善属文的一面尤为用力，总评云："地望清华，推鼎甲之族；天才秀出，为文章之杰，尤以缘情绮靡，吟咏情性为意，自典谟绝，风雅缺，作者之制，稍稍而变。公未尝不根六律、正五声，以古之比兴，合今之律度，涵孕风骚，宪章颜谢，一赋一咏，必胜于众口。"如应试时期，云："间岁，天子坐明庭，策贤俊，临轩试问，以主文谲谏为目，公词藻清丽，入第三等，授河南府参军。"如："德宗皇帝统临万方，注意六义，诏征公制述，令词臣编录，阅览终夕，精微动天，遂以副本藏于天禄石渠之署。及制使马宇奉命东夷，又见公雅什为夷人所宝，则中华之内，断可知矣！"又

---

①　王胜明《新发现的崔郾佚文〈李益墓志铭〉及其文献价值》，《文学遗产》2009 年第 5 期。
②　何安平《〈霍小玉传〉〈李益墓志〉及史传中的李益形象比较研究》，《新疆大学学报》2018 年第 2 期。
③　王胜明《为负心汉李益平反》，《中州学刊》2014 年第 3 期。

如："克协汇征之吉，雅符则哲之能，泊参掌纶綍、润色王度，不虚美，不隐恶，文含奇律，而直在其中。"再如："元和中，因张广乐、赏丽曲，问其所自，知公属词，又两征文集，一见别殿。子虚入听，喜相如同时；宣室延召，恨贾生来晚，由是有卫尉之命。"最后言："著嘉词，享重誉，逾甲子矣。"①从墓志所述履历来看，李益的文学家身份依然无比重要。与之相应，李益之子李当墓志出土，其中有关于李益的叙述，云："烈考益，大历中四登文科，贞元、元和间以歌诗擅名，为一时独步。其所赋咏，流在人口，播为乐章。德宗、宪宗尝命中使取去，仍诏以副本寘于集贤阁。元和中，参掌纶诰，焕发书命，位至礼部尚书致政，赠太子少师，谥文公。以公之贵，累赠太傅。皇姚范阳卢氏，追封魏国太夫人。"②《李当墓志》所述李益生平以文学、政事为主，诗家名望几乎贯穿文本的始终，与当时文人所记载的内容无异。墓志为逝者讳，而小说、散文、笔记则不然，往往将传播甚广的奇人异事、名人风流韵事采录下来。面对当时的遗存文本，辛文房自然要筛选去取，以他对唐代文人的痴迷程度，采事入传必细细考量。《唐才子传》采撷"李益疾"入文本乃是经过理性的判断，广搜材料后取舍成文，言语间能够体现出成文的严谨性。自《霍小玉传》至两《唐书》涉及是否采撷小说入传及其取舍缘由，自两《唐书》到《唐才子传》则涉及自史传入类传的叙事定位。叙事定位发生变化，则会改变叙事的焦点，"李益疾"不再是贯穿文本的叙事中心，仅仅是一则有趣的逸事而已。换句话说，"李益疾"已经治愈，不再为李益的诗家名望负责，也不再是中年后的婚姻束缚，更与平坦的宦途无关。

综上所述，归结起来有以下三点值得注意。

一是唐传奇侧重写实，乃是史传文学化的一个结晶。以人物命名而成传记。《霍小玉传》有一部分写实，小说总体当是围绕"李益疾"进行故事演绎，小说的前半部分以才情叙情爱，后半部分因情爱成心疾。前半部分最为动人，却是为后半部分"李益疾"的形成做注解。

二是《旧唐书》将"李益疾"作为叙事内容，联结诗才与婚、宦。诗才因李益疾而消解，婚姻因"李益疾"而失败，仕宦因李益疾而不调。《新唐书》延续此写法，将李益列入"文艺"专传中，遂使"李益疾"二次入史而进一步强化诗才与"李益疾"的关联性。

三是《唐才子传》采撷《旧唐书》原文入传，与《新唐书》内容结合，构成新的叙事文本，"李益疾"便仅仅成为逸事的部分，并未在文本中发挥贯穿始终的作用。

---

① 王胜明《李尚书诗集编年校注》，社会科学文献出版社 2013 年版，第 367～368 页。
② 胡可先《新出土唐代文学家李当墓志考索》，《陕西师范大学学报》2018 年第 1 期。

# 事实情真:刘禹锡传记文学创作的原则和风貌 *

## 孟国栋　李欣欣

**内容摘要:**现存刘禹锡创作的传记文学作品不多,主要是墓碑和少量墓志铭,个别祭文、厅壁记和集纪文也带有传记文学因素。刘禹锡在撰写这些文章时大都秉持传信的基本原则,恪守儒家的基本思想,同时又带有刘禹锡惯有的哲理思辨,使他的传记文学作品能够独树一帜,可与韩柳比肩。此外,刘禹锡的这些文章多蕴含着深厚的情感,属因情为文之作。凡此,均使得刘禹锡撰写的墓碑和墓志铭既符合传记文学的基本特征,又呈现出独特的创作风貌。

**关键词:**刘禹锡　传记　传信　情感表达　风貌

刘禹锡是唐代著名的文学家,创作了大量脍炙人口的名篇,在中唐文坛上独树一帜,自成一家。作为一名诗文兼擅的作家,刘禹锡在文章创作方面的功力丝毫不弱于他的诗歌。刘禹锡曾引述李翱之语说:"翱昔与韩吏部退之为文章盟主,同时伦辈,惟柳仪曹宗元刘宾客梦得耳。"①宋人王正德《余师录》引李仆之言云:"吾尝论唐人文章,下韩退之为柳子厚,下柳子厚为刘梦得。"②《旧唐书·刘禹锡传》称其"诗笔文章,时无在其右者"③。宋祁《宋景文公笔记》也记载:"李淑之文,自高一代。然最爱刘禹锡文章,以为唐称柳、刘,刘宜在柳柳州之上。"④宋祁认为刘禹锡文章创作的成就要超过柳宗元。可见,无论当时还是后世,刘禹锡的文章均有口皆碑。

长久以来,刘禹锡的文名一直为诗名所掩,学界对他诗歌创作的成就论述已多,⑤但

＊　基金项目:国家社科基金重点项目"新发现六朝隋唐石刻文的生成与创作研究"(21AZW007)阶段性成果。
　　作者简介:孟国栋,文学博士,浙江师范大学人文学院副教授、硕士生导师,入选"之江社科青年学者",2018—2019年浙江大学人文高等研究院驻访学者。主要从事六朝隋唐文学研究。李欣欣,浙江师范大学硕士研究生。

① ［唐］刘禹锡著,瞿蜕园笺证《刘禹锡集笺证》卷一九,上海古籍出版社 1989 年版,第 487 页。下引此书均为此版本。
② ［宋］王正德《余师录》卷三,中华书局 1985 年版,第 35 页。
③ ［五代］刘昫《旧唐书》卷一六〇,中华书局 1975 年版,第 4212 页。
④ ［宋］宋祁《宋景文公笔记》卷上,朱易安、傅璇琮等主编《全宋笔记·第一编·五》,大象出版社 2003 年版,第 47 页。
⑤ 最新的成果当属肖瑞峰《刘禹锡新论》,浙江大学出版社 2020 年版,对刘禹锡各个时期的诗歌创作以及与友人之间的唱和诗都进行了论述。

其文章创作方面的价值尚未得到全面揭示。具体到传记文学创作而言，相关论著更是罕见，仅几篇学位论文中有所涉及。① 部分传记文学研究论著中虽然大多提及刘禹锡，但限于体例，均未能详细展开论述。如韩兆琦在《中国传记文学史》第五章中提到了刘禹锡的散传创作："中唐时期是唐代短篇文学传记最繁荣的时期。当时受韩愈、柳宗元的影响，许多作家都写传记。如李翱、沈亚之是韩门弟子，刘禹锡是柳宗元的好友。"他把刘禹锡的自传归结为"表现文人政治活动失败后不同心态的自传文"，认为刘禹锡通过自传来表现其坚持政治革新的正确方向，申明了自己参加革新的坦荡与无悔。② 史素昭的《唐代传记文学研究》肯定了刘禹锡在传记文学创作方面的成就："以韩愈、柳宗元为杰出代表的一批中唐古文家，柳冕……刘禹锡等人，则大量创作传状、碑铭、自序等散传，并且取得了辉煌的成果。"③ 钱基博《中国文学史》对刘禹锡的文章创作也给予了高度评价："禹锡文则敛笔为遒，拓体以宏，遒健而不为肆，矜庄而不伤滞；不为昌黎之肆而得其重，略同柳州之廉而逊其悍；警阙以发奥，徐重以凝气，此所以卓荦为杰，别出于韩柳之外，而自名一家者也。"①钱氏还充分肯定了刘禹锡的传记文学创作，他评价《唐故中书侍郎平章事韦公集纪》《唐故相国赠司空令狐公》为骨峻重而气疏古；赞赏《代郡开国公王氏先庙碑》《彭阳候令狐氏先庙碑》为朴重茂典。

　　现存刘禹锡创作的传记文学作品以墓碑为主，共九篇：《唐故朝议郎守尚书吏部侍郎上柱国赐紫金鱼袋赠司空奚（陟）公神道碑》《唐故福建等州都团练观察处置使福州刺史兼御史中丞赠左散骑常侍薛公（謇）神道碑》《唐故朝散大夫检校尚书吏部郎中兼御史中丞赐紫金鱼袋清河县开国男赠太师崔公（倕）神道碑》《唐故宣歙池等州都团练观察处置使宣州刺史兼御史中丞赠左散骑常侍王公（质）神道碑》《唐故邠宁庆等州节度观察处置使朝散大夫检校户部尚书兼御史大夫赐紫金鱼袋赠右仆射史公（孝章）神道碑》《大唐曹溪第六组大鉴禅师第二碑》《唐故衡岳大师湘潭唐兴寺俨公碑》《袁州萍乡县杨岐山故广禅师碑》和《唐故监察御史赠尚书右仆射王公（倰）神道碑铭》。另有少量墓志铭和墓表，共三篇：《故荆南节度推官董府君（侹）墓志》《牛头山第一祖融大师新塔记》和《绝编生墓表》。此外，个别的祭文、厅壁记和集纪文中也有部分传记文学因子。整体来看，其数量虽然不及韩、柳，但也为后人留下了传记文学的重要资料。本文将从以下四个方面论述其作传原则和创作风貌。

① 如苗苗《刘禹锡散文叙事研究》（兰州大学硕士学位论文，2016年）第二章论述了刘禹锡的碑志文、记体文和集纪文的叙事方法，涉及了刘禹锡的部分传记文学作品。董仲兰《稳中求新，平中显胜——刘禹锡碑文研究》（华中科技大学硕士学位论文，2007年）正文第二部分根据性质将刘禹锡的碑文进行分类；第三部分论述了刘禹锡碑文中蕴含的政治思想、伦理观念以及他对佛教的看法；最后一部分从五个方面探讨刘禹锡碑文的艺术特色。
② 韩兆琦《中国传记文学史》，河北教育出版社1992年版，第220～224页。
③ 史素昭《唐代传记文学研究》，岳麓书社2009年版，第152页。
④ 钱基博《中国文学史》，中华书局1993年版，第396页。

### 一、秉持传信原则

朱东润先生曾指出"真"是传记文学的生命："传叙文学底价值,全靠地底真实。无论是个人事迹的叙述,或是人类通性的描绘,假如失去了真实性,便成为没有价值的作品。真是传叙文学底生命。"①唐人笔下的墓碑和墓志铭中,随时可见作者求真或传信的创作理念,"相当一部分唐代墓志铭的作者都在追求,至少是'自我标榜'墓志铭记载的真实性重在突出其实录精神。许多作者都会在志文和铭文的连接处,用一段具有过渡性的文字指出其所撰之文未经文饰,原原本本记录了传主的事迹"②。刘禹锡创作的传记文学作品,特别是一些墓碑文中也反复强调此点。

至刘禹锡生活的时代,树碑以传信的观念已深入人心,不少立碑人在请刘禹锡撰文时都特意指出他们正是秉持信今传后的观念而来,如《崔俛神道碑》记载其后人为传信而向他人征询崔俛生前之立身行事："乃俾家老条白事功,咨于学古者徵其词,尚信也。"③又如刘禹锡在《薛謇神道碑》结尾处评论道："公初下世,故人丞相李太师志其墓,其略曰:弘深庄重,干敏绝人,此与游者传信之词也,岂诬也哉!"④特意指出墓志铭中所言乃传信之词。不仅世俗之人的墓碑如此,方外人士的墓志和墓碑亦如是。如《故广禅师碑》中记载其门人还源唯恐广禅师之事迹泯灭,故刻石以传信的详情："其门人还源,以为崇塔以存神与建铭以垂休,皆凭像寄怀,不可以阙一。谬谓余为习于文者,故茧足千里,以诚相攻。大惧其先师德音与时寖远。且曰:'白月中黑,东川无还,飏于金石,传信百劫。'"⑤《融大师新塔记》中也说主事者欲传信于后,方请刘禹锡为之撰塔铭："三月甲子,新塔成……尚书欲传信于后,远命愚志之。"⑥

刘禹锡之所以不厌其烦地在墓碑中指出立碑人为求传信而找其撰文的情形,正说明了他对传信的重视。传信不仅是立碑者的基本信条,也是刘禹锡作传的出发点。刘禹锡在《王质神道碑》中曾详述撰文缘起："余昔为郎,与常侍同列,已熟其行实。及读《墓志》,即今丞相益州牧赵郡李公之文,自称为忘形友。"⑦只有"熟其行实"方能对传主一生的立身行事有准确把握,其所撰之文也才能真正取得信今传后的效果。因此,刘禹锡在《王质神道碑》《王俊神道碑》中都用了大量的篇幅详述其世系,可看作刘禹锡"熟其行实"的表现。其自撰墓志铭《子刘子自传》更是如此,文章开篇即自述家世,用了较多的篇幅对七

① 朱东润《八代传叙文学述论》,复旦大学出版社 2006 年版,第 5 页。
② 孟国栋《石上人生:传记文学视域下的唐代墓志铭研究》,浙江古籍出版社 2020 年版,第 26 页。
③ ［唐］刘禹锡著,瞿蜕园笺证《刘禹锡集笺证》卷三,第 83 页。
④ ［唐］刘禹锡著,瞿蜕园笺证《刘禹锡集笺证》卷三,第 73 页。
⑤ ［唐］刘禹锡著,瞿蜕园笺证《刘禹锡集笺证》卷四,第 119～120 页。
⑥ ［唐］刘禹锡著,瞿蜕园笺证《刘禹锡集笺证》卷四,第 114～115 页。
⑦ ［唐］刘禹锡著,瞿蜕园笺证《刘禹锡集笺证》卷三,第 91 页。

世祖刘亮、曾祖刘凯、祖父刘锽和父亲刘绪的一生进行了描述：

> 七代祖亮，事北朝为冀州刺史、散骑常侍，遇迁都洛阳，为北部都昌里人。世为儒而仕，坟墓在洛阳北山。其后也陋不可依，乃葬荥阳之檀山原。由大王父已还，一昭一穆如平生。曾祖凯，官至博州刺史。祖锽，由洛阳主簿察视行马外事，岁满转殿中丞、侍御史，赠尚书祠部郎中。父讳绪，亦以儒学，天宝末应进士，遂及大乱，举族东迁，以违患难，因为东诸侯所用。后为浙西从事，本府就加盐铁副使，遂转殿中主务于埇桥。其后罢归浙右，至扬州，遇疾不讳。①

故瞿蜕园评曰："此文谨严而事详覈，足可征信。"②刘禹锡在撰写传记文学作品时多用冷静客观的笔触，一方面务求从传主的实际情况出发，做到秉笔直书；另一方面考虑当时的国家利益，尽量客观地反映历史人物的真实面貌。郭预衡在《中国古代文学史长编》中称刘禹锡"传记碑文能简洁扼要地勾勒出人物的主要特征，少虚谀不实之词"③。故史传亦多取材于兹，瞿蜕园即多次指出此点，如："《新唐书·地理志》，京兆府高陵下注云：'有古白渠，宝历元年，令刘仁师请更水道，渠成，名曰刘公，堰曰彭城。'盖即采禹锡此文。"④"碑为王质作。质，《旧唐书》一六三、《新唐书》一六四均有传……其实两传皆据此碑。"⑤甚至认为较诸史传，墓碑的记载更切合实际，如《王质神道碑》中"入谋于闺门"一句，王质传作"白于母"，瞿蜕园认为："传虽取材于碑，似以碑此句为得其旨。"⑥

传信原则在刘禹锡书丹的墓志铭中也有所反映。近年新出土刘禹锡书丹的《崔迢墓志》题署："前乡贡进士、楚州刺史郭行馀撰，和州刺史刘禹锡书。"虽然名义上是郭行馀所撰，但通观整篇墓志，完全是以崔迢之子的口吻进行叙述的，如"不幸府君寝疾弥留，以丙午岁秋七月十有二日，弃背于履信里，寿享七十八。呜呼！小子不孝，安祷无感，天降殃祸，不自灭身，孤心失怙，哀号罔极"。胡可先教授认为："这篇墓志，则是由崔迢次子撰写好墓志的初稿，然后请郭行馀撰文，刘禹锡书丹。但对于崔迢次子提供的初稿，郭行馀并没有加以改动，就署上撰著者姓名和官职，致使出现墓志行文语气与撰文者身份完全不相合的现象。而刘禹锡又完全按照原文书写，随后由主家上石。"⑦刘禹锡书丹时自然会发现该文中的名实不符之处，但他依然照原文进行书写，说明了他对这一做法的认可，也是刘禹锡忠实于墓志文本的体现。

---

① ［唐］刘禹锡著，瞿蜕园笺证《刘禹锡集笺证·外集》卷九，第 1501 页。
② ［唐］刘禹锡著，瞿蜕园笺证《刘禹锡集笺证·外集》卷九，第 1504 页。
③ 郭预衡主编《中国古代文学史长编 3》，上海古籍出版社 2007 年版，第 821 页。
④ ［唐］刘禹锡著，瞿蜕园笺证《刘禹锡集笺证》卷二，第 59 页。按：即《高陵县令刘君遗爱碑》。
⑤ ［唐］刘禹锡著，瞿蜕园笺证《刘禹锡集笺证》卷三，第 93 页。
⑥ ［唐］刘禹锡著，瞿蜕园笺证《刘禹锡集笺证》卷三，第 96 页。
⑦ 胡可先《新出土刘禹锡书〈崔迢墓志〉考论》，《刘禹锡研究》（第一辑），暨南大学出版社 2017 年版，第 277 页。

## 二、恪守儒家思想

刘禹锡在《子刘子自传》中自述家世时称"世为儒而仕"，其父刘绪"亦以儒学，天宝末应进士"。其《夔州谢上表》中也说"臣家本儒素，业在艺文"。可见刘氏家族世世代代对儒学都十分推崇，且多凭借良好的儒学素养得以仕进，刘禹锡从小受到的就是儒家思想教育，这可从权德舆的《送刘秀才登科后侍从赴东京觐省序》中看出："始予见其妙，已习《诗》《书》，佩觿韘，恭敬详雅，异乎其伦。"①这是权德舆初次见到刘禹锡时的情景，可见刘禹锡自幼深受儒家思想的浸染和熏陶。此后他更是用儒家修身齐家治国平天下的思想来规范自己的行为。这在其传记文学作品，尤其是碑文中也有明显的反映。

刘禹锡生活的中唐时代，民生凋敝，社会秩序亟须重建，刘禹锡的传记文学作品中多次流露出他对儒家礼教的重视和希望通过复兴儒学来荡涤民风、改变人民精神面貌的愿望。开成元年(836)，刘禹锡应杜佑之孙杜悰的邀请作《许州文宣王新庙碑》，明确表达了对儒家礼教的推崇，希望通过恢复儒学来改变民风。碑文开头借乡先生之口交代了许州在安史之乱以后儒学不兴、社会纷乱的现状："自盗起幽陵，许为兵冲，连战交捽，卒无宁岁。耳悦钲鼓，不闻弦歌，目不知书，不害为智。"②由于战争的破坏，正常的社会秩序被打破。许州地区只言征伐，不闻弦歌，地方官亦多由武将担任。他们在治理州郡的过程中简单粗暴，施政方针多不合礼数。在这种情况下，杜悰重修孔庙就具有了十分重要的意义。接着刘禹锡对杜悰符合儒家思想的施政方针大加赞赏："元年修戎律以通众志，次年成郡政以蠲民瘵，季年崇教本以厚民风。"杜悰的政绩主要集中在三个方面：整顿军纪，统一民众的思想；严明法纪，革除损害百姓利益的弊政；推崇儒教，改变民风。刘禹锡用很长的篇幅对理想中的社会进行了描绘："寝庙弘敞，斋宫严闷。轩墀厢庑，俨雅清洁。门庭墙闭，望之生敬……尊彝笾豆、青黄规矩之器，秉周礼也；牺牲制币、荐献升降之节，遵国章也。藏经于重檐，敛器于庋栈。讲筵有位，鼓箧有室。授经有博士，督课有助教；指踪有役夫，洒扫有庙干。"③从宫室的设置到器皿的摆放，无不遵循礼法和国家的规章制度，经书的存放和器物的收藏也都井井有条，学校的设置更是合乎礼法。不仅"授经有博士，督课有助教"，还要有专门的人员可供驱使，庙宇也要有专门的勤杂人员进行洒扫。总而言之，整个社会都要处于一种秩序当中，这种秩序就是儒家所提倡的礼教。对于杜悰重新修建孔庙的行为，刘禹锡称赞道：

济济莘莘，化行风驱。家慕恭俭，户知敬让。父诲其子，兄规其弟。不游学堂，与趑

---

① 　［唐］权德舆《权德舆诗文集》卷三八，上海古籍出版社 2008 年版，第 567 页。
② 　［唐］刘禹锡著，瞿蜕园笺证《刘禹锡集笺证》卷三，第 77 页。
③ 　［唐］刘禹锡著，瞿蜕园笺证《刘禹锡集笺证》卷三，第 78 页。

市同。繇是縻勇爵戴鹖冠者，往往弭雄姿而观习礼。矜甲胄者知根于忠信，服缦胡者不敢侮逢掖。教化之移人也，如置邮焉。①

文中所说的"恭俭""敬让""观习礼""敛容拱手"等，皆是儒家礼教的要求。刘禹锡寄希望于借助儒家教化来改变民风，以达到沛然如时雨的效果，使百姓"与化而迁，其犹性成"，从根本上矫正民风。与杜悰治理许州类似，刘禹锡在《唐故相国赠司空令狐公集纪》中对令狐楚治理汴州的功绩也进行了肯定。汴州军士素骄，难于管理："汴州为四战之地，择帅先有功。峻刑右武，疑似沈命，号为危邦者积年。"②面对这种状况，令狐楚"始以清俭自律，以恩信待人，以夷坦去群疑，以礼让汰惨急，自上化下，速于置邮。泮林革音，无复故态"。③ 在《汴州刺史厅壁记》中，刘禹锡称令狐楚实施"兴学以劝艺，示宽以化勇"的政策，使得汴州地区原本彪悍的民风为之一变，不仅"恂恂然无复故态"④，甚至从第二年开始有了根本的改观。令狐楚采取的"一出乎令典""一遵乎诏条"等措施，都是为了使汴州达到"恭""和"的状态，这恰恰是儒家思想中不可或缺的题中之义。⑤

刘禹锡的传记文学作品中还反复颂扬儒家的孝悌观念，如在《薛謇神道碑》中，他称赞道："然而公之德善灌注心耳。孝悌为根柢，诚明梗叶之；直方为天质，礼让缘饰之。所至蔼然，繇此道也。"⑥"孝悌为根柢"正点出刘禹锡对儒家孝悌观念的重视，他所欣赏的君子品格中，"孝"是必备的。在《彭阳侯令狐氏先庙碑》中，刘禹锡称赞令狐楚"睦其仲季，施及乡党。言孝悌者归厚焉"⑦。在《唐故相国赠司空令狐公集纪》中，他还叙述了令狐楚为侍奉双亲而不忍在外为官的情形："既而授试弘文馆校书郎。公为人子，重难远行，禀命而去。居一岁，竟迫方寸而归。"⑧这在《新唐书·令狐楚传》中也有记载："（楚）虽在拱所，以父官并州不得奉养，未尝豫宴乐。满岁谢归。"⑨令狐楚在双亲去世后能谨遵礼法为其守丧，刘禹锡赞其曰"性至孝，既孤，以善居丧闻"。《代郡开国公王氏先庙碑》中叙述王涯世系的部分称"惟户部府君幼孤，以孝闻于乡曲"，认为王涯修建家庙是大孝的表现。在铭文中，刘禹锡除了对家庙内的摆设进行描写外，还对王涯家庭内部长幼有序、恪守礼法的现象进行了颂扬："子侄宗工，骏奔奉事。副笄佽袂，俨恪居次。孝孙兢兢，执爵而升。以祼以濯，以伏以兴。"⑩《奚陟神道碑》中也着意写到奚陟因为要侍奉双亲，朝廷任命

① ［唐］刘禹锡著，瞿蜕园笺证《刘禹锡集笺证》卷三，第78页。
② ［唐］刘禹锡著，瞿蜕园笺证《刘禹锡集笺证》卷一九，第498页。
③ ［唐］刘禹锡著，瞿蜕园笺证《刘禹锡集笺证》卷一九，第498页。
④ ［唐］刘禹锡著，瞿蜕园笺证《刘禹锡集笺证》卷八，第189页。
⑤ 详参苏文根《刘禹锡散文研究》，福建师范大学硕士学位论文，2010年，第22页。
⑥ ［唐］刘禹锡著，瞿蜕园笺证《刘禹锡集笺证》卷三，第73页。
⑦ ［唐］刘禹锡著，瞿蜕园笺证《刘禹锡集笺证》卷二，第48页。
⑧ ［唐］刘禹锡著，瞿蜕园笺证《刘禹锡集笺证》卷一九，第496～497页。
⑨ ［宋］欧阳修、宋祁《新唐书》卷一六六，中华书局，1975年版，第5098页。
⑩ ［唐］刘禹锡著，瞿蜕园笺证《刘禹锡集笺证》卷二，第41～42页。

的诏书下来之后，奚陟不惜称病以争取供养父母的机会："除书到门，公方为人子，不敢许以远，称病弗果行。归宁寿春，养志尽敬。"①其纯孝可见一斑。

除了主张父母生前需努力奉养以外，刘禹锡还强调即使父母亡故，依然需要尽孝——即立碑以扬其德，正如他在《王偁神道碑》中所指出的："人子之孝，在乎扬其先德以耀于远，乃俾学古者书本系所自，且铭于龟趺螭首云。"②此外，甚至在一些方外之人的墓碑中，刘禹锡也再三强调其出身儒家的事实。如《融大师新塔记》中记载其由儒入佛的经过："少为儒，博极群书，既而叹曰：'此仁谊言耳，吾志求出世间法。'遂入句曲，依僧炅，改逢掞而缁之。"③《故广禅师碑》则说他少时的游戏也一如孔子当年："七岁尚儒，以俎豆为戏。"④凡此，均可看作刘禹锡重视儒家思想的表现。

### 三、注重哲理思辨

刘禹锡擅长论说文，早年曾跟韩愈、柳宗元就天人关系问题展开过讨论。元和中被贬谪朗州期间，又连作《天论》三篇与韩愈、柳宗元进行论战，其文论说酣畅，笔锋犀利。柳宗元曾用"文隽而膏，味无穷而炙愈出"⑤来形容刘禹锡散文的特色。纪昀在《四库全书总目提要》中也说："其古文则恣肆博辨，于昌黎、柳州之外，自为轨辙。"⑥刘禹锡创作的传记文学作品，如墓碑文、祭文、墓志铭等均有固定格式，在内容上也比较受限制，留给作者自由发挥的空间有限。不过刘禹锡一向主张文章要"思有所寓"，因此即使在刘禹锡的传记文学作品中仍然能够看到他思想的流露和论辩思维的火花。

刘禹锡与董侹的交往始于其初贬朗州时期，《董府君墓志》中说："始予谪于武陵，人多中之，贤有董生，为守令客。既而以士相见之礼成，与之言，能言坟典数，旁捃百氏之学。"⑦这是刘禹锡与董侹认识的开端。初被贬至荒僻之地，刘禹锡迫不及待地想找一位能与其交谈的朋友，以排遣被贬的郁闷。时任荆南节度推官的董侹颇有文名，故刘禹锡与其结交，多有诗文酬唱。元和四年（809），刘禹锡作《和董庶中古散调词赠尹果毅》与董侹唱和，字里行间流露出"同是天涯沦落人"的失落与无奈，心中的悲苦令人动容。刘禹锡与董侹二人均负有文名却只能偏居一隅，远离朝堂，不受重用。在《董氏武陵集纪》中，刘禹锡探讨了时代环境对文人命运的影响："国朝因之，粲然复兴。由篇章以跻贵仕者相踵而起。兵兴已还，右武尚功。公卿大夫以忧济为任，不暇器人于文什之间。故其风寖

---

① ［唐］刘禹锡著，瞿蜕园笺证《刘禹锡集笺证》卷二，第 62 页。
② ［唐］刘禹锡著，瞿蜕园笺证《刘禹锡集笺证·外集》卷九，第 1516 页。
③ ［唐］刘禹锡著，瞿蜕园笺证《刘禹锡集笺证》卷四，第 114 页。
④ ［唐］刘禹锡著，瞿蜕园笺证《刘禹锡集笺证》卷四，第 118 页。
⑤ ［唐］刘禹锡著，瞿蜕园笺证《刘禹锡集笺证》卷二○，第 531 页。
⑥ ［清］纪昀《钦定四库全书总目》（整理本），中华书局 1997 年版，第 2009～2010 页。
⑦ ［唐］刘禹锡著，瞿蜕园笺证《刘禹锡集笺证·外集》卷十，第 1520～1521 页。

息。"当国家强盛的时候，常有文士凭借出色的文章获得皇帝青睐，跻身仕途。然而经过安史之乱的唐王朝处于一片风雨飘摇之中，崇尚武功，讲求忧国济世，此时即便是文采出众者也得不到重用。接着刘禹锡又转到对个体命运的探讨："则董生之贫卧于畲土也，其不得于时者欤！其不试故艺者欤！"①董侹"幽卧于武陵"四年，最后又卒于此，刘禹锡在文章结尾感叹其时与命的关系，在两个感叹句中寄寓了深沉的感慨。刘禹锡对董侹命运的追问其实也是对他本人命运无法释怀的表现，他在"时耶，命耶"的思索中反观着自己的人生。

刘禹锡碑文中的哲理思辨与独到见解还体现在他对佛教问题的理解和探讨上。刘禹锡与僧人交往颇多，"永贞革新"失败后，更是进一步接触宗教，与僧人往还密切。刘禹锡晚年还喜好钻研佛理，结交佛门僧人。加之他是卓有声望的文学家，因此不少佛门中人请他撰写碑铭、塔记一类的文章。② 元和十四年（819），刘禹锡在连州作《大唐曹溪第六祖大鉴禅师第二碑》，文中交代了作碑的缘由："有僧道琳率以其徒由曹溪来，且曰愿立第二碑。"③其时，柳宗元已经作了第一碑，故刘禹锡文称"第二碑"。在这篇碑文里，刘禹锡不仅清理了佛教进入中国后的传承，而且对禅宗的地位给予了充分肯定，他还表达了至第六祖佛衣不传的疑惑："初，达摩与佛衣俱来，得道传付，以为真印。至大鉴置而不传，岂以是为筌蹄邪，刍狗邪！将人人之莫己若而不若置之邪！吾不得而知也。"④刘禹锡提出了两种独到的见解，然而他的思索并未就此停止，紧随其后，刘禹锡又作《佛衣铭》，进一步探讨其缘由："六祖未彰，其出也微。既还狼荒，憬俗蚩蚩。不有信器，众生曷归？是开便门，非止传衣。初必有终，传岂无已？"⑤指出一开始传佛衣是为了将其作为佛教的信物扩大影响，后来禅学传播渐广，且将佛衣单传某人容易引起不必要的纷争，故至第六祖佛衣不传。在这里，刘禹锡进一步阐发哲理，将事物的开始和结束视为自然而然的道理，有"始"必有"终"，"非止传衣"。

刘禹锡对事物的独特思考和见解正是其不媚俗人格的体现，他与中唐文坛上的许多大家，如韩愈、柳宗元、白居易等交往颇深，难能可贵且值得敬佩的是他从来都不依附于任何一个流派，也不盲目效仿，他对自己的文学创作有着清醒的认识和独特的思索，这种创见和哲理思辨在他的传记文学作品中同样闪耀着光芒。

## 四、长于情感表达

刘禹锡的传记文学作品中有很多伫情而就之作，这类作品在很大程度上是基于他本

---

① ［唐］刘禹锡著，瞿蜕园笺证《刘禹锡集笺证》卷一九，第517页。
② 参见董仲兰《稳中求新，平中显胜——刘禹锡碑文研究》，华中科技大学硕士学位论文，2007年，第13页。
③ ［唐］刘禹锡著，瞿蜕园笺证《刘禹锡集笺证》卷四，第105页。
④ ［唐］刘禹锡著，瞿蜕园笺证《刘禹锡集笺证》卷四，第106页。
⑤ ［唐］刘禹锡著，瞿蜕园笺证《刘禹锡集笺证》卷四，第109页。

人情感表达的需要。"文学情感能够跨越时空感染读者，原因就在于文学自身真挚丰富的情感表达。文人在进行集序创作的时候，十分注重对客观事物的评价而传达出来的主观情感意旨，他们从集主冗杂的生活材料中删选、组合动人的生平事迹，运用抒情的手法加以表现，宣泄个人情感。"①

　　元和七年（812），刘禹锡谪居朗州，为一个寂寂无闻的老卜师顾象作《绝编生墓表》。刘禹锡在文章开头说："若象者，可谓志笃于学矣。因以绝编生谥之，且表其墓。后之读功令者或采焉。"②这说明刘禹锡作传的出发点，乃感念顾象孜孜钻研《易经》的精神，故对其事迹进行了较为详细的记录。对于这个穷困落魄的老卜师，刘禹锡给予了深切的怜悯和同情，顾象生前不为人所知，刘禹锡便寄希望于后来者能将其载入史册。刘禹锡用对话的形式记载了两次拜访顾象的情形，让顾象以第一人称讲述自己的生平："家居无赀，不能与计偕；地偏且远，无有能晤语者。心愈苦而迹愈卑，寒肤噉腹，以至于耋老。微夫子之问，持是安施乎？"③这个一直"无有能晤语者"的老卜师在刘禹锡笔下终于有了一次话语权。在墓表的最后，刘禹锡呼应开头："葬在枉渚西石矶上，其坟可隐，东望里塾，尚行其志云。"以此告慰顾象的在天之灵。同年，刘禹锡还为董侹撰写了墓志铭，董侹在仕途上不甚得意："脱巾为弘文馆校书郎，再迁至大理评事。咸视真秩，而不累其章，职系于外故也。晚节尚道，故投劾于幕府。"刘禹锡对董侹空有学识而沉寂下僚的遭遇感到愤愤不平："呜呼！道愈富而室愈贫，志甚修而知甚寡。士以陇西为贵，将在令名与！"在铭辞中又进一步写道："学待问而文藻身，艺不试兮名孰闻？大道甚夷兮非我辰，何生不茂兮非我春。"④这不仅是对董侹抱负不得施展的惋惜，也是借他人之酒浇自己心中之块垒。此时的刘禹锡已经在朗州谪居七年，身处蛮荒，不知何时能够重返朝堂，所以他对董侹的同情实际上也是自身境遇的一种折射。顾象、董侹并非刘禹锡相交至深的朋友，刘禹锡能够主动为无官无爵的老卜师和淮南节度使府的推官作墓志，并在文中寄寓同情，可见因情为文是刘禹锡创作人物传记的一个重要特点。

　　除顾象、董侹外，刘禹锡作传的对象或为志同道合的友人，或为政绩卓著的官员，多数与刘禹锡惺惺相惜。因此，刘禹锡为他们撰写的墓碑或祭文，更是充满了真挚的情感，千年之后读来，仍不免为其中饱含的深情所打动。中唐文人间结下的深情厚谊并没有随着对方的去世而告终，他们不但在经济上救助友人的遗属，而且积极为友人撰写祭文、墓志铭、行状、诔文等祭悼文，一方面纪念友人，另一方面也以这种方式践履友谊。⑤刘禹锡

①　高捷《唐人所撰唐集序文研究》，厦门大学硕士学位论文，2019 年，第 32 页。
②　［唐］刘禹锡著，瞿蜕园笺证《刘禹锡集笺证·外集》卷十，第 1523 页。
③　［唐］刘禹锡著，瞿蜕园笺证《刘禹锡集笺证·外集》卷十，第 1524 页。
④　［唐］刘禹锡著，瞿蜕园笺证《刘禹锡集笺证·外集》卷十，第 1521 页。
⑤　参见〔美〕田安著《同慰死生：中唐文人在友人逝后的友谊践履》，卞东波、刘杰译，《文学研究》2019 年第 1 期，第 36 页。

就是这方面的典型代表。

元和十五年(820),刘禹锡从贬所扶母枢北归,经过衡阳时突然接到好友柳宗元的讣告。刚逢母丧又闻此噩耗,遭受双重打击的刘禹锡百哀攻中,忽忽如狂,遂作《祭柳员外文》来伤悼这位与自己"二十年来万事同"的友人:"呜呼子厚,我有一言,君其闻否! 惟君平昔,聪明绝人,今虽化去,夫岂无物? 意君所死,乃形质耳。"①直接以"子厚"称之,可见二人感情之深厚。贞元九年(793),刘、柳二人一同考中进士,从此以后他们的命运就紧密联系在了一起。昔日的挚友突然离世,刘禹锡在心理上无法接受,只能安慰自己逝去的不过是他的形质,其魂魄将永存天地间。随后刘禹锡描写了自己接到柳宗元讣书时的情形:"惊号大叫,如得狂病。良久问故,百哀攻中。涕泗迸落,魂魄震越。伸纸穷竟,得君遗书。绝弦之音,悽怆彻骨。"沉浸在丧母之痛中的刘禹锡收到很多吊唁的信件,经过两人曾经三唱三答的衡阳时遇到柳州使者,他以为柳宗元的来信是兑现两人之前的约定,不料收到的却是柳宗元的讣告。这种由期望转到失望的落差令刘禹锡情难自禁,以至"惊号大叫,如得狂病""涕泗迸落,魂魄震越"。这些动作和心理描写将刘禹锡初闻讣书时的反应写得淋漓尽致,情感的闸门仿佛失去控制,悲恸之情喷薄而出。待情绪平复后,刘禹锡便开始安排柳宗元妻、子今后的生活:"凡此数事,职在吾徒。"看似平淡的叙述中蕴含着对朋友的无限深情。自永贞革新失败以后,柳宗元即被远贬蛮荒,"沈伏远郡"多年,"近遇国士,方伸眉头"之际却不幸亡故。据瞿蜕园先生注,"国士"当指桂管观察使裴行立,他曾以文属宗元,似有善遇宗元之意。② 在祭文最后,刘禹锡再次表达了对友人去世的深切哀痛:"呜呼子厚,卿真死矣。终我此生,无相见矣……知悲无益,奈恨无已? 子之不闻,予心不理。含酸执笔,辄复中止。誓使周六,同于己子。"③字字朴实,对柳宗元的深情厚谊溢于言表。瞿蜕园先生认为"此文半用韵半不用韵,词意真挚,不假文饰,非但禹锡在亲丧之中宜然,为挚友鸣哀,固当异于寻常也"④。这篇祭文之所以动人,就在于用平实的文笔和细腻真挚的情感将痛失知己的悲情抒发得淋漓尽致,让人如临其境,如睹其容:"与韩愈《祭柳子厚文》相比,此篇祭文感情抒发更为畅快淋漓,无所顾忌。韩文尚能在述哀之余盛赞柳宗元文能用于时,而刘文则从头至尾无一溢美之辞,其悲情就如同决堤江水一般汹涌而来,不可断绝。"⑤

柳宗元客死柳州之前,曾留下遗言将其平生所撰文稿交付给挚友刘禹锡,托其整理编次。长庆元年(821),刘禹锡将柳文整理成三十卷,并为之作序,这对莫逆之交将情谊

---

① 〔唐〕刘禹锡著,瞿蜕园笺证《刘禹锡集笺证·外集》卷十,第 1528 页。

② 〔唐〕刘禹锡著,瞿蜕园笺证《刘禹锡集笺证·外集》卷十,第 1531 页。

③ 〔唐〕刘禹锡著,瞿蜕园笺证《刘禹锡集笺证·外集》卷十,第 1529 页。

④ 〔唐〕刘禹锡著,瞿蜕园笺证《刘禹锡集笺证·外集》卷十,第 1531 页。

⑤ 高梦蝶《中唐哀祭文研究》,南京师范大学硕士学位论文,2018 年,第 32 页。

延续到了柳宗元身后。瞿蜕园先生说："柳宗元之与禹锡，其科名、宦迹、年齿、趣尚无不相同，宜其被祸亦同……禹锡相知既切，而必以墓志及祭文推韩愈为之，殆欲避党同之嫌而坚传世之效耳。独编集乃自任之。其所编次，盖极精审。"①由此可知，为避免党同之嫌，刘禹锡在挚友死后无法尽情写文章悼念他，为柳宗元所写的这篇序文感情也极为克制，但正是这种欲显而隐的情感反而显得更加深邃与沉重。在《唐故尚书礼部员外郎柳君集纪》中，刘禹锡不吝笔墨描写柳宗元临终前的情形："病且革，留书抵其友中山刘某曰：'我不幸卒以谪死，以遗草累故人。'"②写出了柳宗元人生的凄凉结局，虽无直抒胸臆之语，然对友人的同情和沉痛悼念亦可见出。"某执书以泣，遂编次为三十通"，刘禹锡收到柳宗元的讣告时正逢母丧，"执书以泣"，可知其悲痛万分，但他仍将情绪控制得很好，内敛而深沉，胸中悲恸哀切似有万壑之深。通过文中的细节描写，诸如刚接到友人讣书、含泪编订友人遗草的情状以及对两人过往的追忆，读者仍能感受到刘禹锡内心深处对挚友的一往情深。

## 五、结语

笔者曾详细论证墓志铭的传记文学价值，传记文学应有的题中之义，无论是求真还是人物形象的塑造，在墓志铭中都有集中体现，墓碑亦然。曾有学者用"事实而情虚"来概括墓志铭的叙事特征，但实际情况并非如此，墓志铭、墓碑一类传记文学作品中所流露出的作者与传主之间的感情也不见得尽虚。通过刘禹锡的传记文学作品，我们可以看出无论是在传信还是在情感的表达方面，他都堪称楷模。

在秉持传信这一基本原则的基础上，刘禹锡结合自身的经历和独特的思维方式，对传记文学进行了一系列改造，使他创作的传记文学作品呈现出独特的风貌——在平实的语言下面蕴含着一定的哲理思辨，同时又不吝于表达自己的情感。可以说他创作的很多墓碑和墓志铭都是因情为文之作，现存作品虽然不多，但对我们进行传记文学研究或创作而言，都有较强的借鉴意义。

---

① ［唐］刘禹锡著，瞿蜕园笺证《刘禹锡集笺证》卷一九，第515～516页。
② ［唐］刘禹锡著，瞿蜕园笺证《刘禹锡集笺证》卷一九，第514页。

# 经学、史学与文学的融合：论欧阳修传记文的特征<sup>*</sup>

柳卓霞

**内容摘要**：欧阳修是北宋著名的经学家、史学家和文学家，他对"人情事理"的关注贯穿于经学、史学和文学思想中。传记是欧阳修散文的重要组成部分，除《新五代史》和《新唐书》中的史传文外，见于散传、祭文、碑志、行状等文体的传记文章近 140 篇。欧阳修传记所具有的义例严谨、简而有法、文采动人的特点，融合并集中体现了欧阳修经学、史学和文学中关注"人情事理"的特征。

**关键词**：欧阳修　传记　经学　史学　文学

欧阳修是北宋文学与学术的集大成者，是著名的政治家、文学家、史学家、经学家和金石学家，在多方面具有开创性贡献。在欧阳修的思想中，一以贯之的是对"人情事理"的关注。曾建林认为"欧阳修的政治、文学、史学上的成就是以其'人本'的儒家人学思想为基础的；身处汉唐'神本'与宋代'人本'儒家思想交替之际的欧阳修，实际起到了承上启下的作用"①。"宋初的儒学复兴运动、疑古新变的义理经学思潮的兴起与古文运动是宋初同一的儒学复兴的三个方面，而欧阳修可以说正是集这三者于一身的精神领袖。他的经学同宋初的儒学复兴运动与古文运动有密切的关系。"②胡念贻指出："在欧阳修的文集中，也同其他散文家一样，大部分是应用文字。古人的应用文字很讲究文采。欧阳修和北宋其他一些人所倡导的古文运动，其实践的意义突出地表现在应用文字方面。"③传记是欧阳修散文的重要组成部分，除《新五代史》和《新唐书》中的篇章外，见于散传、祭文、碑志、行状等文体的传记文章约 140 篇，其所具有的义例严谨、简而有法、文采动人的特点，融合并集中体现了欧阳修经学、史学和文学中关注"人情事理"的特征。

本文采用杨正润先生在《现代传记学》中对中国古代传记的分类方法，主要分为史传、杂传、故事传记、年谱、书传、类传、人物表和言行录等。④ 据此，欧阳修传记文主要包

---

\* 基金项目：教育部后期资助项目《〈新唐书〉文学叙事研究》（编号：18JHQ035）

作者简介：柳卓霞，中国海洋大学文学与新闻传播学院讲师。主要从事唐宋文学、传记文学研究。

① 曾建林《欧阳修的"人本"的儒家人学思想》，《杭州大学学报》1997 年 10 月增刊，第 19～25 页。

② 曾建林《宋初经学的转型与欧阳修经学的特点》，《浙江大学学报》2002 年第 2 期，第 158～160 页。

③ 胡念贻《欧阳修和他的散文》，《散文》1981 年第 9 期，第 37～46 页。

④ 杨正润《现代传记学》，南京大学出版社 2009 年版。

括三部分：一是《新五代史》和《新唐书》中欧阳修所撰写的史传文；二是散传、祭文、碑志、墓表等文章；三是欧阳修撰写的《于役志》《欧阳氏图谱序》等作品。

## 一、关注人情事理

唐宋之际经学的新变，体现在从汉唐的章句训诂之学到对文章义理的体悟和身体力行的道德实践。在这一转变过程中，欧阳修起了关键作用。苏辙在《欧阳文忠公神道碑》中评价："公于六经，长于《易》《诗》《春秋》，其所发明多古人所未见。"①《四库全书总目·〈毛诗本义〉提要》云："说《诗》者……至宋而新义日增，旧说俱废，推原所始，实发于修。"②欧阳修于经学发前人所未发，多有创见。欧阳修在《答李诩第二书》中指出"六经之所载，皆人事之切于世者"③，认为"《易》者，文王之作也。其书则六经也，其文则圣人之言也，其事则天地万物、君臣父子夫妇人伦之大端也"④，《春秋》是圣人"上揆之天意，下质诸人情，推至隐以探万事之元，垂将来以立一王之法者"⑤，"《诗》之作也，触事感物，文之以言，美者美之，恶者刺之，以发其揄扬怨愤于口，道其哀乐喜怒于心，此诗人之意也"⑥。欧阳发在《先公事迹》中概括欧阳修的经学特色："其于经术，务明其大本而本于情性，其所发明简易明白。"⑦欧阳修于经学不再局限于文字训诂的解释，而是重在阐释其主旨与精神；并立足于日常的人情事理，以简练、通俗、易懂的语言进行阐发。曾建林指出："欧阳修的经学适应了宋初儒学复兴运动的需要，他的经学思想特点有三：以简易方法解读经典；以史实、'人情'证经；围绕人事，以人事为中心阐发经典。"⑧关注人情事理，以之解释儒家经典，开启了宋代经学的新风。

在史学方面，欧阳修也注重从社会和人事方面进行考察。他认为，历史的发展和社会的变迁关键取决于"人事""人理"，而非"天命"。在《新五代史·司天考》中，欧阳修直言"予书本纪，书人而不书天"，"本纪所述人君行事详矣，其兴亡治乱可以见。至于三辰五星逆顺变见，有司之所占者，故以其官志之，以备司天之所考"⑨。《旧五代史》中的天命思想非常严重，如在《梁末帝本纪》中有"虽天命之有归，亦人谋之所误也"；《唐末帝本纪》有"属天命不祐，人谋匪臧"；《汉高祖本纪》有"虽曰人谋，谅由天启"⑩。在《新五代史》中，

---

① 李逸安点校《欧阳修全集》，中华书局 2001 年版，第 2713 页。
② 四库全书研究所整理《钦定四库全书总目(整理本)》，中华书局 1997 年版，第 190 页。
③ 李逸安点校《欧阳修全集》，中华书局 2001 年版，第 669 页。
④ 李逸安点校《欧阳修全集》，中华书局 2001 年版，第 301 页。
⑤ 李逸安点校《欧阳修全集》，中华书局 2001 年版，第 880 页。
⑥ 李逸安点校《欧阳修全集》，中华书局 2001 年版，第 892 页。
⑦ 李逸安点校《欧阳修全集》，中华书局 2001 年版，第 2626 页。
⑧ 曾建林《宋初经学的转型与欧阳修经学的特点》，《浙江大学学报》2002 年第 2 期，第 158～160 页。
⑨ ［宋］欧阳修撰，［宋］徐无党注《新五代史》，中华书局 1974 年版，第 705、706 页。
⑩ ［五代］薛居正《旧五代史》，中华书局 1976 年版，第 152、668、1340 页。

欧阳修对此类说法一概不取，他明确指出五代时期从朱温至郭威，绝大多数建立政权的皇帝并非天命所归、运历所至，而是在社会混乱之际，这些人乘机而动，实际是政权的篡弑者。《新五代史》各纪传不但不书天命、祥异、灾变之事，而且还揭露了别有用心者利用谶纬之说迷惑民众的做法，如《刘延朗传》《吴越世家》中唐废帝、钱镠利用谶纬蛊惑人心。通过"人事"体现社会的兴衰治乱在欧阳修的史著中得到贯彻。《旧五代史·唐庄宗本纪》言："虽……光武膺图受命，亦无以加也。"[①]《新五代史·伶官传序》则说："盛衰之理，虽曰天命，岂非人事哉！"通过唐庄宗前期励精图治为父报仇到后期沉溺于享乐得出兴乱之由，"祸患常积于忽微，而智勇多困于所溺"，"忧劳可以兴国，逸豫可以亡身"[②]。在《新五代史·晋家人传》中，欧阳修论道："五代，干戈贼乱之世，礼乐崩坏，三纲五常之道绝，而先王之制度扫地而尽于是矣！如寒食野祭而焚纸钱，天子而为闾阎鄙俚之事者多矣！而晋氏起于夷狄，以篡逆而得天下，高祖以耶律德光为父，而出帝于德光则以为祖而称孙，于其所生父则臣而名之，是岂可以人理责哉！"[③]

在文章创作方面，欧阳修也注意切中人事，这与其经世致用的文学观密切相连。在《答吴充秀才书》中，欧阳修指出："盖文之为言，难工而可喜，易悦而自足。世之学者往往溺之，一有工焉，则曰：'吾学足矣。'甚者至弃百事不关于心，曰：'吾文士也，职于文而已。'此其所以至之鲜也。"[④]在《与张秀才棐第二书》中，欧阳修言："君子之于学也务为道，为道必求知古，知古明道，而后履之以身，施之于事，而又见于文章而发之，以信后世。"[⑤]在《与黄校书论文章书》中，欧阳修提出了"文章系乎治乱"[⑥]的主张。社会治乱和普通人情事理，是文学创作的本源。对于小说，欧阳修也持此观点，在《崇文总目叙释·小说类》中有："《书》曰'狂夫之言，圣人择焉'，又曰'询于刍荛'，是小说之不可废也。古者惧下情之壅于上闻，故每岁孟春，以木铎徇于路，采其风谣而观之。至于俚言巷语，亦足取也。今特列而存之。"[⑦]《宋史》记载欧阳修在滁州时的故事有："学者求见，所与言未尝及文章，惟谈吏事，谓文章只于润身，政事可以及物。"[⑧]民风民情、任官为吏之事，正是欧阳修所谓修身的重要方面，社会阅历和耳闻目见的"人事"是从事文学创作的源头活水。

欧阳修兼擅经学、史学与文学，是北宋时期出入于经史子集的一位集大成者，在《代人上王枢密求先集序书》中云："某闻传曰：'言之无文，行而不远。'君子之所学也，言以载

① ［五代］薛居正《旧五代史》，中华书局1976年版，第479页。
② ［宋］欧阳修撰，［宋］徐无党注《新五代史》，中华书局1974年版，第397页。
③ ［宋］欧阳修撰，［宋］徐无党注《新五代史》，中华书局1974年版，第188页。
④ 李逸安点校《欧阳修全集》，中华书局2001年版，第664页。
⑤ 李逸安点校《欧阳修全集》，中华书局2001年版，第978页。
⑥ 李逸安点校《欧阳修全集》，中华书局2001年版，第988页。
⑦ 李逸安点校《欧阳修全集》，中华书局2001年版，第1893页。
⑧ 李逸安点校《欧阳修全集》，中华书局2001年版，第2654页。

事，而文以饰言。事信言文，乃能表见于后世。《诗》《书》《易》《春秋》，皆善载事而尤文者，故其传尤远。"①在欧阳修看来，道胜、事信、富有文采的篇章，才是上乘之作。《四库全书总目提要》评价《新五代史》曰："唐以后所修诸史，惟是书为私撰，故当时未上于朝。修殁之后，始诏取其书，付国子监开雕，遂至今列为正史。大致褒贬祖《春秋》，故义例谨严。叙述祖《史记》，故文章高简。"又曰："修之文章，冠冕有宋。此书一笔一削，尤具深心，其有裨于风教者甚大。"②不唯《新五代史》，欧阳修的优秀传记都是融经学、史学、文学于一体，力图达到道胜、事信、文言的篇章。传记文以叙述事实为先，是欧阳修通过人情事理阐发其经学思想的最有力手段，通过文字语言表达其经世致用观点的有效途径。

## 二、不著空言，义例严谨

在《春秋论》一文中，欧阳修曰："孔子何为而修《春秋》？正名以定分，求情而责实，别是非，明善恶，此《春秋》之所以作也。"③苏辙评价欧阳修："尝奉诏撰《唐本纪·表·志》，撰《五代史》，二书《本纪》法严而词约，多取《春秋》遗意，其《表》《传》《志》《考》，与迁、固相上下。"④陈师锡在《五代史记序》中评价云："惟庐陵欧阳公慨然以此自任，盖潜心累年，而后成书。其事迹实录详于旧记，而褒贬义例仰师春秋，由迁固而来，未之有也。至于论朋党宦女、忠孝两全、义子降服，岂小补哉，岂小补哉。"⑤《新五代史》是欧阳修儒家理念的体现，在著述方面对《春秋》的仿效，可以从不著空言、义例严谨两方面窥见一斑。

欧阳修在《帝王世次图序》中言"君子之学，不穷远以为能，而阙其不知，慎所传以惑世也"⑥，在《再与杜诉论祁公墓志书》中言"所纪事，皆录实，有稽据"⑦，这正是孔子所谓"多闻阙疑，慎言其余"。赵翼评价《新五代史》："欧《史》博采群言，旁参互证，则真伪见而是非得其真，故所书事实，所纪月日，多有与旧史不合者，卷帙虽不及薛《史》之半，而订正之功倍之，文直事核，所以称良史也。"⑧《四库全书总目提要》评价《新五代史》："事实则不甚经意，诸家攻驳，散见他书者无论。"⑨两者的评价甚为不同，其中一个重要的原因是欧阳修对于不同传记文体的不同态度。欧阳修在《崇文总目叙释·正史类》中言："昔孔子删《书》，上断《尧典》，下讫《秦誓》，著为百篇。观其尧、舜之际，君臣相与吁俞和谐于朝而天下治。三代已下，约束赏罚，而民莫敢违。考其典、诰、誓、命之文，纯深简质，丁宁委

①　李逸安点校《欧阳修全集》，中华书局 2001 年版，第 984～985 页。
②　四库全书研究所整理《钦定四库全书总目(整理本)》，中华书局 1997 年版，第 634～635 页。
③　李逸安点校《欧阳修全集》，中华书局 2001 年版，第 307 页。
④　李逸安点校《欧阳修全集》，中华书局 2001 年版，第 2713 页。
⑤　戴逸主编《二十六史·总目(简体字本)》，吉林人民出版社 1998 年版，第 854 页。
⑥　李逸安点校《欧阳修全集》，中华书局 2001 年版，第 591 页。
⑦　李逸安点校《欧阳修全集》，中华书局 2001 年版，第 1021 页。
⑧　[清]赵翼著，王树民校证《廿二史劄记校证(订补本)》，中华书局 1984 年版，第 460 页。
⑨　四库全书研究所整理《钦定四库全书总目(整理本)》，中华书局 1997 年版，第 634 页。

曲，为体不同。周衰史废，《春秋》所书，尤谨密矣。非惟史有详略，抑由时君功德薄厚，异世而殊文哉。自司马氏上采黄帝，迄于汉武，始成《史记》之一家。由汉以来，千有余岁，其君臣善恶之迹，史氏详焉。虽其文质不同，要其治乱兴废之本，可以考焉。"①在《崇文总目叙释·传记类》中言："古者史官，其书有法，大事书之策，小事载之简牍。至于风俗之旧，耆老所传，遗言逸行，史不及书。则传记之说，或有取焉。然自六经之文，诸家异学，说或不同。况乎幽人处士，闻见各异，或详一时之所得，或发史官之所讳，参求考质，可以备多闻焉。"②通过欧阳修对"正史类"和"传记类"的定位可以看出，正史一般是记载国之"大事"，记载国君"功德薄厚"和"君臣善恶之迹"。传记是记载"小事"，乃幽人处士"详一时之所得，或发史官之所讳"，是"正史类"的补充。欧阳修在《帝王世次图序》中云："孔子既没，异端之说复兴，周室亦益衰乱。接乎战国，秦遂焚书，先王之道中绝。汉兴久之，《诗》《书》稍出而不完。当王道中绝之际，奇书异说方充斥而盛行，其言往往反自托于孔子之徒，以取信于时，学者既不备见《诗》《书》之详，而习传盛行之异说，世无圣人以为质，而不自知其取舍真伪。至有博学好奇之士，务多闻以为胜者，于是尽集诸说，而论次初无所择，而惟恐遗之也，如司马迁《史记》是矣。"③欧阳修认可《春秋》和《史记》质文不同，说明他对于经书和史书的文字语言风格、载录史事的定位亦不同。

　　欧阳修在《春秋论》中云："《春秋》辞有同异，尤谨严而简约，所以别嫌明微，慎重而取信，其于是非善恶难明之际，圣人所尽心也。"④欧阳修自觉承续《春秋》的义例褒贬之法。陈师锡称赞《新五代史》"褒贬义例，仰师春秋，由迁固而来，未之有也"⑤。赵翼《廿二史劄记》对《旧五代史》与《新五代史》评价道："（薛《史》）虽文笔迥不逮欧《史》，然事实较详。盖欧《史》专重书法，薛《史》专重叙事，本不可相无。"又说："不阅《旧唐书》，不知《新唐书》之综核也。不阅薛《史》，不知欧《史》之简严也。欧《史》不惟文笔洁净，直追《史记》，而以《春秋》书法寓褒贬于纪传之中，则虽《史记》亦不及也。"⑥在《新五代史》中，欧阳修不但在名目分类上仿照《春秋》义例，依照道德标准设《死节》《死事》《朝臣》《杂传》等，而且用字谨严，如："用兵之名有四：两相攻曰攻，如《梁纪》孙儒攻杨行密于扬州是也。以大加小曰伐，如《梁纪》遣刘知俊伐岐是也。有罪曰讨，如《唐纪》命李嗣源讨赵在礼是也。天子自往曰征，如《周纪》东征慕容彦超是也。攻战得地之名有二：易得曰取，如张全义取河阳是也。难得曰克，如庞师古克徐州是也。以身归曰降，如冯霸杀潞将李克恭来降是也。以地归曰附，如刘知俊叛附于岐是也。立后得其正者曰以某妃某夫人为皇后，如《唐明宗

① 李逸安点校《欧阳修全集》，中华书局 2001 年版，第 1885 页。
② 李逸安点校《欧阳修全集》，中华书局 2001 年版，第 1890 页。
③ 李逸安点校《欧阳修全集》，中华书局 2001 年版，第 591～592 页。
④ 李逸安点校《欧阳修全集》，中华书局 2001 年版，第 307 页。
⑤ 戴逸主编《二十六史·总目（简体字本）》，吉林人民出版社 1998 年版，第 854 页。
⑥ ［清］赵翼著，王树民校证《廿二史劄记校证（订补本）》，中华书局 1984 年版，第 451、460 页。

纪》立淑妃曹氏为皇后是也。立不以正者曰以某氏为皇后，如《唐庄宗纪》立刘氏为皇后
是也。凡此皆先立一例，而各以事从之，褒贬自见。其他书法，亦各有用意之处……于此
可见欧《史》之斟酌至当矣。"①欧阳修模仿《春秋》义例的做法也受到了一些史学家的指
责，如赵翼指出了"欧《史》失检处"，列出欧阳修不合义法之处。清人钱大昕认为："欧公
修《唐书》，于《本纪》亦循《旧史》之例，如李林甫书薨，田承嗣、李正己书卒，初无异辞，独
于《宰相表》变文，有书薨、书卒、书死之别，欲以示善善恶恶之旨。然科条既殊，争端斯
启。书死者固为巨奸，书薨者不皆忠谠，予夺之际，已无定论。紫阳《纲目》，颇取欧公之
法，而设例益繁，或去其官，或削其爵，或夺其谥。书法偶有不齐，后人复以意揣之，而
读史之家，几同于刑部之决狱矣。"②吴怀祺先生认为，欧阳修的史著"是他政治观点的另
一种反映的作品，通过总结历史，思考解决社会危机的方案；表达出对现实政治的看法。
而他在政治上的主张，不少能在史论中找到出处。他有一段话，可以看作是他修史动机
的说明。他说：'今宋之为宋，八十年矣。外平僭乱，无抗敌之国，内削方镇，无强叛之臣，
天下为一，海内晏然，为国不为不久，天下不为不广也。……然而财不足用于上而下已
弊，兵不足威于外而敢骄于内，制度不可为万世法而日益丛杂，一切苟且，不异五代之
时。'"③欧阳修有感于宋代朝廷的危机，借史传褒贬五代史事人物来抒发政治见解，是其
关注社会民生，注重人事的表现。

### 三、简而有法，文情兼胜

唐代史学家刘知几在《史通》中言："夫史之称美者，以叙事为先。至若书功过，记善
恶，文而不丽，质而非野，使人味其滋旨，怀其德音，三复忘疲，百遍无数，自非作者曰圣，
其孰能与于此乎？"④欧阳修在文学和史学方面都追求语言文字的简洁。朱熹在《朱子语
类》卷一三八中曾谈到欧阳修注重修改文稿一事："欧公文亦多是修改到妙处。顷有人买
得他《醉翁亭记》，初说滁州四面有山凡数十字，末后改定只曰'环滁皆山也'五字而已。"⑤
《说郛》载毕仲询《幕府燕闲录》云："欧阳文忠公在翰林日，尝与同院出游，有奔马毙犬于
前。文忠顾曰'君试言其事。'同院曰：'有犬卧于通衢，逸马蹄而杀之。'文忠曰：'使子修
史，万卷未已也。''内翰以为何如？'文忠曰：'逸马杀犬于道。'"⑥

欧阳修传记尤其注重文笔的简洁，主要体现在语言和剪裁两个方面。注意传主事迹

① ［清］赵翼著，王树民校证《廿二史劄记校证（订补本）》，中华书局 1984 年版，第 460～462 页。
② ［清］钱大昕撰，陈文和、张连生、曹明升校点《廿二史考异》，凤凰出版传媒集团、凤凰出版社 2008 年版，第 571 页。
③ 吴怀祺《中国史学思想通识·宋辽金卷》，黄山书社 2002 年版，第 48 页。
④ ［唐］刘知几著，刘占召评注《史通评注》，中央编译出版社 2010 年版，第 177 页。
⑤ ［宋］黄士毅编，徐时仪、杨艳汇校《朱子语类汇校》，上海古籍出版社 2016 年版，第 3258 页。
⑥ ［元］陶宗仪《说郛》卷四一下，转引自张新科、任竞泽《褒贬祖〈春秋〉，叙述祖〈史记〉——欧阳修〈新五代史〉传记风
格探微》，《陕西师范大学学报》2012 年第 2 期，第 31～40 页。

的剪裁是欧阳修传记的一大特点，如《桑怿传》。桑怿是北宋时期的一位武官。宋仁宗康定二年（1041）春，陕西经略安抚副使韩琦命令任福统领军队迎击西夏，并以桑怿为先锋。桑怿率军追西夏军至六盘山下，遭西夏军伏击，桑怿力战而死。欧阳修在《桑怿传》中略去了桑怿的出身、世系、仕履等常规介绍以及他最后抵抗西夏为国捐躯的事迹，集中笔力以桑怿缉捕盗贼为中心组织材料，通过智擒盗墓者、入山招抚山贼王伯、化装捕捉 23 名惯盗以及功成让赏等生动奇特的人物事迹，刻画了一位智勇双全、品行高尚的有勇有谋的侠义之士，具有强烈的艺术感染力。在论赞中欧阳修道："余固喜传人事，尤爱司马迁善传，而其所书皆伟烈奇节，士喜读之。欲学其作，而怪今人如迁所书者何少也，乃疑迁特雄文，善壮其说，而古人未必然也。及得桑怿事，乃知古之人有然焉，迁书不诬也，知今人固有而但不尽知也。怿所为壮矣，而不知予文能如迁书使人读而喜否？姑次第之。"①乾隆皇帝爱新觉罗·弘历评价此篇传文："录此稗传，以见其史笔之大略，所谓尝鼎一脔。"②关于欧阳修传记文的选材及剪裁特点，历来评论者论述较多，如宋代林之奇云："《五代史》记事简略而包括甚广，如《安重诲传》数句是一个议论。又载李克用临终以三矢授庄宗，才数语尔，包尽多少事。如此等叙事，东坡以下未必能之。"③明代文学家茅坤评欧阳修《文正范公神道碑铭》曰："欧阳碑文正公，仅千四百言，而公之生平已尽。苏长公状司马温公几万言而上，似犹有余旨。盖欧得史迁之髓，故于叙事处裁节有法，自不繁而体已完。苏则所长在策论纵横，于史家学或短，此两公互有短长，不可不知。"④茅坤又评价欧阳修《张希崇传》云："此传亦整洁可诵。"⑤欧阳修曾作《尹师鲁墓志》，有论者以为过于简略，欧阳修又撰《论尹师鲁墓志》以申明："《志》言天下之人识与不识，皆知师鲁文学、议论、材能。则文学之长，议论之高，材能之美，不言可知。又恐太略，故条析其事。再述于后。述其文，则曰简而有法。此一句，在孔子六经惟《春秋》可当之，其他经非孔子自作文章，故虽有法而不简也。修于师鲁之文不薄矣。"又："其大节乃笃于仁义，穷达祸福，不愧古人。其事不可遍举，故举其要者一两事以取信。"又有："修见韩退之与孟郊联句，便似孟郊诗；与樊宗师作志，便似樊文。慕其如此，故师鲁之志用意特深而语简，盖为师鲁文简而意深。"⑥精于选材，善于剪裁，以典型事件表现传主的生平和性情，是欧阳修传记文的追求。

欧阳修传记情文兼胜，文采生动，以情感人。欧阳修对《史记》极为推崇。在整理古

---

① 李逸安点校《欧阳修全集》，中华书局 2001 年版，第 971～972 页。
② ［清］爱新觉罗·弘历《唐宋文醇》卷二十二，转引自欧阳勇、刘德清编著《欧阳修文评注》，江西人民出版社 2012 年版，第 179 页。
③ ［宋］林之奇《拙斋文集》卷一《记闻上》，文渊阁《四库全书》第 1140 册，（台北）商务印书馆 1986 年版，第 383 页上。
④ ［明］茅坤《唐宋八大家文钞》，王水照编《历代文话》（二），复旦大学出版社 2007 年版，第 1876 页。
⑤ ［明］茅坤《唐宋八大家文钞》，王水照编《历代文话》（二），复旦大学出版社 2007 年版，第 1897 页。
⑥ 李逸安点校《欧阳修全集》，中华书局 2001 年版，第 1045 页。

代碑志时，欧阳修曾为唐代田布碑深为感慨："布之事壮矣，承宣不能发于文也，盖其力不足尔。布之风烈，非得左丘明、司马迁笔不能书也。故士有不顾其死，以成后世之名者，有幸不幸，各视其所遭如何尔。今有道《史》《汉》时事者，其人伟然甚著，而市儿俚妪犹能道之。自魏、晋以下不为无人，而其显赫不及于前者，无左丘明、司马迁之笔以起其文也。"①欧阳修推崇《史记》，认为有许多奇功俊伟之士不能为后世所知，皆是因为记载的文字不像《史记》《汉书》一样精彩。欧阳修在传记上有学习和比肩《史记》的自觉。《朱子考欧阳文忠公事迹》中记载，欧阳修"亦尝自谓我作《伶官传》，岂下滑稽哉"②。《新五代史》也被后世评论家认为是可与《史记》媲美的纪传体史书。明代文学家茅坤云："西京以来，独称太史公迁，以其驰骤跌宕、悲慨呜咽，而风神所注，往往于点缀指次独得妙解，譬之览仙姬于潇湘洞庭之上，可望而不可近者。累数百年而得韩昌黎，然彼固别开门户也。又三百年而得欧阳子。予览其所次序，当世将相、学士、大夫墓志碑表，与《五代史》所为梁、唐二纪及他名臣杂传，盖与太史公略相上下者。"③清代方苞云："欧公志诸朋好，悲思激宕，风格最近太史公。"④近代学人林纾云："欧公之《泷冈阡表》即学班、马而能化者也。"⑤陈衍云："世称欧阳公文为六一风神，而莫详其所自出……欧公文实多学《史记》。"⑥

欧阳修传记文情感充沛，为历代读者所公认。欧阳修《与徐无党书》曰："某之碑，无情之语乎。"茅坤评《一行传》曰："欧阳公于《五代史》作《一行传》，语所谓风雨晦冥，鸡鸣不已也。而其言文，其旨远，予故录而出之。"⑦清代学者薛瑄言："凡诗文出于真情则工，昔人所谓出于肺腑者是也。如三百篇、楚辞、武侯《出师表》、李令伯《陈情表》、陶靖节诗、韩文公《祭兄子老成文》、欧阳修《泷冈阡表》皆所谓出于肺腑者也，故皆不求工而自工。故凡作文，皆以真情为主。"⑧欧阳修感人至深的传文如《泷冈阡表》《石曼卿墓表》《伶官传序》《文正范公神道碑铭》《桑怿传》《六一居士传》等名篇不胜枚举。祭文是生者对死者表示崇敬和怀念的一种文体，偏重叙述死者的功业。《祭石曼卿文》则侧重于从怀才不遇和声名不朽两方面抒发情感、发表议论，"呜呼"之感叹贯穿全文，表达了对石曼卿英年早逝的惋惜。"呜呼"一词的运用是欧阳修传记文的独特标志。欧阳修不唯在祭文、墓表等文章中大量运用这一感叹词，在史传中也是如此。中国古代传记文在叙事之后往往以"论曰""赞曰""史臣曰""太史公曰"等字眼来发议论。《史通·论赞》云："《春秋左氏传》每有

① 李逸安点校《欧阳修全集》，中华书局 2001 年版，第 2283 页。
② 李逸安点校《欧阳修全集》，中华书局 2001 年版，第 2644 页。
③ 高海夫《唐宋八大家文钞校注集评·庐陵文钞》，三秦出版社 1998 年版，第 1497 页。
④ 高海夫《唐宋八大家文钞校注集评·庐陵文钞》，三秦出版社 1998 年版，第 2599 页。
⑤ 慕容真点校《林纾选评古文辞类纂》，浙江古籍出版社 1986 年版，第 440 页。
⑥ 陈衍撰，陈步编《陈石遗集》，福建人民出版社 2001 年版，第 1623 页。
⑦ ［明］茅坤《唐宋八大家文钞》，王水照编《历代文话》（二），复旦大学出版社 2007 年版，第 1894 页。
⑧ ［明］薛瑄《薛文清公读书录》，倪文杰、韩永主编《古今图书集成精华》（二），人民中国出版社 1998 年版，第 1147 页。

发论，假'君子'以称之。二《传》云'公羊子'、'穀梁子'，《史记》云'太史公'。既而班固曰'赞'，荀悦曰'论'，《东观》曰'序'，谢承曰'诠'，陈寿曰'评'，王隐曰'议'，何法盛曰'述'，常璩曰'譔'，刘昺曰'奏'，袁宏、裴子野自显姓名，皇甫谧、葛洪列其所号。史官所撰，通称史臣。其名万殊，其义一揆。必取便于时者，则总归论赞焉。"①欧阳修传记则直接以感叹词"呜呼"领起，欧阳发在《先公事迹》中道："其于《五代史》，尤所留心，褒贬善恶，为法精密。发论必以'呜呼'，曰：'此乱世之书也'。其论曰：'昔孔子作《春秋》，因乱世而立治法；余述《本纪》，以治法而正乱君。'此其志也。"②欧阳修认为五代为衰乱之世，人情史事值得哀叹。"这种史论，从感慨中生发，笔锋常带有忧愤之情，形成一种哀伤咏叹的格调，尤其动人心弦。"③

欧阳修在《代人上王枢密求先集序书》中云："某闻传曰：'言之无文，行而不远。'君子之所学也，言以载事，而文以饰言。事信言文，乃能表见于后世。《诗》《书》《易》《春秋》，皆善载事而尤文者，故其传尤远。……故其言之所载者大且文，则传也章；言之所载者不文而又小，则其传也不章。"④在《与黄校书论文章书》中又言："见其弊而识其所以革之者，才识兼通，然后其文博辩而深切，中于时病而不为空言。盖见其弊，必见其所以弊之因，若贾生论秦之失，而推古养太子之礼，此可谓知其本矣。"⑤陈师锡《新五代史记序》中言："五代距今百有余年，故老遗俗，往往垂绝，无能道说者。史官秉笔之士，或文采不足以耀无穷，道学不足以继述作，使五十有余年间废兴存亡之迹，奸臣贼子之罪、忠臣义士之节不传于后世，来者无所考焉。惟庐陵欧阳公，慨然以自任，盖潜心累年而后成书，其事迹实录，详于旧记，而褒贬义例，仰师《春秋》，由迁、固而来，未之有也。"⑥欧阳修主张以人情事理为经学之本，以治乱兴衰为史学之要，以经世致用为文学之用，提出道胜、事信、言文的创作要求。在创作实践中，欧阳修传记文所具有的精于选材、义例严谨、简而有法、文采动人、感人至深的特点，融合并集中体现了他经学、史学和文学方面的主张，可以说是表达其经学、史学和文学思想的最有力载体。

---

①　[唐]刘知几著，刘占召评注《史通评注》，中央编译出版社 2010 年版，第 95～96 页。

②　李逸安点校《欧阳修全集》，中华书局 2001 年版，第 2626 页。

③　张新科、任竞泽《褒贬祖〈春秋〉，叙述祖〈史记〉——欧阳修〈新五代史〉传记风格探微》，《陕西师范大学学报》2012年第 2 期，第 31～40 页。

④　李逸安点校《欧阳修全集》，中华书局 2001 年版，第 984～985 页。

⑤　李逸安点校《欧阳修全集》，中华书局 2001 年版，第 987～988 页。

⑥　戴逸主编《二十六史·总目（简体字本）》，吉林人民出版社 1998 年版，第 853～854 页。

# 家族故事:《左传》叙事的另一个重心 *

## 陈　洪

**内容摘要:**《左传》既以为"国之大事,在祀与戎",故从叙事视角看,其叙事重心多在于祭祀与战争。所谓"祀",主要指诸侯内部的各种祭祀,兼及婚、丧等,其实是中国古代宗法社会各种关系的集中表征。因此,在诸侯、卿大夫活跃的春秋时期,《左传》等史书的另一个叙事重心是世族之"祀",其中包括对家族兴衰之思、立后之争、嫡庶之辨、婚姻之变、家产之争等诸多家族故事。与《国语》家族叙事的细致相比,《左传》的家族叙事更宏阔,但亦善于小中寓大,并融入卓越的史识。

**关键词:**《左传》　叙事　家族　故事

关于先秦家族问题,早为史学界所关注①,但文学界对此却鲜有讨论。《左传》既以为"国之大事,在祀与戎"②,故从叙事视角看,其叙事重心多在于祭祀与战争。所谓"戎",主要指诸侯国之间的战争,涵盖会、盟等,自不待多言。所谓"祀",主要指诸侯内部的各种祭祀,兼及婚、丧等,其实是中国古代宗法社会各种关系的集中表征。祀涉及的内容很多,所谓"天子建国,诸侯立家,卿置侧室"云云③,即是天子以下各级宗法治理的需要。因此,在诸侯、卿大夫活跃的春秋时期,《左传》等史书的另一个叙事重心是世族之"祀",其中包括对家族兴衰之思、立后之争、嫡庶之辨、婚姻之变、家产之争等诸多家族故事。

## 一、对家族兴衰的焦虑

在"高岸为谷,深谷为陵"的春秋巨变时期④,天子、诸侯、卿大夫莫不为家族之兴衰而心惊骨折。《左传》襄公二十四年(前549)记载鲁国叔孙豹与晋国正卿士匄的一段对话,颇能显示出当时的两种生命价值观:

---

\* 　作者简介:陈洪,文学博士,江苏师范大学文学院教授。主要从事先唐文学教学与研究。

① 　相关研究,可参看朱凤瀚《商周家族形态研究·绪论》综述,天津古籍出版社1990年版,第3～6页。

② 　杨伯峻编著《春秋左传注》成公十三年,中华书局1995年版,第861页。下引此书均为此版本。又僖公三十二年有"君命大事,将有西师过轶我"(杜注:大事,戎事也),文公二年有"大事于大庙""祀,国之大事也",《国语·周语下》有"夫合诸侯,民之大事也"等表述。

③ 　《春秋左传注》桓公二年,第94页。

④ 　程俊英、蒋见元《诗经注析》,中华书局1991年版,第575页。

穆叔如晋，范宣子逆之，问焉，曰："古人有言曰，'死而不朽'，何谓也？"穆叔未对。宣子曰："昔匄之祖，自虞以上为陶唐氏，在夏为御龙氏，在商为豕韦氏，在周为唐杜氏，晋主夏盟为范氏，其是之谓乎！"穆叔曰："以豹所闻，此之谓世禄，非不朽也。鲁有先大夫曰臧文仲，既没，其言立，其是之谓乎！豹闻之：'大上有立德，其次有立功，其次有立言。'虽久不废，此之谓不朽。若夫保姓受氏，以守宗祊，世不绝祀，无国无之。禄之大者，不可谓不朽。"①

宣子所谓"不朽"，是指自家宗族在夏、商、西周世袭俸禄的延续，东周世禄制衰败以后，犹能"世不绝祀"而为范氏。这是宗族血脉永久的生命价值观。穆叔称之为"世禄"，十分准确，它与商朝的"以宗族为本"，西周确立的"世官制"，春秋的"卿族轮流执政制"，其实都是血缘宗法家族制的不同体现。② 而穆叔所谓"不朽"则是个体身死而能立言或立德、立功于世，是精神层面的永恒，是春秋以来士人个体价值不断得到社会认可的体现，是一种崭新的生命价值观。

应当承认，宗族不朽的生命价值观在古代中国具有相当强大的驱动力，它维系着各个阶层大大小小无数家族的代代延续。所以，在社会急剧动荡的春秋时代，卿大夫世族常常陷于家族衰落的深深焦虑。昭公三年（前539年），齐之卿相晏子与晋之大夫叔向的私下交谈即流露出这种忧虑：

齐侯使晏婴请继室于晋，……叔向从之宴，相与语。叔向曰："齐其何如？"晏子曰："此季世也，吾弗知齐其为陈氏矣。……"

叔向曰："然。虽吾公室，今亦季世也。戎马不驾，卿无军行，公乘无人，卒列无长。……栾、郤、胥、原、狐、续、庆、伯降在皂隶，政在家门，民无所依。君日不悛，以乐慆忧。公室之卑，其何日之有？……"晏子曰："子将若何？"叔向曰："晋之公族尽矣。肸闻之，公室将卑，其宗族枝叶先落，则公室从之。肸之宗十一族，唯羊舌氏在而已。肸又无子，公室无度，幸而得死，岂其获祀？"③

晏子以为齐国已到末世了，代之而王的将是陈氏。叔向则认为晋国的王族公室亦到了末世，自家祖上虽贵为公族，但当初宗族十一支，如今只剩羊舌一氏了，而栾氏、郤氏等卿大夫世族亦已沦为皂隶之徒了。

昭公三十二年（前510），对鲁国大臣逼死国君于境外的巨大政变，晋国执政卿赵简子困惑不解地问史墨："季氏出其君，而民服焉，诸侯与之；君死于外而莫之或罪，何也？"史

---

① 《春秋左传注》，第1087～1088页。此事似本《国语·晋语八》，增"立言"为"立德、立功、立言"。详见《国语集解》第422～423页。
② 朱凤瀚《商周家族形态研究·绪论》，天津古籍出版社1990年版，第3～6页。
③ 《春秋左传注》，第1233～1237页。

墨回答：“鲁君世从其失，季氏世修其勤，民忘君矣。虽死于外，其谁矜之？社稷无常奉，君臣无常位，自古以然。故《诗》曰：‘高岸为谷，深谷为陵。’三后之姓于今为庶，主所知也。”①

此中“社稷无常奉，君臣无常位”，正是使世族普遍感到焦虑的根本原因。早在鲁惠公二十四年（前745），晋国开始内乱，大夫师服后来说：“吾闻国家之立也，本大而末小，是以能固。故天子建国，诸侯立家，卿置侧室，……今晋，甸侯也；而建国，本既弱矣，其能久乎？”②此谓建国、立家之事与愿违，本末被倒置了。故数百年后孟子尖锐地指出：“万乘之国，弑其君者必千乘之家；千乘之国，弑其君者必百乘之家。”③

## 二、贵族立后之争

家族立后之争，古来有之。春秋贵族立后之争，更是普遍而惨烈。《左传》开篇隐公元年（前722）所记之“郑伯克段于鄢”故事，即是郑庄公与同母弟由争太子而引发的兄弟相残。起因是“庄公寤生，惊姜氏，故名曰寤生，遂恶之。爱共叔段，欲立之（为太子）”④。晋国动荡二十余年，文公流亡在外十九年，皆祸起于骊姬搅乱王室家政。《左传》所谓“晋献公娶于贾，无子。烝于齐姜，生秦穆夫人及大子申生。又娶二女于戎，大戎狐姬生重耳，小戎子生夷吾。晋伐骊戎，骊戎男女以骊姬。归，生奚齐，其娣生卓子。骊姬嬖，欲立其子”⑤云云，专从晋献公诸王子嫡庶、长幼之家族关系着墨，是晋国内乱历史大戏的序幕！

按宗法制，立后一般以立嫡、立长为序，天子、诸侯、世族莫不如此，但由于君王私爱、宠妃偏爱、诸子品格优劣、宗主私心、大小宗利益关系等众多原因，立后时常不合宗法常规。许多动乱亦由此产生。

东周景王时，王子朝争当太子，天下动荡达四五年之久。《春秋》称之为“王室乱”。《左传》昭公二十二（前520）至二十六年（前516）之叙事，全以拥、反双方杀戮为中心。其中有云：

王子朝、宾起有宠于景王，王与宾孟说之，欲立之。刘献公之庶子伯蚠事单穆公，恶宾孟之为人也，愿杀之；又恶王子朝之言，以为乱，愿去之。宾孟适郊，见雄鸡自断其尾。问之，侍者曰：“自惮其牺也。”遽归告王，且曰：“鸡其惮为人用乎！人异于是。牺者实用人，人牺实难，已牺何害？”王弗应。

---

① 《春秋左传注》，第1519～1520页。
② 《春秋左传注》桓公二年，第94～95页。
③ 杨伯峻《孟子译注·梁惠王章句上》，中华书局1984年版，第1页。
④ 《春秋左传注》，第10页。
⑤ 《春秋左传注》庄公二十八年，第238～239页。

夏四月，王田北山，使公卿皆从，将杀单子、刘子。王有心疾，乙丑，崩于荣锜氏。……五月庚辰，见王，遂攻宾起，杀之，盟群王子于单氏。①

据贾、郑、杜等旧注知，王子朝是周景王"长庶子"，宾起（孟）是子朝之傅。单子、刘子是子猛拥立者。昭公十五年（前527）太子寿卒，景王先立子猛，后复欲立子朝，而主意未定，宾起感鸡自毁，盛称子朝，王心许之，故不应，虑其泄言也。"见王"指拜见短暂继位的王猛。这段故事应采自《国语·周语下》，其中还有"景王既杀下门子"的细节。韦注："下门子，周大夫，王子猛之傅也。景王无嫡子，既立子猛，又欲立王子朝，故先杀子猛傅下门子也。"②又《史记·周本纪》记载这段史事略云：景王太子圣而早卒。王爱子朝，欲立之，会崩，子丐（匄）之党与争立，国人立长子猛为王，子朝攻杀猛。猛为悼王。晋人攻子朝而立丐，是为敬王。③ 据此，则争太子者，还有子猛的同母弟子丐；子猛之死，大约是子朝"攻杀"的。

景王庶子三兄弟一方面以残酷杀戮争夺地位，一方面又依宗法制为自己寻找借口。《左传》昭公二十六年记载：

> 王子朝使告于诸侯曰："……昔先王之命曰：'王后无适，则择立长。年钧以德，德钧以卜。'王不立爱，公卿无私，古之制也。穆后及大子寿早夭即世，单、刘赞私立少，以间先王，亦唯伯仲叔季图之！"④

子朝争位的理由似乎很充足。穆后、太子寿早死以后，景王无嫡子了，子朝为诸庶子中的"长庶子"，按照无嫡立长的宗法制，子朝当继任太子，但可能是由于母贵的原因，子猛先继为太子，死后又由其母弟子匄继位。所以，子朝要奋起抗争，前期是与子猛争太子，后期是与子匄争王位。雄鸡断尾奇事，不过是前期争斗故事之一。是为废长立少之争。

晋灵公继位，则曾经一场废嫡立长之争。《左传》记载：

> （文公六年）八月乙亥，晋襄公卒。灵公少，晋人以难故，欲立长君。赵孟曰："立公子雍。好善而长，先君爱之，且近于秦。……"贾季曰："不如立公子乐。辰嬴嬖于二君，立其子，民必安之。"……使先蔑、士会如秦逆公子雍。贾季亦使召公子乐于陈，赵孟使杀诸郫。

> （文公七年）秦康公送公子雍于晋，曰："文公之入也无卫，故有吕、郤之难。"乃多与之徒卫。穆嬴日抱大子以啼于朝，曰："先君何罪？其嗣亦何罪？舍适嗣不立，而外求君，将

---

① 《春秋左传注》，第1434～1435页。
② 《国语集解》，第128页。
③ ［汉］司马迁《史记·周本纪》，中华书局1959年版，第156页。
④ 《春秋左传注》昭公二十六年，第1745～1749页。

焉置此？"出朝，则抱以适赵氏，顿首于宣子，曰："先君奉此子也而属诸子。曰：'此子也才，吾受子之赐；不才，吾唯子之怨。'今君虽终，言犹在耳，而弃之，若何？"宣子与诸大夫皆患穆嬴，且畏偪，乃背先蔑而立灵公，以御秦师。①

前段写争立长君，后段写无奈立幼王。襄公卒时，太子夷皋"当在襁褓中"，而晋连年有秦、狄之师，时事艰难，故执政卿赵盾要舍太子而另立子雍为国君，贾季则想立子乐。子雍、子乐都是襄公的庶弟，但同父异母，双方各有后援，争执不下。穆嬴是襄公夫人、太子之母，势力当然亦不小，故大臣"皆患穆嬴""且畏偪"。畏偪，杜注谓"畏国人以大义来偪已"；《史记·晋世家》作"畏诛"，以诛杀释偪，可取。② 此番废立风波，为日后晋灵公诛杀赵盾埋下伏笔。

公衍为太子，则是鲁国立长宗法制下产生的有趣故事。《左传》昭公二十九年记载：

> 公赐公衍羔裘，使献龙辅于齐侯，遂入羔裘。齐侯喜，与之阳谷。公衍、公为之生也，其母偕出。公衍先生。公为之母曰："相与偕出，请相与偕告。"三日，公为生。其母先以告，公为为兄。公私喜于阳谷，而思于鲁，曰："务人为此祸也。且后生而为兄，其诬也久矣。"乃黜之，而以公衍为大子。③

此说流亡在外的鲁昭公废公为太子而改立公衍。其表面理由一是公为（务人）"始与公若谋逐季氏"，反而导致王室被逐流亡；二是公为后生于公衍而诬称为兄。不过，其真实理由恐怕是昭公"私喜于阳谷"（公衍）。据《左传》定公元年记载："叔孙使告之曰：'公衍、公为实使群臣不得事君。'"杜注："二子始谋逐季氏。"④据此，公衍亦参与了逐季氏。又《礼记·内则》说，古代贵族妇人将生子，出居于侧室。偕出、偕告、先以告几句插叙，瞒天过海，颇类小说家言，亦不尽可信。

作为一个特例，楚侯之立后竟祈神而定！《左传》昭公十三年曰：

> 初，共王无冢适，有宠子五人，无适立焉。乃大有事于群望，而祈曰："请神择于五人者，使主社稷。"乃遍以璧见于群望，曰："当璧而拜者，神所立也，谁敢违之？"既，乃与巴姬密埋璧于大室之庭，使五人齐（斋），而长入拜。康王跨之，灵王肘加焉，子干、子晳皆远之。平王弱，抱而入，再拜，皆厌纽。斗韦龟属成然焉，且曰："弃礼违命，楚其危哉！"⑤

共王一面遍祭名山大川，一面又密埋玉璧于太庙，让五个王子进庙自选地点而拜。

---

① 《春秋左传注》，第 550～552、558～559 页。该事又见于清华简《系年》第九章、十章，但情节有所不同，如不提赵孟、贾季二人。参见沈建华《试说清华〈系年〉简与〈春秋左传〉成书相关问题》，《中国书法报》2020 年 8 月 5 日，第 2 版。

② 参见《春秋左传注》，第 559 页。《说苑·建本》亦载此故事，

③ 《春秋左传注》，第 1500 页。

④ 参见《春秋左传注》，第 1525 页。杨注认为公衍其实没有参与逐季氏事件，似不确。

⑤ 《春秋左传注》，第 1350 页。

不料,怀抱中的平王正当玉璧,但无缘继位。故杜注说:"弃立长之礼,违当璧之命,终致灵王之乱。"杨注认为杜注误,康王曾继共王位,"疑弃礼违命言不当祈神立嗣也"①。杨注是。

### 三、世族、公族的衰落

《左传》不仅关注与政治密切相关的贵族立后的纷争,而且更关注诸多世族的衰落。世族的衰败多由家族内斗而起。《左传》昭公十二年有两条值得注意的记载:

> 周原伯绞虐,其舆臣使曹逃。冬十月壬申朔,原舆人逐绞,而立公子跪寻,绞奔郊。

> 甘简公无子,立其弟过。过将去成、景之族。成、景之族赂刘献公,丙申,杀甘悼公,而立成公之孙鳅。丁酉,杀献大子之傅庚皮之子过,杀瑕辛于市,及宫嬖绰、王孙没、刘州鸠、阴忌、老阳子。②

前一条述家族族主与家臣之矛盾。周大夫虐待其众家臣,使之成群逃离,众家臣后驱逐原伯绞,而立其子跪寻。后一条述同一宗族宗主与各支族之矛盾。周卿士甘简公因无子而立其弟甘过为宗主。甘过却要削弱同宗的成公、景公之族,成公、景公之族贿赂当权的刘献公,杀掉甘过及党人庚过、瑕辛等,改立成公之鳅为宗主。两条都是无经之传,叙事概括,故其著述之意含糊不清。杜注说"传言周衰,原、甘二族所以遂微"③,大致得其撰述之旨意。果真如此,则《左传》关注家族兴亡之叙事视角反而凸现了出来。

紧接上二条,《左传》同年又载:

> 季平子立,而不礼于南蒯。南蒯谓子仲:"吾出季氏,而归其室于公,子更其位,我以费为公臣。"子仲许之。南蒯语叔仲穆子,且告之故。

> 季悼子之卒也,叔孙昭子以再命为卿。及平子伐莒克之,更受三命。叔仲子欲构二家,谓平子曰:"三命逾父兄,非礼也。"平子曰:"然。"故使昭子。昭子曰:"叔孙氏有家祸,杀适立庶,故婼也及此。若因祸以毙之,则闻命矣。若不废君命,则固有著矣。"昭子朝,而命吏曰:"婼将与季氏讼,书辞无颇。"季孙惧,而归罪于叔仲子。故叔仲小、南蒯、公子慭谋季氏。慭告公,而遂从公如晋。南蒯惧不克,以费叛如齐。子仲还,及卫,闻乱,逃介而先。及郊,闻费叛,遂奔齐。……④

这也是家主与家臣、宗族的内斗故事。南蒯是南遗之子,继父旧职而任季氏费邑宰;子仲是鲁昭公之子慭;叔仲穆子是叔仲带之子叔仲小。三人与季氏各有新仇旧怨,故能

---

① 《春秋左传注》,第 1350 页。
② 《春秋左传注》,第 1334~1335 页。
③ 《春秋左传正义》卷四十五,阮元校刻《十三经注疏》下册,中华书局 1980 年版,第 2062 页。
④ 《春秋左传注》,第 1335~1336 页。

一拍即合，共"谋季氏"；南蒯不被家主礼遇，鲁君公室久被季氏欺压，叔仲小虽属"三桓"之叔孙氏，但插叙中亦见出与季氏有宿怨。《左传》解经言"公子憖出奔齐"以下，又详述南蒯以"家臣而君图"而不得费邑人心，以及"平子欲使昭子逐叔仲小"等事。① 其后，季氏家臣阳虎造反，亦南蒯故事之翻版。此不赘述。

将此条解经之传与上两条无经之传比较，则不仅见出详略的差别，而且亦见出《左传》重视家族事件的编排意图。

如上文所述，"天子建国，诸侯立家"的本意是为"本大而末小"，但封建制的发展却走向了其反面，变成了本小而末大。《左传》文公七年记载："（宋）昭公将去群公子，乐豫曰：'不可。公族，公室之枝叶也；若去之，则本根无所庇荫矣。葛藟犹能庇其本根，故君子以为比，况国君乎？……'"②乐毅所揭示公族与公室的关系最为鲜明。春秋时期，诸侯中晋、鲁两国公族弱而卿族强是不争的史实。故《左传》叙事亦多述晋、鲁卿族之事。

鲁国公族之弱，缘于"三桓"过于强势。《左传》襄公二十九年曰：

范献子来聘，拜城杞也。公享之，展庄叔执币。射者三耦。公臣不足，取于家臣。家臣，展瑕、展王父为一耦；公臣，公巫召伯、仲颜庄叔为一耦，鄫鼓父、党叔为一耦。③

叙述射礼场面，表面冷静，实则揭示了鲁国残酷的现状，"公室卑微，公臣不能备于三耦"④！这也是同年上文记载"楚人使公亲禭"（以衣拂灵柩）侮辱行为的注脚。⑤

晋国公族之弱，源于晋献公不畜群公子。《左传》宣公二年说：

初，丽姬之乱，诅无畜群公子，自是晋无公族。及成公即位，乃宦卿之适而为之田，以为公族。又宦其余子，亦为余子；其庶子为公行。晋于是有公族、余子、公行。⑥

此记载盖采自《国语·晋语二》"骊姬既杀大子申生，又潜二公子曰：……尽逐群公子，乃立奚齐。焉始为令，国无公族焉"⑦云云。所谓"焉始为令"，即"诅无畜群公子"，似由一时之君命而演成惯常之盟诅。故杨伯峻注说："自献公、丽姬以迄惠、怀、文、襄、灵，晋国踵行此令，而未改复。"⑧宋人朱熹则说："晋'骊姬之乱，诅无畜群公子，自是晋无公族'，而以卿为公室大夫，这个便是六卿分晋之渐。始骊姬谋逐群公子，欲立奚齐卓子尔。后来遂以为例，则疑六卿之阴谋也。然亦不可晓。"⑨这是认为骊姬赶尽杀绝群公子的目

———————————

① 《春秋左传注》，第 1330、1336～1338 页。
② 《春秋左传注》，第 556～557 页。
③ 《春秋左传注》，第 1159 页。
④ 《春秋左传正义》卷三十九引杜注，《十三经注疏》下册，第 2005 页。
⑤ 《春秋左传注》，第 1154 页。《礼记·檀弓下》亦记此事："襄公朝于荆，康王卒。荆人曰：'必请禭。'"
⑥ 《春秋左传注》，第 663～665 页。
⑦ 《国语集解》，第 281 页。
⑧ 《春秋左传注》，第 664 页。
⑨ ［宋］黎靖德编，王星贤点校《朱子语类》卷八十三，中华书局 1986 年版，第 2167 页。

的是要立奚齐、卓子，而后来成为晋不畜公族的惯例，则是六卿分晋的一个大阴谋！这是很有见地的推测。

### 四、家族琐事：财产、婚姻等

与《国语》家族叙事的细致相比，《左传》的家族叙事更宏阔些。究其原因，大概是由于《国语》直接采用了不少"家语"的史料，是"语"书的写法；《左传》虽亦间采"家语"，但更着力于解经述史，是史书的作法①，亦是对《春秋》"非大事不书"书法的突破。

就具体叙事而言，《左传》亦有不少篇幅涉及家族财产、婚姻等琐事，但多能小中见大。襄公二十一年记载：

> 初，叔向之母妒叔虎之母美而不使（侍寝），其子皆谏其母。其母曰："深山大泽，实生龙蛇。彼美，余惧其生龙蛇以祸女。女，敝族也。国多大宠，不仁人间之，不亦难乎？余何爱焉？"使往视寝，生叔虎，美而有勇力，栾怀子嬖之，故羊舌氏之族及于难。②

这段妻妾相妒忌的家庭逸事的上文是这年秋天，栾盈因与范宣子相争失败而出奔楚国。于是范宣子杀箕遗、黄渊、嘉父、司空靖、邴豫、董叔、邴师、申书、羊舌虎、叔罴等十人，囚伯华、叔向、籍偃等三大夫。据杜注说，前十子皆晋大夫，皆栾盈之党，后三子盖因连坐罪，羊舌虎即叔虎，是叔向异母弟。如此背景下叙述的琐事，便显得生动而有深意了。

时隔三十八年，《左传》昭公二十八年又记载：

> 初，叔向欲娶于申公巫臣氏，其母欲娶其党。叔向曰："吾母多而庶鲜，吾惩舅氏矣。"其母曰："子灵之妻杀三夫、一君、一子，而亡一国、两卿矣，可无惩乎？吾闻之：'甚美必有甚恶。'……夫有尤物，足以移人。苟非德义，则必有祸。"叔向惧，不敢取。平公强使取之，生伯石。伯石始生，子容之母走谒诸姑，曰："长叔姒生男。"姑视之。及堂，闻其声而还，曰："是豺狼之声也。狼子野心。非是，莫丧羊舌氏矣。"遂弗视。③

这段娶妻之争的家庭逸事的上文是夏六月，晋杀祁盈及杨食我。食我，祁盈之党也，而助乱，故杀之。遂灭祁氏、羊舌氏。杨食我，即叔向之子伯石。姑，即叔向之母。此中政坛杀戮的背景及婚姻相争中的"尤物论"，均意味深长。此外，《左传》宣公四年所载"楚司马子良生子越椒"云云，其兄令尹子文说："必杀之！是子也，熊虎之状而豺狼之声；弗

---

① 关于《国语》的家族叙事，详请参见笔者《先秦家族叙事考论——以〈国语〉中的"家语"为例》，载《中文学刊》2021年第1期；关于《左传》采用"家语"史料，详请参见陈洪《〈左传〉与〈晏子〉关系考论》，载《古籍整理与研究学刊》2020年第5期。
② 《春秋左传注》，第1061页。
③ 《春秋左传注》，第1492～1493页。

杀，必灭若敖氏矣。谚曰：'狼子野心。'是乃狼也，其可畜乎？"①也是同类家庭故事。

有趣的是，上引两段由"初"字引出的逸事，似乎是采自《国语·晋语八》"叔鱼生"一段故事并拆分而来，只是叔鱼是叔向的同母弟羊舌鲋而非其异母弟羊舌虎。② 因《国语》叙事方式是相对独立的一条条语录，而《左传》叙事视角则是历史宏观演变的缘由，故同样是载录这类家庭琐事，但其所显示的历史意义是不同的。

田地是各大家族争夺的重要财产之一，也是各种矛盾滋生的重要原因。故《左传》记载了不少争田夺地的事情。成公十一年："晋郤至与周争鄇田，王命刘康公、单襄公讼诸晋。"诸侯之大夫竟敢与东周王争田！东周王朝地位之衰落可知。成公十七年："郤锜夺夷阳五田，五亦嬖于厉公。郤犨与长鱼矫争田，执而梏之，与其父母妻子同一辕。既，矫亦嬖于厉公。"晋厉公"欲尽去群大夫"，而其左右小人正好利用来报当年争田夺地的宿怨！昭公三年："初，州县，栾豹之邑也。及栾氏亡，范宣子、赵文子、韩宣子皆欲之。"③平时晋之赵、范、郤、魏、韩、栾等六大卿族能轮流执政，相安无事，一旦平衡被打破，则纷争骤起！或有诸侯君争田夺妻而被弑者，文公十八年曰：

齐懿公之为公子也，与邴歜之父争田，弗胜。及即位，乃掘而刖之，而使歜仆。纳阎职之妻，而使职骖乘。

夏五月，公游于申池。二人浴于池。歜以扑抶职。职怒。歜曰："人夺女妻而不怒，一抶女，庸何伤？"职曰："与刖其父而弗能病者何如？"乃谋弑懿公，纳诸竹中。归，舍爵而行。④

"舍爵"谓告奠祖庙，非饮酒也。这一细节很精彩，杨注说："二人杀懿公后，仍敢归告祖庙，然后逃亡者，杜注云：'言齐人恶懿公，二人无所畏。'"⑤揭示透辟。或有断争田之案受贿丧命灭族者，昭公十四年曰：

晋邢侯与雍子争鄐田，久而无成。士景伯如楚，叔鱼摄理。韩宣子命断旧狱，罪在雍子。雍子纳其女于叔鱼，叔鱼蔽罪邢侯。邢侯怒，杀叔鱼与雍子于朝。宣子问其罪于叔向。叔向曰："三人同罪，施生戮死可也。雍子自知其罪，而赂以买直；鲋也鬻狱；刑侯专杀，其罪一也。……"乃施邢侯而尸雍子与叔鱼于市。仲尼曰："叔向，古之遗直也。治国

①　《春秋左传注》，其文略曰："初，楚司马子良生子越椒。（其兄）子文曰：'必杀之！是子也，熊虎之状而豺狼之声；弗杀，必灭若敖氏矣。谚曰："狼子野心。"是乃狼也，其可畜乎？'子良不可。子文以为大慼。及将死，聚其族，曰：'椒也知政，乃速行矣，无及于难。'且泣曰：'鬼犹求食，若敖氏之鬼不其馁而！'……遂灭若敖氏。"第679～682 页。

②　《国语集解》："叔鱼生，其母视之，曰：'是虎目而豕喙，鸢肩而牛腹，谿壑可盈，是不可餍也，必以贿死。'遂不视。杨食我生，叔向之母闻之，往及堂，闻其号也，乃还，曰：'其声，豺狼之声也，终灭羊舌氏之宗者，必是子也。'"第422 页。

③　此处三条引文分别见《春秋左传注》，第854、900、1239 页。

④　《春秋左传注》，第629～630 页。《楚语下》亦载此事，旨在说明"旧怨灭宗"。《国语集解》，第530、531 页。

⑤　《春秋左传注》，第631 页。

制刑，不隐于亲。……"①

此故事似采自《国语·晋语九》，情节大致相同，但无孔子赞语。② 据杜注、韦注可知，刑侯、雍子都是楚人入晋的大夫，二人所争不过是鄐田的边界；刑侯是申公巫臣之子，与叔向、叔鱼有姻亲关系，叔鱼是叔向的胞弟羊舌鲋。《左传》叙此事，一则交代了羊舌氏将亡的缘由，二则借孔子口吻赞扬了叔向的耿直、大义品格。叔向是《左传》极力打造的人物之一，《左传》后加孔子赞语的意图十分明显。

《左传》善于寓大于小，论者好举郑灵公被弑事件之"染指于鼎"，晋楚大战之"舟中之指可掬"二细节。③ 其实，"季、郈之鸡斗"，亦是绝好的例证。昭公二十五年曰：

季、郈之鸡斗。季氏介其鸡，郈氏为之金距。平子怒，益宫于郈氏，且让之。故郈昭伯亦怨平子。④

介其鸡，古有二说。贾、服、杜等旧注以"介"为"芥"，谓捣芥子为粉末，播散于鸡翼，以迷对方鸡眼。此盖据《史记·鲁周公世家》"季氏芥鸡羽"而来。郑众注"介，甲也。为鸡著介"。从《左传》成公二年"不介马而驰之"的用法看，以郑说为是。金距，是用金属包裹鸡脚爪作利锋。⑤ 该故事由斗鸡到侵占房子，终于引发郈氏之怨。不过，这只是季氏构怨之一，与此怨同时，《左传》还叙述了"公若怨平子""大夫遂怨平子"二怨，最终酿成众大夫联合讨伐季、仲、叔"三桓"，鲁昭公因此而逃亡的重大事件。

该斗鸡故事不见于《国语》等古籍，不知《左传》据何书而来。《吕氏春秋·察微》与《淮南子·人间训》虽亦载录该逸事，但细节、情节有所不同。《察微》与《人间训》都有"郈氏介其鸡，季氏为之金距。季氏之鸡不胜"云云，介甲与金距的鸡主反过来了；又都有"郈昭伯怒，伤于鲁昭公曰：'祷于襄公之庙，舞者二人（八）而已，其余尽舞于季氏。季氏之舞（无）道，无上久矣。弗诛，必危社稷。'"云云，此与《左传》以臧昭伯为诋毁者又有不同。《人间训》的结语很精彩："故祸之所从生者，始于鸡足（足）；及其大也，至于亡社稷。"⑥此语深得《左传》见微知著手法之旨意。

①　《春秋左传注》，第 1366～1367 页。

②　《晋语九》："士景伯如楚，叔鱼为赞理。邢侯与雍子争田，雍子纳其女于叔鱼以求直。及断狱之日，叔鱼抑邢侯，邢侯杀叔鱼与雍子于朝。韩宣子患之，叔向曰：'三奸同罪，请杀其生者，而戮其死者。'宣子曰：'若何？'对曰：'鲋也鬻狱，雍子贾之以其子，邢侯非其官也而干之。夫以回鬻国之中，与绝亲以买直，与非司寇而擅杀，其罪一也。'邢侯闻之，逃。遂施邢侯氏，而尸叔鱼与雍子于市。"《国语集解》，第 443～444 页。

③　二事分别见《春秋左传注》宣公四年、宣公十二年，第 678，739 页。《说苑·复恩》引前一事后曰："子夏曰：'《春秋》者，记君不君，臣不臣，父不父，子不子者也，此非一日之事也，有渐以至焉。'"（汉）刘向撰，向宗鲁校证《说苑校证》，中华书局 1987 年版，第 141～142 页。《韩非子·外储说右上》亦载子夏该语，但指"田常为乱"事。

④　《春秋左传注》昭公二十五年，第 1461～1462 页。

⑤　参见杨伯峻《春秋左传注》，第 1461 页。又参见《能改斋漫录·辨误》卷四专条释"介鸡"。

⑥　许维遹撰、梁运华整理《吕氏春秋集释》，中华书局 2009 年版，第 423 页；刘文典撰，冯逸、乔华点校《淮南鸿烈集解》，中华书局 1989 年版，第 612～613 页。

　　不仅如此,《左传》还善于在琐事叙述中融入卓越的史识。其手法约有三端:一是"旧瓶装新酒"。如上述《国语·晋语八》载穆叔与范宣子论不朽,穆叔以为在于"立言",而《左传》襄公二十四年采纳此条记言,又增加了"立德""立功"之行,遂将之提升为著名的"三立"不朽价值观。二是"借鸡生蛋"。上引《左传》昭公二十八年记载叔向与其母争论娶妻之事,借其母之口,提出了"甚美必有甚恶"的"尤物"论。这种红颜祸水论,大约是《左传》写祸乱晋国的骊姬、"杀三夫"的夏姬等系列女尤的指导思想。三是"傍名人",即借孔子、君子等名人对记事发表见解。此手法《国语》已用,但其普遍性远逊于《左传》。如"仲尼曰",只见于《国语·鲁语下》几条,但《左传》却频繁使用。如上引《左传》昭公十四年"晋邢侯与雍子争鄐田"事,叔向不徇私情,处理得很好,结尾借仲尼之口说:"叔向,古之遗直也。治国制刑,不隐于亲。……"既高度评价了叔向,又升华出"治国制刑,不隐于亲"的刑法理论。而《国语·晋语九》亦记载此事,情节大致相同,但无孔子赞语,故其历史借鉴意义隐而不显。

# 《红楼梦》与清初小说的"传奇"之风*

## 薛海燕

**内容摘要**:鲁迅《中国小说史略》中所谈的清初"拟晋唐"小说固然不包含章回小说,但章回小说《红楼梦》等也都有着明显的"拟晋唐"痕迹。后者的"真假""有无"之辨及其"做奇传"的诉求与清初"传奇之风""拟晋唐"乃至复古主义、感伤思潮之间都有着密切关联,值得加以深究阐明。唯有如此,才能有助于我们弄清"传奇之风""拟晋唐"的动力、范围、深度、影响,也可以辅助说明《红楼梦》的文体来源、创新性、经典性等问题。

**关键词**:《红楼梦》 清初小说 拟晋唐 传奇之风

　　鲁迅《中国小说史略》第二十二篇"清之拟晋唐小说及其支流"追溯明代中后期小说盛行的原因,阐述如下:

　　唐人小说单本,至明什九散亡;宋修《太平广记》成,又置不颁布,绝少流传,故后来偶见其本,仿以为文,世人辄大耸异,以为奇绝矣。明初,有钱唐瞿佑字宗吉,有诗名,又作小说曰《剪灯新话》,文题意境,并抚唐人,而文笔殊冗弱不相副,然以粉饰闺情,拈掇艳语,故特为时流所喜,仿效者纷起,至于禁止,其风始衰。迨嘉靖间,唐人小说乃复出,书估往往刺取《太平广记》中文,杂以他书,刻为丛集,真伪错杂,而颇盛行。文人虽素与小说无缘者,亦每为异人侠客童奴以至虎狗虫蚁作传,置之集中。盖传奇风韵,明末实弥漫天下,至易代不改也。①

　　其中所讨论的明显是文言小说,尤其是受唐传奇影响较深的传奇类文言小说作品。我们也可以看到,《中国小说史略》该篇标题虽然是"拟晋唐",其实侧重讨论"拟唐",即清初小说所受"传奇"之风的影响。

　　引文所述,自唐至明嘉靖间,传奇单本绝少流传;明嘉靖间,坊间刺取《太平广记》中传奇文字,杂以他篇,刻为流行;以往不关注小说的某些文人,也开始为平民乃至虫蚁作传奇。以上描述隐含了对小说史上几个节点的重要判断,大体上都为后学所接受认可。如果追问其中相关细节,其实还有不少隐晦模糊之处,值得做考索细究。

---

　*　作者简介:薛海燕,文学博士,中国海洋大学文学与新闻传播学院教授。主要从事明清及近代文学研究。
　①　鲁迅《中国小说史略》,东方出版社 1996 年版,第 165 页。

## 一、明末清初"传奇之风"的几个类别及其主要特征

引文提示我们注意的是明末"以小说为古文"的写作风气。正如沈廷芳在《书方望溪先生传后》一文中记述方苞评论当时古文创作风气所说:"南宋元明以来,古文义法不讲久矣。吴越间遗老尤放恣:或杂小说家,或沿翰林旧体,无雅洁者。"①清人李慈铭《越缦堂读书记》②评论明末清初文章各家,也有谭元春文"多类稗官",王猷定文"太近小说",黄宗羲"文鲜持择,才情烂漫,时有近小说者",侯方域文"根柢太浅,不学无术,多近小说家语",毛奇龄"文笔警秀,而时堕小说家言,其碑志、记事之文,往往景饰,不可尽信"等语,指的就是类似方苞所说的"或杂小说家""以小说为古文"等现象。

当然,鲁迅在《史略》中所说的"传奇之风"或"拟晋唐",与方苞等古文家的着眼点不同。方苞等谈的是"以小说为古文",而鲁迅讲的是"以古文为小说"。从《中国小说史略》该章内容看,鲁迅所说的"拟晋唐"小说主要有两个范型:"《聊斋》体"与"《阅微》体"。而引申一步,如果我们把明末清初"为异人侠客童奴以至虎狗虫蚁作传"暨"以小说为古文"的一类文字也当作小说,其实此时已经出现"拟晋唐"的一个类别。事实上,研究者也早已将清初张潮《虞初新志》这本收录了不少明末清初小说体古文的集子,称为"《虞初》体"的祖本。

古文家与小说史家所谈的"传奇之风"之所以既有区别又相互联系,概因"刺取《太平广记》"在此时所产生的影响,超出了清代古文家所讨论的"以小说为古文"的范畴。那么,影响所及,表现在不同领域,究竟有哪些现象或共同特征,值得引起我们注意?

首先,是文体层面的跨文体写作现象。无论以小说为古文,还是以古文为小说,其实都是跨文体写作。推而广之,以传奇为戏曲(如明传奇多取材唐传奇故事),或以戏曲为传奇(如《马伶传》等以优伶为传主),也有跨文体的类似表现。

其次,是内容层面"为异人侠客童奴以至虎狗虫蚁作传"的取材风格,有"关怀下潜"的价值导向。

再次,是创作主体层面的精英化倾向。如《中国小说史略》所言,"文人虽素与小说无缘者,亦每为异人侠客童奴以至虎狗虫蚁作传,置之集中"。足见这种风气覆盖面之大。明末"制举""经济""著述"之文(尤其是凸显创作主体的"著述"之文)为什么纷纷"以小说为古文"? 于慎行曾这样描述:"先年士风淳雅,学务本根,文义源流皆出经典,是以粹然统一,可示章程也。近年以来,厌常喜新,慕奇好异……子史又厌,则宕而之佛经;佛经又同,则旁而及小说:拾残掇剩,转相效尤,以至踵谬承讹,茫无考据,而文体日坏矣。原其敝始,则不务经学所致尔。"③

---

① [清]钱仪吉《碑传集》卷二十五,《清碑传集合编》,上海古籍出版社 1993 年版,第 402 页。
② [清]李慈铭《越缦堂读书记》,上海书店出版社 2000 年版,第 970、993、990、992、996 页。
③ [明]于慎行《谷山笔麈》,中华书局 1984 年版,第 84 页。

黄宗羲在《论文管见》中,就曾直言不讳地为"著述"家"乞灵"于小说明确张本说:"叙事须有风韵,不可担板。今人见此,遂以为小说家伎俩。不观《晋书》《南北史》列传,每写一二无关系之事,使其人之精神生动? 此颇上三毛也。史迁伯夷、孟子、屈贾等传,俱以风韵胜。"①小说俗事,自此反以"风韵"争胜。创作主体的这种变化,为小说走向雅化开辟了道路。

## 二、《红楼梦》等章回小说"拟晋唐"的主要表现

如上所述,受"传奇之风"影响的"拟晋唐"之作,主要包括《聊斋》体《阅微》体《虞初》体等类别,都属文言小说范畴。而笔者在此,想重点讨论清初章回小说与"传奇之风"及"拟晋唐"风尚之间的联系。

首先,清初章回小说同样存在文体层面的跨界写作现象。这突出表现在类似作品中"拟晋"与"拟唐"经常并存乃至不时交融,表现出"书兼二体"特征。

《中国小说史略》所总结的"拟晋",即志怪类作品,主要有两个特点:其一,"不外记神仙狐鬼精魅故事",这主要指题材;其二,"其叙人间事,亦尚不过为形容,致失常度""事极简短,不合于传奇之笔,故数行即尽"②,这是指叙事检束,文笔雅洁,与一般唐传奇笔法不同。《红楼梦》《儒林外史》等都非志怪题材,但都着力于讽刺、揭露世情之"怪",写无"怪"之所以为"怪"。《儒林外史》在叙事检束、文笔雅洁方面颇有晋风,尤其是其集锦式的结构,颇类笔记小说集。而《红楼梦》中某些精怪情节,如贾瑞病死,家里欲烧毁"风月宝鉴",和尚突然出现来抢救"风月宝鉴";秦钟弥留,央求勾魂无常放自己回来与宝玉告辞等——有时笔触下会出现像《史略》批评明末志怪群书的常见弊病:"多荒怪,诞而不情"③,似乎已逾越"常度",让对《红楼梦》叙事水平高度认同的读者怀疑此类"荒怪"情节为反讽之笔。后者类似表现,似可视为"拟晋"的某种尝试。

而所谓"拟唐"即传奇化笔法,也具体包含以下两个特点:一是叙事细腻、完整,故事性强,真实感强,即《中国小说史略》所说:"描写委曲,叙次井然""独于详尽之外,示以平常,使花妖狐魅,多具人情,和易可亲,忘为异类";二是笔触时而跳跃或出现"鹘突",造成陌生感,造成较强的传奇性,即"别叙畸人异行,出于幻域,顿入人间""偶见鹘突,知复非人"④。认真品味,以上两点之间,其实存在矛盾:不仅在于叙事的连续性、完整性与跳跃性之间的矛盾,而且也显示出叙事主体文化立场的从俗、亲民品格与超常、精英化诉求之间的张力。这点放在后面再讨论。

《儒林外史》《红楼梦》作为"讽刺小说""世情小说",在以上第一个方面固然都无例

---

① [清]黄宗羲《明儒学案》,中华书局 1985 年版,第 703 页。
② 鲁迅《中国小说史略》,东方出版社 1996 年版,第 168 页。
③ 鲁迅《中国小说史略》,东方出版社 1996 年版,第 166 页。
④ 鲁迅《中国小说史略》,东方出版社 1996 年版,第 166 页。

外，"常以三言两语，使人物'穷形尽相'"；而在第二点上，也都有突出表现。《儒林外史》能"驱使各种人物行列而来，事与其来俱起，亦与其去俱迄，虽云长篇，颇同短制"，结构处理趋向于神韵化。《红楼梦》叙事也多"偶见鹘突"之处。比如刘姥姥讲抽柴火的故事，而外面突然"走水"（即失火）；卍儿的母亲产前梦见佛祖示以"卐"字不断头的锦缎；等等。

除此之外，《红楼梦》的"书兼二体"，还表现在对不同时代、不同类型小说的综合与戏拟。

《红楼梦》凡例、第一回由作者、说书人、石头、空空道人、曹雪芹，勾勒出不同层级的叙事者（而有意味的是，其中"曹雪芹"作为收束者，题绝也是以"作者"为立足点）；也由石头记、情僧录、风月宝鉴、金陵十二钗、红楼梦等不同名称，皴染出不同侧面的叙事客体。与《聊斋志异》的"用传奇法以志怪"相似，《红楼梦》跨越了笔记、传奇、话本、章回等不同文体。

其次，《红楼梦》等章回小说的"拟晋唐"，还表现在其处理题材过程中为"异人侠客童奴以至虎狗虫蚁作传"的命意或兴趣。

《红楼梦》的写作主旨如叙事者所陈述，在于"为闺阁昭传"，而其中的闺阁女子们，也是来自"薄命司"的"一干风流孽鬼"。而《儒林外史》不仅为科场举子写心，也写了逃婚的才女、纳妾的盐商，写了冒牌侠客、"水货"隐士，写了找不到心上人的世家子弟、寻不着老父亲的孝顺儿郎……林林总总，形形色色。

再次，之所以说《红楼梦》等章回小说有"拟晋唐"特征，原因还在于，即使作为通俗小说，这些作品也同样表现出鲜明的精英化倾向。就像"拟晋""拟唐"经常并存、相融那样，类似作品中的叙事主客体之间也可以相互影响，呈现出相应的通俗化或高雅化倾向。正如"三言""二拍"等拟话本小说所强调的"无奇之所以为奇"，其中两个"奇"分别侧重于叙事客体或主体，前者强调叙事客体的真实性，后者则突出叙事主体的超卓性（见微知著的认识能力）。这个有些自矜的宣言，所谈的意思，无非自认为能兼顾叙事客体与叙事主体两方面的认识价值，并使二者相互凸显，这个提法在兼顾世情小说的市场和品质方面，无疑很具有建设性。

### 三、《红楼梦》等章回小说加深了"拟晋唐"之风的内涵与影响

为什么《红楼梦》《儒林外史》等章回小说也在"拟晋唐"、仿传奇？这与明末清初的"拟晋唐"风尚当然有直接关系。这也说明，明末清初的"拟晋唐"风尚，影响所及，并不限于史传及文言小说领域。这为我们了解"拟晋唐"风尚的实际内涵、动力、范围、深度等等，提供了一个新的视角。

首先，在广泛性方面。明代文学的拟晋唐风尚，表现出拟古、复古主义思潮的深刻影响。小说创作领域具体模拟的对象，主要是《太平广记》。针对跨文体写作现象，纪昀曾

批评《聊斋志异》书兼二体，说"《太平广记》事以类聚，故可并收；今一书而兼二体，所未解也"①。即言《太平广记》作为类书，其兼收二体的做法并不难理解；而《聊斋志异》这本个人小说集的跨文体写作风格则存在问题。其实从拟古角度看，《聊斋志异》的"跨界写作"，可能正是模仿《太平广记》的表现。而章回小说的"拟晋唐"做法，进一步说明拟古、复古、以复古为创新，已成为颇富普遍性的文学创作风尚。

其次，在丰富性方面。"拟晋唐"小说广泛出现的跨界、越位等令人"未解"、难解、不解的种种"任性"表现，因此也与明代中后期以来拟古、复古思潮与个性解放思潮之间的对立、矛盾、纠结、互动等等，有着必然而内在的联系。

明代复古主义与个性解放思潮的双向互动中，时见有关"真假""雅俗"问题的讨论，本质上大多是从表现客体或主体的不同角度讨论再现与表现（自然层面）、共性与个性（社会层面）、因袭与创新（历史层面）的问题。

明代小说评点中，有关拟志怪或拟传奇的讨论，所涉及的范畴，主要是"虚实"或"真假"。简单地说，我们不妨发问，传奇与志怪相比，孰真孰假？从叙事客体角度判断，传奇显然比志怪真实性更强。这点容易理解。而从叙事主体角度着眼，志怪真实性更强。为什么这么说？六朝志怪多从"著书人"角度叙事，边界感强，叙事者很少"越位叙事"；传奇则不然。

问题在于，如果不能使叙事客体"细微曲折，描摹如生"，不仅叙事主体的客观性会受损，而且将反过来使其主观能动性受限，这对叙事主体显然都将产生不利影响。这也是纪昀的小说观虽然有些合理因素，被鲁迅等小说家部分地加以接受或改造；而其斥唐传奇等"妖妄荧听""猥鄙荒诞"，将其摒弃于小说主流之外的做法，却与小说史的实际发展逆向，不能得到认可的根本原因。

而所谓的"虚实"或"真假"问题，与雅俗问题又有何关联？我们都熟悉纪昀所说的一段话："小说既述见闻，即属叙事，不比戏场关目，随意装点；……今燕昵之词，媟狎之态，细微曲折，摹绘如生，使出自言，似无此理，使出作者代言，则何从而闻见之，又所未解也。"②引文中纪昀所讲的"理"，或曰真实感，指的主要是小说的叙事主体与叙事客体之间应该边界清晰，二者不能混同。从引文述及"燕昵之词"所表达的否定性情绪看，纪昀对叙事者边界意识的要求并不仅仅着眼于叙事本身是否合理，是否合乎真实性，而且关乎叙事者本人的文化品位。换言之，边界感不仅可保证叙事主客体双方的客观可靠性，而且可以避免小说的叙事主体（精英）被叙事客体（大众）所同化。不难发现，在类似讨论中，真假问题不仅跨越了叙事主客体的不同层次，也关涉小说本性是雅的或是俗的文化

① ［清］盛时彦《〈姑妄听之〉跋》，［清］纪昀《阅微草堂笔记》卷十八，上海古籍出版社2001年版，第411页。
② ［清］盛时彦《〈姑妄听之〉跋》，［清］纪昀《阅微草堂笔记》卷十八，上海古籍出版社2001年版，第411页。

属性问题。

毋庸置疑,小说文体特有的通俗性使其文化属性(雅俗)的间性特征尤为突出,这就使小说评点在拟古或创新、写意或写实的论辩中显得更富有现实性,丰富了"拟晋唐"的时代内涵。

再次,在深刻性层面。上述小说评点因其所讨论的议题更富有现实内涵,在当时复古与革新的复调思潮中独树一帜。

我们发现,明代小说评点所讨论的真假、虚实,经常缠夹不清。对比而言,志怪的"虚实"主要表现于叙事客体(内容、题材)的现实性或非现实性,而传奇的"真假"则侧重于叙事主体(手法、立场)的完整性、生动性或超越性。概言之,真实性可分为叙事客体的真实性与叙事主体的真实性,而二者分别又可再分为主观性或客观性的真假问题。这与世界观、认识论、方法论等各层次都有关联,相当复杂而深刻。

在实际创作活动中,对于"言俗而意雅"的通俗文学作者而言,要推出一本真正的传世之作,每一步都更需要榨出自己骨头缝里的"庸俗"出来。而高难度、精英化的写作必然要求高难度、精英化的阅读,因此我们才看到曹雪芹反复发出"做奇传""谁知其中味"的感叹,似乎对一般读者不抱太高期许。

这已经成为具有足够诱惑力的智力游戏。只有从当时"拟晋唐"风尚出发,凝视小说文体在通俗化与精英化的夹缝中攀升的背影,我们才能理解明末清初文言小说、章回小说、话本小说同步出现经典化高潮,推陈出新、佳作迭出的真正原因。

## 四、"拟晋唐"之风与《红楼梦》的"奇传"诉求

为了"传世",为了迎接精英化的挑战,《红楼梦》具体是怎样做的呢?

首先,《红楼梦》突破了传统小说的"转述体",用通俗小说来写心、传"味"。

无论文言小说的稗官立场,还是白话小说的说书人立场,都强调自己在转述"街谈巷语,道听途说",都强调叙事主体相对于客体的超越性或边界感。而这种强调本身,就显示了主体间性存在的客观必然性。由笔记、传奇到话本、章回的小说史脉络中,一方面,叙事主客体之间的间距逐渐缩小;另一方面,叙事主体被迫不断增加其主体性,以扩大主客体之间的间距。二者之间的互动,形成了传统小说通俗化与精英化两种张力并存的历史规律。能否在顺应通俗化大潮的同时,凸显精英化的实力,这大概是决定作品、作者、流派或门类能否代表乃至超前于时代的关键因素。唐传奇相对于六朝志怪,表面看来叙事主体更多"越位"描摹,边界感变弱;实则还以史才、诗笔、议论等增强了叙事主体性,加深了雅文化立场。纪昀将传奇之后的作品清除出"小说",而只保留所谓"丛谈、辨订、箴规",实质上是在消极对抗叙事主客体间距缩小和小说走向通俗化的客观现实;而《红楼梦》大胆、"无底线"的跨界写作方式,则不失为积极应对如上客观现实的一种尝试。

《红楼梦》的跨界写作本身缩小了叙事主客体之间的间距，但同时，其叙事主体也采用多种方式，自觉拉开了与客体之间的间距。为什么这样说？传统小说叙事主体定位于"转述"故事者，这就基本排除了讲自传的可能性。传统小说很少有自传性因素，与前述主体定位观念有着不可分割的联系。而《红楼梦》则不然。

据《红楼梦》凡例首句"作者自云：因曾历过一番梦幻之后，故将真事隐去"，则无论具体叙事如何展开为多少层级的叙事者或多少侧面的叙事客体，"真实"的叙事主体只能是"作者"，叙事客体只能是被隐去的"真事"。这就明确了此书的自传性及其叙事主客体的一致性。

但《红楼梦》又与一般意义上的自传体小说不同。其所渲染的自传性成分，某种程度上有一定的游戏色彩。概因其所设置的不同层级的叙事者或不同侧面的叙事客体，在确定了此书有所谓自传性的同时，也一层层地推迟或隐去了"作者亲身经历的真事"的在场。这种做法与传统小说的主客体定位方式近似，依然是在扩大主客体之间的间距；而从接受美学理论看，这种做法强调了作者"本意"的不可求、不在场，具有突出的现代性。这种兼具传统性和现代性的做法，表现出发掘传统以建构现实与未来的勇气，无疑有着超卓的创新价值。

其次，《红楼梦》有着自觉、系统的精英观。

明末之所以会有"传奇风韵，弥漫天下"之状，也与当时"传世"意识暨精英精神的被广泛认同有关。故而，所谓的拟晋唐，并不只是文体或叙事层面的模仿，同时也是精神与境界层面的承传。

晋唐名士之风、才子之气，在明末清初小说（包括历史小说、时事小说、英雄传奇、讽刺小说、世情小说、才子佳人小说）中时见表达演绎，主要有以下不同方式：其一，借助人物形象，如《聊斋志异》《儒林外史》乃至一干才子佳人小说中的名士形象；其二，借助叙事者或人物的议论，如《梼杌闲谈》《豆棚闲话》等。出于对精英精神自觉或不自觉的主体性思考，以上作品的有关演绎经常传达出某种反讽特征，从而体现或推动着思想的进步。

《红楼梦》的有关思考及其表达演绎更见系统性，主要围绕以"天、地、人"三才为核心的叙事客体展开。其中承载精英精神的"人"，并非一般意义上的名士、才子，而是来自"正邪两赋"（阴阳）的"小善微才"："天地生人，除大仁大恶两种，余者皆无大异。……清明灵秀，天地之正气，仁者之所秉也，残忍乖僻，天地之邪气，恶者之所秉也。今当运隆祚永之朝，太平无为之世，清明灵秀之气所秉者，上至朝廷，下及草野，比比皆是。所余之秀气，漫无所归……使男女偶秉此气而生者，在上则不能成仁人君子，下亦不能为大凶大恶。置之于万万人中，其聪俊灵秀之气，则在万万人之上，其乖僻邪谬不近人情之态，又在万万人之下。若生于公侯富贵之家，则为情痴情种，若生于诗书清贫之族，则为逸士高人，纵再偶生于薄祚寒门，断不能为走卒健仆，甘遭庸人驱制驾驭，必为奇优名倡。如前代之许由、陶潜、阮籍、嵇康、刘伶、王谢二族、顾虎头、陈后主、唐明皇、宋徽宗、刘庭芝、温飞卿、米南宫、石曼卿、柳耆卿、秦少游,近日之倪云林、唐伯虎、祝枝山,再如李龟年、黄幡绰、敬新磨、卓文君、红拂、薛涛、崔莺、朝云之流,此皆易地则同之人也。"①引文发展演绎了传统的三才观。

《易经·说卦》云:"昔者圣人之作《易》也,将以顺性命之理,是以立天之道曰阴与阳,立地之道曰柔与刚,立人之道曰仁与义。兼三才而两之,故《易》六画而成卦。分阴分阳,迭用柔刚,故《易》六位而成章。"②这是天、地、人三才之道的内涵的界定。《易》以"阴阳"高度概括了天上万象的变化情况及其规律;以"刚柔"高度概括了地上万象的变化情况及其规律;以"仁义"高度概括了人间万象的变化情况及其规律。《易经》强调,人只有坚持学习天道、地道,才能有所成就,成为君子,成为圣贤。"乾以易知,坤以简能;易则易知,简则易从。易知则有亲,易从则有功。有亲则可久,有功则可大。可久则贤人之德,可大则贤人之业。易简,而天下之理得矣。天下之理得,而成位乎其中。"③人只要得此理,便可以茁壮地成长为人才,就可以成就一番事业,就可以在天地之间找准自己应有的恰当的位置,充分实现自己的全部价值。

不难发现,《红楼梦》的"正邪两赋"说虽然来自三才观,但相对于后者有三个重要修正:其一,对人道的阐释悬置了《说卦》所强调的"仁义",而突出了某种有着"邪气""其乖僻邪谬不近人情之态,又在万万人之下"的男女;其二,在"阴阳"观中偏重强调了"阴","正邪两赋"中的"邪""乖僻邪谬"都是"阴"性的一面;其三,对人才(有"情痴情种""逸士高人""奇优名倡"等不同类型)的界定不再追求"成"即世俗意义上的"成果""成就""成功"。以上修正,集中体现了《红楼梦》的精英观:有才华、有个性,敢于坚持自我。这种精英观与魏晋名士的"越名教而任自然"姿态一脉相承,显然是"拟晋"的重要表现。

在"拟晋"的同时,《红楼梦》的"正邪两赋"观也有"拟唐"的成分,这主要表现在其拟传奇的写法上。《红楼梦》是怎样为来自"正邪两赋"的主人公作"奇传"的?主要体现在借鉴发展了唐传奇的"文备众体"笔法。

参照前文所议,"文备众体"本质上就是跨界写作。在此我们也可以发现,清初之所以会出现如《聊斋志异》《红楼梦》等多种跨文体写作的范本,原因不仅是模仿《太平广记》等兼收众体的类书所致,还来自明末以来"传奇之风"的影响。

唐传奇为什么有"文备众体"的特点?《红楼梦》的跨界写作与唐传奇的"文备众体"有何异同?

唐传奇所备的众体——史才、诗笔、议论——大多归属于高雅文学范畴,无疑会提高

---

① [清]曹雪芹《红楼梦》,人民文学出版社1990年版,第18～19页。
② [清]李道平《周易集解纂疏》,中华书局1994年版,第691页。
③ [清]李道平《周易集解纂疏》,中华书局1994年版,第691页。

传奇的文学地位，这是唐传奇采用史才、诗笔、议论等"三笔法"的一个重要原因。同时，也不能忽略"三笔法"之说，与有关唐人三个"梦想"的表述有着某种程度的一致性。《隋唐嘉话》载："（唐高宗时）薛中书元超谓所亲曰：'吾不才，富贵过分。然平生有三恨，始不以进士擢第，不得娶五姓（世家大族）女，不得修国史。'"①所谓的"三恨"，即未曾得到的通往成功的三大捷径与际遇；其中除"娶五姓女"，其他两项直接与议论、诗笔、史才有关。在此意义上，唐传奇的"三笔法"与唐人的"三恨"，二者都有指涉时人眼中的光荣与梦想的内涵；更深一步看，二者分别都从天、地、人三才的角度完善了取得艺术上或现实中之成功的综合要素——而这应该才是唐传奇着重突出史才、诗笔、议论"三笔法"的深层动机。以上两点，说明唐传奇的"文备众体"，是其追求精英化的一种手段。

《红楼梦》围绕天、地、人三才而展开的叙事，比唐传奇"三笔法"的精英化表达方式更直接。但二者又有所区别。主要在于前文所述的精英精神之异同。相对于唐传奇的精英观，《红楼梦》的叙事者并不追求成功。正如唐传奇中的"风尘三侠"能各有功业，而《红楼梦》中的柳湘莲、倪二等，不过是难免于世俗恩怨的普通人；李娃能扶持荥阳生读书仕进，成就一段姐弟情缘，而宝姐姐的苦心箴规，却并非宝二爷所乐意领受；柳毅能拯救落拓的小龙女，"怡红公子"宝玉却无力帮助身边的任何女子……至少从精英观的角度看，《红楼梦》更像一部"反传奇"的叙事文本。

抛开具体情节，从较抽象的笔法层面着眼，也可以辨识《红楼梦》学习唐传奇而又超越于唐传奇的痕迹。比如在"史才"方面，《红楼梦》一方面"追踪蹑迹，不敢稍加穿凿"，一方面却又将"真事"隐去，留下诸多鹘突、烟云模糊之处乃至断点；在"诗笔"方面，《红楼梦》一方面反对才子佳人小说"不过作者要写出自己的那两首情诗艳赋来，故假拟出男女二人名姓……且鬟婢开口即者也之乎，非文即理。故逐一看去，悉皆自相矛盾，大不近情理之话"，一方面又刻意营造出大观园的诗意时空，极力拉近叙事主客体之间的距离；在"议论"方面，《红楼梦》一反史家或才子的客观超然立场，改由"亲历者"表达反思内省的主观心态。

在学习传奇笔法的过程中，《红楼梦》对叙事主客体的不同侧面、不同层次给予了重新设置。之所以能有如此有系统性的改进，大约得益于作者对三才观的认识论基础——阴阳二元哲学——的深刻领悟；在二元哲学与辩证法的基础上，《红楼梦》的作者才能对有关真假、有无、虚实、雅俗的热烈争议形成思考，发表看法，才能聚焦时代而超越时代，从而成为经典。

---

① ［唐］刘餗《隋唐嘉话》，中华书局1979年版，第28页。

# 论《史记》处理《尚书·金縢》类史料的得失*

## 唐旭东

**内容摘要:**《史记》基本上完全采用了《尚书·金縢》的史料,但《史记》处理和使用《金縢》类史料有得有失。这种得失不仅表现在文本层面上,而且表现在对《金縢》及其相关史料的处理和使用上。总体而言,这种处理和使用使《金縢》的传奇性色彩极大地减弱了,而历史性色彩则大为增强。此种原因,主要在于司马迁是一个史学家,他必须以历史学家的眼光思考这段历史,将其作为史料加以运用,或者采信,或者加以改动。当然,其历史化改动仍不够彻底,保留了一些传奇性的内容,甚至出现一些前后无法照应的低级错误。

**关键词:**《尚书·金縢》　《史记》　得失

司马迁不但看过《尚书·金縢》(下文简称《金縢》),而且看过其他《金縢》类史料。他在写作《史记》过程中对《金縢》史料的处理有得有失。但迄今为止,尚无学者对此进行专门探讨①,兹不揣冒昧,撰此短文,以抛砖引玉。

## 一、文字处理运用得失

《尚书·金縢》曰:"既克商二年,王有疾,弗豫。二公曰:'我其为王穆卜。'"②《史记·鲁周公世家》(下文简称《世家》)则曰:"武王克殷二年,天下未集,武王有疾,不豫,群臣惧,太公、召公乃缪卜。"③"既克商二年"与"克殷二年"所指时间是相同的。按照古人的计算方式,应该是周武王伐纣灭商第二年。《金縢》未言"王"指谁,所用史料显然为原始记录,显示出原始史料的叙事方式,只有称呼当时在世之王才用"王",如果已经驾崩,有了谥号,则称谥号,如文王、武王等。而司马迁《史记》则加了"武"字,显示出后世叙事的特点,而且明确了"王"的具体所指。而且加了"天下未集""群臣惧",对创作背景做了进一步的具体说明,突出了周武王生病时天下面临情势的严峻,补充了原文文本表述的不足,

---

*　基金项目:河南省教育厅 2013 年度人文社会科学研究重点项目"今文《尚书》文系年辑证"(编号:2013-ZD-124)
作者简介:唐旭东,文学博士,周口师范学院老子暨中原文化研究中心研究员,《周口师范学院学报》编审。主要从事《尚书》《诗经》研究和先秦秦汉魏晋南北朝文学的教学。
① 论文中部分涉及相关问题者,如曹娜《〈金縢〉与"金縢"故事》,《光明日报》2016 年 2 月 15 日,第 16 版。
② [汉]孔安国传,[唐]孔颖达正义,[清]阮元校刻《十三经注疏·尚书正义》,中华书局 1980 年版,第 195～197 页,原书无标点,标点为本文作者所加,以下《金縢》及孔《传》引文皆出此。
③ [汉]司马迁《史记》,中华书局 1959 年版,第 132、1516～1520、1522～1523 页,下文《世家》与《周本纪》引文皆出此。

添加得还是非常得体的。《金縢》："二公曰：'我其为王穆卜。'周公曰：'未可以戚我先王。'""二公"，《金縢》未明言是谁，据孔安国《传》与史实推测，可知为太公望与召公奭。司马迁的表述使"二公"所指进一步明确化，说明司马迁有可能见过孔《传》或者有其他史料的依据。《世家》改"我其为王缪卜"为"乃缪卜"，前者为第一人称直接引述，而后者为第三人称叙事，看起来只是表述方式的转换，实际上《世家》的表述与《金縢》原文相比意思略有差别。《金縢》"我其为王缪卜"，是直接引用人物的原话，带有原始史料的特点，而且"其"字明显表明还没有"缪卜"。而《世家》"乃缪卜"则有可能被误认为已经"缪卜"过了，但通过下文"周公曰：'未可以戚我先王'"才知道没有缪卜。所以《世家》在表述上不如原文精确。又，《史记》于此前加了"群臣惧"三字，进一步突出了二公做"缪卜"的决定时面临的严峻形势和周公作诰辞的背景，这样处理也是比较好的。

　　《金縢》："公乃自以为功，为三坛同墠。为坛于南方，北面，周公立焉。植璧秉珪，乃告太王、王季、文王。"《世家》："周公于是乃自以为质，设三坛，周公北面立，戴璧秉圭，告于太王、王季、文王。"相比之下，《世家》只说"设三坛"，而《金縢》则还指明三坛"同墠"并且"为坛于南方"，讲得更为具体详细，可见司马迁在此并未完全照抄《金縢》，但这里显然没有《金縢》表述得更为具体准确。又，"功"孔《传》释为"事"，意思是"周公乃自以请命为己事"。而《世家》作"质"，按裘锡圭的解释，意思是"人质"或"抵押"，还是孔《传》的解释比较好些，亦即作"功"胜于作"质"。"植"孔《传》释为通"置"，放置。"植璧"是将璧"置于三王之坐"。而"戴"则应该是顶在头上。孔《传》："璧以礼神"，则应该放在祭坛之上，作"戴"恐不确。所以，司马迁以"质"和"戴"译写"功"和"植"是否准确还有待商榷。另外，"于是""乃"语义重复，按照现代汉语语法规则已经是病句，不如《金縢》只用"乃"字。

　　《金縢》："史乃册，祝曰。"《世家》作"史策祝曰"，去"乃"字，改"册"为"策"，意思无差别，但"册"字为编连起来的竹简的象形，见字而知义，改"册"为"策"实无必要。

　　关于史官宣读的周公的祝词，《金縢》有"惟尔元孙某"，"某"字原本应当作"发"或者"王发"，宣读的时候应当也读为"发"或者"王发"，但史官记录的时候避讳为"某"，保留了史官记言的色彩和文献原貌，《世家》作"惟尔元孙王发"，将"某"字明确为"王发"，应该是遵从了史料的原本样子，可取。《金縢》中的"遘厉虐疾"《世家》作"勤劳阻疾"，《金縢》"遘"意为"遭遇"，"厉""虐"表明了病情的严重。而《世家》则没有这层意思，不如《金縢》表述精确，又增加了对周武王生病原因的表述"勤劳"。据《逸周书·度邑解》，周武王伐纣灭商之后为殷商余众及周人内部不稳定势力的反叛忧心忡忡，彻夜难眠以至于生病，也是实情。《金縢》有"若尔三王，是有丕子之责于天，以旦代某之身"，《世家》作："若尔三王是有负子之责于天，以旦代王发之身。"孔《传》译"丕"为"大"，司马迁以"负"释"丕"，司马贞《索隐》谓："《尚书》'负'为'丕'，今此为'负'者，谓三王负于上天之责，故我当代之。郑玄亦曰'丕'读曰'负'。"按：古音"丕""负"相通，"丕"可以训为"负"，但孔《传》明不以

"丕"为"负"，孔颖达《尚书正义》理解为"负天大子责"，亦即必须大儿子上天（去死），因伯邑考已于灭商前死于商纣之手，此时武王的确是周文王在世儿子中最大的，则以《金縢》作"丕"为胜。《金縢》："予仁若考，能多材多艺，能事鬼神。乃元孙不若旦多材多艺，不能事鬼神。"《世家》作："旦巧能，多材多艺，能事鬼神。乃王发不如旦多材多艺，不能事鬼神。"①《世家》以"旦"释"予"实无必要。从"清华简"来看，"仁"字应该是有的，唯"清华简"作"佞"，实际上读音亦通"仁"，"若"与"而"音义皆通，《世家》丢失这两个字，且使原文四言句式变为二言，与后文失去对应，应该说是不如原文句式整齐，更符合祷祝文的特点。从"清华简"来看，"元孙"二字也是《金縢》与清华简都有的，改"元孙"为"王"亦不合理。《金縢》："乃命于帝庭，敷佑四方。用能定尔子孙于下地，四方之民，罔不祗畏。呜呼！无坠天之降宝命，我先王亦永有依归。"《世家》"尔"作"汝"，"祗"作"敬"，"宝"作"葆"，"依归"前加一"所"字，意义上无差别，但以"葆"译"宝"实无必要。《金縢》有"今我即命于元龟，尔之许我，我其以璧与珪归俟尔命。尔不许我，我乃屏璧与珪"，《世家》"即"前多一"其"字，实无必要。《金縢》中的"我其以璧与珪，归俟尔命"《世家》作"我其以璧与圭归，以俟尔命"，虽然二"其"字的意义和语法作用皆不同，但整体句意无差别。

　　关于史官册祝以后周公的言行，《金縢》为"乃卜三龟，一习吉。启籥见书，乃并是吉"，《世家》作："周公已令史策告太王、王季、文王，欲代武王发，于是乃即三王而卜。卜人皆曰吉，发书视之，信吉。周公喜，开籥，乃见书遇吉。"其中《世家》"周公已令史策告太王、王季、文王，欲代武王发"与前文重复，无必要。《金縢》中为"乃"，《世家》作"于是乃"，"乃"就是"于是"之意，用"于是"又用"乃"，不但语意重复，没必要，实际上已经构成病句。《金縢》中的"卜三龟"《世家》作"即三王而卜"，《金縢》"卜三龟"即分别向三王占卜，《世家》改写作"即三王而卜"，语意更为明确。《金縢》中的"一习吉"《世家》作"卜人皆曰吉，发书视之，信吉"，"一""习"同义，"皆""都"之义，明为两者或者多者，这里应该指卜人根据龟兆做的判断和卦书上所言，二者一致，皆为吉兆。按《周礼》，占卜之事自有卜人去做，《金縢》表述精练，《世家》表述更明确，二者各有所长。《金縢》中的"启籥见书，乃并是吉"《世家》作"周公喜，开籥，乃见书遇吉"，译"启"为"开"，更为通俗。《金縢》"启籥"意为"以钥匙开锁"。"乃"，副词，竟然，含有惊喜之义。"并"，皆，都，同，亦含有惊喜之义。"信"意为"的确""确实"，语意与《金縢》略有差别。《世家》加上"周公喜"三个字，突出了周公此时极度喜悦的心情，强化了周公公忠体国的形象。《金縢》："公曰：'体，王其罔害。予小子新命于三王，惟永终是图。兹攸俟，能念予一人。'"《世家》作："周公入贺武王曰：'王其无害。旦新受命三王，维长终是图，兹道能念予一人。'"省略了"体"字，而加了"入贺武王"四个字，"体"字或解为卦体或者兆体，或认为表庆幸之意，此以为"体，王其无

---

① "清华简"《周武王有疾周公所自以代王之志》作："尔元孙发也，不若旦也。是佞若巧能，多材多艺，能事鬼神。"

害"，是说根据卜兆，判断武王没有危险，"体"字表现了周公之喜悦心情与对武王的关切之情。《世家》省略此字，因为有前文"周公喜"和"入贺"这些表达，虽然也能表达周公的喜悦心情，但究竟不如不删生动形象。问题在于，《金縢》中这句话为周公祝祷之后又进行了卜筮，并查阅卦书，全得到吉兆后所言，并未提到在哪个场合所言，据文势语意，当为周公卜筮之后查阅卦书，全得到吉兆后所言，《世家》作为入见武王所言，不知太史公有何依据。问题还在于《金縢》在"图"字后断句，后句作"兹攸俟"，而《世家》"兹攸俟"作"兹道"，且与"能念予一人"合为一句，意思即如孔《传》所阐释的："周公言我小子新受三王之命，武王惟长终是谋周之道"，"言武王愈，此所以待能念我天子事，成周道。"据刘起釪《尚书校释译论》："这是据汉人的误读为说。"①"攸俟"即"俟尔命"，故此句表现周公希望三王能体念其谋国长远之诚心，所以《世家》的表述反而不如《金縢》原文。《金縢》中有"公归，乃纳册于金縢之匮中。王翼日乃瘳"，《世家》作："周公藏其策金縢匮中，诫守者勿敢言。明日，武王有瘳。"这里除了译写文字的差异之外，主要有一个细节《世家》在运用材料的过程中丢失了，即"归"，则表述不如《金縢》详切。另一个是增加了"诫守者勿敢言"。这实际上也是《金縢》下文的内容（"公命我勿敢言"），基本用了《金縢》原文，只是改《金縢》语言描写的表述为陈述性表述。但在这里增加这样一句，实在无此必要。因为下文还要出现这句话，这里先出现一遍，下文再出现一遍，就显得重复，而且从文学角度来说，对于周公形象的刻画也无益而有害。这段文字叙述了在天下未定、武王垂危的关键时刻，为了天下之安宁和国祚之永续，周公宁愿舍身代武王去死，表现了他的顾全大局、公而忘私的大仁大义，公忠体国的良苦用心和谋国长远的深远忧思。像《金縢》那样经过周成王对周公的猜疑，到风雷之变的时候由"诸史与百执事"之口说出来，使周成王也使读者受到了强烈的心理冲击：原来周公为周王室做了这样无私的奉献，还如此低调，不让知情人说出去，不欲宣扬，不自满，不自矜夸，不自炫耀，使周公的形象一下子高大起来了，而《世家》这里预先说出来，就没有了这样的表达效果。

《金縢》："武王既丧，管叔及其群弟乃流言于国，曰：'公将不利于孺子。'"《世家》："其后武王既崩，成王少，在强葆之中。周公恐天下闻武王崩而畔，周公乃践阼代成王摄行政当国。管叔及其群弟流言于国曰：'周公将不利于成王。'"主要的差别在于《世家》多了"成王少，在强葆之中。周公恐天下闻武王崩而畔，周公乃践阼代成王摄行政当国"这一部分表述。《金縢》原文对于管叔等人为什么要流言于国是没有交代清楚的，也会让后世的读者摸不着头脑，这大概是作者为当时的人，当时人对当时这件众所周知的事了解比较详细，故不做详细说明。《世家》的表述则使即使不在那一段历史中生活的后代人也能明白了，补充了《金縢》表述上的不足。《金縢》："周公乃告二公曰：'我之弗辟，我无以告

---

① 顾颉刚、刘起釪《尚书校释译论》，中华书局 2005 年版，第 1223 页。

我先王。'"《世家》作："周公乃告太公望、召公奭曰：'我之所以弗辟而摄行政者，恐天下畔周，无以告我先王太王、王季、文王。三王之忧劳天下久矣，于今而后成。武王蚤终，成王少，将以成周，我所以为之若此。'"将《金縢》之"二公"明确为"太公望、召公奭"，符合史实，是《世家》的贡献。较大的差异在于，其一，"辟"字含义，孔《传》解为"法"，名词作状语兼活用为动词，意为依法惩治，而《世家》之意当为与"避"通，意为避嫌。二者意思不一致，说明在此篇理解方面，《世家》并没有完全接受孔《传》。体会《金縢》原"周公居东二年"之义，可能"辟"也有避居东都的意思，就这一点而言，虽然孔《传》之说可通，但未必准确。其二，《世家》多了"而摄行政者，恐天下畔周"，"摄行政"对"辟"做了明确解释，"恐天下畔周"则是对为什么会"无以告我先王太王、王季、文王"做了解释。其三，多了"三王之忧劳天下久矣，于今而后成。武王蚤终，成王少，将以成周，我所以为之若此"，这是对自己为什么不避嫌疑而摄政做的更为深刻的解释。这是《金縢》所没有的内容，不知道司马迁是根据何史料增加的。当然，不管是《金縢》，还是《世家》，都生动体现了周公对先王、对周室负责任之态度，顾全大局、勇于承担的高风亮节和胸怀大度、不辞劳苦的精神，与《逸周书·度邑解》武王对他的评价和要求相吻合，亦说明武王明察于人的眼力。

《金縢》中的"周公居东二年，则罪人斯得"对应《世家》"周公乃奉成王命，兴师东伐，作《大诰》。遂诛管叔，杀武庚，放蔡叔"和《本纪》"周公奉成王命，伐诛武庚、管叔，放蔡叔"。亦即是说，《世家》将"周公居东二年"理解为周公东征二年，而不是周公奔楚[①]，与《金縢》一致，但显然《世家》的表述更为明确具体。《金縢》中有"于后，公乃为诗以贻王，名之曰《鸱鸮》。王亦未敢诮公"，《世家》作："东土以集，周公归报成王，乃为诗贻王，命之曰《鸱鸮》。王亦未敢训周公。"这里有两点不同，其一，《金縢》中周公未回宗周，而作《鸱鸮》诗送给周成王以阐明自己的心意，而《世家》则是周公回到了宗周，并作《鸱鸮》诗送给周成王。其二，《世家》以"训"译写"诮"，按："诮"有呵斥、责备、批评等义，《世家》译"诮"为"训"，义亦通。谨按：《金縢》因后文周成王要"新逆"周公，故从故事情节上此处周公必不得回宗周。而《世家》将《金縢》史料分成了两部分，在《世家》的叙事系统中，周公东征前后本不存在周成王怀疑周公之事，这里司马迁照抄了《金縢》周公"为诗以贻王……王亦未敢诮公"的情节内容，很可能是他迷惑于《金縢》以及其他史料关于周成王怀疑周公的记载，或者他一味抄录《金縢》而忘记了他的记事系统原与《金縢》不同。作为史书，将《金縢》中周成王怀疑周公、周公作诗向周成王解释这类子虚乌有的情节一并抄入《世

① 关于周公奔楚，《左传》有明载。《左传·昭公七年》记载楚国建成章华台，希望诸侯来参加落成典礼，蓬启强来邀请鲁昭公前往，"公将往，梦襄公祖。梓慎曰：'君不果行。襄公之适楚也，梦周公祖而行。今襄公实祖，君其不行。'子服惠伯曰：'行。先君未尝适楚，故周公祖以道之。襄公适楚矣，而祖以道君，不行，何之？'"此以鲁国君臣实际上是拿传说当成史实作为依据来讨论鲁昭公是否应该应邀去楚国参加章华台落成典礼的事，实际上仍是受了周公奔楚传说的影响，但不可能是史实。

家》，显然是不够严谨的。

《金縢》中的"秋，大熟，未获，天大雷电以风，禾尽偃，大木斯拔，邦人大恐"，《世家》作："周公卒后，秋未获，暴风雷雨，禾尽偃，大木尽拔。周国大恐。"《金縢》系此事于周成王三年周公东征胜利之年，周公尚在世之时，而《世家》系此事于周公卒后。《世家》以汉代通俗语言译写《金縢》文句，意思基本一致。而据《尚书·多方》"惟五月丁亥，王来自奄，至于宗周"①，则周公四年五月丁亥日，周公东征胜利回到了宗周，周公三年秋周公尚在东征之中，且周公三年不存在天降风雷之变，周成王要亲自迎接周公回宗周之事，则《金縢》所言显然非事实，已流入小说家言，《世家》的处理更为合理。《金縢》中"王与大夫尽弁，以启金縢之书，乃得周公所自以为功代武王之说"，《世家》作："成王与大夫朝服以开金縢书，王乃得周公所自以为功代武王之说。"《世家》以汉代通俗语译写，与《金縢》对应句意思一致。《金縢》："二公及王乃问诸史与百执事。对曰：'信。噫！公命我勿敢言。'"《世家》："二公及王乃问史百执事，史百执事曰：'信有，昔周公命我勿敢言。'"《世家》少了"诸""与"二字，丢失了"诸史"语意所指范围，且少了"与"字，后世读者有可能会弄不明白"史百执事"各自的身份，显然是一处败笔。《金縢》未言回答成王问话的是谁，《世家》明确为"史百执事"，实际上，周成王此次来的地方应该是"太史寮"，"史"指史官，从《金縢》"诸史"来看，史官不止一个，当有首领，相当于汉代的"太史令"，"百执事"当指太史属下的各级各类办事人员。回答周成王问话的应该是众史官之首领，亦即太史，或者是掌管档案收藏保管的人员，司马迁对此理解有误。另外，《世家》少了"噫"字，也是一处败笔。因为这个词用得非常好，生动形象地写出了答话人非常复杂而又万般无奈的心情，他一方面觉得如果告知周成王这些事，就违背了周公的嘱咐，尤其在《世家》的叙事系统中，周公已去世并下葬，违背已去世之人的命令被认为是极端不吉利的；如果不告诉的话，又违背了周成王的命令，所以不得不说，甚至通过这个词可以想象到他当时的表情。而且，这里既然已经明确记载了"昔周公命我勿敢言"，前面就没有必要预先记载"诚守者勿敢言"。《金縢》："王执书以泣，曰：'其勿穆卜。昔公勤劳王家，惟予冲人弗及知。今天动威，以彰周公之德，惟朕小子其新逆，我国家礼亦宜之。'"《世家》作："成王执书以泣，曰：'自今后其无缪卜乎！昔周公勤劳王家，惟予幼人弗及知。今天动威以彰周公之德，惟朕小子其迎，我国家礼亦宜之。'"《世家》于《金縢》"其勿穆卜"前加了"自今后"恐于意不合。《金縢》所言乃指为天动威降灾一事而占卜，正如孔《传》所言"本欲敬卜吉凶，今天意可知，故止之"，非指从今以后不必"缪卜"，而且"穆"见字而知"敬"意，改"穆"为"缪"也实无必要。《金縢》中的"新逆"，孔《传》："改过自新，遣使者迎之"，显然属于增字为训，不可取。而《世家》作"其迎"，是说周成王要亲自去迎接周公。此条亦说明司马迁在写作

① ［汉］孔安国传，［唐］孔颖达正义，［清］阮元校刻《十三经注疏·尚书正义》，中华书局 1980 年版，第 227 页。

《史记》的过程中并没有完全遵从孔《传》。按："新"通"亲"，马融本正作"亲迎"。

《金縢》："王出郊，天乃雨，反风，禾则尽起。二公命邦人，凡大木所偃，尽起而筑之，岁则大熟。"《世家》作："王出郊，天乃雨，反风，禾尽起。二公命国人，凡大木所偃，尽起而筑之。岁则大孰。"虽有的词用汉代通俗语言译写，但连文字都几乎一样。

## 二、文献处理得失

正如曹娜所言，"《鲁周公世家》记载了本于《尚书·金縢》的金縢故事，并进一步补充了《尚书·金縢》中语焉不详的内容"①，但司马迁对《金縢》史料及其他《金縢》类史料的运用显然既不是单纯抄录，也不是仅有所增补，还有取舍和改变的问题。

### （一）对史料的采信

《世家》对《金縢》从开头到"王亦未敢诮公"这一部分的史料是完全采信的，都以译写的方式收纳入《鲁周公世家》中，已见前文分析。即使如《周本纪》："武王病。天下未集，群公惧，穆卜，周公乃祓斋，自为质，欲代武王，武王有瘳。后而崩，太子诵代立，是为成王。成王少，周初定天下，周公恐诸侯畔周，公乃摄行政当国。管叔、蔡叔群弟疑周公，与武庚作乱，畔周。周公奉成王命，伐诛武庚、管叔，放蔡叔。"这些记载除了周武王去世后周成王代立与《尚书》等其他关于周公称王的早期文献不符之外，其他与《金縢》及其他周代史料的记载都是一致的，《世家》这一处理应该说基本上是成功的。

### （二）改编

#### 1. 对风雷之变发生时间与影响结果的修改

《金縢》系风雷之变于周公居东二年亦即周成王三年的秋季，其结果是周成王因风雷之变开金縢之匮见周公欲以身代武王之书，体会到了周公之忠勤王家，打消了对周公的怀疑，悔悟感动，亲迎周公还朝。而《世家》则系之于周公去世之后，其结果为成王厚封于鲁，命鲁得郊祭文王，享有天子之礼乐。即《世家》所谓"于是成王乃命鲁得郊祭文王。鲁有天子礼乐者，以褒周公之德也"。周成王因风雷之变而做出某种决定，皆有可能属实，如《尚书大传》载周公去世后，成王本欲如周公遗命葬之于成周，风雷之变使成王开金縢之匮见周公欲以身代武王之书，悔悟感动，遂改主意葬周公于毕。《白虎通·封公侯篇》《丧服篇》、何休《公羊解诂·僖三十一年》及《后汉书·周举传》《张奂传》皆承其说。《世家》之说尤可能属实：鲁以诸侯而享有天子之礼乐乃不争之事实，则其得享天子之礼乐必有重大事件为契机，此盖即是矣。故此以为《世家》这一修改是极为有道理的。但司马迁

---

① 曹娜《〈金縢〉与"金縢"故事》，《光明日报》2016 年 2 月 15 日，第 16 版。

选用本文作为材料之时有所疏忽，或曰抄得忘乎所以，照抄了《金縢》"惟朕小子其新逆"，改写为"惟朕小子其迎"，忘记了在他的叙事系统中周公此时已经去世并已下葬。人已死且已经下葬，还怎么迎回来？闹出了一个天大的笑话，算是一处败笔。

2. 对周成王怀疑周公情节的改编

据《尚书·大诰》《康诰》《酒诰》《召诰》《多士》《君奭》《多方》《立政》《逸周书·度邑解》《武儆解》《五权解》《皇门解》《明堂解》《尝麦解》《礼记·明堂位》《文王世子》《荀子·儒效》《尚书大传》《史记·鲁周公世家》、《太保簋》铭、《保卣》铭等史料和郭伟川《两周史论》的研究成果，周武王去世后周公旦践祚为天子，七年中周公旦继位称王执政，天下之事，悉决于周公旦，七年之中，根本就没有周成王这一位周天子。周公为王七年之次年，周公作《立政》时小子诵才继位为王。武王去世后三年中小子诵作为过继子受周公教养，既无王之名，亦无执政之实，不存在成王疑周公、周公避居于东或奔楚之可能，亲自迎周公回宗周之说更是子虚乌有。《尚书大传》叙此事亦未关联周成王疑周公之事，所以，《周本纪》和《世家》都改变或曰消除了《金縢》所谓周成王因为管蔡流言而怀疑周公的记载。此为《史记》对《金縢》这一情节的改变也是有道理和能够成立的。

### （三）增补

也许司马迁仍然不完全相信没有周成王怀疑周公旦之事，或者说他发现的史料或曰材料证明确实存在周成王怀疑周公旦的事实，于是他采信了另外一条类似于《金縢》的材料：

> 初，成王少时，病，周公乃自揃其蚤沈之河，以祝于神曰："王少未有识，奸神命者乃旦也。"亦藏其策于府。成王病有瘳。及成王用事，人或谮周公，周公奔楚。成王发府，见周公祷书，乃泣，反周公。（《史记·鲁周公世家》）

实际上这只能作为一条文学书写的材料，而不能算作史料。正如司马贞《史记索隐》所言："经典无文，其事或别有所出。而谯周云'秦既燔书，时人欲言金縢之事，失其本末，乃云"成王少时病，周公祷河欲代王死，藏祝策于府。成王用事，人谗周公，周公奔楚。成王发府见策，乃迎周公"'，又与《蒙恬传》同，事或然也。"[1]曹娜则认为："《鲁周公世家》周

---

[1] 谯周把周公欲代成王故事的出现归因于秦焚书之后，人们失去《金縢》文本的依据，因而出现《金縢》故事之异说，显然是不对的。当时今古文《尚书》都有《金縢》篇，怎么会"失其本末"呢？他说此事"或然"，实则不然，实际上仍是《金縢》故事的改编本或曰不同流传版本。曹娜也注意到了这个问题，她的论文《〈金縢〉与"金縢"故事》："更值得注意的是，《鲁周公世家》也记载了周公替成王祷疾一事，其故事结构与《金縢》记载的周公代武王非常相似。二者都是时王有病，周公祷神愿以自己代替时王。之后周公被陷害，被迫出外。及至成王看到祷书，打消了疑心，悔悟改过。由于代祷对象的不同，周公地位不同，导致故事叙述有所差异。然二者都有成王见祷书而泣这一极具故事性的细节。二者所强调的细节和叙述结构的一致，使我们联想到谯周此事是《金縢》'失其本末'之谓。尤为值得注意的是，《史记》所记周公代成王祷事，与《金縢》代武王祷内容上有所重合。"《光明日报》2016 年 2 月 15日，第 16 版。

公代成王祷一事,当是'金縢'故事在流传过程中的进一步演义而形成,非真实的史事。"
"金縢故事的复杂性,或与金縢的改编过程有关。司马迁编撰《史记》时,社会上尚流传着
不同版本的金縢故事,这些故事互相杂糅,形成了周公替成王祷疾的新'金縢'故事。"①亦
即司马贞所言"其事或别有所出"。而且这一版本离史实更远,这或许是司马迁对此事难
以决断或者对史料难以取舍而采取的折中安排。同样的还有郊天、亲迎之后"王出郊,天
乃雨,反风,禾尽起"的情节,太离奇,显然也不可能是史实。司马迁将此情节一并接受并
写入《世家》,作为文学作品这一安排自然无可厚非,但作为严肃的史学作品,则是不合
适的。

### (四)拆断

《金縢》原本是一篇结构完整、叙事紧凑的小说。②《史记》对《金縢》的拆断主要表现
在《世家》以风雷之变为界,将《金縢》所叙述的完整故事拆断成了两部分,风雷之变及之
后为一大部分,风雷之变前面的内容为一大部分。经过比较可知,经过司马迁的改造,原
来结构完整、情节紧凑、双线交织的《金縢》故事被分成了两大部分,前一部分与后一部分
的叙事系统被分裂了,前一部分与后一部分内容变得不再有关联,至少关联不那么紧密
了。前一部分的主要矛盾由周公与成王的矛盾演变成了周公成王与管蔡武庚等叛乱势
力的矛盾,尤其是基于史实并不存在周成王怀疑周公之事,故周成王对周公由怀疑到释
疑到感动的主线基本消失了。保留的一点痕迹周公作《鸱鸮》以贻成王,成王亦未敢训周
公,或者司马迁因为周公旦愿以身代成王传说中有成王疑周公的情节而保留,或许是由
于司马迁抄《金縢》抄得忘乎所以,忘记了他的叙事系统中并不存在成王疑周公之事。

总体而言,这种处理和使用,使《金縢》的传奇性色彩极大地减弱了,而历史性色彩则
大为增强。此种原因,主要在于司马迁是一个史学家,他必须以史学家的眼光思考这段
历史,作为史料加以运用,或者采信,或者加以改动。当然,其历史化改动仍不够彻底,保
留了一些传奇性的内容,甚至出现一些前后无法照应的低级错误。当然,瑕不掩瑜,这些
问题丝毫不影响《史记》作为一部伟大的纪传体史书和伟大的传记文学典范的崇高地位。

---

① 曹娜《〈金縢〉与"金縢"故事》,《光明日报》2016 年 2 月 15 日,第 16 版。
② 参见拙文《论〈尚书·金縢〉篇的小说性质》,2016 年 9 月,广西师范大学"文體·文心·文化——中国古代散文学
　会第十一届年会暨国际学术研讨会"交流论文。

# 中国现当代作家传记的史料问题初探*

## 张立群

**内容摘要：**中国现当代作家传记在具体的文学研究中可作为一类史料。这一概括在具体展开时包括从史料的定位、层位角度和基本构成等角度考察现当代作家传记。现当代作家传记的史料价值遵循"生长的逻辑"，但需进行辩证的论析。现当代作家传记的史料价值通过具体的应用和实践表现出来，并主要集中在纵向的版本的考辨，和横向的跨版本比较两个主要方面。近年来现当代作家传记的发展态势使其史料问题趋于复杂，并对现当代作家传记的写作、出版、阅读和研究提出更高的要求。

**关键词：**中国现当代作家传记　史料　史料问题

　　从某种意义上，任何研究相对于言说者都可以作为一次"当代的阐释"，和"当前"的语境密不可分。基于近年来现当代作家传记出版热和史料研究成为现当代文学研究的热点，中国现当代作家传记的史料问题也逐渐产生并形成新的"探知领域"。言及现当代作家传记的史料问题，可以首从何为史料谈起。早在《中国历史研究法》中，梁启超就曾言："史料者何？过去人类思想行事所留之痕迹，有证据传留至今日者也。"①梁启超的说法，事实上已揭示了史料是历史遗留物，是过去事物得以流传后世之资料的基本内涵。史料研究是历史学科的一个重要分支，历史学家正是借助史料研究历史、编纂史书。史料作为历史遗留物，可通过文字记录、实物遗存、口耳相传三个主要途径流传下来，并以此可被分为"文字史料""实物史料""口述史料"三个主要方面。其中，"文字史料"基本等同于"文献"概念。②

　　随着时代的变化和研究的深入，人们对于史料的理解也在不断发生变化。由于我们所言的"中国现当代作家传记的史料问题"是在现当代文学范畴内展开的，所以，可以在适

＊　作者简介：张立群，文学博士，山东大学人文社科青岛研究院教授，博士生导师。主要从事中国现代作家传记与现当代文学史料研究。

① 梁启超《中国历史研究法·说史料》，《饮冰室合集·专集》之七十三，中华书局 1989 年版，第 36 页。

② 关于文中所列三种类型及"文字史料"基本等同于"文献"概念，主要参考潘树广、涂小马、黄镇伟三人主编的《中国文学史料学》上卷，华东师范大学出版社 2012 年版，第 2～4 页。值得指出的是，因为科技进步特别是电脑网络技术兴起后，"史料"存在的载体，还包括"图片""影像"等形式。这些形式在现当代作家传记中虽未多见，但毕竟已有所出现，故此说明。

度区分若干概念与范畴的过程中引入"文学史料"这样的一个更为具体的概念加以说明。①
概言之，"文学史料"是有关人类文学活动和各种文学现象的资料，是研究和编纂文学史
时所用的依据，且在实际应用中主要以纸面文字为表现形式。现当代作家传记在现当代
文学研究和现当代文学史书写过程中具有这方面的功用与价值。因此，可以作为文学史
料加以处理，并借助文学史料学的一些方法探究其中的问题。

## 一、定位与层位：作为史料的中国现当代作家传记

关于现当代作家传记是文学史料这一结论是不难理解的，许多现代文学研究的从业
者都曾言及两者的关系。早于1985年，马良春就曾在其《关于建立中国现代文学"史料
学"的建议》一文中，将现代文学的史料进行了分类。其中，"传记性史料"包括"作家传
记、日记、书信等"的提法②，就与本文所言的中国现当代作家传记同义。按照刘增杰的说
法："马良春的设想提出后，虽然在学理上没有引起大的讨论，但在教学实践中，却推动许
多高等学校相继开设了中国现代文学史料学（文献学）课程，并先后提出了一些史料分类
的实施草案。"③以刘增杰所在的河南大学为例，20世纪90年代初，河南大学中文系就曾
在为中国现代文学专业研究生开出的学习书目中，将中国现代文学史料分为七类。这七
类和马良春的分类有所不同，其中，"第六类：作家年谱、传记、回忆录史料"属于"传记性
史料"，但突出了年谱、回忆录史料，而书信、日记属于广义"自传"的史料应当被置于"第
二类：中国现代文学别集"即"是收录一家作品的集子，包括作家全集、作家文集、作家选
集"④之内。

关于现当代作家传记作为一种史料，还可以从更广阔的范围加以确定，如在潘树广、
涂小马、黄镇伟主编的《中国文学史料学》一书中，"中国文学史料"就被分为八种，其中第
三类是"作家传记资料"，"包括传记专书和散见于正史、别史、杂史、姓氏书、题名碑录、方
志、家谱、笔记、文集、报刊、回忆录中涉及作家事迹的资料。传记资料有本人记述（如自
传、自订年谱、日记等）或亲属、师友记述的，史料价值一般较高。但大部分传记为后人搜
集已有文献资料整理而成"⑤。上述证明过程当然还可以扩大至近现代史史料学等范围，
但由于已经可以在更为具体、明确的范畴内得到确证，再依据从小到大的范围加以推论

---

① 　所谓"适度区分若干概念与范畴"，主要基于本文是在现当代文学研究视野中谈论现当代作家传记的史料价值，所
　　以使用"文学史料"更为准确。需要补充的是，在近年来现当代文学的相关研究中，还有人常常使用"文献史料"一
　　词，这种合并使用的方式和单独使用"文献"或"文字史料"在内涵上没有实质区别。"文献史料"一词的出场是力
　　求包容更多材料和现象的结果，而其归根结底强调的是以纸面为主，有历史价值、可作为研究和编撰历史所用的
　　文字记录材料，其落脚点还是"文学史料"的范畴。
② 　马良春《关于建立中国现代文学"史料学"的建议》，《中国现代文学研究丛刊》1985年1期，第81页。
③ 　刘增杰《中国现代文学史料学》，中西书局出版社2012年版，第172页。
④ 　刘增杰《中国现代文学史料学》，中西书局出版社2012年版，第172，173页。
⑤ 　潘树广、涂小马、黄镇伟主编《中国文学史料学》上卷，华东师范大学出版社2012年版，第5页。

已无太多必要。确定现当代作家传记是史料之后,随之而来的就是传记史料的层次划分及如何实现其价值等一系列问题。为此,我们可选择从作家传记的分类谈起。正如许多研究著述指出的,包括现当代作家传记在内的所有传记都可以依据"著者身份",分为"自传"和"他传"两大类,而"自传"和"他传"又可以进一步划分更为具体的类别。在具体研究过程中,研究者常常会遇到这样一个问题,即现当代作家"自传"和"他传"很难置于一个层面或一篇文章中去探究。"自传"和"他传"的差异性、无法置于一个层次相提并论,直观地看,可从著者身份与传记的主体是否一致加以言说,但就学理上讲,却涉及史料的层次或曰层位问题。

在《中国文学史料学》中,著者在"文学史料的层位及其价值评判"中将文学史料分为三个层次,即"一、第一层位的文学史料",指"作家本人的著作,群体性文学活动的当事人或事件的目击者的撰述";"二、第二层位的文学史料",指"同时代的非当事人的记录";"三、第三层位的文学史料",指"根据前代遗存的史料进行综合、分析、取舍而写成的资料性著述"①。结合三个"层位"的划分,我们可以很清楚地判定,可以收入作家全集或文集的"自传"及其相关文字是第一层位的文学史料,史料价值最高,是研究该作家重要的文献基础。由他人写的"他传"视情况而定,可分为第二、三层位文学史料,其史料价值按照一般逻辑会依次降低。当然,对于现当代作家传记而言,由于其历史较短,具体区分究竟属于哪一层位的史料还要看具体的评判标准。毕竟,如果我们将"同时代"理解为20世纪的话,那么,现当代作家传记基本上都可以作为第二层位的文学史料。但如果我们强调"同时代"只限定为写作者与传主在世时间有部分重合的话,那么,现当代作家传记是可以分出第二和第三层位的。除此之外,现当代作家传记的发生与发展史,毕竟距离今天的读者较近,而80年代之后文学史观念的变化和发展、传记写作方法的更新、研究者众多和研究的不断深入、关于现当代作家研究资料和文集整理工作取得的实绩,以及出版的繁荣和科技的进步等等,都使现当代作家传记写作获得了前所未有的机遇、取得了长足的进步。在此前提下,如果只是按照经验式、概念化的思维方式,从简单的层位划分去评判现当代作家传记的史料价值,则很容易使研究变得简单、机械,这一点,是现当代作家传记研究者必须要注意到的。

除上述"三分法"之外,谢泳在其论述"作家传记的使用"时,提到的"作家传记属于'有意'的史料,或者说是次料,是第二手材料,此点要有清晰认识"②的说法也值得关注。"次料"的说法主要相对于作家作品的"第一手资料"而言,这种提法从另一个角度揭示现当代作家传记的史料层次。"作家传记是研究者获得史料的初始基础,也就是说,我们从

---

① 潘树广、涂小马、黄镇伟主编《中国文学史料学》上卷,华东师范大学出版社2012年版,第130~132页。
② 谢泳《中国现代文学史研究法》,广西师范大学出版社2010年版,第128页。

传记中获得的主要是史料线索，还不是史料，从传记线索中扩展史料是我们使用传记的目的，而传记本身并不能成为我们史料的基本来源，就是作家的自传也不能成为史料来源的依靠。"①谢泳对"次料"限度及其参照系进行详细的界说，对作为史料的现当代作家传记的应用有启示意义。

现当代作家传记的史料及其层位划分问题从来都是一个实践的课题，需要在实践中确定其具体内容。鉴于现当代作家传记是一种尚属"年轻"的传记类型，无论采用"三分法"，还是"两分法"，在谈及其史料问题时一般都不会出现原则性的错误。与之相比，真正的问题或许是在我们谈论现当代作家传记是一类史料时，如何秉持从实际出发、具体问题具体分析的史料观，以及如何看待那些晚近出版的、属于现当代作家传记范畴但却不具备多少史料价值的文本。显然，这些问题与现象对现当代作家传记的史料问题研究提出了挑战。不过，既然我们阐释的对象是现当代作家传记的史料问题，那么，无论是史料价值的多与少、有与无，都可以作为史料问题的一个方面。现当代作家传记的史料问题研究就是要揭示现当代作家传记在作为史料过程中存在问题的复杂性与多样性。这一点，就具体的研究目的和价值来说，都可以说得通。

### 二、范畴与类别：现当代作家传记史料的基本构成

与现当代作家传记可以作为一类史料相比，现当代作家传记在史料基本构成上同样是一个值得探讨的问题，而且这一问题一旦深入进去，还会涉及现当代作家传记的范围、形态、现状等以往研究中常常为人忽视的方面。

现当代作家传记之范畴在具体展开时至少包括如下几点内容。其一，就时间上而言，现当代作家传记之"现当代"取意于不断现代化、等同于"新文学以来""现代文学以来"或曰"20世纪以来"，即涵盖了通常文学史所述的"现代"和"当代"两个时段。这一范围确定主要与现当代作家传记写作的实际情况有关。现当代作家传记在通常所言的"现代"阶段成书少、多为当代人书写且呈现持续发展的态势；现当代作家虽很多生于、成名于"现代"，但其在新中国成立之后仍在创作，总体上在展现作家生命历程时也贯穿于"现代"与"当代"等客观存在的因素，是我们确定使用"现当代"时需要注意的。现当代作家传记是一个不断增长的过程，需要人们使用一种开放的视野。现当代作家传记持续"当代化"的实际客观上决定简单、孤立地使用"现代"或"当代"都有可能会在某种程度上产生顾此失彼的问题。其二，就空间上来看，现当代作家传记涵盖国外学者、港澳台学者著述、出版的现当代作家传记，但就具体实践情况而言，现当代作家传记显然要以国内学者著述且在大陆出版的汉语版传记为主要研究对象。其三，就具体对象和内涵而言，现当

---

① 谢泳《中国现代文学史研究法》，广西师范大学出版社2010年版，第128页。

代作家传记主要以成书意义上的传记文本为主。现当代作家传记之"传记"取其宽泛义,即它等同于"某某传"中的"传";涵盖"传记文学",是一个属概念。

除以上三点外,现当代作家传记的范畴还涉及传记的类别及形式问题。事实上,在强调现当代作家传记之"传记"取宽泛义、涵盖"传记文学"时,就已经涉及现当代作家传记的类别及形式。应当说,"传记"包括"传记文学"就意味着除"传记文学"意义上的现当代作家传记之外,还有其他类型的传记存在。与传记的概念相比,传记的分类同样是一个实践的课题,并在以往的研究过程中出现过多种看法。本文在综合 20 世纪 90 年代之后几部有代表性的传记研究著作之观点的前提下①,结合现当代作家传记的实际写作情况对其进行分类。

首先,正如上文提到的,采用一种最常见的划分即依据"著者身份",可以将现当代作家传记分为"自传"和"他传"两大类。两大类传记皆以成书的文本为主、篇幅长短不一,按传记身份划分皆为"作家传记"。

其次,"自传"由于著者和传记主人公身份一致、数量相对少而成为一种最易识别的传记形态。现当代作家自传依据其写作实际,还包括回忆录、口述史等"亚自传"形态。但需要注意的是,结合 20 世纪 90 年代的出版情况来看,如江苏文艺出版社于 1995 年 9 月陆续推出的"名人自传丛书"(吴福辉、钱理群主编,共 25 种)中的《冰心自传》(钱理群、谢茂松编)、《徐志摩自传》(晓文编)、《朱自清自传》(吴周文编);团结出版社于 1996 年 4 月陆续推出的"世纪风铃丛书"(戴文葆主编,共 11 种)中的《冰心自叙》(林乐齐、郁华编)、《徐志摩自叙》(刘炜编);安徽文艺出版社于 2013 年 4 月陆续推出的"二十世纪名人自述系列"(皆为文明国编,分三辑共 44 种)中的《徐志摩自述》(徐志摩著、文明国编)、《刘半农自述》(刘半农著、文明国编)等等,这些"自传"都是由后人依据作家生前自叙性文字,或增添、或辑录而成,属于人为的"自传",它们在应用时虽仍可视作"第一层位的史料",但从严格意义上说,仍需谨慎征引为好。

再次,与"自传"包含的种种类型相比,"他传"结合现当代作家传记出版的实际情况,具体包括一般性传记、正传、评传、小传、传略、新传、外传、诗传、图传、画传、传记小说、故事、青春剪影等形式。这些形式依据传记的属性如究竟是倾向于历史还是倾向于文学,可进一步概括为"评论性传记"(主要指评传)、"标准传记"(主要指一般性传记、正传等)、传记文学(主要指传记小说、故事等)等类型。也可依据传记是否全部记录了传主的生命历程,进一步分为全传和阶段性传记(如"青春剪影"系列就是写作家从出生到青春时代,可形象理解为"阶段式"或"断代式"写作),等等。

---

① 这些著作主要包括朱文华《传记通论》,复旦出版社 1993 年版;李祥年《传记文学概论》,安徽文艺出版社 1993 年版;杨正润《传记文学史纲》,江苏教育出版社 1994 年版;陈兰村主编《中国传记文学发展史》,语文出版社 1999 年版;杨正润《现代传记学》,南京大学出版社 2009 年版;等等。

现当代作家传记就总体而言，由于展现了现当代作家的生平、特定时代的背景和个体命运以及情感故事，可以作为研究现当代作家的重要参考文献；同样地，现当代作家传记由于完整记录了现当代作家文学观念、文学道路和艺术追求而成为现当代文学批评和文学史写作的重要资料。这些外在的、直观的结论就现当代作家传记作为史料的具体构成来说，一是来自真实性和完整性的写作原则与美学原则；二是来自传记书写的历史性追求即展现一个特定的人生和一段特定的历史，从而在实现"人性的纪念"、完成"人生的示范"的同时，达到"认知的快乐"、释放一般意义上的传记功能。①

当然，现当代作家传记毕竟是对过往历史和人生的复原与再现、是一种创作，其不可避免地受传记创作主客体因素的影响，允许存有信息和材料的疏漏甚至是记忆的偏差以及对隐私和有争议事件的回避，同时，其在具体书写过程中还受到文字叙述和篇幅的限制。因此，所谓传记的"真实"和"完整"都是相对意义上的，而不是绝对意义的。除此之外，现当代作家传记还有如下特性值得注意：部分现当代作家特别是现代作家由于时代、社会、个人等原因，往往在许多领域或曰许多方面做出了突出的成就，身份多元，其作家经历、文学成就在具体传记书写中并不如想象中那样占有绝对的比重，作家身份也并不十分显著。因此，对于其相关史料价值构成的判定还需从不同角度、通过实践加以检验。

### 三、"生长的逻辑"：时代性、历史化及其辩证思考

现当代作家传记作为一个持续发展的过程，自是呈现不断生长的态势。这一"自然增长"的逻辑，同样适用于从史料角度考察现当代作家传记的历史发展。不过，既然是史料，就不仅仅只关乎文本的数量，还关乎文本的质量等一系列问题。

为了能够更为清晰地阐释作为史料之现当代作家传记的"生长的逻辑"及其复杂性，笔者选择从现代作家传记的生成和几种有代表性的作家传记谈起。历史地看，现代作家传记在中国现代传记诞生期曾承担过开路先锋的角色且以"自传"书写为典型标志。中国现代传记是随五四新文学运动逐步出现的，接续古代史传传统、融入西方传记资源，在写法、篇幅以及表现人性、张扬自我上表现一种"现代性"，是中国传记进入现代阶段的突出特征。作为最早的一批倡导者和实践者，胡适、郁达夫、郭沫若等均写有自传，显然对现代传记的书写起到了"引路者"的作用。胡适在《四十自述》的"自序"中力陈"我在这十几年中，因为深深的感觉中国最缺乏传记的文学，所以到处劝我的老辈朋友写他们的自传"，强调"我们抛出几块砖瓦，只是希望能引出许多块美玉宝石来；我们赤裸裸的叙述我们少年时代的琐碎生活，为的是希望社会上做过一番事业的人也会赤裸裸的记载他们的

---

① 关于一般意义上的"传记功能"及其包括的内容参见杨正润《现代传记学》，南京大学出版社 2009 年版，第 191～228 页。

生活,给史家做材料,给文学开生路"。① 不仅道出了"传记"的意义和价值,还揭示出"老辈朋友"都已是文化名人、有社会影响力的事实。与现代作家传记的诞生过程和胡适的提倡相比,诸如鲁迅、郭沫若等著名作家的传记书写历史久、数量大,时至今日仍保持持续增长的态势,而另一些作家传记的书写寥寥无几、鲜有问津,则反映了现当代作家传记书写与现当代文学史评价、作家文学史地位以及研究互动之间的关系;至于像"徐志摩传""林徽因传""张爱玲传"在近年来数量激增、版本多样,又从侧面说明图书出版、策划与读者阅读、消费,同样可以对现当代作家传记的生产产生重要的影响。综合以上所述,我们大致可以归纳出现当代作家传记的发展,不仅与作家的身份、地位有关,还与一种可以称为"时代性""历史化"的逻辑密切相关。"时代性"作为现当代作家传记具体书写时的文化语境,首先是某一作家可以立传的前提条件;其次,对于已立传的文本来说,"时代性"既在客观上决定了传记的写作观念、尺度和评价标准,也从资料发掘、搜集、整理角度上决定了传记的完整程度和价值水平。"时代性"变动不居并在"一时代有一时代标准"的过程中充分历史化,而整体和个体意义上现当代作家传记的"求全"意识、"经典化"追求以及读者阅读、消费等影响因素正蕴含其中。

只要对比今日和十年前及至时间更为久远的同一作家的"他传",便不难看出"时代性"对于那些皆是用心所作的传记有着怎样的意义。此时,"时代性"既意味着作家生平资料在发掘、搜集、整理上的完备,也意味着与现当代文学史研究和写作"双生互动"、汲取最新的研究成果。这一历史化过程,就现当代作家传记史料价值生长的角度来看,可以现当代作家传记版本的演变特别是"重写"加以典型的说明。现当代作家传记的版本演变,在表面上看,只涉及"第1版"与"第2版"及"第几版"或"修订版""增订版"等之间的关系,但若做深层次探究,则会发现其中有很多复杂的问题可以进一步地展开。作为一个历史化的过程,"版本"问题首先隐含着"时间的意义",而"时间的意义"又在具体展开过程中,包含传记书写的时代性及与之密切相关的主客体呈现。从这个意义上说,"重写"首先可以理解为修改,而后才是如何修改以及修改的范围与程度。现当代作家传记在初版本生成之后,一直承受着时间的压力:经过岁月的检验,当年的某些结论是否正确? 经历相关史料的发掘、整理和研究的逐步深入,原来的传记版本是否需要补充、修订? 还有随着时代的变迁,当年的提法是否已经过时? ……这些问题不仅使现当代作家传记在历史化进程中版本众多(此时着重强调初版本的演变),而且还要承受有新的写作者不断加入、书写同一作家传记而带来的压力。是以,相对于初版本的"第2版""修订本""增订本"等,在某种程度上都可以视为一种"重写"。在现当代作家传记的发展史上,"鲁迅传""郭沫若传""徐志摩传""萧红传""张爱玲传"等都多次进行过"重写",而"重写"

---

① 胡适《〈四十自述〉自序》,耿云志、李国彤编《胡适传记作品全编》第一卷上册,东方出版中心2002年版,第1、3页。

的原因不仅在于时过境迁之后的自我调整与自我修正，还基于传记写作理想的再度实现。这种实践就理想化状态来说，既会提升现当代作家传记自身的艺术品位，也会在适度丰富、完善、补充甚至是修正现当代作家传记史实、与研究互动的过程中，提升其史料价值。

结合近年来现当代作家传记的出版情况，我们可以明显地看到，随着网络技术的进步，信息传播迅捷，现当代作家传记就其"生长的逻辑"已发生了很大的变化：传统意义上的现代作家传记因为资料发掘充分和普及化，在"质"的层面上的生长已经变得缓慢了许多；当代作家传记由于时间上的晚近，资料整理和研究尚处于变动之中，进而还有很大提升空间；部分作家如徐志摩、林徽因、张爱玲、萧红、三毛等虽在数量上一路走升，但从史料价值角度考察却并非如此。相反地，上述现象的出现在实质上是给现当代作家传记及其史料问题的研究提出了新的课题。由于这一问题在本文的最后一部分还会详细地阐释，此处不再赘述。

谈及现当代作家传记版本的生长过程、数量规模与史料之间的辩证关系，有一种现象是不可忽略的一环，即那些独立的、数量相对较少的且属于某一地域作家的传记往往更具不可替代的文献史料价值。以"七月派"诗人鲁藜为例。鲁藜，1914年生于福建安县，后到过延安，1949年进入天津，此后一直生活在天津。将鲁藜视为"天津诗人"自有其道理。是以，由出生于福建石狮、后常年在天津工作、长期致力于鲁藜研究，且身兼天津鲁藜研究会会长的天津社会科学院研究员王玉树撰写的《鲁藜传论》（金城出版社，2014年版）就具有明显的"地域优势"。《鲁藜传论》是本地人写本地人的有效实践，是以传记形式研究鲁藜为数不多的重要文献，它的出现不仅丰富了鲁藜研究，而且丰富了天津文学史的写作。这种由当地人书写当地作家传记的情况及其文献价值，不仅充分说明了现当代作家传记书写过程中传记的史料价值取决于文本而非数量的结论，而且还引出现当代作家传记写作的"地域性问题"，因此，在某些研究过程中，尤其值得关注。

## 四、版本的考辨与"善本"的选择

将现当代作家传记确定为一种文学史料之后，其在进入具体的研究视野时必然会面对一个考订辨伪的问题。无论将现当代作家传记作为研究对象，还是将其作为研究的参考文献，对其所述史实的考辨都是无法回避的。不仅如此，现当代作家传记的史料价值还需借助诸如版本学、校勘学、考据学、辑佚学、目录学、注释学等研究方法，通过版本的考辨、互照等得出其中的"善本"，实现其价值。上述过程就现当代作家传记这一具体文学史料来说，至少包括个体纵向式和整体横向式两个主要方面。在本节中，主要围绕第一方面展开。

从史料价值方面对现当代作家传记进行版本考辨，很容易让人首先想到如下两种情况:同一著者在不同时期出版的同一传主之传记各版本之间的价值评判,和不同著者在各个时期出版的同一传主之传记各版本之间的价值评判。而将两种情况放在一起进行探讨,又以"他传"形式最为恰当。以"郭沫若传"为例,从 1932 年现代书局推出李霖编《郭沫若评传》至今,由他者所著的各种类型的"郭沫若传"已达百种之多。对这些版本的"郭沫若传"进行史料价值的考辨,选择其中的"善本"或是有价值的叙述,显然包括出自不同时期、不同著者手中各式"郭沫若传"之间的比较,也包括同一著者在不同时期出版的同一种"郭沫若传"(即初版、再版和修订版等)之间的比较。仅就数量而言,对于上百种"郭沫若传"进行考辨是一件工程浩大的事情,但若从另一角度上看,也许问题并不那么复杂、困难。这是因为"郭沫若传"是现代出版印刷的产物,而现代出版物基本上是铅字印刷本、使用现代白话文而不像古书一样还有手稿、抄本、线装本等形式,阅读起来十分方便,同时就出版时间、存世数量和资讯手段来说,查找起来也较为容易。由"郭沫若传"的情况看待现代作家传记的版本考辨问题,同一作家的所有传记版本之间最直观的区别也许就是首在版本的外部形式,而后才是其内容。① 但确定现当代作家传记史料价值的根本最终要取决于传记的文字和内容,是以,面对这些"郭沫若传",我们就要通过引用材料是否新而全、注释是否准确、结论是否正确、有无新的发现、文字有无错讹等方面进行判定。

对任何一种文学史料的考证其实都对考证者本身提出很高的要求,何况是对"他传"这种经过材料"再加工"而得出的非第一手的文学史料。考证者需要对传主有很深的了解,方可读出其传记的优点和问题所在;而与之相应的则是,传记本身是否在发现新材料的过程中呈现出参考价值? 是否对传主一些悬而未决的事情给予令人信服的解释? 综合这些因素,或许人们很容易得出那些经历多年准备、出自长期关注传主研究者之手、内容多而全的传记,会是众多同一传主传记中的优秀之作的结论。这个结论笼统而谈,并不会有太多问题,但决定一部传记是否具有史料价值,仅仅依靠内容的丰富性、信息量大是不够的,因为内容的丰富性、信息量大只是实现了"量"的增长,"量"的增长可能是由简单史实放大、过度想象与虚构造成,而并不能完全说明"质"的优越。除此之外,一部传记的史料价值大小还与其是否具备不断和历史对话的能力以及传记生成过程中是否有人

---

① 关于这一观点,本文借鉴了谢泳在《中国现代文学史研究法》中论述"中国现代文学史料中的'版本'"时的一些观点,即"我个人认为,中国现代文学中的版本问题,首先体现在它的形式方面,比如装帧、设计,其次才是它的内容。这不是说中国现代文学中的版本问题不重要,而是因为中国现代文学是以现代印刷为基本存在前提决定的,现代印刷的主要特点一是量大,二是类同,除了极特殊情况外,中国现代文学中重要作品的存在形式本身并不复杂,相对容易说清楚。另外中国现代文学是白话文学,不同版本在文献方面的错讹处时有存在(特别是在初版与再版之间以及与原发报刊间的差异),但一般很少发生理解方面的歧义,这是它与中国古籍的最大区别。"广西师范大学出版社 2010 年版,第 176 页。这些观点就直观的外在形式上来说,是说得通的,但如果着眼于现当代作家传记这一文学史料时,则需要在很多方面拓展与深入,这是由现当代作家传记既有历史特点,又有文学特点决定的。

为或技术上的原因造成的价值缺失等问题有关。是以，考辨不仅需要鉴别的能力，还需要发现的能力。

鉴于现当代作家传记种类偏多、数量偏大，从版本考辨过程中经常会遇到的一些问题来反观自身不失为一种有效的策略。现当代作家传记是在 20 世纪 80 年代之后逐步走向繁荣的，但以今天的眼光看来，80 年代（包括前后几年）诞生的现代作家传记究竟还有多少史料价值呢？这个问题及其回答其实涉及了历史对现当代作家传记这一文学史料的影响。经历特定的年代之后，于 80 年代复苏的现代作家传记写作都在一定程度上显示出小心翼翼的状态。造成这种状态的原因是多方面的，原始材料发现得不够，为尊者讳，传记写作观念受时代的影响与制约……这些原因最终都会成为影响现代作家传记史料价值的方方面面。

如果上述彼此相连、相关的几点可以归结为传记的时代性、传记家立场等会影响现当代作家传记的史料价值，那么，在选取材料时因记忆模糊而造成的失误同样可以影响到现当代作家传记的史料价值。以边建松《海子诗传：麦田上的光芒》（2010）和燎原《海子评传》（二次修订本，2011）两部"海子传"中关于海子生日的考证性叙述为例：边建松在考证海子生日时列举了燎原此前的《海子评传》中的"1964 年 2 月 19 日出生于前边所描述的查湾。这个日期作为最基本的个人资料标明在他的身份证上……这里的 2 月 19 日指的是农历，按公历算是 4 月 1 日"，西川《海子诗全编》后记中的"4 月 2 日"，余徐刚《海子传》中的"1964 年农历二月十三日（公历 3 月 26 日）中午"，某人的"3 月 25 日""海子自己在 1984 年创作《河流》后记《源头和鸟》中特别提到写作时间'3 月 13 日生辰'几字，这是海子唯一提到自己生辰的具体时间。1984 年 3 月 13 日是农历二十一，由此推算应该是公历 1964 年 3 月 24 日"共五种说法。然后，依据海子的说法确定海子的生日为 1964 年 3 月 24 日，并以"《安庆日报》社的金肽频先生在《海子纪念文集》后记里，也考证出海子生日在 3 月 24 日，并且特意说明经过海子父母的反复回忆。所以这个日期是比较准确的，我们在这里采用这个说法"。此外，边建松还指出："我们之所以要明确海子生日，是因为个别论者因错误的日期而造成误读，比如'海子是一个愚人节出生的孩子'，比如'海子的生日忌日在同一天'；甚至延伸出错误的判断，比如有读者摘录《诗人的最后之夜》中'我的生日／死亡之日'的句子作为海子命运预言性质的诗句，这是很可笑的断章取义。"①

与边建松的结论相同的是，燎原在《海子评传》（二次修订本，2011）中的修订。在此次修订中，燎原依据海子父母提供的信息并以大量引述文字确定海子生日为公历 1964

---

① 边建松《海子诗传：麦田上的光芒》，江苏文艺出版社 2010 年版，第 4～5 页。

年 3 月 24 日。① 之所以花如此篇幅去说明两部"海子传"中关于海子的生日问题,是因为:其一,对于任何一部人物传记来说,生日都是一个需要正确交代的"史实";其二,上述两部"海子传"在确定海子生日过程中,都进行了多方考证甚至自我前后几本传记之间的考证,这其中涉及不同版本"海子传"之间的比较,本身就是版本的考辨和"善本"生成的过程;其三,二者都得出了令人信服的结论,有助于终结争议,并以此提升传记的史料价值。

　　除上述两个主要方面之外,现当代作家传记的史料价值还受到人为的、技术的影响,并需要考证后使用。以笔者藏有的《卞之琳评传》为例,该传于 1998 年 11 月在重庆出版社出版,系"中国现代作家评传"之一,著者陈丙莹。由于排版技术的原因,此书前后文字错误有数十处之多。恰好笔者手中的这本《卞之琳评传》是著者陈丙莹赠给某专家的书。出于纠正的原因,陈丙莹对书中错误之处都用笔进行了更改,这使得该传因人为技术原因导致的错误十分明显:既有一般叙述上的文字错误,也有引用传主诗句以及诗名、文献的错误。对于因排版技术造成的错误,如果只是一般叙述的文字,也不会存在太大的问题,因为它不会造成理解上的歧义。但若是引用传主诗句以及诗名、文献的错误,则产生的影响是非常大的,而传记本身的史料价值也因此而降低。

　　在围绕"他传"述析现当代作家传记的版本考辨之余,需要补充的是,现当代作家自传其实也有版本考辨的问题,只不过这种考辨仅存在一种情况,此即为传主在不同时期出版的同一传记各版本之间的考辨。部分现代作家由于种种原因,在生前多次出版个人自传且由于时代、社会等原因每次都有修订。在此前提下,其自传就存在版本问题、需要考辨了。以"郭沫若自传"为例,于 1982 年至 1992 年由人民文学出版社陆续出版的《郭沫若全集》"文学编"20 卷所包括的《郭沫若自传》历来是当代学者进行郭沫若自传研究和郭沫若生平、思想研究的重要文献,其后出版的各种《郭沫若自传》从未超过其规模和内容。《郭沫若全集》"文学编"中收录的《郭沫若自传》主要集中于 11、12、13、14 卷,皆为1992 年出版,且主要以 1958、1959 年人民文学出版社出版的《沫若文集》中的自传部分(分别为 6、7、8、9 卷)为底本,并对照初版本和其他版本进行校勘,重大改动之处加注说明。应当说,这样的校勘、编排方式使《郭沫若全集》"文学编"中收录的《郭沫若自传》四卷本有了质量的保证,但即便如此,该版自传在作为史料加以应用时仍有两方面需要注意。其一,是 1992 版的四卷《沫若自传》与 1958、1959 年出版的《沫若文集》中的四卷本《沫若自传》并不完全一致。其二,《郭沫若全集》中四卷本《沫若自传》,虽每本前有"说明",尽量交代每一个组成部分的来龙去脉和版本变迁,但如果逐一对照,会发现其交代的不全。这些都表明,采取不同版本,可能会得到不一样的结论,只有在整体上全面把握

---

① 燎原《海子评传》(二次修订本),中国戏剧出版社 2011 年版,第 15～16 页。

其全貌并注明使用的版本，才能使结论正确、为人所信服。

## 五、史料的应用与跨版本比较

与纵向选择同一现当代作家不同的传记版本进行对照相比，通过相关人物的传记进行横向的跨版本比较也是现当代作家传记这一史料应用的一个重要方面。毕竟，对于传主生平存疑或是堪称文坛、文学史"公案"或"悬案"的事情来说，其涉及的人物数量往往很多，而此时对上述"事件"进行比较考证，不但可以从多方进行"取证"、避免简单的"孤证"，还可以在避免同类传记视角单一的同时，适度降低作传者因写传本身而不可避免带有的情感因素所产生的主观影响。自然，上述过程也相当于对优秀传记版本进行了选择并形成了研究的适度迁移。

徐志摩的爱情故事历来为人所津津乐道，更是中文专业现代文学史教学中青年学子感兴趣的话题之一。一般地说，对徐志摩与张幼仪、林徽因、陆小曼之间的爱情故事梗概式的讲述是不会有太大问题的，因为从徐志摩的角度上说，这三段爱情故事都是成立的。但若从史实考证和传记书写角度来看，上述故事特别是徐志摩和林徽因的情感关系则还有很多问题值得探讨。不仅如此，鉴于很多人常常从爱情故事的角度解读徐志摩和林徽因的诗歌创作且多有牵强附会之处，所以，围绕此而展开的考证与澄清还将影响到二人的创作评价。

徐志摩于 1920 年秋离美赴英求学，遇见林徽因（当时尚称"林徽音"），并在不断交往过程中坠入爱河，这段情感经历在已有的不同版本的"徐志摩传"中都有记录且时有渲染之处。不过，在我们认同徐志摩追求林徽因时，林徽因当时的态度或曰回应，究竟是怎样的呢？对这个问题的回答，除了可以解决徐志摩是"单恋"还是许多传记上记录的徐、林"相恋"，还会涉及一系列相关的问题。

谈及徐志摩、林徽因在英国的爱情故事，以往大致有两种主要观点，第一种观点可以以"相恋说"概括，其代表可举陈从周的《徐志摩年谱》。《徐志摩年谱》于"一九四九年九十月间"在上海"悄悄问世"①，此书初为小三十二开本、平装，仅百余页，无版权页，系非正式出版物。后由于社会巨变、文学史评价等原因，直到整整三十二年后，才由上海书店推出此书的修订版，并逐渐引起现代文学研究界的重视。在《徐志摩年谱》的传播过程中，人们也逐渐了解到陈从周与徐志摩颇为复杂的亲缘关系②，所以，其记录多为后人征引、

---

① 陈子善《〈徐志摩·年谱与评述〉序》，陈从周著，陈子善编《徐志摩：年谱与评述》，上海书店出版社 2008 年版，第 1 页。

② 主要指陈从周的《记徐志摩》一文，写于 1981 年 8 月 3 日，文中有："志摩父申如先生，是我妻蒋定的舅舅，又是我嫂嫂徐惠君的叔叔，我是由我嫂嫂抚育成人的，因此有着双重戚谊。"陈从周著，陈子善编《徐志摩：年谱与评述》，上海书店出版社 2008 年版，第 131 页。

确信也并不让人感到意外，而涉及徐、林爱情故事时被引用最多的一句即为："从周再案，是年林徽音在英，与志摩有论婚嫁之意，林谓必先与夫人张幼仪离婚后始可，故志摩出是举，他对于徽音倾倒之极，即此可见……"①与这种观点相对的，是林的子女对此给予的否定。如梁从诫在回忆性文章《倏忽人间四月天》中，就曾指出，"当徐志摩以西方式诗人的热情突然对母亲表示倾心的时候，母亲无论在精神上、思想上、还是生活体验上都处在与他完全不能对等的地位上，因此也就不可能产生相应的感情"②，除此之外，他还引用过林徽因后来说的话，表明当时徐、林之间不可能产生爱情。③

对于第一种观点，如果仅从"徐志摩传"的写作来看，徐、林真的"相爱"占很大比重，但像宋炳辉的《新月下的夜莺：徐志摩传》(1993)、姜涛的《徐志摩图传》(2012)、韩石山的《徐志摩传》(2014)则很明确地表明对于徐之热恋，林没有给予对等的回答或者说可笼统称为晦暗不明。既然不同版本的"徐志摩传"对此事记录存有争议，那么，为了更清楚地呈现事实，我们至少还要引入质量上乘的"林徽因传"及其相关材料作为参考，通过跨版本比较以求证事实。在此前提下，现有的三种关于林徽因的传记，即费慰梅的《林徽因与梁思成》(2010 中译本，成寒译，原书即为 Liang and Lin，Partners in Exploring China's Architectural Past. 1994，可译为《梁思成与林徽因———一对探索中国建筑史的伴侣》)、陈学勇的《莲灯诗梦林徽因》(2008)、王晶晶的《客厅内外——林徽因的情感与道路》(2011)，确实在这方面提供了较为有力的"证据"。

费慰梅是研究中国古代艺术与建筑的美国学者、美国著名汉学家费正清的夫人，是林徽因和梁思成的亲密挚友；在林徽因生前又有多封书信来往，她的话自然可信度很高。在《林徽因与梁思成》一书中，费慰梅讲："多年后听徽因提起徐志摩，我注意到她对徐的回忆总是离不开那些文学大家的名字，如雪莱、济慈、拜伦、曼殊斐儿、伍尔芙。我猜想，徐志摩在对她的一片深情中，可能已不自觉地扮演了一个导师的角色，领她进入英国诗歌和英国戏剧的世界，新美感、新观念、新感觉，同时也迷惑了他自己。我觉得徽因和志摩的关系，非情爱而是浪漫，更多的还是文学关系。"④由于翻译的原因，也许我们今天看的中译本未必都是费慰梅最准确的原意，但从其大致意思我们还是可以看出，对于徐志摩的热恋，林徽因是有所触动的，但鉴于内外多种原因，林没有最终给出承诺。事实上，

---

① 陈从周著，陈子善编《徐志摩：年谱与评述》，上海书店出版社 2008 年版，第 32 页。
② 梁从诫《倏忽人间四月天》，梁从诫编《林徽因文集·文学卷》，百花文艺出版社 1999 年版，第 420 页。
③ 对于这些话，本文同样依据梁从诫的《倏忽人间四月天》。在该文中，梁从诫曾记述："母亲后来说过，那时，像她这么一个在旧伦理教育熏陶下长大的姑娘，竟会像有人传说地那样去同一个比自己大八、九岁的已婚男子谈恋爱，简直是不可思议的事。"此外，还有借林徽因之口进行的分析："徐志摩当时爱的并不是真正的我，而是他用诗人的浪漫情绪想象出来的林徽音，可我其实并不是他心目中所想的那样一个人。"梁从诫编《林徽因文集·文学卷》，百花文艺出版社 1999 年版，第 420 页。
④ 费慰梅《林徽因与梁思成》，成寒译，法律出版社 2010 年版，第 15～16 页。

只要反复阅读上述援引费慰梅的话，便不难看出其前后也有矛盾之处。也许，费慰梅通过近乎无意识的回忆，恰恰道出了当时林徽因矛盾的心理："这是一场女中学生式的爱情，透着浓烈的青春的气息，被对爱与美的理想和追求裹挟着，这段纯真挚诚的爱却不能导向婚姻。"①至于由此我们如果强调家庭、地位以及林徽因年龄因素，则会得出"没有相恋"之说，但此时"没有相恋"是指向爱呢？还是指向婚姻？显然还存在一个程度问题、结果问题，而单纯就爱来说，道德辩护是无法说明问题的。

与《林徽因与梁思成》相比，近年来在林徽因研究取得突出成绩的陈学勇在其"林徽因传"中，不认同伦敦时期林徽因与徐志摩相恋。为此，他在写传之前专访了两位健在的徐志摩、林徽因的友人，即陈岱荪和陈意，结果两人全部否认。陈学勇也曾引用过费慰梅的观点和张邦梅在《西服与小脚》一书的观点，此外，还有金岳霖、凌淑华以及近年来披露的陆小曼日记稿本得出结论，他还引用了林徽因在徐志摩死后给胡适的信进行佐证。②而在王晶晶的《客厅内外——林徽因的情感与道路》一书中，著者将徐志摩与林徽因的感情纠葛分为伦敦、泰戈尔访华、1930 年至徐生命最后三幕。作者认为在第三幕，即 1930至 1931 年林徽因在香山静养时，徐与林的感情因为各自的成长、婚恋而有所发展，但这种心灵的相爱又因徐志摩的意外去世而画上句号。同时，作者对陈从周《徐志摩年谱》中那段著名的话进行分析也颇有新意。③

总之，通过以上事例分析，我们可以看到：通过跨版本的比较，可以更为深入地认知和重新思考那些有争议的事实、"悬案"，得出新的结论，而现当代作家传记的史料价值也由此得以更为充分地实现。至此，通过本节与上一节论述，我们大致呈现了现当代作家传记作为一种史料在具体应用过程中的两个主要方面。需要强调的是，传记史料在文学研究中尽管具有重要的价值，但它仅具有参考价值，不能替代现当代作家的作品。现当代作家传记的史料问题在具体应用过程中还有很多，比如作传者与传主之间的关系、作传者是否是传主同时代的人，对比同一作家的不同种传记或不同作家的传记的同一事情记录，究竟哪些引用材料更具可信度，等等。这些方面在实践过程中不仅与研究者对于传记本身的理解和掌握程度有关，而且还与研究者对于被研究对象的文献及其相关资料理解和掌握程度有关。

围绕现当代作家传记史料问题可探讨的话题当然还有很多，比如对传记写作者的身份进行考察，也能得到某种启示；再比如，由于海外、港台出版的许多现当代作家传记在搜集、整理方面仍有很多空白点，因此加强这方面的基础工作，同样能够拓宽现当代作家传记史料问题的视野；还有近年来部分现当代作家传记"消费性"加重对史料价值的影

---

① 　王晶晶《客厅内外——林徽因的情感与道路》，东方出版社 2011 年版，第 156 页。
② 　陈学勇《莲灯诗梦林徽因》，人民文学出版社 2012 年版，第 39～45 页。
③ 　王晶晶《客厅内外——林徽因的情感与道路》，第 107～110、148 页。

响，等等，只是限于篇幅，此处无法一一展开。需要再度指出的是，我们在确定现当代作家传记是一类文学史料、具有史料价值及如何实现其史料价值的过程中，史料问题一直具有其相对性或曰自身的限度。正如韦勒克在强调"传记"和"传记式的文学研究法"有用性的同时曾指出的那样："只有误用传记式文学研究法的人，才会拿一个作家最具有私人性质和最偶然的生平材料作为重点研究的对象，而以这些材料为根据来解释并编排诗人的作品，而这种解释和编排往往与从作品本身的判断和分析所获得的结论是完全脱离的，甚至是相互矛盾的。……不论传记在这些方面有什么重要意义，但如果认为它具有特殊的文学批评价值，则似乎是危险的观点。任何传记上的材料都不可能改变和影响文学批评中对作品的评价。"① 韦勒克的论断提醒我们从不要将传记提供的资料变为"简单的、片面的研究"，以及在传记使用过程中完全依从、丧失自我的审美判断力和文学鉴赏力。而在充分关注现当代作家传记史料价值的同时，不断突破狭窄的视域，不断发现问题，促进现当代作家的研究，才是我们分析现当代作家传记史料问题最具意义和价值的部分！

---

① 〔美〕勒内·韦勒克、奥斯汀·沃伦《文学理论》(修订版)，刘象愚等译，江苏教育出版社 2005 年版，第 79～81 页。

# 钱锺书读书品味塑成里的童年影响*

## ——以阅读史构建人物传记之一例

## 张　治

**内容摘要**：传记研究说来好像是一种早已定型的学术传统，已经题无剩义。然而在信息化、数据化时代，我们对于文献资料处理的方式已经发生重大改变。钱锺书曾说："文献征存之考真妄，与帷薄阴私之话短长，殆貌异而心同者欤。"假如文献充足，一切皆可考索，我们是否可以做到比传主更了解他自己，这或许技术上有可能实现，但其背后真正意义何在？本文借助于钱锺书生平研究的相关线索，从他已刊著作和《钱锺书手稿集》的读书札记、笔记着手，叩询童年读书趣味如何影响一位成就卓著之学人的性格，乃是以个人阅读史构建传主生平形象的尝试。

**关键词**：传记研究　钱锺书　阅读史　手稿研究

如钱锺书（1910—1998）这样禀赋高明、博览强记的人，读书也不是一蹴而就的，但是幼年因兴趣指引的自由探索本身仍有塑造性格的积极作用。钱锺书幼年由大伯父钱基成教习识字读书，此后断续读过私塾（读《毛诗》）与公立小学（造句"狗比猫大，牛比羊大"）均不长时间。1920 年入东林小学前，已"卒读《论语》、《孟子》、《毛诗》、《礼记》、《左传》诸书；暇则涉猎子史，好臧否古今人物，握管作二三百字论文矣"[1]。幼年读儒家经籍的启蒙感受，在半世纪后最艰难的岁月里重新被唤醒。1969 年至 1971 年在河南罗山干校，白天看管农具的钱锺书闲时重读了三部唐人经疏，密密麻麻地抄录成一厚册硬皮本笔记，为《毛诗正义》《周易正义》和《左传正义》。[2] 至于其作文，今天可以在钱基博、钱基厚兄弟纪念亲人而编的《北堂永感录》里，找到钱基成去世后钱锺书写的一篇《题伯父画像》：

---

* 作者简介：张治，文学博士，中国海洋大学文学与新闻传播学院副教授。主要从事中国近现代文学，西方古典学术史及中西学术比较、翻译文学和钱锺书手稿集研究。

[1] 钱基博《塝山钱氏丹桂堂家谱·大哥述略》，载《钱基博集·谱牒汇编》，华中师范大学出版社 2016 年版，第 220 页。文中提到了钱锺书起初没受小学教育的原因："（锺书）垂髫，将俾就外傅，大哥不可，曰：'今之有事于学校者，徒皮附欧美作高论，以矜夸驰口说，匪能以牖启后生小子为心者也。'"

[2] "硬皮本（二十三）"，《钱锺书手稿集·中文笔记》第 13 册，商务印书馆 2003—2015 年版，第 201～394 页。下引此书均为此版本。

呜呼，我亲爱之伯父死矣，不得而见之矣！可得而见者惟此画像耳。然吾瞻拜伯父之画像，不禁哀之甚，而又慰之深也。哀莫大于死别，夫何慰之有？慰者，幸音容之宛在。然而不能无哀，哀者，哀死者之不可复生也。嗟夫，我伯父乃终不可得而见矣！于不得见之中而可以稍慰夫欲见之心者，幸有斯像耳……

作时不满十岁，行文难免孩童的口气，如"我亲爱之伯父"，多少带点新派的抒情腔调，置于其中反倒真挚可感。整体上算是不失文言体式，如悲言伯父"不得而见之矣"，直接采用了《论语·述而》的那句"圣人吾不得而见之矣"；"哀莫大于死别"，变化自《庄子·田子方》的"哀莫大于心死"。字数不多，也是充分调动了腹笥中那些圣贤诸子的存货了。

## 一、从章回小说中发现的修辞与批评趣味

还有另外一面的钱锺书，见于杨绛所细数其幼年种种"痴气"的表现。他受"没出息"的大伯纵容而养成晚睡晚起、贪吃贪玩的脾性，读书、识字、写文章，毫无章法，全凭兴趣。早年书摊上租小说囫囵吞枣地看下来，固执地自作主张读错别字，滚瓜烂熟地记得关公、李元霸等人的兵器斤两却不认识阿拉伯数字：

家里的小说只有《西游记》、《水浒》、《三国演义》等正经小说。……书摊上租来的《说唐》、《济公传》、《七侠五义》之类是不登大雅的，家里不藏。锺书……回家后便手舞足蹈向两个弟弟演说他刚看的小说：李元霸或裴元庆或杨林（我记不清）一锤子把对手的枪打得弯弯曲曲等等。他纳闷儿的是，一条好汉只能在一本书里称雄。关公若进了《说唐》，他的青龙偃月刀只有八十斤重，怎敌得李元霸的那一对八百斤重的锤头子；李元霸若进了《西游记》，怎敌得孙行者的一万三千斤的金箍棒（我们在牛津时，他和我讲哪条好汉使哪种兵器，重多少，历历如数家珍）。[1]

1980年，已经迈入"从心所欲不逾矩"之年的钱锺书重读《说唐》。虽然不满于"《说唐》中于杨林、单雄信、宇文成都、伍云召、司马超、伍天锡、杨义臣、尉迟恭、鳌鱼等一概曰'有万夫不当之勇'或'万夫莫当'"的套路窠臼[2]，笔记里还是特地记录了杨林"善使两根囚龙棒，每根重一百五十斤"，宇文成都"使一柄流金镋，重两百斤"，伍天锡"使一柄混金镋，重有二百多斤"，程咬金的武器是"一把八卦宣花斧，重六十四斤"，十二岁的裴元庆"用的两柄锤却有五升斗大，重三百斤"。其中专门摘抄了第三十一回这段被他小时候津津乐道的内容：

元庆将锤当的一架，把一杆虎头金枪打得弯弯如蚯蚓一般，连叔宝（秦琼）的双手都

---

① 杨绛《记钱锺书与〈围城〉》，《杨绛全集》第2卷，人民文学出版社2014年版，178～182页。
② 《钱锺书手稿集·容安馆札记》，第1961页补白。

震开了，虎口流出血来……①

　　像《说唐》这种小说，在清末以来的古典小说里地位一直不高②，评价者往往是不满其"于史无征"之处，但偏偏又因此吸引了市井大批读者。熟记每条好汉的兵器及斤两数，是很难从现代学术的种种论题里找到什么意义和价值的。而唯其无甚意义，毫无功利目的，才保留了童年肆意读书时那种游戏般的快乐。这也许反倒是钱锺书阅读生涯里特别可贵之处。至 1978—1979 年间抄读《金瓶梅词话》，与三十年前抄读张竹坡评点本不同，钱锺书此时更注意生活化的细节，不厌其烦地记下小说里每次的菜单。比如第 21 回这段：

　　西门庆又在桌上拿了一碟鼓蓬蓬白面蒸饼，一碗韭菜酸笋蛤蜊汤，一盘子肥肥的大片水晶鹅，一碟香喷喷晒干的巴子肉，一碟子柳蒸的勒鲞鱼，一碟奶罐子酪酥拌的鸽子雏儿。③

　　为什么会记下这些菜单，难道是因为刚经历了物质匮乏的时代所以"望梅止渴"吗？是欣赏西门庆这种山东土豪大户人家的日常饮馔吗？还是从中发现了社会经济史与日常生活史的重要信息？恐怕都不是答案。钱锺书乐于抄记，主要可能还是注意到了小说家排比名物时的一种文字表达能力。即便是菜单，有些文学家也可以写得富有趣味，这正好被钱锺书捕获下来。然而这些菜单还不够有趣，最后进得《管锥编》，被称为"多文为富而机趣洋溢"的，乃是《醒世姻缘》第五十回这样的描述：

　　（孙兰姬）将出高邮鸭蛋、金华火腿、湖广糟鱼、宁波淡菜、天津螃蟹、福建龙虱、杭州醉虾、陕西琐琐葡萄、青州蜜饯棠球、天目山笋鲞、登州淡虾米、大同酥花、杭州咸木樨、云南马金囊、北京琥珀糖，摆了一个十五格精致攒盒。④

　　相较于前段引文中格调不高的菜色风貌（钱锺书屡次在笔记里讥刺西门庆家宴"非官派""无素肴"等），这段文字更注意把天南地北的生鲜特产搭配出光色来，显得摇曳生姿、花团锦簇起来。这其中洋溢的是书本文字之中自有的趣味，无论是常人难以操执的兵器斤两，或是令读者口里生津的食品名目，都可能是不足为外人道的阅读之乐，而随着年深日久比主要情节更容易留在记忆之中，启发出关于文学如何体物的认识。

---

① 《钱锺书手稿集·中文笔记》第 19 册，第 537 页。
② 虽然章学诚认为《说唐》属于"多记实事"的"演义之书"（《丙辰札记》），但后人并不认此说。比如"蛮"（黄人）《小说小话》，连载于《小说林》第 1 卷（1907 年），就批评《说唐》是"恶劣"之作，"章回小说之下乘者""赝而俗者，易投时好"。俞樾也曾批评《说唐》捏造薛仁贵、李元霸的事迹"不知其所自"（《小浮梅闲话》）。俱见于朱一玄编、朱天吉校《明清小说资料选编》上册，南开大学出版社 2012 年版，第 143～144、196、215 页。另外，周作人略重视《说唐》在历史演义里的地位（《历史小说》，1949 年 11 月），而鲁迅《中国小说史略》对于《说唐》只字未提，只在"叙唐之薛家"之名目下开列了《征东正西全传》，以为"文意并拙"。
③ 《钱锺书手稿集·中文笔记》第 19 册，第 310 页。
④ 钱锺书《管锥编》，三联书店 2007 年版，第 579 页。下引此书均为此版本。

　　根据杨绛的回忆，让少年锺书困惑的是，不同书之间支撑这些趣味的说法却会存在冲突。故有上文所谓"一条好汉只能在一本书里称雄"的结论。可有时书本里的表述确实很难做到自洽，这需要他进一步进行探索，如其东林小学同窗日后回忆：

　　他常常做些小考证，例如巨无霸腰大十围，他认为一围不是人臂的一抱，而只是四个手指的一合。①

　　这是指《汉书·王莽传下》"有奇士长丈，大十围，……欲奋击胡虏，自谓巨毋霸"的一段话。钱锺书十一二岁读过《汉书》，倒也并不出奇，当然更可能是钱基博提倡子弟们读的《资治通鉴》（第三十八卷）或是清人《通鉴辑览》（第二十卷）里的转述。

　　自从发现了书中存在着很多现实中难以据信的不合理疑点，反倒令阅读那些夸张虚构片段的经验变得更为生动有趣。后来钱锺书总结为"时代错乱"（anachronism）的那些内容，想必在许多读小说的小孩子头脑中都会浮现出许多疑问：《西游记》里唐朝时人怎么会提到《百家姓》（第八十七回），《红楼梦》居然出现颜真卿写的对联（第四十回），《水浒传》林冲手持的是明代中期才盛行的折扇（第七回），《封神榜》开篇就让商纣王在女娲行宫墙壁上题了一首七律，这和《三国演义》里让汉魏文人作近体诗有什么分别。戏曲作品里这种情况就更多了，"仲宣忽作中郎婿，裴度曾为白相翁"（凌廷堪《论曲绝句》之一一二），倒不妨就像汤显祖那样，在《牡丹亭》里让人物"明知故犯"，直说"你宋书生是看不着《大明律》"来，也许更能展现修辞的追求和游戏的笔趣？② 不过，这对于提倡"以诗证史"的学者来说，是毫无价值的内容。钱锺书则说：

　　夫以疑年考史之法，施于嘲戏文章，胶柱鼓瑟，煮鹤焚琴，贻讥腾笑。古来词赋，寓言假设，每时代错乱，小说戏剧更无忌避……妄言而姑妄听也可。③

　　顾炎武《日知录》卷一九、刘知几《史通》外篇《杂说》下，都提出以词赋来查考史实是不可行的，"顾谓不宜苛责词赋之有背史实，刘谓不宜轻信词赋之可补史实"。但顾炎武仍囿于文体尊卑的局限，未能察见小说、戏曲兴盛之当时的勃勃生机。可假如作家能消除这些"时代错误"，会使得作品的文学价值提高吗？钱锺书说：

　　"假设之词"而于时代之界最谨严不苟者，唯八股文；陈澧《东塾集》卷二《科场议》一："时文之弊有二。代古人语气，不能引秦汉以后之书，不能引秦汉以后之事，于是为时文者皆不读书。"④

―――――――――――――

① 邹文海《忆钱锺书》，《传记文学》第 1 期，1962 年 6 月。参看范旭仑《钱锺书的性格》，东方出版中心 2020 年版，第 62 页注释 1。
② 《管锥编》，第 2032～2037 页。又见第 1018 页。
③ 《管锥编》，第 1614～1615 页。
④ 《管锥编》，第 2038 页。

这番妙论大快人心，可说是为童年时代纯以兴趣读书的经验找到一种格外理直气壮的解释。仿佛笑话里那位最终得到了一本列车时刻表的顾客，想在书店为孩子买一本书，要求没有凶杀和爱情，一切内容都是准确无误的知识，文学批评家们追求史实精确性的文学标准，不仅毫无意义，甚而倒是等同于最戕害人心、泯灭个性的八股时文了。

## 二、由外国通俗小说养成的文学消遣

少年时代的钱锺书又由古文家林纾及通晓外文的助手合作的"林译小说"，广泛接触外国文学，"才知道西洋小说会那么迷人"——

我自己就是读了林译而增加学习外国语文的兴趣的。商务印书馆发行的那两小箱《林译小说丛书》是我十一二岁时的大发现，带领我进了一个新天地、一个在《水浒》、《西游记》、《聊斋志异》以外另辟的世界。我事先也看过梁启超译的《十五小豪杰》、周桂笙译的侦探小说等，都觉得沉闷乏味。接触了林译，我才知道西洋小说会那么迷人。我把林译哈葛德、迭更司、欧文、司各德、斯威佛特的作品反覆不厌地阅览。假如我当时学习英语有什么自己意识到的动机，其中之一就是有一天能够痛痛快快地读遍哈葛德以及旁人的探险小说。四十年前，在我故乡那个县城里，小孩子既无野兽片电影可看，又无动物园可逛，只能见到"走江湖"的人耍猴儿把戏或者牵一头疥骆驼卖药。后来孩子们看野兽片、逛动物园所获得的娱乐，我只能向冒险小说里去找寻。我清楚记得这一回事。哈葛德《三千年艳尸记》第五章结尾刻意描写鳄鱼和狮子的搏斗；对小孩子说来，那是一个惊心动魄的场面，紧张得使他眼瞪口开、气儿也不敢透的。（引林纾译文略）狮子抓住鳄鱼的脖子，决不会整个爪子像陷进烂泥似的，为什么"如人之脱手套"？鳄鱼的牙齿既然"陷入狮股"，物理和生理上都不可能去"咬狮腹"。我无论如何想不明白，家里的大人也解答不来。而且这场恶狠狠的打架怎样了局？谁输谁赢，还是同归于尽？鳄鱼和狮子的死活，比起男女主角的悲欢，是我更关怀的问题。书里并未明白交代，我真心痒难搔，恨不能知道原文是否照样糊涂了事。我开始能读原文，总先找林纾译过的小说来读。①

那套商务印书馆的《林译小说丛书》，总共二集各五十种。第一集出版于 1914 年 6 月②；第二集最后一种《戎马书生》的出版时间当晚于 1920 年③，这正好使钱锺书在"十一二岁时"发现这套书。④《林纾的翻译》里提到林译小说作品题名凡二十五种，最早的《巴

---

①　钱锺书《林纾的翻译》，《七缀集》，上海古籍出版社 1994 年版，第 82～83 页。
②　上海图书馆编《中国近代现代丛书目录》，上海图书馆编印本 1979 年版，第 636～637 页。
③　收入《说部丛书》第三集八十九编的单行本出版于 1920 年 4 月，见上书，第 789 页。
④　相较而言，冰心回忆自己十一岁之前（1912 年左右）读完全部《说部丛书》（《我的文学生活》），就是不可信的，或指出她所读完的可能是《说部丛书》改版前的"十集本"（1903—1908 年），见王炳根主编《冰心论集》第五辑，海峡文艺出版社 2011 年版，第 256～261 页。但这毕竟不是全部《说部丛书》了。

黎茶花女遗事》未收入林译小说丛书,孟德斯鸠《鱼雁抉微》也只在 1915—1917 年的《东方杂志》连载而未有单行本,还有《魔侠传》是 1922 年出版的,收入《说部丛书》第四集,也逾出了"林译小说丛书"的范围。再加上只提到书名的,或是只引了序言的,那么此文钱锺书引其正文来分析林译特色的文本也就是十几种。隔了四十年后重读,关注角度自然不同。而钱锺书自己承认幼年"反覆不厌地阅览"的,我们可以从一百种《林译小说丛书》里列出来的,分别是:

1. 哈葛德(Sir Henry Rider Haggard,1856—1925)的作品:《迦茵小传》《埃及金塔剖尸记》《英孝子火山报仇录》《鬼山狼侠传》《斐洲烟水愁城录》《玉雪留痕》《洪罕女郎传》《蛮荒志异》《红礁画桨录》《雾中人》《橡湖仙影》《三千年艳尸记》《玑司刺虎记》《剑底鸳鸯》《双雄较剑录》《钟乳髑髅》《天女离魂记》《烟火马》《铁匣头颅》及《续编》《金梭神女再生缘》。

2. 迭更司(Charles Dickens,1812—1870)的作品:《块肉馀生述》《贼史》《冰雪因缘》《孝女耐儿传》《滑稽外史》;

3. 欧文(Washington Irving,1783—1859)的作品:《大食故宫馀载》《拊掌录》《旅行述异》;

4. 司各德(Sir Walter Scott,1771—1832)的作品:《撒克逊劫后英雄略》《十字军英雄记》;

5. 斯威佛特(Jonathan Swift,1667—1745)的作品:《海外轩渠录》。

其中,哈葛德所作大多是非洲冒险小说,欧文的短篇故事带有志怪和异域历史风光的特色,司各德即司各特的两部是描述绿林好汉的英国历史小说。斯威佛特即斯威夫特,他的《格列佛游记》原本有深刻针砭英国社会的主题,但被林纾侧重于猎奇及滑稽突梯的效果,故而拟题为"轩渠",典出《后汉书》,谓欢笑之貌,宋人有《轩渠录》,记当朝名臣谐谑掌故,与"拊掌录"取义相近。而迭更司即狄更斯的五部长篇小说,今译名依上引序列分别为《大卫·科波菲尔》《雾都孤儿》《董贝父子》《老古玩店》和《尼古拉斯·尼克尔贝》,算是故事性特别强的文学名著,而林纾似乎犹嫌原作不能让读者尽兴,"往往捐助自己的'谐谑',为迭更司的幽默加油加酱",但在当时看来,少年钱锺书一定觉得,"这真是带唱带做的小丑戏,逗得读者都发笑"[①]。他读了觉得沉闷乏味的《十五小豪杰》,是梁启超在清末从日文转译的凡尔纳航海小说《两年假期》(*Deux ans de vacances*,1888),后经他人续译完成。这部译本带有白话章回小说的特点,文字似更浅显,反因刻意追求浅白俚俗而不太自然。周桂笙译的侦探小说,大概指的是他在《月月小说》《新民丛报》《新小说》等刊物发表的一些作品,也有小说林社发行的福尔摩斯探案小说,以及原作待查考的

---

① 钱锺书《七缀集》,上海古籍出版社 1994 年版,第 84～85 页。

几部译作。在以白话文体翻译法国作家鲍福(Fortuné du Boisgobey,1821—1891)的侦探小说《毒蛇圈》(*Margot la Balafrée*,1884)时,周桂笙原汁原味地保存了开篇省略人称主语的一段父女对话,得到小说家吴趼人的注意和效仿,成为文学史家非常重视的研究论题。从这里看来,即便是后来追述,钱锺书也并不认可清末民初过于积极主动改造汉语文学内外形式以致损害文本自身文学价值的翻译路向。

从数量上占据了"林译小说"里绝对优势的哈葛德冒险小说,其原作在钱锺书精研外文之后并未成为所宠爱的读物。反倒是林纾较少涉足的侦探小说成了他更重要的日常消遣,比如在牛津攻读学位时,苦于某些不感兴趣的课程,于是"每天读一本侦探小说'休养脑筋','休养'得睡梦中手舞脚踢,不知是捉拿凶手,还是自己做了凶手和警察打架"①。从《钱锺书手稿集》里固然可以追踪到钱锺书个人阅读史的很多线索,但这并不代表或可以由此限定他的读书范围,例如创造了福尔摩斯形象的侦探小说家柯南·道尔,钱锺书的读书笔记里根本没有抄读福尔摩斯的任何记录,只读了道尔的自传《回忆录与冒险史》(*Memories and Adventures*,1924),和那部南美高地发现史前生物王国的科幻冒险小说《失落的世界》(*The Lost World*,1912)。《容安馆札记》里读侦探文学名家读道尔的生平传记,结尾记 T. S. 艾略特爱读福尔摩斯探案故事,旁批又补记汪康年书里把《五橘核》的故事当真。② 既然有那么多大家名流追捧的事例,自己就不用再表态了。1979 年,《译林》创刊,第一期发表了当时深受欢迎的电影《尼罗河的惨案》原著译文,这是"推理女王"阿加莎·克里斯蒂的名作,民国时期已有译本。时任社科院外国文学所所长的冯至,批评说现在各种"谋杀案""惨案"小说充斥市场,乃"倒退""堕落"的表现。《译林》社人员据理力争,社会各界也纷纷为之辩护。③ 钱锺书、杨绛当时也发声,提出好的通俗文学反映世态人情,是文艺社会学的表现,而且哲学家金岳霖就是侦探迷。④ 这样的表态不仅反映了出于公心的勇气,也是自己长期喜爱侦探小说的个人经验使然。

刘铮早就写过关于钱锺书藏书里有侦探小说的文章,其中,有纽约初版的犯罪小说选集《杀人不掉泪:犯罪小说选》(*Murder without Tears*:*An Anthology of Crime*,1946),编选者是 Will Cuppy。⑤ 郑朝宗曾记在上海沦陷期间,常去图书馆帮钱锺书借书,"上自康德的《纯粹理论批判》,下迄多乐赛·佘尔斯的侦探小说,他都要借而且读得一样快"⑥。佘儿斯即塞耶斯(Dorothy Leigh Sayers,1893—1957),是出生于牛津的著名女学

---

① 《杨绛全集》第 2 册,第 189 页。又见吴学昭《听杨绛谈往事》,三联书店 2017 年版,第 108 页。

② 《钱锺书手稿集·容安馆札记》,第 205 页。

③ 赵稀方《二十世纪中国翻译文学史·新时期卷》,百花文艺出版社 2009 年版,第 48~52 页。

④ 李景端《如沐春风:与名家面对面》,百花文艺出版社 2006 年版,第 212~213 页。

⑤ 刘铮《三位名学者的西文藏书》,《收藏·拍卖》2006 年第 10 期。

⑥ 郑朝宗《怀旧》,《海滨感旧集》,厦门大学出版社 1988 年版,第 48~49 页。参看陆灏《东写西读》,上海书店 2006 年版,第 13 页。

者、诗人和作家，不仅研究古典与现代语言，翻译过但丁《神曲》《罗兰之歌》，而且擅写犯罪小说、神秘小说，在英国侦探小说的黄金时代里塑造了一位脍炙人口的彼得·温西爵士(Lord Peter Wimsey)。钱锺书除了详读过塞耶斯有关但丁的著述和翻译之外，对于温西爵士系列，他至少读过最重要的代表作《丧钟九鸣》(*The Nine Tailors*, 1934)①，以及《贝罗那俱乐部的不快事件》(*The Unpleasantness at the Bellona Club*, 1928)、《五条红鲱鱼》(*The Five Red Herrings*, 1931)、《俗丽之夜》(*Gaudy Night*, 1935)和《巴士司机的蜜月》(*Busman's Honeymoon*, 1937)。② 本来当代通俗小说很少被录入读书笔记，像《五条红鲱鱼》不过就是抄录了第十六章里的一句话而已。但其他几部篇幅稍长些，且有部分批注，甚而《俗丽之夜》的笔记做过两次，足见钱锺书的鉴赏口味和偏好。通过读书笔记还可以发现，钱锺书早年就熟悉塞耶斯编选的《侦探、神秘与恐怖短篇故事杰作集》(*Great Short Stories of Detection, Mystery, and Horror*, 1934)，此书的中译本缩水不少，但原书其实厚逾千页。③ 此后还读了她编选的另一部万人丛书本《侦探传奇集》(*Tales of Detection*, 1936)。

近来刘铮著文对钱锺书阅读侦探小说的情况进行总结说：

> 钱锺书读多萝西·L. 塞耶斯、阿加莎·克里斯蒂等名家侦探小说的记录，陆灏先生及我曾写文字提到过。《钱锺书手稿集·外文笔记》刊布后，我们知道，钱锺书读过的侦探小说作家还有约翰·巴肯、G. K. 切斯特顿、迈克尔·英尼斯、埃里克·安布勒、E. C. 本特利、P. D. 詹姆斯、埃勒里·奎因、雷蒙德·钱德勒、达希尔·哈米特等等。其中，也包括尼古拉斯·布莱克。④

在此通过上述读塞耶斯小说笔记的粗略检览，算是管中窥豹但取一斑了。其中的约翰·巴肯(John Buchan, 1875—1940)、埃里克·安布勒(Eric Ambler, 1909—1998)往往也被贴上其他通俗小说文类的标签。例如钱锺书在留学时代就留下阅读痕迹的巴肯小说《绿斗篷》(*Greenmantle*, 1916)、《斯坦法斯特先生》(*Mr Standfast*, 1919)、《三人质》(*The Three Hostages*, 1924)，都属于作者最为著名的间谍小说代表作，即以一战英德为背景的"情报官理查德·汉内系列"，而且显然其中因希区柯克改编成电影而为人熟知的《三十九级台阶》不会被钱锺书所忽略⑤。至于安布勒，钱锺书在20世纪40年代初早已读了他写英国工程师在法西斯意大利情报活动的《警报有因》(*Cause for Alarm*, 1938)和

---

① 《钱锺书手稿集·外文笔记》第 5 册，第 511～513 页。
② 《钱锺书手稿集·外文笔记》第 7 册，第 564～566 页；第 18 册，第 696～697 页；第 19 册，113～114 页；同册第 118～119 页；第 22 册，第 188 页。
③ 《钱锺书手稿集·外文笔记》第 5 册，第 282～283 页；第 17 册，第 62～63 页。
④ 刘铮《上海解放时，钱锺书在读丹尼尔·戴·刘易斯父亲写的侦探小说》，《文汇笔会》2021 年 7 月 16 日。
⑤ 《钱锺书手稿集·外文笔记》第 1 册，第 439 页，第 455 页；第 3 册，第 362 页。

写苏联双重间谍的《不寻常的危险》(*Uncommon Danger*，1937)，也应该是侧重于间谍小说的特点。此外，我们还可以在《钱锺书手稿集》找到的著名间谍小说家，除了安布勒所效法的祖师爷毛姆(William Somerset Maugham，1874—1965)之外，还有伊恩·弗莱明(Ian Fleming，1908—1964)，他写有"007系列"。笔记里可以找到的是《金刚钻》(*Diamonds Are Forever*，1956)和《金手指》(*Goldfinger*，1958)这两部①。当然实际读过的肯定还不止于此，难怪在20世纪60年代中期文学所借书处会当着"美丽的吴兴华夫人"和李文俊等外文所青年乐于大谈"007"了。② 还有因成功改编成电影近年来备受国内读者关注的约翰·勒卡雷(John le Carré)，其"乔治·斯迈利系列"进入钱锺书笔记簿的至少有五种：最早问世的《召唤死者》(*Call for the Dead*，1961)和《优质杀手》(*A Murder of Quality*，1962)，最多赞誉的《柏林谍影》(*The Spy Who Came in from the Cold*，1963)，以及《荣誉学生》(*The Honourable Schoolboy*，1977)和《斯迈利的人马》(*Smiley's People*，1979)。③ 从较长的笔记篇幅和诸多批注上可以看出钱锺书阅读时的浓厚兴趣来，比如读《荣誉学生》时遇到"the closed-circuit television"即尝试译作"闭道电视"④，读《柏林谍影》时对于小说人物利玛斯为执行任务所苦心经营的一系列"潜伏"计划印象深刻，也用眉批指出这是从"豫让吞炭文身为乞人"这一古老题材变化而来⑤。

若是对这类间谍小说追根溯源的话，我们需要知道钱锺书童年时代熟读的"林译小说"里有一部《藕孔避兵录》(1909)，翻译的就是倭本翰(Phillip Oppenheim，1866—1946)的《大秘密》(*The Great Secret*，1907)，乃"007"系列小说的鼻祖。⑥ 至于出身情报机构而能做到精擅各体、雅俗共赏的格雷厄姆·格林(Graham Greene，1904—1991)，钱锺书不仅读他的《密使》(*The Confidential Agent*，1939)、《哈瓦那特派员》(*Our Man in Havana*，1958)⑦，也将其他带有异域风情和旅行心怀的众多小说尽收眼底，甚至最晚读到了1982年出版的那部戏仿塞万提斯名著的《吉诃德阁下》(*Monsignor Quixote*，1982)⑧。

如同巴肯的《三十九级台阶》那样，我们在读书笔记里也看不到格林的以帮派与侦探小说为素材的《布赖顿硬糖》，也许是太过有名，都读得早、记得熟反而不必记录什么，反正读这些小说主要是为头脑和心灵提供消遣之用。又如狄更斯的众多小说作品，读书笔

① 《钱锺书手稿集·外文笔记》，第17册，第448页；第18册，第704～708页。
② 丁伟志主编《钱锺书先生百年诞辰纪念文集》，三联书店2010年版，第163页。
③ 《钱锺书手稿集·外文笔记》第23册，第267～272、272～273页；第28册，第323～325、326～327、337～338页。
④ 《钱锺书手稿集·外文笔记》第23册，第269页。
⑤ 《钱锺书手稿集·外文笔记》第28册，第326页。
⑥ 陆建德《文化交流中"二三流者"的非凡意义——略说林译小说中的通俗作品》，《社会科学战线》2016年第6期。
⑦ 《钱锺书手稿集·外文笔记》第7册，第583～585页；第21册，第576页。
⑧ 《钱锺书手稿集·外文笔记》第31册，第217～222页。

记很多都是简略抄录数语而已，唯有《匹克威克外传》笔记甚详①。究其原因，狄更斯这部最早的长篇小说最有谐谑的文辞趣味，必为钱锺书所喜爱，且从前没有被林纾所翻译，无论是早期的文言节译本《旅行笑史》还是后来的蒋天佐全译本，恐怕都未能传达出狄更斯的趣味来。正如钱锺书在论文里所说：

> 我试找同一作品的后出的——无疑也是比较"忠实"的——译本来读，譬如孟德斯鸠和迭更司的小说，就觉得宁可读原文。②

《林纾的翻译》再三援引《冰雪因缘》作为例证，此书原作即狄更斯创作成熟时代的名作《董贝父子》。钱锺书的读书笔记抄录其中人物对话不过半页纸，想必对此书极为熟稔，但可能也说明此书在钱锺书心目中的实际地位：能读懂原文之后，依然忠实于自己的趣味和品鉴标准，并不迷信于文学史家们的定论或共识。杨绛曾经试图重译《董贝父子》，译了七万多字即交由外文所新进人员（薛鸿时）代为完成③。

在柯南·道尔的自传里，钱锺书注意到王尔德曾表示自己爱读其历史小说《米卡·克拉克》（*Micah Clarke*，1889）的细节④，此书即"林译小说"里的《金风铁雨录》（1907）。实际上林译道尔小说共六部，除了其中五部都是历史小说，包括《林纾的翻译》里讨论过的《黑太子南征录》（*The White Company*，1891）和仅提及题名的《恨绮愁罗记》（*The Refugees*，1893）：前者写"百年战争"史事，接近司各特的《撒克逊劫后英雄略》；后者写法王路易十四卫队中人物，接近大仲马的《侠隐记》。但就历史小说而言，司各特和大仲马都不是酷爱抄读原作的钱锺书所感兴趣的对象。他读吉尔伯特·海厄特（Gilbert Highet，1906—1978）的学术名著《古典传统》（*The Classical Tradition*：*Greek and Roman Influences on Western Literature*，1949），曾留意到作者对写罗马帝国衰亡的历史小说名篇进行总结，首推布维尔-利顿（Edward Bulwer-Lytton，1803—1873）的《庞贝城的末日》（*The Last Days of Pompeii*，1834），其后则是查尔斯·金斯利的《许帕提娅》（1853）、刘易斯·华莱士的《宾虚》（1880）以及显克微支的《你往何处去》（*Quo Vadis*，1895）⑤。想必很赞同此说，在读《庞贝城的末日》时又将之引述于笔记的卷首。⑥ 需要指出的是，布维尔-利顿在中英文学交流之初具有重要的地位，晚清时期最先被译成中文的英国长篇小说，连载于申报馆《瀛寰琐纪》（1872—1874），后又推出"申报馆丛书"单行本

---

① 《钱锺书手稿集·外文笔记》第 22 册，第 74～97 页。
② 《七缀集》，第 84 页。
③ 杨绛《杨绛全集》第 2 册，人民文学出版社 2014 年版，第 326 页。
④ 《钱锺书手稿集·外文笔记》第 5 册，第 562 页。
⑤ 《钱锺书手稿集·外文笔记》第 37 册，第 80 页。参看《古典传统》，王晨译本，北京联合公司 2015 年版，第 386～387 页。
⑥ 《钱锺书手稿集·外文笔记》第 22 册，第 5 页。

的《昕夕闲谈》(1875)，原作就是他的《夜与晨》(*Night and Morning*,1841)前半部。此后又有傅兰雅的重译本以及"说部丛书"里的一部《菱镜秋痕》。小说《庞贝城的末日》在1913年被搬上银幕后，周瘦鹃根据电影故事情节译述了一篇"影戏小说"《旁贝城之末日》，刊于《礼拜六》第32期(1915)。[①] 1906年获得诺贝尔文学奖的显克微支最早因短篇小说《灯台卒》被清末的翻译家吴梼译出，刊于《绣像小说》上。此后特别关注他且做过不少译介的周氏兄弟，却受到当时欧洲文学史观的影响，并不重视其长篇历史小说，尤其是描写古罗马帝国时期生活的《你往何处去》。钱锺书早期笔记里通过法文译本对这部小说略有涉猎。[②] 据说杨绛去世前曾托人想借阅此书，大概缘于从前听丈夫说起过吗？

留学时代读书笔记里出现的柯南·道尔《失落的世界》，不过抄了两三句无关题旨的话而已。[③] 此书早有李薇香的中译本，列于与"林译小说丛书"同时出版的"说部丛书"，题为《洪荒鸟兽记》，起先曾连载于1913年的《小说月报》上，钱锺书必定是早就熟悉的。至于他列举早年读"林译小说"印象最深的其他那几位作家，哈葛德自然不用说了，他已承认自己不愿意去读其原作。欧文和司各特只是偶尔会被提及。狄更斯和斯威夫特则是读书笔记里经常眷顾的作家，尤其是林译《海外轩渠录》更无法取代《格列佛游记》原作的风味与表现力。[④]

钱锺书对于科幻小说的兴趣较为淡薄，但儒勒·凡尔纳、H. G. 威尔士，都是他从小就非常熟悉的作家，也是在读书笔记里几乎看不到一点痕迹的。[⑤] 中学时代他甚至还翻译过威尔士《世界史纲》(*The Outline of History*,1919—1920)里有关古生物的一节内容，"译馀赘语"介绍说"威氏善为小说家言"云云[⑥]。多年以后，钱锺书将这本旧藏英文书赠给了顾颉刚。[⑦] 当然，如果考虑科幻小说史家喜欢追溯到的登月文学鼻祖譬如古罗马作家琉善《真实的历史》，或是当代反乌托邦小说如《1984》《我们》和《美丽新世界》的话，那么钱锺书无疑也算是非常熟悉这类蹈空凌虚之作的。

## 三、结论

在钱锺书漫长得看似恒久不变的阅读史里，曾有过这样令人动容的一幕：《中文笔

---

① 按周氏于1935年又将电影脚本译出，题作《哀鹃历劫记》，列于《紫罗兰言情丛刊》出版，参见陈建华《紫罗兰的魅影：周瘦鹃与上海文学文化(1911—1949)》，上海文艺出版社2019年版，第574页。
② 《钱锺书手稿集·外文笔记》第6册，第474页。
③ 《钱锺书手稿集·外文笔记》第2册，第402页。
④ 《钱锺书手稿集·外文笔记》第41册，第385～404页。
⑤ 《钱锺书手稿集·外文笔记》第10册，第696～701页，读《气球上的五星期》"万人丛书"英译本。
⑥ 钱锺书译《天择与种变》，《桃坞学期报》第9卷第2号，1926年7月。
⑦ 扉页签："颉刚先生欲阅英文通史，属为购采。予适有二十年前所读此书，幸逃劫火。童心难觅，旧学全荒。即以奉遗，庶几物得其主矣。丁亥岁不尽二日，钱锺书识。"按，丁亥岁不尽二日，是1948年2月7日或8日。见俞国林编《顾颉刚旧藏签名本图录》，中华书局2013年版，第393页。

记》"硬皮本（三十三）"，中间至《柳河东集》处突然书法凌乱，此后的《宋书》笔记字迹越发潦草失控，其间突然夹入一页（正反两面？）凡尔纳《神秘岛》英译本第一部分"空中遇险"（Dropped from the Clouds）的摘录。"硬皮本（三十三）"有杨绛识语："此册当是 74、75 年笔记。'流亡'期间，哮喘，急救后大脑皮层受损，手不应心。"①"流亡"指的是"1973 年 12 月，钱、杨以强邻难处被迫逃离宿舍"后四处搬迁，在学部七号楼办公室住了两年多，直到 1977 年 2 月受政策照顾入三里河新居。② 1974 年 1 月下旬，钱锺书因搬家吸入过多灰尘引发哮喘，送医院急救后造成大脑缺氧，遂有一段时间行动言语不便。在这种情况下，像《宋书》这样中国古代"叙事文学的大经典"都不能解忧消愁，以科学幻想预言 20 世纪人类世界的凡尔纳经典名作才是他心目中合适的消遣读物③。可知此前对于梁启超译《十五小豪杰》感到的乏味沉闷，并未能因此而迁怒于原作。《神秘岛》里的主人公们，乘坐气球航程中失事，漂泊在荒岛，徒手制作各种生活用品，而钱、杨年过花甲而落难于办公室的艰难生活，很难不令人对此产生对照的联想。1958 年，杨绛曾写文章介绍《神秘岛》这部"科学小说"，其中赞颂主人公们"敢想敢做而又有科学依据"的行动力，"读来很能鼓舞干劲"：

只实事求是的设法应付困难……他们并不"得过且过"，认为"应当象永远住在这里似的建立自己的家园"。④

虽说是诞生于"大跃进"时代的应景之作，但几处强调"科学"的字眼未免自有深意，更重要的在于，这是实实在在地根生于他们阅读此书的感受。童年时代的游戏娱乐记忆，在人生后来的每次波折困厄时复活过来，给予其精神上最坚实的支持和援助。

1926 年初的寒假，钱基博在清华大学任教未能回家。缺少了严父管束的钱锺书，如同"开了锁的猴子"一般，恣意阅读了大批通俗小说杂志，包括《小说世界》《红玫瑰》《紫罗兰》，等等。钱锺书的舅父王蕴章（1884—1942），乃是鸳鸯蝴蝶派作家里著名的王西神，中过举人，又通英文，曾主编《小说月报》和《妇女杂志》。《小说月报》创刊号上发表的小说，除了林纾译述的哈葛德小说《双雄较剑录》，还有王蕴章的两个短篇小说。他的小说多有类如"志苏台之风月，拾金粉之遗闻"⑤云云的抒情笔调，偶尔点缀以洋派新式的时髦

---

① 《钱锺书手稿集·中文笔记》第 16 册，第 432～433 页；第 17 册，第 1 页。
② 吴学昭《听杨绛谈往事》，第 305～310 页。
③ 钱锺书笔记首行即摘录了法国元帅于贝尔·利奥泰（Louis-Hubert-Gonzalve Lyautey，1854—1934）的名言英译文，谓"近二十年人类的发展不过是活现了儒勒·凡尔纳的小说"（For the last 20 years the advance of peoples is merely living the novels of Jules Verne）。另外，由《外文笔记》可看到钱锺书此时期在读雪莱诗集，字迹也出现了混乱潦草的情况（第 21 册，第 58～63 页），对照来看，《神秘岛》笔记似乎并非病中所作。
④ 杨绛《描写敢想敢做故事的小说——介绍〈神秘岛〉》，《文学知识》，1958 年创刊号。
⑤ 王蕴章《杏花春雨记》，《西神小说集》，世界书局 1924 年版，第 2 页。

元素,时人称之为善以词章写小说者①。钱锺书对近代的各种主要小说刊物大多都是熟悉的,比如李伯元主持的《绣像小说》②,比如包天笑创办的《小说时报》③,还有徐念慈、黄人创办的《小说林》。他后来读中国社科院文学所收藏的钞本《摩西遗稿》,这是黄人(1866—1913,字摩西)未刊诗词集的转录本④。笔记末尾补充了一段文献:

　　光绪 33 年《小说林》创刊号,发刊词亦摩西作,有云:狭斜抛心缔约,辄神游于亚猛、亨利之间,屠沽察睫竞才,常锐身以福尔、马丁为任……言不齿于缙绅,名不列于四部。私衷酷好,而阅必背人。下笔误征,则群加嗤鄙。虽如《水浒传》《石头记》之创社会主义,阐色情哲学,托草泽以下民贼奴隶之贬,假兰芍以塞泰离荆棘之悲者,亦科以诲淫诲盗之罪,谓作者已伏冥诛,绳诸戒色戒斗之年,谓阅者断非佳士。……吁天诉虐,金山之同病堪怜;渡海寻仇,火窟之孝思不匮。⑤

　　与后来学者研究近代小说时援引黄人《小说林》发刊词的着重点不太相同,钱锺书所记的这段内容在于申明对于通俗小说的趣味乃是人人皆有的天性,唯士夫儒生不肯明说而已。笔记页边批注里标明了"亚猛""亨利"都出自《茶花女》,而"福尔、马丁"指的是"同号觉我(徐念慈)"的《小说林缘起》所云"阐事烛理若福尔摩斯、马丁休脱(侦探案)";并对引文末句稍加解释:"《黑奴吁天录》、《孝子火山报仇记》,皆林译。"⑥"马丁休脱"即亚瑟·莫里森(Arthur Morrison,1863—1945)所撰写的侦探小说系列之主人公马丁·休伊特(Martin Hewitt)。虽然译名采用了小说林社自己推出的奚若译本(1905),但林纾后来也译了这位"马丁休脱",即在《神枢鬼藏录》(1907)里登场的"希威式",这同说部丛书本《海卫侦探案》(1908)的"海卫"一样,都是同一个人。加之林纾又译过《歇洛克奇案开场》(1908,即《暗红色研究》),可以说黄人这里提到的西洋文学内容都与"林译小说"或迟或早地发生了联系。

　　钱锺书早年的西方文学阅读来源,与"五四"新文化的传统并不太亲近,倒是与林纾所代表的清末以及鸳鸯蝴蝶派作家的民初传统更多渊源——这或许可以解释他与中国现代新文学传统保持若即若离关系的原因,联系他平生学术立场、文学批评思想和散见于各种中西文学比较研究的观点主张,这种关系或许可以给我们更大启发,来思考中国文学现代化进程中雅俗如何做到统一。根植于童年阅读史的趣味与习惯,对于这位成就显赫而又始终忠实于自己内心的伟大学人,在日后性格生成和塑造方面有着重要意义。

---

①　范烟桥《中国小说史》,秋叶社 1927 年版,第 310 页。
②　《钱锺书手稿集·中文笔记》第 1 册,第 194 页。
③　《钱锺书手稿集·中文笔记》第 8 册,第 61 页。
④　江庆柏、曹培根整理《黄人集》"前言",上海文化出版社 2001 年版,第 2～5 页。
⑤　《钱锺书手稿集·中文笔记》第 10 册,第 286 页。
⑥　参看罗书华《中国历代小说批评史料汇编校释》,百花洲文艺出版社 2009 年版,第 881 页。

# 菲茨杰拉德自传式书写的诗学考察[*]

## 刘秀玉

**内容摘要：**菲茨杰拉德的作品具有鲜明的自传体风格,但是如果过度关注菲氏写作的自传性表征,以作家生平比附作品内容进行索隐式研究,可能会遮蔽其文学创作中更本质、更具普遍性的信息,一定程度上会影响我们对菲氏创作思想和艺术造诣的深刻认识。本文试从诗学层面考察菲氏自传式写作的深层原因,指出其自传式写作策略实乃出于知识分子表达时代变迁的使命感和强烈的生命抒写意志,以及文学家追求文体创新的美学自觉,由此形成了他"情兼雅怨,体被文质"的独特风格,充实、丰富了美国现代主义文学谱系,改变了其单向度的美学呈现。

**关键词：**菲茨杰拉德　自传式书写　文体创新　美学自觉

弗朗西斯·斯科特·菲茨杰拉德(Francis Scott Fitzgerald,1896—1940)是 20 世纪美国最有影响力的作家之一,与海明威并称为"迷惘的一代"的代表作家,著有 5 部长篇小说,及大量短篇小说、散文等作品。其作品真实刻画时代风貌,具有鲜明的自传色彩,他本人也因此被誉为美国"爵士乐时代"的代言人。批评界热衷于从传记批评角度解读菲氏作品,将虚构的小说与作家生平互相印证,如程锡麟所言,"菲茨杰拉德小说中的许多背景、情节、人物与其人生经历吻合或十分相似。在美国文学经典作家中,虚构作品与作家自己生平如此相似,作品的自传色彩如此强烈的,他可能要算是第一人"[①]。笔者认为,如果过度关注菲氏写作的自传性表征,以作家生平比附作品内容进行索隐式研究,可能会遮蔽其文学创作中更本质、更具普遍性的信息,一定程度上会影响我们对菲氏创作思想和艺术造诣的深刻认识。

美国作家格兰威·威斯考特(Glenway Wescott)将菲茨杰拉德与富兰克林、梭罗、惠特曼等前辈并置,认为其自传体写作"充满了美国味",很有可能成为"美国文学下一个审

* 　基金项目：教育部人文社会科学规划研究项目"现代性视域下的英国戏剧研究"(编号：17YJA752010)
　　作者简介：刘秀玉,文学博士,中国海洋大学外国语学院教授。主要从事英美文学、西方文论研究。
① 　程锡麟《虚构中的真实——菲茨杰拉德小说的自传色彩与历史意识》,《外国文学研究》2012 年第 5 期,第 77～84 页。

美主题和全新的表现方式"①。和亨利·詹姆斯（Henry James）、多斯·帕索斯（John Dos Passos）、西奥多·德莱塞（Theodore Dreiser）、诺曼·梅勒（Norman Mailer）等美国小说家一样，菲茨杰拉德的小说创作实质上也是对美国民族性问题的持续追问，也即何为"美国人"的问题。不同的是，他更多地关注"喧嚣的 20 年代"，而且是以近乎献祭的方式专注于自我书写。本文尝试从诗学层面考察菲茨杰拉德自传式写作的深层原因，指出其自传式写作策略实则出于特殊时期美国知识分子表达时代变迁的使命感和强烈的生命抒写意志，以及追求文体创新的美学自觉，由此形成了他"情兼雅怨，体被文质"的独特诗学风格，充实、丰富了美国现代主义文学谱系，改变了其单向度的美学呈现。

## 一、文学与知识分子的时代焦虑

自传式写作是菲茨杰拉德因应社会时代变迁的一种美学自觉，体现了知识分子的忧患意识和人文关怀。菲氏一直以一位严肃作家自居，对文学有种天然的责任感和使命感。他对商业化大潮席卷下的小说命运颇为担忧，认为小说应该是"人与人之间交流思想和情感的最强大、最柔顺的工具"，但是在图像化时代却卑躬屈膝，个性尽失，逐渐沦为"机械艺术和公共艺术的附庸"，严肃文学被世俗力量裹挟而不能自拔，令他有种"痛心疾首的屈辱感"②。文学的世风日下与时代变革相辅相成，菲茨杰拉德体会到抗争的徒劳，自我的丧失，但是他没有放弃对文学原则的坚持，因此他的小说始终有一种不合时宜的悲怆感。这种悲剧意识指引他为小说寻找最契合的表现形式，而他也乐于充当时代的代言人和导师。

大体说来，菲茨杰拉德选择自传式写作可以从以下三个方面加以分析，即美国及国际政治、历史环境，美国及欧洲文化文学氛围，和他本人的家庭背景、成长经历。

南北战争之后，美国开始了工业化、城市化进程，而菲茨杰拉德的创作基本上是关于城市的叙事。19 世纪末、20 世纪初正是美国和全世界的多事之秋，一系列对美国政治、经济、社会产生重大影响的事件相继发生。③ 1896 年菲茨杰拉德出生之时，美国最早的"全国有色妇女俱乐部协会"（National Association of Colored Women）在华盛顿特区成立，其宗旨是为非裔女性争取就业机会、同工同酬和儿童看护。1900 年，威廉·麦金莱（William McKinley）当选总统，他大刀阔斧的改革奠定了新世纪美国经济繁荣的基础。1901 年，麦金莱总统遇刺身亡，西奥多·罗斯福（Theodore Roosevelt）继任。1906 年 4 月 18 日，旧金山发生 7.8 级大地震，地震及其引发的大火使 3000 多人丧生，成为美国历

---

① 〔美〕F. S. 菲茨杰拉德《崩溃》，李和庆等译，浙江文艺出版社 2016 年版，第 390 页。
② 〔美〕F. S. 菲茨杰拉德《崩溃》，李和庆等译，浙江文艺出版社 2016 年版，第 82 页。
③ 菲茨杰拉德生平大事记参见 Gretchen Comba. Chronology, F. Scott Fitzgerald in Context, Ed. Bryant Mangum, New York：Cambridge University Press，2013：xxxi-xxxviii.

史上最严重的自然灾害之一。1910 年,三八国际妇女节确立,这是女性几个世纪斗争的结果。20 世纪前 10 年工业国家经济大规模扩张,人口激增,意识形态激进,女性大批走进纺织厂、制造业和服务业,为了改变被歧视的命运,女性意识迅速觉醒。1913 年,菲茨杰拉德进入普林斯顿大学。同年,华盛顿特区爆发了 8000 余人参加的女性选举权游行;福特公司引进了流水线生产模式。1914 年,一战爆发。1918 年,西班牙大流感爆发;一战以德国投降告终。1919 年,美国国会通过《第 18 修正案》,禁止生产、售卖和运输酒精类饮品,史称"禁酒令";同年劳动节,波士顿、克利夫兰、纽约爆发骚乱。1920 年,美国司法部逮捕了 4000 名共产党嫌犯和激进分子;《第 19 修正案》通过,女性获得选举权。1929 年,纽约股市崩盘,经济危机旋即爆发,刺破了 20 年代的繁荣泡沫。1931 年,胡佛总统下令将《星条旗下》(*The Star-Spangled Banner*)定为美国国歌。1932 年,富兰克林·罗斯福当选总统,开始新政。1933 年,禁酒令废止。1936 年,西班牙内战爆发。1939 年,二战爆发。1940 年,贫困潦倒的菲茨杰拉德因病去世,年仅 44 岁。此时,二战正酣,美国与世界其他地区仍深陷水火之中。

通过以上历史事件的梳理,不难看出世纪之交美国与全世界面临的动荡与困境。现代社会以猝不及防的方式撕裂了传统经济模式下的安宁和谐。吉登斯指出,"现代性以前所未有的方式,把我们抛离了所有类型的社会秩序的轨道,从而形成了其生活形态"①。作为后发工业化国家,美国一旦走入现代进程便彰显了它的不凡,物质至上的实用主义思想主导了国家前进的步伐。在 1931 年的散文《爵士乐时代的回声》中,菲茨杰拉德写道:"这是一个奇迹频出的时代,这是一个艺术绽放的时代,这是一个纵欲无度的时代,这是一个讽刺批判的时代。"②他以艺术家的敏锐捕捉到社会转型的阵痛及其可能带来的后果——大工业生产取得物质繁荣的同时,也摧毁了给予人慰藉的精神家园。

菲茨杰拉德成长的年代,也伴随着美国文学的不断壮大和发展,一系列文学史上的大事件发生,客观上促成了美国民族文学的又一次繁荣。世纪之交的美国文坛欣欣向荣,涌现出一大批现代主义作家,包括亨利·詹姆斯、德莱塞、黑人作家杜波依斯(W. E. B. DuBois)、杰克·伦敦、伊迪丝·华顿(Edith Wharton)、格特鲁德·斯坦(Gertrude Stein)、薇拉·凯瑟(Willa Cather)、舍伍德·安德森(Sherwood Anderson)、约翰·斯坦贝克(John Steinbeck)、欧内斯特·海明威(Ernest Hemingway)、威廉·福克纳(William Faulkner)等等。与前一代作家群体不同,他们在 20 世纪初崭露头角,致力于描写工业时代不同阶层不同族类的美国人,思考现代社会美国的国民性问题,积极建构具有美国本土特色的现代小说,终于蔚为大观,使美国文学脱胎换骨,开始产生世界影响。世界范围

---

① 〔英〕安东尼·吉登斯《现代性的后果》,田禾译,译林出版社 2011 年版,第 4 页。
② 〔美〕F. S. 菲茨杰拉德《崩溃》,李和庆等译,浙江文艺出版社 2016 年版,第 8 页。

内，20 世纪 20 年代达到现代主义的顶峰，重心在巴黎、伦敦这些欧洲大都会。新一代美国作家群体以更积极的心态接受欧洲文学的洗礼，英国作家约瑟夫·康拉德（Joseph Conrad）、福斯特（E. M. Forster）、詹姆斯·乔伊斯（James Joyce）、弗吉尼亚·伍尔夫（Virginia Woolf），还有卡夫卡（Franz Kafka）、弗洛伊德（Sigmund Freud）等，都成为他们学习、效仿和竞争的对象。其中，T. S. 艾略特（T. S. Eliot）是欧美文学融合的一个成功范例。现代主义可以说是作为知识分子的文学家、艺术家与激进政治之间的某种妥协和平衡，甚或说，现代文学是关于知识分子的文学。在美国，纽约刚刚晋身为世界经济之都，美国文学家急于融入现代主义大潮，从各个层面书写美国，以抗衡消费文化的蔓延。20 世纪初美国作家群体的崛起一方面反映了知识分子民族文化意识的觉醒，另一方面也揭示了社会转型期带来的现实焦虑。

　　以上构成菲茨杰拉德从事文学创作宏观的社会、历史、文化背景。除此之外，菲氏本人的家庭出身、成长经历、个性气质等与其采取自传式写作策略也有一定的关联。巫宁坤在《了不起的盖茨比》（*The Great Gatsby*，以下略作《盖茨比》）"译后记"中写道："菲氏并不是一个旁观的历史家。他纵情参与了'爵士乐时代'的酒食征逐，也完全融化在自己的作品之中。正因为如此，他才能栩栩如生地重现那个时代的社会风貌、生活气息和感情节奏。"[①]1896 年，菲茨杰拉德出生于美国明尼苏达州圣保罗市。母亲出身优越，经常带他出入上流社会，对他的艺术品位和生活方式有重要影响；父亲是家具商，但是一直事业不顺。菲氏从小跟随家人四处搬迁，漂泊不定的经历使他成为一个敏感的少年，成年之后，他也基本上过着居无定所的生活。在 1932 年给《普林斯顿校友周报》的信中，菲氏指出，他性格的主要特征是在"12 岁定型的"，而一个人个性"强悍或软弱，严苛或随和，勇敢或懦弱"，是在家庭、甚至托儿所就养成了。[②] 1908 年，父亲失业给 12 岁的菲氏带来沉重心理打击。他清楚记得，父亲离家时踌躇满志、意气风发，回来时却失魂落魄，"我感到灾难正向我们袭来"[③]。童年时期的创伤经历似乎预示了菲茨杰拉德一生的悲剧色彩，某种程度上也解释了他对成功的渴望和矛盾态度。菲氏酷爱读书，对文学创作怀有热情，13 岁就曾在校报上发表小说。1913 年，他进入普林斯顿，结识了后来的挚友爱德蒙·威尔森（Edmund Wilson），参加了文学社团，开始在学校刊物上发表诗歌、戏剧、小说等作品。对写作的投入影响了他的学业，1915 年不得不休学。1916 年，菲茨杰拉德返回普林斯顿。1917 年，他以步兵少尉身份参军，驻扎在堪萨斯州；同时开始创作小说《浪漫的利己主义者》，也即后来的《人间天堂》（*This Side of Paradise*）。1918 年，在营地驻扎期

---

① 〔美〕F. S. 菲茨杰拉德《了不起的盖茨比·夜色温柔》，巫宁坤等译，译林出版社 1999 年版，第 125 页。转引自〔美〕F. S. 菲茨杰拉德《崩溃》，李和庆等译，浙江文艺出版社 2016 年版，第 11 页。
② Donaldson, Scott. A Biography of F. Scott Fitzgerald: Fool for Love. New York: Congdon & Weed, 1983:179.
③ Turnbull, Andrew. Scott Fitzgerald. New York: Charles Scribner's Sons, 1962:14.

间,菲茨杰拉德开始与来自阿拉巴马的泽尔达(Zelda Sayre)恋爱。1919 年,菲氏退役,投身纽约广告业,由于事业不顺,泽尔达与他解除婚约。菲氏回到家乡圣保罗,埋头修改书稿,1920 年《人间天堂》出版使他一举成名,从此走上职业写作道路。

菲氏走上文坛之际,现代主义思潮正席卷世界,巴黎、伦敦、纽约渐次成为现代主义的主战场。当时美国社会主要矛盾已经从无产阶级与资产阶级之间的对抗,转变为中产阶级趣味与底层社会修养之间的冲突,消费文化势不可挡,现代主义的革命性使其成为美国知识分子用来对抗流俗时弊的有力工具。菲氏自幼接受现实主义文学传统影响,创作初期又受到现代主义洗礼,他对文体具有非常敏锐的触觉和感受力。如何在传统与现代的裹挟中突围出来,形成自己的风格,这是他要思考的问题。

美国文学素有自传写作传统。自传兼有历史的纪实性和文学的艺术性,小说则是最易于实现这一双重目标的文学类型。1791 年,本杰明·富兰克林发表了《自传》(*The Autobiography of Benjamin Franklin*),成为美国文学史上具有里程碑意义的作品,标志着美国本土传记文学的诞生,也奠定了美国作家自我书写的传统。19 世纪美国传记文学经历一段低谷期,20 世纪初出现复苏迹象。1907 年,亨利·亚当斯(Henry Adams)的自传《亨利·亚当斯的教育》(*The Education of Henry Adams*)出版,这是西方文学史上最有名的自传之一,记述了 20 世纪初美国社会从传统向现代转型的巨大变迁,及其对个人价值观带来的强烈冲击。菲茨杰拉德十分关注美国与欧洲文坛动态,初涉文坛时就抱有远大理想,甚至以著名作家自比:"你是否已经意识到,萧伯纳 61 岁,威尔斯 51 岁,切斯特顿 41 岁,莱斯利 31 岁,我 21 岁。(糟糕的是,我无法为 31 岁找到更好的人选。)"[①]他曾公开表达对当时美国流行小说和传记的不满:"在生活中或小说里只能表现女性,已经成了一种逻辑,以至于小说和传记都把美国男人描写成在不可调和的矛盾面前变成了笨头笨脑的胆小鬼。"[②]可见菲茨杰拉德对传记与小说的关系问题是有深刻认识的。作为一位严肃的思想者,一位有使命感的文体实践家,同时也是时代风云的亲历者、见证者、预言者,将自我融入小说叙事,既是知识分子忠实于时代的体现,又可能突破已有创作模式的束缚,独辟蹊径,从这个角度讲,自传式写作便成为菲茨杰拉德具有可操作性的策略选择。

## 二、主客同一的生命书写

詹姆斯在《小说的艺术》(*The Art of Fiction*)中指出,"艺术的领域是全部生活、全部感受、全部观察、全部想象……艺术是全部经验"[③]。创作伊始,菲氏似乎就明确了自己的

---

① 〔美〕F. S. 菲茨杰拉德《崩溃》,李和庆等译,浙江文艺出版社 2016 年版,第 293 页。
② 〔美〕F. S. 菲茨杰拉德《崩溃》,李和庆等译,浙江文艺出版社 2016 年版,第 244 页。
③ 伍蠡甫、胡经之《西方文艺理论名著选编》(下卷),北京大学出版社 1985 年版,第 145 页。

书写策略——以自我为对象。他本人也曾多次提及这一点，比如他说："优秀小说家从来就没有优秀的传记。不可能有。优秀小说家如果有什么长处，那就是集太多的人于他一身。"①菲茨杰拉德塑造了一系列现代美国畸零人形象，汇聚成一个特色鲜明的"菲氏家族"。他曾对自己和作品人物的关系做过形象的比拟："书籍就像兄弟。我只是个孩子。盖茨比是我想象中的大哥，艾默里是我的小弟，安东尼是我的烦恼，迪克是我相对要好的兄弟，但他们都背井离乡。"②这种物我不分、主客同一的写作思路，寄寓了菲氏以"小我"献祭文学、献祭时代的悲壮美学理念。

　　美国现代主义文学两个根本性命题，一是时空的相对性，二是进步思想。罗纳德·伯曼（Ronald Berman）认为，菲氏有其独特的"进步地理学"（geography of progress），因为他对当时的进步观念"半信半疑"，他笔下的美国形象是在一个既真实、又具有隐喻性的地理意义上建构起来的，因此，他的虚构世界中充满了"建筑学意象——傲慢的塔楼，褪色的大厦，沿着农田爬行的平房，甚至某个破损的广告牌——意在暗示失败了的国家期望"。③在菲氏的进步地图谱系中，以纽约为首的东、北部地区由市场价值主导，代表着进步，与西、南部相对，尤其是南方代表着过去和终将被打败的传统，尽管进步也在这里悄然发生。在这样的时空语境下，菲氏将自己的人生经历以编年体形式一一呈现在作品中，1919 年到 1930 年这 10 余年间，正是美国历史上著名的喧嚣年代，也是菲氏创作的旺盛期。作品中的人物远离故乡，不断从一个地方搬迁到另一个地方，希望通过与故乡的物理切割实现自我的重新建构，尽管这种建构多以失败告终。异乡给他们带来的是新奇刺激，自由无拘，以及由此而生的创造力。居无定所的空间错位感对理解菲氏作品至关重要，也从一个侧面揭示了向现代社会过渡时期美国人的生存状态。通过地理位置的变换，他们似乎也完成了身份认同转变，这种变形是他们想成为"美国人"的自觉追求。

　　在《盖茨比》中，盖茨比从一个西部小镇青年一路奋斗，历经坎坷，终于在纽约实现了自己的所谓梦想，但是物质财富并没有给他换来上流社会的身份认同，他内心的孤独反衬出阶级固化给普通人造成的疏离感。没能认清这一点是盖茨比个人的悲哀，更是菲茨杰拉德对社会问题的指控。《夜色温柔》（*Tender Is the Night*，1934）是菲茨杰拉德创作的最后一部自传体长篇小说，可谓呕心沥血。主人公迪克是一位精神医生，依然来自美国中西部，与《盖茨比》不同的是，菲氏将迪克的发展轨迹从美国中西部移植到了当时世界的中心欧洲。在经历了事业和爱情的双重打击后，迪克黯然回到美国，在家乡了此余生。迪克眼中的欧洲约略等同于盖茨比心中的纽约，寄托了年轻一代美国人对现代、理

---

① 〔美〕F. S. 菲茨杰拉德《崩溃》，李和庆等译，浙江文艺出版社 2016 年版，第 206 页。
② 〔美〕F. S. 菲茨杰拉德《崩溃》，李和庆等译，浙江文艺出版社 2016 年版，第 205 页。
③ Berman，Ronald. Modernity and Progress：Fitzgerald，Hemingway，Orwell. Tuscaloosa：University of Alabama Press，2005：14.

想、希望、成功等信念的美好想象，但是殊途同归，物理时空的转换无法实质性改变他们的宿命。菲茨杰拉德的悲剧性写作一定程度上体现了他对当时美国社会的深刻认识和尖锐批判。

和笔下人物一样，菲兹杰拉德也是一个肉体和精神上的双重流浪者，这种漂泊感与其生活空间的转换相辅相成。他不停地搬家，很少在一个地方长住。1920 年 4 月 3 日，菲茨杰拉德与泽尔达在纽约完婚；1921 年他们去欧洲旅行，回国后在明尼苏达州暂住，其间完成了第二部小说《漂亮冤家》（The Beautiful and Damned）。1922 年，菲茨杰拉德夫妇搬到纽约长岛的大颈（Great Neck）；1924 年，他们再次旅居巴黎，其间菲氏写作《盖茨比》。1925 年，《盖茨比》出版，菲氏与海明威在巴黎相遇。1927 年，他们回到好莱坞，后又搬到特拉华州。1928 年，夫妇二人再次去巴黎，年内短暂回国，次年返回欧洲。1931 年，菲茨杰拉德父亲去世，夫妻二人返回亚拉巴马州，后来菲氏重回好莱坞，寄希望于电影业。1934 年，《夜色温柔》出版；1935 年，自传体散文《崩溃》（The Crack-Up）完成。1937 年，菲氏与米高梅公司签订了为期半年的合同。1939 年，菲氏到达特茅斯学院参与电影制作，后由于酗酒被解聘，在纽约住院治疗，出院后回到好莱坞，开始创作《末代大亨》（The Last Tycoon）。1940 年 12 月 21 日，菲茨杰拉德突发心脏病，在好莱坞去世，年仅 44 岁。1941 年，未竟之作《末代大亨》出版。1945 年，爱德蒙·威尔森整理出版了菲氏自传体文集《崩溃》，引发菲茨杰拉德研究热潮。

在自传体散文《我逝去的城市》（My Lost City，1932）中，通过叙述与纽约城的交集和复杂情感，菲茨杰拉德深入刻画了他本人对大都市生活的向往以及由此产生的困惑，凸显了空间错位与精神上无家可归的人生体验。在菲氏眼中，纽约是个符号性的所在，象征着事业成功、浪漫爱情和精神家园，是小镇青年实现梦想的理想之地。从普林斯顿来到纽约，菲茨杰拉德确实收获了成功以及随之而来的爱情，但是很快他就体会到与这座城市的距离感，数次逃离纽约，最终回到西海岸。菲茨杰拉德对纽约的认识经历了梦想—幻灭—反思三个阶段，这种认识契合了他对时代和社会的体悟，反映了美国从维多利亚时期向现代社会过渡的焦虑心理和时代样貌。

时间的相对性也是菲氏关注的主题之一。菲氏全部作品内容的时间轴与作家创作和人生经历的时间线多有重合、交叉，形成物我不分、虚实难辨的混融叙事。受到爱因斯坦相对论影响，菲氏对时间、自我和现实三者的关系有不同理解，时间在他的作品中既非连续不断，也非直线前进，而是某种循环往复，甚至向后退，这种时间的相对性认知突破了 18 世纪启蒙运动以来美国人坚信的历史进化观。菲茨杰拉德是美国城市化的受益者、见证人，同时也深受其害。如日本学者宫胁俊文（Toshifumi Miyawaki）所言，和盖茨比一样，菲氏清醒地意识到理想的虚幻缥缈，但是他仍然逆流而上，依靠写作战胜人生的悲怆和厄运。①

　　菲茨杰拉德骨子里是一位浪漫主义者，这得益于他早年成名的经历，如他所言，"早年成功得到的报酬是坚信生活是浪漫的"②。这种浪漫气质是其早期作品《人间天堂》《漂亮冤家》的基调，但他同时也是一位清醒的自省者。中年以后他对这段成名经历进行过深刻剖析，承认其中有运气的成分，而他身上缺少大器晚成者的坚定意志，致使他在面对人生后半段的疾风骤雨时显得手足无措。这种认识的转变从《盖茨比》开始出现，到《夜色温柔》达到高潮，现实主义的悲观情绪主宰了后期作品。粗略梳理一下菲茨杰拉德的创作年表，可以发现这种时间上的对应关系。《人间天堂》是菲氏的成名作，素材取自他童年经历和在普林斯顿大学读书的青年时代经历。新锐作家一经出发，便转向自己书写，借剖析自我来展现美国年轻一代的精神样貌。创作《漂亮冤家》时，菲氏正经历早年成名和婚姻带来的诸多不适，这些体验依附到新潮男士和潮女郎的喧嚣生活中。1922年，菲氏夫妇居住在纽约长岛的西卵区，一个文艺人士聚集区，而东卵区是富人聚集区。《盖茨比》中，菲氏将主人公变成自己的邻居，汤姆夫妇则安放在东卵区，这是颇具象征意义的场景设置。《夜色温柔》中的婚外情、精神病与治疗、美国文化与欧洲文明的冲突等话题，均来自菲氏在巴黎的生活经历；《末代大亨》则取材于他生命晚期在好莱坞的见闻，凡此等等。

　　但是，如果仅停留在复现个体的人生经验层面，只能是回忆录或者传记，还算不上是小说，个人经验作为素材经过创造性转换才能成为文学作品。只有笔下人物充分体现出"这一个"的特殊性和独立性，具有了戏剧性的真实感，小说的质感才得以呈现。为了凸显这种特殊性和独立性，作家必须与其人生体验保持一种适度的疏离。疏离既是菲氏与时代关系的写照，也是他采用的书写手段，唯其如此，现代体验、社会体验、个体经验与艺术观照才能完美结合。对此，菲茨杰拉德一直有清醒认识。消弭个性，从而使个体经验上升到具有普遍性的艺术经验，需要如 T. S. 艾略特在《传统与个人才能》中所说的"完美的媒介物"，可以点石（素材）成金（艺术品），"一个艺术家越完善，他本身那种作为感受者的人和作为创造者的心灵越是完全分离，心灵越是能把热情（材料）加以融会、消化和转化"③。菲茨杰拉德创造性地将生活中的日常——经历、情感、情绪等转化为作品，呈现出来的却不再是实际的原初样貌，这个过程也即个体的客体化。菲氏曾说，"有时候我也不知道，我究竟是真实的，还是我作品中的一个角色"④；"在每一篇故事里都有一滴我在

①　Miyawaki, Toshifumi. "A Writer for Myself". F. Scott Fitzgerald and Haruki Murakami. F. Scott Fitzgerald in the Twenty-First Century. Eds. Bryer, J. R. etc. Tuscaloosa: The University of Alabama Press, 2012:271.

②　〔美〕F. S. 菲茨杰拉德《崩溃》，李和庆等译，浙江文艺出版社 2016 年版，第 96 页。

③　伍蠡甫、胡经之《西方文艺理论名著选编》（下卷），北京大学出版社 1987 年版，第 44 页。

④　Mizener, Arthur. F. Scott Fitzgerald: A Collection of Critical Essays. Englewood Cliffs, N. J.: Prentice-Hall, 1963:65.

内——不是血，不是泪，而是真实的自我，真正是挤出来的"①。《人间天堂》里虽然有作者年轻时期的印记，但是这个"一"被巧妙而自然地幻化成千万个年轻人，个体与群体交融，你中有我、我中有你，个人体验升华为时代体验，人生与艺术完美结合，因此具有了普遍性的艺术蕴涵。

菲兹杰拉德的文学创作是主客同一的过程，是将具体的实在的自我从现实语境中剥离出来，虚化为作品中的人物，使其在作品的时空中拥有了一般性的人的特征。威斯考特说："菲茨杰拉德的整个生命蕴含着非常高贵的信仰，并以高贵的方式来诠释自己的信仰。"②在现代主义文学大行其道时，菲茨杰拉德始终保持一种清醒，既没有完全摈弃现实主义传统，也没有盲目追随现代主义者的步伐，他不疾不徐，坚持自己的写作方式和节奏，在现实人生与艺术虚构之间悉心搭建自己的文学风格，实现了人格与艺术的契合统一。

### 三、文体创新的美学自觉

对菲茨杰拉德来讲，要建构自己的文学存在感，确保表达原创性的思想，必须发明一种属于自己的风格，而作家的所思所感是创新的必备条件。自从 20 世纪 20 年代走上文坛，菲茨杰拉德便被公认为是一位文体家。如何超越前代作家，找到一种富有原创性的、强有力的表现形式，将时代体验通过独特的个体视角转换成具有艺术性和思想性的作品，这是一直萦回在他心中的思考。伊恩·瓦特在《小说的兴起》中提出"小说的不定型性"问题，即"小说的形式常规之缺乏"，他说："小说家的根本任务就是要传达对人类经验的精确印象，而耽于任何先定的形式常规只能危害其成功。"③这里提出的问题事关小说的独创性。文艺作品开始侧重个人经验表达大致始于文艺复兴时期，其间经过古典主义与浪漫主义的激烈交锋，结果是 18 世纪中期现实主义小说异军突起，但是个人经验表达的高峰出现在 20 世纪初期的现代主义运动。瓦特指出，小说的特征是表现个性，个性是以时间为尺度形成的具有因果关系的意识链，是过去和现在的持续性与一致性，"正是由于个性被解释为人的过去和现在的自我意识的相互贯通，因此，从斯泰恩到普鲁斯特，许多小说家都把对个性的探索作了自己的主题"④。长期浸淫在现实主义氛围中，菲氏和同时代许多作家一样需要寻求新的形式表达自我，书写个性。现代主义为文学家提供了描写生活的新思路：乔伊斯将意识流小说发展到极致，贝克特矢志不渝地进行极简主义戏

---

① Bruccoli，Matthew. F. Scott Fitzgerald on Authorship. Columbia：University of South Carolina Press，1996：178. 转引自《崩溃》，第 17 页。
② 〔美〕F. S. 菲茨杰拉德《崩溃》，李和庆等译，浙江文艺出版社 2016 年版，第 384 页。
③ 〔美〕伊恩·瓦特《小说的兴起》，高原、董红钧译，三联书店 1992 年版，第 6 页。
④ 〔美〕伊恩·瓦特《小说的兴起》，高原、董红钧译，三联书店 1992 年版，第 15 页。

剧创作，T. S. 艾略特通过回归古典建构他的现代性，海明威醉心于"冰山原则"下塑造"硬汉"形象，菲茨杰拉德则转向自传式书写。

具体而言，菲氏的文体创新实践主要体现在以下三个方面。

第一，雅俗共赏的诗意美。菲氏文笔既有现实主义的稳重大气，又不失浪漫主义的诗意盎然，幽默、讽刺、象征等各种手法信手拈来，具有鲜明的个性化特征，成为美国 20 世纪 20 年代最具代表性的作家。1982 年，我国首次出版了《盖茨比》注释本，题为《灯绿梦渺》，注释者是周敦仁。对于小说的语言特色，他给予高度评价："作者遣词造句朴素真挚，极少十九世纪小说中的冗长繁缛，也没有当时已经萌芽的现代主义的奇奥艰深。可是他行文并不单调平直。"①乔治·盖瑞特（George Garrett）则认为，菲氏的文体风格是"几种不同类型的散文构成的复合体"②，这就导致任何一种单一手段都不足以支撑作品的全部叙事。比如《盖茨比》就集浪漫主义、讽刺和挽歌等多种风格于一身，既有对美国梦的浪漫想象，对美国价值观的尖刻批评，也有对逝去年代的哀叹，不同风格的拼贴一定程度上影响了小说的整体性，反倒显得不伦不类。这种观点有一定代表性。对此，珍妮特·吉尔特罗（Janet Giltrow）和戴维·斯托克（David Stouck）提出不同意见，他们认为菲氏语言具有清新的田园诗风格，除了倚重传统的句法分析，还应将其置于话语分析和语用学视域下进行解读。③ 笔者认为，散文的诗性与现世生活的世俗性浑然一体正是菲氏语言的张力所在，这一文体风格的形成既与菲氏本人对语言表达的苛刻要求有关，也是当时社会、历史、文化经验的产物，如多斯·帕索斯所说："一部作品之所以是好作品，源于其与所处时代保持距离，同时又将所处时代涵盖在内的特质。"④

菲茨杰拉德认为："散文的天赋取决于其他因素——对题材的融合和精心的选择，或者更直白些：有话要说，而且是用一种有趣的、高度发达的方式来说。"⑤如何使用语言是一种修辞策略，除了考虑读者心理，还涉及作者预期的审美效果，因此不同的作者会采用不同的语言手段，比如激进的作者会以反传统方式实现惊奇的审美效果。雷蒙德·钱德勒（Raymond Chandler）认为，菲氏拥有"所有文学中最罕见的一种品质"，和济慈一样，他的语言"充满魅力"，有种"内敛、克制、精致的魔力"⑥。菲茨杰拉德对济慈的诗歌颇为推

---

① 〔美〕菲茨杰拉德《灯绿梦渺》，周敦仁注释，上海译文出版社 1982 年版，第 2 页。

② Giltrow，Janet and Stouck，David. "Pastoral Mode and Language in The Great Gatsby". F. Scott Fitzgerald in the Twenty-First Century. Eds. Bryer，J. R. etc. Tuscaloosa：The University of Alabama Press，2012：139.

③ Giltrow，Janet and Stouck，David. "Pastoral Mode and Language in The Great Gatsby". F. Scott Fitzgerald in the Twenty-First Century. Eds. Bryer，J. R. etc. Tuscaloosa：The University of Alabama Press，2012：140.

④ 〔美〕F. S. 菲茨杰拉德《崩溃》，李和庆等译，浙江文艺出版社 2016 年版，第 393 页。

⑤ 〔美〕F. S. 菲茨杰拉德《崩溃》，李和庆等译，浙江文艺出版社 2016 年版，第 357 页。

⑥ Chandler，Raymond. The Raymond Chandler Papers：Selected Letters and Nonfiction，1909-1959. Eds. T. Hiney and F. McShane. Boston：Atlantic Monthly Press，2002：140.

崇,关于这一点的直观证据可以从《夜色温柔》的题名中找到。① 他认为济慈的《圣亚尼节前夜》中包含了"英语中最丰富、最富感情的意象,比莎士比亚的还好",体现出英语诗歌的高超技巧,为"真正想理解词汇的任何人提供了技艺的标尺——话语最纯粹的召唤力、说服力和魅力"②。不能否认,无论菲氏早期作品如《盖茨比》,还是后期的《夜色温柔》,以及短篇小说,其主题均未脱离世俗的琐碎生活,故事本身写起来并不难,但是菲氏的语言天赋使这些日常事件拥有了田园诗般的优雅,如威斯考特所说,"他的句式几乎总是活灵活现、魅力四射;他的文辞几乎总是高人一筹","论其成就,已经远远超过大多数小说家"③。爱德蒙·威尔逊在为《末代大亨》写的序言中,再次赞扬了他的文笔:"无论是从戏剧性的角度看,还是从散文文体的角度看,《了不起的盖茨比》最后的那几页都堪称我们这代人创作的小说中最优秀的文字。"④

第二,虚实相生的叙事美。菲茨杰拉德擅长使用多重叙事手段,创造性地加以融合,与作品内容相得益彰。他是一位不折不扣的文体家,对于文体创新有着近乎执着的追求。关于艺术形式是创新还是守成的问题,他直言不讳:"在真正的艺术家眼里,发明者——比如说,乔托或列奥纳多——一定比完美的丁托列托高明得多。有创新精神的 D. H. 劳伦斯一定比斯坦贝克伟大得多。"⑤梳理菲茨杰拉德的作品,从初出茅庐的《人间天堂》,到事业顶峰时期的《盖茨比》,再到中年寂寥时期的《夜色温柔》,菲茨杰拉德小说技巧不断升华,日臻纯熟,早期对华丽文辞的偏好逐渐转向更加稳健、客观的叙事,人物设置和主题铺陈更加开阔、具象。到后期,菲氏叙事风格已经蔚然可观。在菲氏叙事框架中,始终有两条线索相互交织,其一是感性的私人叙事,其二是理性的宏大叙事,每一条线索又由若干微观叙事支撑,共同推动故事发展,构筑起生动活泼的经验世界与客观冷峻的理性世界共生共荣的叙事格局。

菲氏常用的主体叙事手段主要有第一人称视角、书信体、内心独白、意识流等,从个人角度记述、描述或评述事件,具有极强的代入感,表现方式也更加灵活多样。为了艺术化呈现生活的现场感,菲茨杰拉德可谓不遗余力。例如《盖茨比》和《末代大亨》均以第一人称写就,对隐私也毫不避讳,以至于人们很容易将两部小说看成是作家的半自传性作品。书信体自其诞生以来,就与私人化写作如影相随,同时也增加了信息的真实性、可靠性。在《人间天堂》中,菲茨杰拉德穿插了艾默里与达西大人和友人的若干通信,这些

---

① 《夜色温柔》标题灵感来自济慈《夜莺颂》,原诗句为"Already with thee! tender is the night,/And haply the Queen-Moon is on her throne,/Clustered around by all her starry Fays;/But here there is no light,/Save what from heaven is with the breezes blown/Through verdurous glooms and winding mossy ways"。
② 〔美〕F. S. 菲茨杰拉德《崩溃》,李和庆等译,浙江文艺出版社 2016 年版,第 350 页。
③ 〔美〕F. S. 菲茨杰拉德《崩溃》,李和庆等译,浙江文艺出版社 2016 年版,第 381 页。
④ 〔美〕F. S. 菲茨杰拉德《末代大亨》,陈庆勋译,浙江文艺出版社 2016 年版,第 3 页。
⑤ 〔美〕F. S. 菲茨杰拉德《崩溃》,李和庆等译,浙江文艺出版社 2016 年版,第 345 页。

书信虽然介于小说主体叙事的边缘地带，却起到重要的辅助叙事功能，使主人公的成长经历更加真实可信。同样，独白和意识流与传统的对话形成对照，也能凸显人物的主体性。

　　与私人叙事相辅相成的，是菲茨杰拉德建立在客观、理性基础上的客观叙事。布斯明确提出小说两个重要的普遍规律，其一，"真正的小说一定是现实主义的"，其二，"所有的作者都应该是客观的"。① 菲氏小说创作遵循了这两条普遍规律。生活在文学现实主义向现代主义过渡的转折期，他对文体有强烈的自觉和敏感。亨利·詹姆斯在 19 世纪末就对维多利亚时期的现实主义小说进行了尖锐批评，并首次提出小说形式问题，对后来的形式主义、甚至新批评产生重要影响。詹姆斯认为，形式对艺术作品的吸引力至关重要，"由于精心探索而找到的形式"是作品吸引力"万无一失的城堡和殿堂"。② 伊恩·瓦特也指出，"小说的现实主义并不在于它表现的是什么生活，而在于它用什么方法来表现生活"③。在进行小说创作之初，菲茨杰拉德就十分关注形式问题。他创造性使用传统文学表现手法，将空间叙事、文体互鉴等方式融入小说叙事，形成了倚重传统又不拘一格的叙事风格。他承认自己天性中有"不近人情的客观的品质，以及为了保存其支离破碎的基本价值而做出的牺牲，具有某种史诗般的庄严"④。19、20 世纪之交的美国社会动荡不宁，菲茨杰拉德经历了绝大部分重大事件，其作品承载了记录和复现当时真实历史语境的功能。亨利·詹姆斯也认为，小说就是历史，要反映生活，追求真理，"真实感"是小说最重要的优点，小说家要"和生活竞争"，"力图捕捉人生的景象的色彩、轮廓、表情、外观、实质"。⑤ 在遵循真实性原则的前提下，菲茨杰拉德努力与文学传统对接，同时寻求文风的突破。

　　文体互鉴、互渗是菲茨杰拉德的创新之一。在《人间天堂》第二卷"一位重要人物的成长历程"第一章"出入社交圈的少女"中，作者直接从小说切换到戏剧模式，全部以对话形式推进叙事，将女主人公罗莎琳德与男主人公艾默里相识、相爱的过程极具画面感地呈现出来，其后叙事又回归常态。每次看到这里，都不由得感佩菲氏的创造性。虽然他说过"小说是不允许像戏剧一样让人们偶然出现在舞台上的"⑥，但是这一场戏剧片段的化用背后隐藏着作者的独到匠心。从形式上看，这部分与第一卷形成一种文体断层，在内容上也暗示了艾默里即将开始一段重要的人生，是小说全部叙事的转折点，作者以戏剧的形式呈现小说戏剧化的情节，岂不妙哉？

---

① 〔美〕W. C. 布斯《小说修辞学》，华明等译，北京大学出版社 1989 年版，第 25、75 页。
② 伍蠡甫《现代西方文论选》，上海译文出版社 1983 年版，第 98 页。
③ 〔美〕伊恩·瓦特《小说的兴起》，高原、董红钧译，三联书店 1992 年版，第 3 页。
④ 〔美〕F. S. 菲茨杰拉德《崩溃》，李和庆等译，浙江文艺出版社 2016 年版，第 343 页。
⑤ 伍蠡甫、胡经之《西方文艺理论名著选编》（下卷），北京大学出版社 1985 年版，第 144 页。
⑥ 〔美〕F. S. 菲茨杰拉德《崩溃》，李和庆等译，浙江文艺出版社 2016 年版，第 203 页。

　　空间参与叙事建构是菲茨杰拉德又一创新之举。在《盖茨比》中，有两处细节颇值得玩味。其一是第四章乔丹·贝克的一长段话，讲述黛西失恋、结婚、生女的过程；其二是第七章盖茨比跟汤姆、黛西摊牌的段落。这两章是小说两个关键节点，对情节发展有重要推进。正是第四章乔丹的背景介绍，使盖茨比、尼克和读者知道了黛西与盖茨比的纠结往事，为下文两人旧情复燃埋下伏笔。而第七章里三人的会面不欢而散，直接导致不可避免的悲剧结局。那么，作者是如何将两者联系起来呢？细心的读者会发现，菲茨杰拉德将这两个重要情节不动声色地安放在同一个场景——广场大酒店。广场大酒店是纽约的标志性建筑，也是爵士乐时代的见证之地，将盖茨比和黛西爱情故事中两个关键环节嵌套在同一个场所，如此看来就颇具象征意义了，绝不是作者的随意之举。

　　在1922年致友人的信中，菲茨杰拉德曾表示："我特别担心所有的评论都太笼统，我自己将大量的心血倾注到书的细节上，而不是整体构思上。"①实际上，菲茨杰拉德固然重视细节，但是他从没有放弃对整体结构的把握。以上两例恰好说明他对细节和整体布局的用心。他精心选择将自传体植入到小说中，将私人叙事与客观叙事相结合，在"有我"和"无我"之间游移，实现了虚实相生、亦真亦幻的叙事美。

　　第三，古典与现代结合的崇高美。面对现代主义的全面铺开，菲茨杰拉德始终保持一种冷静判断。比如在谈及《尤利西斯》时，他坦言："这本书给我一种毛骨悚然、一丝不挂的感觉"，"关于《尤利西斯》是否适合我，我心里一点谱儿都没有——这是我能做出的比较客观的评价了"。②针对T. S. 艾略特提出的"非人格化"写作，他旗帜鲜明地亮出自己的观点："写作《人间天堂》《漂亮冤家》和《了不起的盖茨比》的那段时光，我总是生活在故事中"，并直言"我的书很棒"。③他对有声电影为代表的流行艺术的巨大影响力感到无所适从，对文学被时代碾压的现象深感屈辱无助。尽管如此，他不迷信权威，不追随潮流，坚持自己的审美标准和判断，在当时实属难能可贵。但是，如何以自己的方式面对传统和现代，又是他必须回答的文学时代之问。菲茨杰拉德的答案是，做一个温和的现代主义者，同时保持对现实主义传统的敬畏。他不排斥现代主义，但是对过激的现代主义有种本能的退避。他巧妙地将现代性的主观性命题放置在可以量化的客观现实环境中，从旁观者身份面向被感知的对象。这不是另一种形式的现实主义，而是实实在在的现代主义。无论作家多么钟情于私人化写作，其内心深处都有对普遍性和艺术永恒的追求。菲茨杰拉德将个体命运与时代悲剧杂糅到小说叙事中，力图实现文体新变。

　　《末代大亨》是菲茨杰拉德最后一部长篇小说。1940年12月21日，写完第六章第一节，他心脏病发作，第二天就去世了，留下两份提纲和若干笔记。爱德蒙·威尔逊认为，

---

① 〔美〕F. S. 菲茨杰拉德《崩溃》，李和庆等译，浙江文艺出版社2016年版，第305页。
② 〔美〕F. S. 菲茨杰拉德《崩溃》，李和庆等译，浙江文艺出版社2016年版，第307、310页。
③ 〔美〕F. S. 菲茨杰拉德《崩溃》，李和庆等译，浙江文艺出版社2016年版，第205、312页。

"尽管还不完整，《末代大亨》却是菲茨杰拉德最成熟的作品"①。在这部作品中，菲氏第一次聚焦一个行业——以好莱坞为代表的美国电影业，尝试塑造一组人物群像，不仅只有觥筹交错的上流社会，还有生活在灰色地带的小人物。如果说《盖茨比》是关于年轻人的浮雕式的描摹，还流露着刻意为之的匠气，《末代大亨》已经转向真正的宏大叙事，是对现实世界更加成熟的审视。

菲茨杰拉德以知识分子的责任感为时代立言，又以文体家的勇气冲破现实主义和现代主义的藩篱，形成了独特的自传体风格。英美文学素有"诗人论诗"的传统，如英国的菲利普·锡德尼、雪莱、萧伯纳等，美国的惠特曼、亨利·詹姆斯等，都曾在文学发展的转型期为诗歌、小说、戏剧等文学样式进行辩护，捍卫某一种文体的合法性。菲茨杰拉德和许多有古典意识的作家一样，也在观察和思考文学的未来。他对美国文学创作的时弊毫不讳言，并尝试给出解决方案。比如他觉得"优秀的女主人公都已经被那些三流作家糟蹋成赝品了"，以至于一流作家很难找到"一个尽善尽美的女主人公或一个美丽的清晨"，所以"应该立个规矩：让糟糕的作家从普通的女主人公和普通的清晨开始写起，如果他们有足够的能力，逐渐过渡到更好的人物和场景上去"；他还说，"多翻几次杂志，你就会知道，诗歌正处在十字路口"。② 我猜想，这里的"诗歌"应该泛指"文学""艺术"，自然包括他擅长的"小说"。这句话可以从至少两个层面理解：一是指涉当时美国文坛现状，他敏锐地察觉到美国文学正陷入僵局，需要寻求突破口；二来寄托着他本人远大的文学理想——成为和亨利·詹姆斯等前辈比肩的文体创新者，开创新风，并借此进入西方主流诗学传统。

## 结语

菲茨杰拉德对文学和时代有虔诚的信仰，他的自传式写作蕴含着生命的高贵和悲悯。20 世纪初期现代主义的激进之风实为知识分子对资产阶级精神的一种反思和批判，菲茨杰拉德则采取了一种温和的态度，试图调和理性与感性、个体与社会、现实与想象之间的矛盾。他温婉沉郁的文风虽然不能立刻产生令人惊奇的审美效果，但是却在古典主义的氤氲氛围中流淌出一种不可抗拒的力量，这种力量拓展了美国现代主义小说的边界，催生了美国现代小说的繁荣。T. S. 艾略特曾说，《盖茨比》"是美国小说自亨利·詹姆斯以来迈出的第一步"③。多斯·帕索斯也充分肯定菲氏对美国小说做出的重要贡献，认为其作品"足以将美国小说提升到新的水平，就如同马洛的无韵诗将伊丽莎白时代的

---

① 菲茨杰拉德《末代大亨》，陈庆勋译，浙江文艺出版社 2016 年版，"序言"第 2 页。
② 〔美〕F. S. 菲茨杰拉德《崩溃》，李和庆等译，浙江文艺出版社 2016 年版，第 209、216 页。
③ 〔美〕F. S. 菲茨杰拉德《崩溃》，李和庆等译，浙江文艺出版社 2016 年版，第 364 页。

诗歌提升到新的水平一样"①。饱含着至诚生命底蕴的作品不会被时代淘汰，不会被读者忘却，它总会脱颖而出，历久弥新。菲茨杰拉德其人其作，包括其独特的自传式书写，以其特定的文学价值将不断吸引我们回顾已经消逝的年代，并将像一盏摇曳的明灯，继续指引文学创作的崎岖之路。

---

① 〔美〕F. S. 菲茨杰拉德《崩溃》，李和庆等译，浙江文艺出版社 2016 年版，第 398 页。

# 保罗·约翰·埃金:自传指涉契约话语的美学价值 *

## 王成军

**内容摘要:**保罗·约翰·埃金对自传指涉契约话语模式进行了深入探讨,他没有走传统自传研究者的老路——一味肯定自传的本体真实性而忽略自传的艺术性,而是把自传认定为含有虚构性的文学形式。尤为重要的是,保罗·约翰·埃金既成就了自传文类的诗学价值,又与后结构主义的自传话语模式划清了界限。为此,他通过对娜塔丽·萨洛特的《童年》、威廉·麦克斯韦的《明天见》这两部自传的分析证明了他的自传指涉契约美学观。换句话说,保罗·约翰·埃金所提出的自传指涉美学,因其独特且区别于菲利普·勒热讷的"自传契约"和保罗·德曼等后结构主义的观念而称誉于世界自传研究学界。

**关键词:**保罗·约翰·埃金　自传指涉　契约话语　美学价值

保罗·约翰·埃金是美国印第安纳大学的教授,也可以说,保罗·约翰·埃金这位毕业于哈佛大学的博士,其主要学术领域就是自传理论话语研究:"我研究自传和传记已有四十年左右的时间,接触传记研究起源于一个非常偶然的机会,我最早的关于传记的研究与 19 世纪的美国小说有关。1976 年,我写了一篇关于马尔克姆·X 的自传的论文,从而引起了詹姆斯·翁妮的关注,他邀请我将该篇论文投稿到一本他主编的关于自传的论文集中。他对我文章的兴趣极大地鼓舞了我,于是我把我在印第安大学的第一个休假全部投入到对亨利·詹姆斯的自传研究中去,当我完成这项研究时,我便对传记入迷了,于是我决定写一本关于自传的专著。在《自传中的虚构:自我编造艺术研究》(*Fictions in Autobiography*: *studies in the art of self-invention* (1985))这本书中,我尝试给传记一个明确的分类,它到底属于哪一类型的写作。我发现,自传,实际上也是小说的一种,但却是其中十分特殊的一类。在我接下来的专著《触摸世界:自传中的指涉》(*Touching the Word*: *Reference in Autobiography* (1992))中,我着手研究主导自传话语的美学参照。自传作者声称,并且他们的读者也相信,自传是基于某种自传真实性的。随着我对自传中真实与虚构的关系的深入研究,我对自我的本质的兴趣越来越浓厚。在我完成

---

\* 作者简介:王成军,文学博士,江苏师范大学文学院教授,中国中外传记文学研究会副会长。主要从事中外传记文学研究。

*Touching the World* 这本书时,我得出了这样的结论:叙事不仅仅是呈现自我的一种形式,实际上更是一种构成自我的组成部分。"①也就是说,他出版的几部重要学术著作都是有关自传研究的,1985 年出版了探讨自传中的虚构问题的《自传中的虚构:自我创造艺术研究》一书;1999 年出版了探讨自传叙事中自我塑形课题的《我们的人生如何化为故事:塑造自我》;2008 年出版了从身份视角切入自传研究的《自传式生存:我们如何在叙述中创建身份》,而我们认为,1992 年出版的《触摸世界:自传中的指涉》(*Touching the Word: Reference in Autobiography*)最能代表保罗·约翰·埃金的自传话语思想,换句话说,保罗·约翰·埃金所提出的自传指涉美学,因其独特且区别于菲利普·勒热讷的"自传契约"和保罗·德曼等后结构主义的观念而称誉于世界自传研究学界。

## 一、埃金自我指涉契约话语的独特性

在保罗·约翰·埃金准备进行探讨自传指涉问题的开始,他不无无奈地说:"自传中的指涉问题目前俨然可以说是一个被禁止讨论的论题,因为后结构主义理论声称已经一劳永逸地昭示了它的不可判定性。"②但是,保罗·约翰·埃金的学术思考颇为明晰,他知道,他的学术探讨不能走早期自传研究启蒙时期的老路:那时常见的阅读模型受到了一种简单理念的主导,即肯定自传真实这一本质。当时,自传与他传和历史一样都被归为缺乏艺术性、展现事实的一种文献。③ 保罗·约翰·埃金当然不是传统古典自传本体论的支持者,他发现了自传中的虚构现象,也基本认同"人们在过去二十年里则普遍将自传确立为一种想象性艺术"的说法,因为这符合保罗·约翰·埃金把自传构建为文学形式的文类诗学观念。但是,保罗·约翰·埃金的重要作用在于他的自传话语模式,既成就了自传文学的诗学价值,又与后结构主义的自传话语模式划清了界限。他明确地指出:后结构主义自传批评的特点在于错误地认为自传者忠于指涉真实,必然意味着对自我、语言、文学形式产生一系列传统看法。保罗·约翰·埃金通过对娜塔丽·萨洛特的《童年》、威廉·麦克斯韦的《明天见》这两部自传的分析证明了他提出的指涉美学契约,不但没有使自传研究回归到传统看法,而且"对指涉美学的追求不必预先排除虚构在自传文本的突出作用。相反,我将论证,在这样一种明显的模仿美学的核心存在着反模仿的冲动。我已经观察到,自传如果不是一种指涉艺术的话,就根本无法存在;但它同时也一直是一种虚构形式。通过拓展我们对自传悖论本质的理解"。保罗·约翰·埃金认为:"萨洛特和麦克斯韦都表明,事实约束不必构成对艺术自由的限制,恰恰相反,自传中虚构的

---

① Paul John Eakin. My Autobiography Study,文载《现代传记研究》,2015 年秋季号,商务印书馆 2015 年版,第 9 页。
② 梁庆标选编《传记家的报复:新近西方传记研究译文集》,广西师范大学出版社 2015 年版,第 159 页。
③ 梁庆标选编《传记家的报复:新近西方传记研究译文集》,广西师范大学出版社 2015 年版,第 159 页。

编造可能正是为了努力追求传记真实。"以至于，保罗·约翰·埃金让他的指涉美学上升到了伦理的高度："他们共同指向了这一道德观念：在指涉性文学中，我们既不能将事实也不能将形式认为是理所当然的。"①

保罗·约翰·埃金研究发现，娜塔丽·萨洛特的自传《童年》初看"带有明显的传统性质"："娜塔丽·萨洛特将她对指涉契约的信守作为主导其自传计划的动机；她提出，她对自己所记忆的经历的忠实程度，就是我们衡量《童年》(1983)是否成功的标准。"②但是，事实上，"就其所有基础性指涉前提而言，萨洛特的做法纯粹是反传统的。在《童年》中，构成被记忆的现实经历的既不是人物也不是情节——这恰是许多自传的主体部分，而是格雷琴·R·贝瑟所界定的'大量的下意识、快速转换的针对外部刺激的反应，萨洛特将其称为"向性"，它类比的是原始有机体针对热或光所作出的本能反应'"③。保罗·约翰·埃金高屋建瓴地分析到，在这里，萨洛特明确划分了她自己对主体真实的理解和自卢梭以来现代自传史所断言的主体性真实之间的区别。也就是说，保罗·约翰·埃金对卢梭为代表的主体真实论是不接受的，他不认为主体的过去的内容是给定的、现成的，更不认为"其形式业已隐含其中"。④他通过萨洛特的语言发现了自传语言的固化和倍增的特征："自传要保存过去，就只能靠语言，否则便是虚无；但正是这些词语和意象使我们能够尽可能地进行捕捉，以保存这些感受。(《童年》，第9页)萨洛特记忆中如此大量的向性，本身就与她针对词句的性质所做出的尤为敏感的反应相关，这一事实似乎已经证明语言具有的固化作用，它可以记录意识中容易消逝的内容。从这个意义上说，自传的语言就是一种有意识的倍增，处理的是记忆构成过程中语言所代理的大量无意识。"⑤

保罗·约翰·埃金举出自传批评家路易斯堡的观点来反证自己的论点，保罗·约翰·埃金认为，尽管路易斯堡解构了批评者对文本关系、意图、真诚的执着，但此解构绝不会阻止这种阅读行为的实施。事实上，"批评者对指涉对象和作者意图的关注，正属于我们在阅读这些文本时所体验的自传结构的一部分"⑥。与路易斯堡的观点相反，保罗·约翰·埃金发现了自传文本的本质特征："在自传世界的反射性交互作用中，作为读者的作者和作为作者的读者地位相当，因为读者参与了作者的意识，这似乎是自传文本运作的本质特点，而这种参与最终是自我指涉的，读者，尤其是批评者本身都是潜在的自传者。"⑦保罗·约翰·埃金进一步指出："我认为这种原发的自传倾向——即读者对自传者

① 梁庆标选编《传记家的报复：新近西方传记研究译文集》，广西师范大学出版社2015年版，第161页。
② 梁庆标选编《传记家的报复：新近西方传记研究译文集》，广西师范大学出版社2015年版，第161~162页。
③ 梁庆标选编《传记家的报复：新近西方传记研究译文集》，广西师范大学出版社2015年版，第163页。
④ 梁庆标选编《传记家的报复：新近西方传记研究译文集》，广西师范大学出版社2015年版，第162页。
⑤ 梁庆标选编《传记家的报复：新近西方传记研究译文集》，广西师范大学出版社2015年版，第164页。
⑥ 梁庆标选编《传记家的报复：新近西方传记研究译文集》，广西师范大学出版社2015年版，第167页。
⑦ 梁庆标选编《传记家的报复：新近西方传记研究译文集》，广西师范大学出版社2015年版，第167页。

的认同——正构成了读者对自传最初兴趣的基本动机。自传阅读中的这种原发性自传模式通常也是一种隐秘自传模式。"①

保罗·约翰·埃金之所以列举萨洛特的自传《童年》，是因为萨洛特用她自己的自传实践，验证了自我指涉美学的可能，尽管萨洛特一再地疑惑语言会被证明是一种充满敌意的媒介，不仅因为它表达不准确，而且事实上还致命地改变了指涉对象本身。可是，萨洛特的《童年》中的童年经验事实，用萨洛特自己的话说，就是"依然完好无损，它们依然足够强大到能从被存放的保护壳中冲破出来，从那些柔软、白嫩、朦胧的层面中浮现出来"②。

也就是说，保罗·约翰·埃金发现，萨洛特的自传《童年》虽然公开反对自我指涉契约，可事实却是自我指涉契约的实践证明者。"我选择详细解读这段文字，不仅因为它阐明了萨洛特与其指涉美学进行斗争的实质，而且因为在意识本身的指涉对象问题上我碰巧和她所见略同，即意识正是自传能够计划重现的过去的本质与特征。我在阅读《童年》时就留下深刻印象，我认为这就是萨洛特对过去以及她与过去的关系进行叙述所具有的心理性逼真。她的关注重点是向性，是位于语言深处和语言以外的感受。"③

## 二、《明天见》：埃金对自我指涉的个案分析

威廉·麦克斯韦的作品《明天见》可以说是小说，因为其书出版页明显标识为小说，而且简装本则在封面和封底都大胆地声明这是"最近十年来最受赞誉的小说"，甚至，作家本人都公开宣称他的记忆"实际上是一种故事叙述形式，它不断在内心延续，经常随着叙述而变化。为了让生平完全得以被接受，就会出现过多的、相互冲突的情感兴趣，可能故事叙述者的工作就是重新组织这些事情以便使它们满足这一目的"④。但是保罗·约翰·埃金却从菲力普·勒热讷的"自传契约"出发，非得认定《明天》为自传，至少是自传小说："我一直在证明《明天见》是一种自传类型，尽管我将这部著作中的'我'称为叙述者，但我认为叙述者与威廉·麦克斯韦本人相一致。"⑤他们都是生于 1908 年，他们的母亲都是死于流感爆发。之所以如此推断，这是有着保罗·约翰·埃金阐明其自传指涉美学观的意识形态之目的，为此，保罗·约翰·埃金提出了属于他自己的独特的自传诗学："对于这个问题，我的回答是：《明天见》只是一个极端的例子——并具有指导意义——它典型地表明了自传具有事实和虚构的双重本质。"⑥记住，保罗·约翰·埃金这里强调的

---

① 梁庆标选编《传记家的报复：新近西方传记研究译文集》，广西师范大学出版社 2015 年版，第 167 页。
② 梁庆标选编《传记家的报复：新近西方传记研究译文集》，广西师范大学出版社 2015 年版，第 168 页。
③ 梁庆标选编《传记家的报复：新近西方传记研究译文集》，广西师范大学出版社 2015 年版，第 171 页。
④ 梁庆标选编《传记家的报复：新近西方传记研究译文集》，广西师范大学出版社 2015 年版，第 173 页。
⑤ 梁庆标选编《传记家的报复：新近西方传记研究译文集》，广西师范大学出版社 2015 年版，第 179 页。
⑥ 梁庆标选编《传记家的报复：新近西方传记研究译文集》，广西师范大学出版社 2015 年版，第 182 页。

是自传具有两个看似矛盾实则可以并存的本质，正是将事实与虚构这截然相反的二者扭结，才构成了自传话语的特征性张力。为此，保罗·约翰·埃金借用了阿伯特的观点进行了阐释。阿伯特为了解决自传中事实与虚构这组棘手问题。他从经验主义出发，把他的学生在阅读自传时的反应分为三类：一是天真轻信型，这类读者相信关于自传事实的一致性理论，并在阅读中将自传视为对传记事实透明性、无中介叙述；二是怀疑清醒型，这类读者敏锐地意识到自传是一种表演，以"去除神话、有意解析"的态度处理自传文本，寻找自传作家操控事实以满足各种形式的自我利益的证据；三是虚构模式型，这类读者抛弃了一切关于自传文本内在于指涉性现实之中的看法，这种阅读方法不再关心传记事实或作者的表演，而将文本视作为自主的和艺术性的整体。保罗·约翰·埃金将阿伯特的分类应用到了对《明天见》的阅读中了，由于他不愿意否认文本的事实依据，属于天真轻信型，保持了暂停怀疑的做法。但是，保罗·约翰·埃金同时关注《明天见》的核心是"它描述了创造，描述了自传行为，描述了新房子屋顶玩耍的一个男孩，而这座房子同时还是第九大街的旧房子，又是自传者'凌晨四点的宫殿'"[①]。因此，按照阿伯特的观点，保罗·约翰·埃金对《明天见》的阅读是既将其视为"虚构"也将其视为事实。"阿伯特对自传诗学的构想侧重于读者，而伊丽莎白·布吕斯、勒热讷、路易斯堡等人的著作也肯定了这种方法的前景。"但保罗·约翰·埃金指出，阿伯特还是未能将事实与虚构相结合，恰恰是阿伯特的证据证明了保罗·约翰·埃金的观点："阿伯特的证据似乎证明我的观点，因为他所列举的两类学生读者（天真型和怀疑型）都在其对自传的反应中突出了事实与虚构的作用。怀疑型读者希望成为天真型读者——也就是说，他们希望相信文本，想参照文本外世界展开阅读，但他们做不到，因为他们不相信自传者能讲述真相。但如果他们仅仅准备将自传消解为某种虚构作品，为什么他们要指责卢梭——或富兰克林——或其他任何人对传记事实的利己性操控呢？"[②]

### 三、埃金研究自我指涉契约话语的学术动机与不足

我们认为，保罗·约翰·埃金的自传话语逻辑思维是辩证且富有美学价值的，因为面对自传中的事实与虚构，大多学者是把二者截然二分，例如菲利普·多德在论文《历史还是虚构——平衡当代自传的声明》中把自传分为两种模式：作为小说的自传和作为历史的自传。作为小说的自传是"自我远离历史玷污的避难所，它由艺术构成，免受心理和历史的决定"[③]。作为历史的自传，则是责任感强、政治参与度高的一种自我表征，并将个人生平视为范围更大的集体性社会经历必不可少的一部分。保罗·约翰·埃金一针见

---

① 梁庆标选编《传记家的报复：新近西方传记研究译文集》，广西师范大学出版社 2015 年版，第 181 页。
② 梁庆标选编《传记家的报复：新近西方传记研究译文集》，广西师范大学出版社 2015 年版，第 182～183 页。
③ Philip Doldd. History or Fiction：Balancing Contemporary Autobiography's Claims，Mosaic，20(1987)，p.65.

血地指出，"阿伯特的分类与多德的分类都努力通过对自传中的事实与虚构进行甄别以界定自传，这注定要失败，尽管在自传中找出虚构之处十分容易，但是多德追随着韦勒克与沃伦，将重点放在了虚构性上并以此作为文学性的标志，这忽略了自传中的自我塑造"①，进一步说，保罗·约翰·埃金吸收了海登·怀特的新历史主义"形成理论"，即我们应当承认历史写作不可避免地是一种文学实践，以及历史本身是一种文化虚构。因此，类似多德这种非此即彼的理论建构，恰恰未能意识到在任何一部自传中都必然是两者共生共存的，无论它呈现出艺术性或历史性的外表。很久以前的歌德就在其自传中对这两者恰当地实现了平衡，保罗·约翰·埃金不无诗情地说，该书的标题令人难忘：《诗与真》。②

歌德的这个书名题目用意，不是在割裂诗和真，而是表明："他生平中的这两极并非截然相反，而是具有辩证关系的临时对立。""针对自传作为一种文学流派所具有的多重可能性，我们有一个广为接受的模型，它具有足够的弹性，因而能够将经验事实与虚构手法艺术性地融合为一体。"③保罗·约翰·埃金对尤金·施特尔齐希所提出的这个"辩证关系"给予很高的评价，遗憾的是，尤金·施特尔齐希没有进一步讨论如何细化和在自传叙事中实施这种"辩证关系"，而是针对文本与生平间关系又提出了"同源性"要求，按照这个规定，卢梭的《忏悔录》被视为非真正性自传，而只是一部"我传"，因为卢梭对自我及生平的误读贯穿于全文，"卢梭在写作自己生平时抹除了真实的自我，而他对自己生平的文本是一种过于修正主义式阅读"。为此保罗·约翰·埃金反问道："我想问这里归纳的这种'真实的自我'难道本身不是一种批判性的虚构吗？卢梭作为这部自传的作者（抹除，修改，负罪感等等），难道不是'真实的'我吗？或至少是我的主要构成吗？"④

保罗·约翰·埃金之所以例举萨洛特的《童年》和麦克斯韦的《明天见》，旨在展示在指涉美学运作过程中，事实与虚构这对矛盾性要素之间的互动关系。众所周知，目前，自传基本被认同为一种虚构，在1985年出版的著作《自传中的虚构：自我编造艺术之研究》中，他发现自传是一种特殊的小说形式。那么，保罗·约翰·埃金为什么还要坚守他的自我指涉美学呢？他的背后学术逻辑是什么呢？为此，保罗·约翰·埃金解释为两个浅层动机和一个深层动机。

追求指涉美学的背后动机之一可曰探索。保罗·约翰·埃金认为，这涉及一个理念："即生平早已包含了潜在的内容，且生平在任何回溯性干预之前业已拥有自己的设计

①　梁庆标选编《传记家的报复：新近西方传记研究译文集》，广西师范大学出版社2015年版，第183页。
②　梁庆标选编《传记家的报复：新近西方传记研究译文集》，广西师范大学出版社2015年版，第184页。
③　梁庆标选编《传记家的报复：新近西方传记研究译文集》，广西师范大学出版社2015年版，第184页。
④　梁庆标选编《传记家的报复：新近西方传记研究译文集》，广西师范大学出版社2015年版，第184页。

原则,这正是自传者孜孜以求试图发现的目标。"①另外一方面,保罗·约翰·埃金又认为,我们的生平具有一定的形式,弗洛伊德、荣格、埃里克森等人都已经论证了塑造人类发展的基本范式的存在,自传似乎以此在文学设计中重复了某些基本的经验模式,以此描写我们从生到死之间人生典型阶段的发展历程。

追求指涉美学的另一个动机是创造。即认为在重现生平事实时决不能仅仅像镜子一样反映,而是一种镜像。"在自传行为中,人们总是暗存这一理念,即通过自传补充人物所经历的生平,这种想法认为生平本身需要艺术的润色—通过形式的印记使其具有结尾、连贯性、永恒性。人们一方面倾向于虚构,另一方面倾向于将自传理解为一种镜像。"②

保罗·约翰·埃金指出,在探索和创造这两种动机背后还有一种更深层的第三个动机:它希望突出某个主体的区别性和延续性,无论这是创造还是探索而来。为此,保罗·约翰·埃金又举出了纳博科夫的自传《说吧,记忆》和罗兰·巴特的理论进行论证。

在纳博科夫的自传《说吧,记忆》的最后一章中,纳博科夫利用自传媒介来对抗意识的消亡,他充分发挥自传的救赎力量,他得意地思考这部著作时,他发现消逝的时间的断裂碎片都被记忆的铜质铆钉修补起来了。"纳博科夫针对自己利用艺术手法来帮助自己'在一个有限的存在中发展出无限的感情和思想,以此与堕落、荒唐、恐怖进行斗争的行为'表达了强烈的感伤之情。"③

罗兰·巴特一直是后现代的代言人,但是在这个曾经宣布作者死了的后结构主义大师的心中,一直有个自传指涉物。保罗·约翰·埃金发现他与罗兰·巴特几乎是英雄所见略同:"在巴特的概念中,照片就如同'存在的证书',这为自传的指涉美学提供了一个类比。"因为"根据巴特的观点,照片式记录提供了不容置疑的证据,证明'某人看到过活生生的指涉对象(即便这是客体的事),或者又再次亲自看到它';这是可以宣布它的指涉对象'这曾经存在过'的一门艺术"④。

当然,尽管提出了自传的指涉美学,可是保罗·约翰·埃金对自己的观点也不无困扰,他虽认为自传是一种复杂的指涉艺术,但考虑到他对虚构在自传实践中所发挥的作用的了解,保罗·约翰·埃金仍然无法解释他对指涉的执念。遗憾的是,保罗·约翰·埃金引用罗兰·巴特的话,对此进行了散文化思考,没有更深入地回答这个问题,更为遗憾的是,保罗·约翰·埃金虽继续探索自传诗学,却把精力集中到了自传中的自我呈现和叙事身份认同两个方面去了,并没有解决好自传中的自我指涉美学难题。

---

① 梁庆标选编《传记家的报复:新近西方传记研究译文集》,广西师范大学出版社 2015 年版,第 185 页。
② 梁庆标选编《传记家的报复:新近西方传记研究译文集》,广西师范大学出版社 2015 年版,第 186 页。
③ 梁庆标选编《传记家的报复:新近西方传记研究译文集》,广西师范大学出版社 2015 年版,第 186~187 页。
④ 梁庆标选编《传记家的报复:新近西方传记研究译文集》,广西师范大学出版社 2015 年版,第 187 页。

# 传记写作与民族身份建构*

## ——以《史记》与《旧约》的比较研究为例

### 马宏伟

**内容摘要**：将《史记》与《旧约》置于史传范畴中对比分析，二者在文本的写作背景、编纂意图、文本结构、体例调整等方面存在诸多可比性。《史记》与《旧约》在人物传记写作中还表现出对理想民族身份进行建构的意图，这一意图进而又影响到了《史记》与《旧约》的历史断限、人物形象塑造和主题内涵等等，使得《史记》与《旧约》成为民族精神的载体，并逐渐进入集体无意识层面影响民族文化共同体的构成。

**关键词**：《史记》《旧约》　身份建构

伴随中国传统经典重读和中西文学与文化比较研究的展开，中国学者一方面运用现代理论与新的批评视角重读经典，挖掘传统经典的历史内涵和现代意义，另一方面有关中国传统经典的外译工作，中国经典与西方经典的比较研究工作也渐入佳境。其中，中国传统经典与《圣经》的比较研究成果逐渐增多，主要集中在历史叙事、神话传说、口头特征、民俗仪式、思想内容或文学特征等方面。而将中国传统经典与《圣经》进行系统比较的成果则不多，更少有学者将《圣经》置于传记文学的视域中加以审视。国内学者如朱维之和梁工等较早提出《旧约》中存在传记性因素的观点，对《新约》福音书的传记特征也持肯定的态度。受此说启发，笔者的《〈圣经·旧约〉的传记特征比较研究》[1]从传记文学视域出发，系统分析了《圣经·旧约》叙事上存在的传记叙事特征，对《旧约》叙事传记化的生成机制、传记类型、宗教化特征、族群意识和他者意识等问题进行了详细分析，并尝试部分地将《旧约》叙事与《左传》叙事进行了比较。延续此思路，本文将《旧约》与《史记》置于传记范畴中比较，发现两者在成书背景、编纂意图和文本体例等方面确实存在诸多可比性，特别是两书的编纂都显示出对整体民族意识的关注，对本民族文化共同体的形成和理想族群身份的建构功不可没。

---

＊　基金项目：山东省社科规划项目"古代以色列正典的传记特征研究"（编号：21CWWJ09）
　　作者简介：马宏伟，文学博士，中国海洋大学文学与新闻传播学院讲师，硕士生导师。主要从事中外传记文学比较，文学人类学研究。
①　马宏伟《〈圣经·旧约〉的传记特征比较研究》，武汉大学博士论文，2010 年。

## 一、时代变革与历史反思

就成书背景而言，《史记》与《旧约》的编纂恰好处在两个民族或新旧交替或生死存亡的关键时刻。旧的时代已经逝去，史传编纂者承担着反思历史、总结经验教训的史家责任；百废待兴，统治者对民族之前路或踌躇满志，或彷徨无措，此时也需要有一部史传来做承上启下的工作，从而凝聚民族精神，为族人谋划未来。故而，《史记》与《旧约》应时而生，承担着历史反思与展望未来的使命，在历史反思中又融入了作者对未来理想民族的想象与建构。

### （一）秦亡汉兴的历史总结

司马迁编纂《史记》正处于华夏民族发展的重大变革时期。经过秦末汉初数十年的争战，华夏大地民生凋敝，百废待兴。其后，汉朝统治者施行休养生息的政策，鼓励农桑，施惠于百姓。而汉武帝继位后，为了能做出超越前人的丰功伟绩，开始了一系列大规模的政治军事举措。班固《汉书》卷五十八《公孙弘卜式儿宽传·赞》记载："汉兴六十余载，海内艾安，府库充实，而四夷未宾，制度多缺。上方欲用文武，求之如弗及。……是以兴造工业，制度遗文，后世莫及。"[1]深感"四夷未宾，制度多缺"的汉武帝，一方面不拘一格录用人才，一时之间"群士慕响，异人并出"；另一方面授意司马迁等人开始进行学术思想和政治文化制度的重新修订，以服务于汉武盛世的崭新政治格局。司马迁作《史记》正是在这样的历史背景之下。幸运的是，《史记》创作背后的资料储备与历史条件较《旧约》确实完备太多，也使得《史记》具有更强的史学价值和历史真实性。

首先，秦亡汉兴，王朝新旧交替之际需要及时总结历史经验教训，进行思想整理和学术综合以适应新的意识形态体系。司马迁在《十二诸侯年表序》中列举了前人作史总结历史经验的传统："是以孔子明王道，干七十余君，莫能用，故西观周室，论史记旧闻，兴于鲁而次春秋，上记隐，下至哀之获麟，约其辞文，去其烦重，以制义法，王道备，人事浃。……鲁君子左丘明……故因孔子史记具论其语，成左氏春秋。铎椒为楚威王傅，为王不能尽观春秋，采取成败，卒四十章，为铎氏微。赵孝成王时，其相虞卿上采春秋，下观近势，亦著八篇，为虞氏春秋。吕不韦者，秦庄襄王相，亦上观尚古，删拾春秋，集六国时事，以为八览、六论、十二纪，为吕氏春秋。"[2]司马谈、司马迁作为史官后裔，立志要效法孔子作《春秋》拨乱反正，综合学术为治政服务。司马谈临终前曾嘱咐司马迁："余先周室之太史也。自上世尝显功名于虞夏，典天官事。后世中衰，绝于予乎？汝复为太史，则续吾祖矣。"[3]

---

① ［汉］班固《汉书·卷五十八·公孙弘卜式儿宽传》，中华书局1959年版，第2633页。
② ［汉］司马迁《史记·十二诸侯年表》，中华书局1959年版，第509页。
③ ［汉］司马迁《史记·太史公自序》，中华书局1959年版，第3295页。

自周王朝开始的史官家族传承成为整个司马氏引以为傲的家族荣耀，也已经内化为司马氏父子自觉的人生使命。"自获麟以来，四百有余岁，而诸侯相兼，史记放绝。今汉兴，海内一统，明主贤君忠臣死义之士，余为太史而弗论载，废天下之史文，余甚惧焉，汝其念哉！"①史家的责任感让司马父子觉得必须要对这一段历史进行总结反思，避免"史记放绝"，否则如司马迁自己所说："废明圣盛德不载，灭功臣世家贤大夫之业不述，堕先人所言，罪莫大焉。"②因此，不论是时代变革所需，还是史学传统抑或史家的责任感，《史记》的诞生正是历史之必然结果，从而将这段恢弘壮烈的历史记忆载入史册。

其次，西汉初期统治者的文化策略与先秦史学经验的积累为《史记》提供了充足的修史条件。《春秋》《尚书》《左传》《国语》《世本》《战国策》等史书为司马迁修纂《史记》奠定了坚实的史学基础。虽然秦朝施行焚书坑儒造成了资料搜集困难，但"汉兴，改秦之败，大收篇籍，广开献书之路。迄孝武世，书缺简脱，礼坏乐崩，圣上喟然而称曰：'朕甚闵焉！'于是建藏书之策，置写书之官，下及诸子传说，皆充秘府"③。汉朝统治者大力奖励民间献书，提倡讲学，武帝还广征天下贤能，建立藏书所，设置史官职位，这些举措无疑为《史记》储备了大量的文献资料，如司马迁说："百年之间，天下遗文古事靡不毕集太史公。"④作为太史，司马迁父子成为这些丰富史料的直接受益者，也因为前代史家已经有了比较成熟的历史观、叙事体例等，在此基础上，《史记》的历史观相比《旧约》更为进步。

最后，大汉一统天下的崭新格局令司马迁感受到强烈的历史使命感和民族自信，有助于《史记》形成实录史事的史笔之风。汉武帝开拓疆土，内兴功作，缔造了西汉王朝的博大气象。司马迁壮游天下，感受到华夏山河的壮阔和武帝的文治武功，还奉命出使西南夷设郡置吏，直接参与了汉朝中央集权对少数民族统治的加强。民族统一大业建立，又有汉武帝文韬武略，周边族群莫不拜服，这一切令司马迁豪气干云，于是奠定了《史记》中大汉王朝天下一统的历史格局，以及史传整体上昂扬向上、激情澎湃的文风。但随着汉武帝统治后期阶级矛盾尖锐化，目睹时弊的司马迁并未讳疾忌医，一味地歌功颂德，而是"原始察终，见盛观衰"。司马迁既批判秦朝暴政，但又肯定秦朝的统一之功。同时，从秦朝覆亡的原因，他也看到了当代政治的危机。例如他在《平准书》中就指出汉武帝穷兵黩武，恐将重蹈秦始皇之覆辙。司马迁既推崇大汉一统而又大胆批判，既看到它的鼎盛也看到它繁华背后显露的危机，最后得出"物盛而衰，固其变也"的结论，这一辩证思想来源于他对现实社会演变的深刻观察。正是出于对历史真实和史家责任的尊重，司马迁不得不修正了原来歌颂汉武帝的述史主题，所以《史记》内容呈现出尊汉又批汉的矛盾之

---

① ［汉］司马迁《史记·太史公自序》，中华书局 1959 年版，第 3295 页。
② ［汉］司马迁《史记·太史公自序》，中华书局 1959 年版，第 3299 页。
③ ［汉］班固《汉书·艺文志》，中华书局 1964 年版，第 1701 页。
④ ［汉］司马迁《史记·太史公自序》，中华书局 1959 年版，第 3319 页。

处,但这也正是司马迁所处时代巨变的真实反映。

由以上方面可以看出,司马迁著《史记》是希望通过对当代之前的历史进行总结,"原始察终,见盛观衰",通过反思历史来总结治世规律,从而得出可以垂范后世的治世之略,以打造司马迁理想中的天下一统格局。《史记》正是对秦亡汉兴这个历史大变革时代最好的历史记录和总结。

### (二)民族传统断裂危机

《旧约》的前身为古代《希伯来圣经》,是古代以色列民族在民族灭亡的关键时刻对本族民族历史和文化传统所做的拯救性工作。

公元前 722 年,以色列十支派所建立的北国以色列在亚述军队的铁蹄下灭亡,以色列国民被带往亚述国,而首都撒玛利亚则被其他异族人所占据。被掳往亚述的以色列人分散在异族人群中,被禁止举行关于耶和华的崇拜,也不能继续遵守摩西律法,于是以色列十支派逐渐被异族文明所同化,失去了"上帝选民"的光辉,古代以色列民族的北部以色列传统也就断裂了。公元前 586 年,古代以色列人的最后一个政治实体犹大国被新巴比伦国灭亡,国王和臣民也被带往巴比伦,古代以色列民族面临传统彻底断裂的危机。但幸运的是,沦为巴比伦囚徒的犹大人被允许聚居在一起,能够继续敬拜耶和华。同时,虽然耶路撒冷在战争中成为废墟,但仍有一部分穷苦犹大人留在了故土,他们生活在那里继续保持犹大国的文化传统,也为远在巴比伦的犹大人提供了回归的希望。所以客观上来说,巴比伦以及之后的波斯对犹大臣民采取的政策——包括令他们聚居并在耶路撒冷设立省长实施自治管理等,对古以色列民族历史的延续都起到了保护作用,令犹大传统没有像北国以色列支派一样被异族文化所同化。

在民族传统即将断裂的危机中,聚居地的犹大人内部产生了以祭司为首的新兴统治阶层。他们意识到,如果没有一个强大的凝聚力将流亡族群团结起来,将他们与异族加以区分,不久的将来,消失的以色列支派便是他们的命运。因此,为延续本民族文化传统、强化自己的族群身份,不同身份的以色列人投身到编纂民族历史的重任中,从而开启希伯来圣经的编订工作。但是故国沦丧,大量珍贵的历史文献遭到损毁,也没有统治者的支持,希伯来圣经的写作其实较《史记》的编纂困难要大得多。所幸被掳到巴比伦的上层贵族和祭司们携带了部分文献,以这些文献为基础,结合大量来自世界各地的历史传说、故事和异族神话等,犹太祭司们从废墟中重构了古代以色列的历史。他们将古代以色列人的起源虚构在耶和华创世的神圣背景之下,以色列历史上的人物事件也都被"以色列化""耶和华化",纳入了有关耶和华的神圣叙事框架中,并通过大量叙事建构出被神所拣选并试炼的以色列民族形象。这部历史文献告诉身处异国他乡的古代以色列人,他们曾经有着神圣辉煌的民族历史,曾经出现过大卫、所罗门那样强大的帝王,他们自始至终与上帝耶和华有着圣约关系。尽管希伯来圣经被后人诟病具有民族中心色彩，呈现出二元对立的叙事特征，因为在叙事中他们总是将以色列民族视为唯一圣洁的、被神拣选的民族，甚至在末日来临，只有以色列人能够得救。但考虑到古代以色列人所遭受的苦难，我们能够理解，这一漂泊无依的流散民族正是将希望寄托于对耶和华的信仰、对自己民族未来的期许中，才能挨过漫长的历史沉寂，避免了民族文化传统的湮灭；也能理解为何希伯来圣经对于以色列人来说至关重要，毫不夸张地说，一部经典维系了一个民族的文化传统。

综上，不论是《旧约》抑或《史记》，它们的成书背景和历史文献储备虽有不同，但都因时代和民族所需，借助历史人物传记来记录和反思民族历史，刻画理想民族形象，强化民族身份，进而影响了整个民族的发展和走向。

## 二、"受辱"事件与发愤著书

原本按照司马谈的著史计划，《史记》历史叙事将从陶唐时开始，至获麟结束。司马迁出于歌颂大汉一统思想的著述主旨将历史断限调整为上起黄帝，下至太初元年。岂料后来司马迁遭遇李陵之祸，"受辱"事件令他彻底认清所谓明主贤君的真实面目，进而借史书抒发不平之愤，此即后人所知的"发愤著书"。可以说司马迁"受辱"直接导致了《史记》断限的变化和思想主旨、历史观、结构体例等等的一系列调整，也催生了华夏民族自古以来"重于泰山"抑或"轻于鸿毛"的生死之辩。无巧不成书，《旧约》的诞生亦与"受辱"息息相关。若没有"巴比伦之囚"的耻辱，没有圣殿被毁、族人流散四方的民族苦难，古代以色列民族可能还没有如此强的动力去编纂一部民族历史，从而留给人们这样宝贵的文化遗产。因此，"受辱"之后的发愤著书，是《史记》与《旧约》著述背后的又一相似特征，"受辱"不仅是两书撰写的催化剂，也是两书主题以及民族品格得到升华的契机。

### （一）李陵之祸

《汉书·李陵传》和《报任安书》都记载了李陵其人及司马迁因李陵遭遇宫刑之辱的事件。司马迁同情李陵的遭遇，不与阿谀逢迎的群臣同流合污，而是向刚愎自用的武帝直言进谏。但是武帝听信谗言，族灭李陵全家，司马迁也被判"诬罔"罪。突遭横祸，亲朋避之唯恐不及，司马迁"家贫，货赂不足以自赎"[①]，必须在死刑和腐刑之间做出选择。在生与死、荣与辱的艰难抉择中，司马迁一度轻生，但作为史家的历史责任感，以及儒家"君子疾没世而名不称焉"[②]的信念，令司马迁悟出人生的真正价值，从而发出"人固有一死，

---

① ［汉］司马迁《报任安书》，［汉］班固《汉书·司马迁传》，中华书局1959年版，第2730页。
② ［汉］司马迁《史记·伯夷列传》，中华书局1959年版，第2127页。

或重于泰山，或轻于鸿毛"①的呐喊。立身、扬名为孝道的最高准则，既然他壮志未酬，不能就此死去，只能忍辱偷生，遂"就极刑而无愠色"，以莫大的勇气做出了以腐刑代替死亡的选择。

出狱后，司马迁被任命为中书令。中书令这个职位一直由宦官担任，司马迁因受腐刑而得此职位，被他视为是人生极大的耻辱。生理上，大质已亏，失去了男人的尊严；心理上，终日与宦官为伍，则被视为无行之人。深受儒家思想影响的司马迁，屡屡悲叹"重为乡党戮笑"，而"污辱先人，亦何面目复上父母之丘墓乎？"②《报任安书》中司马迁曾一口气排列了十种耻辱："太上不辱先，其次不辱身，其次不辱理色，其次不辱辞令，其次诎体受辱，其次易服受辱，其次关木索被箠楚受辱，其次剔毛发婴金铁受辱，其次毁肌肤断肢体受辱，最下腐刑，极矣。"③他把腐刑定为极，难怪"是以肠一日而九回，居则忽忽若有所亡，出则不知所如往。每念斯耻，汗未尝不发背沾衣也"④。耻辱和痛苦一直伴随着司马迁。但在极度的痛苦中，司马迁则参透了常人难以看透的人生意义。人生最有价值的事，莫过于立德、立功、立言，"人固有一死，或重于泰山，或轻于鸿毛，用之所趋异也"⑤。为了完成自己认为最有价值的事，死亡尚且不怕，个人荣辱又有何惧？"所以隐忍苟活，函粪土之中而不辞者，恨私心有所不尽，鄙没世而文采不表于后也。"⑥这种见解标志着司马迁在生与死的抉择中形成了以立名为核心的荣辱观，司马迁又将其上升为发愤著书说。其言曰：

古者富贵而名摩灭，不可胜记，为倜傥非常之人称焉。盖西伯拘而演《周易》；仲尼厄而作《春秋》；屈原放逐，乃赋《离骚》；左丘失明，厥有《国语》；孙子膑脚，《兵法》修列；不韦迁蜀，世传《吕览》；韩非囚秦，《说难》、《孤愤》；《诗》三百篇，大抵圣贤发愤之所为作也。此人皆意有所郁结，不得通其道，故述往事，思来者。⑦

所谓发愤，是指一个人身处逆境而其质不屈，更加激扬奋发而有所作为。司马迁的发愤著书，有两方面的内涵。第一，忍辱发奋，从沉痛中奋起，用更加坚韧的毅力来完成传世之作。第二，揭露和抨击统治者的荒淫和横暴，同情社会的下层人民，歌颂敢于反抗、敢于斗争的历史人物，把个人的不平和愤懑，宣泄在对历史人物的褒贬之上，述往事，思来者。"受辱"事件令司马迁体会到了封建专制社会的世态炎凉、人情冷暖与权势浮

---

① ［汉］司马迁《报任安书》，［汉］班固《汉书·司马迁传》，中华书局 1959 年版，第 2732 页。
② ［汉］司马迁《报任安书》，［汉］班固《汉书·司马迁传》，中华书局 1959 年版，第 2736 页。
③ ［汉］司马迁《报任安书》，［汉］班固《汉书·司马迁传》，中华书局 1959 年版，第 2732 页。
④ ［汉］司马迁《报任安书》，［汉］班固《汉书·司马迁传》，中华书局 1959 年版，第 2736 页。
⑤ ［汉］司马迁《报任安书》，［汉］班固《汉书·司马迁传》，中华书局 1959 年版，第 2732 页。
⑥ ［汉］司马迁《报任安书》，［汉］班固《汉书·司马迁传》，中华书局 1959 年版，第 2733 页。
⑦ ［汉］司马迁《报任安书》，［汉］班固《汉书·司马迁传》，中华书局 1959 年版，第 2735 页。

沉，意识到过去"以求亲媚于主上"其实是"大谬不然"，从而令他的历史观不再局限于汉王朝统治者的视角，得出更加客观的历史发展规律。《史记》的主题得到了升华，这是加害司马迁的统治者们始料所不及的。

正所谓"大抵贤圣发愤之所为作也，此人皆意有所郁结，不得通其道业，故述往事，思来者"①，"李陵之祸"对司马迁而言是大不幸，"受辱"使其陷入生死荣辱的两难抉择中，愤懑不平，情志郁郁。但"李陵之祸"对中国历史和文学史而言又是幸运的，"受辱"使司马迁发愤著书，将满腔愤懑和激情隐藏于一个个人物的描绘、一桩桩事实的直录之中，终成"一家之言"，反有了"史家之绝唱，无韵之离骚"。此后司马迁的"发愤著书"在中国文学史上被不断阐释发扬，被称为"发愤著书说"。唐宋八大家中的韩愈继而提出"不平则鸣"的文学主张，欧阳修也提出"诗穷而后工"的观点，都是对"发愤著书"说的继承和发展②，可谓影响深远。

### （二）巴比伦之囚

"巴比伦之囚"是古代以色列民族历史上最刻骨铭心的耻辱标记，乃至《旧约》以及其后的西方文学一直把巴比伦这座城市视为罪恶、堕落的原型象征。历史上的"巴比伦之囚"是指公元前 6 世纪犹大人被强行掳掠到巴比伦的历史事件。据《圣经》记载，犹大国亡国前后，古代以色列人有四次被掳的情况。第一次发生在公元前 597 年，第二次发生在公元前 586 年，第三次年份不详，第四次发生在公元前 582 年。但规模较大，人数较多且影响深远的是前两次。③ 公元前 597 年，巴比伦国王尼布甲尼撒攻下耶路撒冷，将一些贵族和平民强行掳到巴比伦。《旧约》比较清楚地记载了巴比伦第一次从犹大掳走之人的身份。

犹大王约雅斤，和他母亲、臣仆、首领、太监一同出城，投降巴比伦王。巴比伦王便拿住他。那时，是巴比伦王第八年。巴比伦王将耶和华殿，和王宫里的宝物，都拿去了。将以色列王所罗门所造耶和华殿里的金器，都毁坏了，正如耶和华所说的。又将耶路撒冷的众民，和众首领，并所有大能的勇士，共一万人。连一切木匠、铁匠，都掳了去。除了国中极贫穷的人以外，没有剩下的。并将约雅斤，和王母，后妃，太监，与国中的大官，都从耶路撒冷掳到巴比伦去了。又将一切勇士七千人，和木匠铁匠一千人，都是能上阵的勇士，全掳到巴比伦去了。（列王纪下 24：12～16）④

---

① ［汉］司马迁《报任安书》，［汉］班固《汉书·司马迁传》，中华书局 1959 年版，第 2735 页。
② 安平秋等《史记通论》，《史记研究集成》第 2 卷，华文出版社 2005 年版，第 7 页。
③ 韩娟红《浅析巴比伦之囚对犹太人的影响》，《新西部》2016 年第 18 期。
④ 孟振华《"巴比伦囚房"产生影响的客观条件》，《学海》2011 年第 3 期。

　　可以看出，这次被掳的人员包括犹大王室贵族、军政官员这样的社会上层人士，以及有技艺的专业人士，剩下的只有"国中极贫穷的人"。这些被掳之人在犹大王国的政治、经济、军事领域都具有绝对的主导地位。除此之外，被掳往巴比伦的还有不少知识分子和先知，从成书于巴比伦时期的"第二以赛亚"的言论和《以西结书》中可以找到佐证。可以说，犹大王国的绝大部分精英人士都被掳掠到巴比伦。正因为被掳人员的构成有这样的特点，他们在巴比伦也就有可能较为迅速地组织民众开展生活，并考虑通过历史编纂来保存和延续本民族的历史文化，防止民族传统的湮没。当然，这也得益于巴比伦统治者并未苛待犹大人或者把他们分散到各地，强制其放弃信仰和传统，而是允许他们集中居住并保留他们的信仰，这客观上也为犹太人能在异国他乡保留民族传统提供了保障。

　　与司马迁的"李陵之祸"相似，成为巴比伦囚徒的耻辱一方面令古以色列民族面临生存和信仰等各方面的困境，但正是在这一耻辱的试炼催化之下，古代以色列人对耶和华神的信仰和民族意识前所未有的强烈，他们的宗教信仰和生活方式也在这一时期发生了一系列蜕变，进入了犹太族群时期。

　　第一，在巴比伦期间，犹太教获得了新的发展。巴比伦囚掳期之前，古代以色列人对先知的教诲和预言并没有多么重视，但是当经历被俘的苦难，他们对先知的预言和教训有了新的理解，先知的地位在民众心目中得到提升，被认为是神的使者。《圣经》中收录了大量有关先知训诫和行使神迹的故事，这些经卷以先知的名字命名，保留了大量先知语录和有关守约必能得救的警诫。第二，在巴比伦囚徒时期，以色列人形成了特殊的聚居生活。巴比伦并没有奴役或囚禁被掳的犹大人，而是允许他们集中生活在一个地区，这样就使得犹大人之间能相互联系并可以定期举行宗教集会。对于犹太族而言，聚居生活是由来已久的传统，从他们被迦南人称为希伯来人，到后来埃及四百年的寄居生活，其实古代犹太人的历史基本上都处在与异族人的对立隔绝中。巴比伦的隔离生活并未严重影响犹太人的正常生活，反而在民族对立中越发增强犹太人对自己作为"上帝选民"身份的自豪和自觉。《圣经》叙事中表现出极为鲜明的民族身份的认同意识，作者通过不断叙述犹太人与耶和华的圣约关系来强调自己"上帝选民"的身份，申命派和犹太祭司们还强调摩西戒律、反对异族通婚，来维持民族信仰的绝对纯洁。强烈而执着的信仰促使一些犹太人盲目的信仰犹太教，他们在被迫害的流散岁月中将全部信念寄托于耶和华神，固守传统，坚决排外，不接受任何外来事物，因此犹太人在历史和文学作品中大多以民族中心主义者和敌对者的负面形象出现。第三，新型宗教集会形式——犹太会堂产生。灭国之前古代以色列人的祭祀都在圣殿举行，但圣殿被毁，犹太人急需重建一个祈祷和献祭的场所。犹太会堂是由教徒自行组成的集会，重在强调人员的参与，不限制具体场所，也不需要有固定的建筑和神职人员，这就使得犹太教成了一种更为灵活的宗教，不受地域、场所、环境的制约。犹太会堂的出现对于巴比伦犹太人保持宗教信仰起了积极的作用，它使得漂泊在外的犹太人可以保持同样的宗教信仰，无疑增强了犹太民族的民族凝聚力。正是在巴比伦囚掳期间，犹太人最终完成了《摩西五经》的编纂，使犹太教发展成为有经典、有组织的世界性宗教。

总之，《史记》与《旧约》的成书和史传主题的升华都离不开"受辱"事件的催化，这也正应合了中国诗学创作论所提到的有感而发，当"意有所郁结，不得通其道，故述往事，思来者"，《史记》与《旧约》正是借历史书写来浇心中块垒，借重构民族历史塑造理想民族形象，也是借史传书写来表达作者对历史经验的总结，对现实生活的反映。

### 三、《史记》与《旧约》修订和民族意识的引入

虽然《史记》为司马迁的一家之言，《旧约》为整个以色列民族集体创作，但是两书编纂主旨都不是一开始就确定的，成书过程也非一蹴而就。据史学家和《史记》研究者考证，《史记》编订过程中就曾出现过两次写作计划的调整，即两次历史断限的调整。断限的调整直接影响了整部史传思想主旨的变化，由最初歌颂汉武帝而作帝王传记升华为代整个华夏民族作传，作者叙述视角由汉朝统治角度变为民族视角，从而赋予《史记》更加宏观的民族视野和人民性。《旧约》的正典化过程也是极为漫长的，从目前研究成果来看，《旧约》是由诸多不同来源的资料汇编整合而成，其中《摩西五经》就至少有四种已经确认的底本，被称为"底本学说"。在"上帝选民"民族意识感召之下，诸多底本资料被不断整合，最终构成一部关于耶和华的神圣传记，塑造出了伟大耶和华的形象。《旧约》也是一部关于古代以色列的族群传记，建构出"律法之民"和"圣洁之民"的理想族群形象。

#### （一）《史记》的断限调整

司马迁的父亲司马谈在设置《史记》写作计划时曾决定从陶唐起至获麟止，即从尧舜禹时代开始截止到鲁哀公获麟的故事，因为孔子作《春秋》就写到获麟而止。但司马迁决定修改其父的计划，将《史记》的起止年限定为从黄帝开始至太初元年汉武帝时代。这是司马迁第一次调整年代断限。这样修改的原因主要源于两点。其一，司马迁壮年时游历华夏，发现各地的民俗传说普遍存在关于黄帝的讲述。不仅如此，他还发现很多历史文献包括孔子所作《五帝德》与《帝系姓》中也都有关于黄帝的记载，因此关于黄帝其人其事必然不是空穴来风。其二，黄帝"修德振兵"一统华夏，这使得黄帝成为最合适的华夏始祖人选，也最符合汉朝大一统历史观的叙述基调，因此司马迁决定以黄帝作为华夏民族历史的开端，《史记》开篇《五帝本纪》先从黄帝谈起。其后《史记》所载三代天子，列国世家，追祖溯源，皆溯源至黄帝，中华民族皆为黄帝子孙，这一民族观念正是奠基于《史记》的。当然在关于黄帝的记录中，司马迁采用了大量的神话传说和民间故事，一定程度上削弱了史传的历史真实性。但是就司马迁史传著述的意图而言，他希望以一位修德振兵

的先祖来作为华夏历史起点，其实蕴含了他对华夏民族和大汉王朝的理想化想象，也是将汉武帝与黄帝形象重叠了起来。

司马迁第二次修改历史断限发生在李陵之祸后，尽管此说在史学界存在争论，但是现代史学研究者包括顾颉刚、张大可等人则支持此观点。司马迁经历宫刑耻辱，以往对汉武帝和封建王朝的盲目崇拜开始变得理性。他跳出个人荣辱看到更多历史人物身上的不平，跳出汉王朝统治阶层的视角关照整个华夏人类历史的演变，希望能"究天人之际，通古今之变，成一家之言"。因此司马迁将《史记》的历史下限延伸至太初四年（101），并附录了汉武帝末年发生的大事记，使得《史记》所记录的华夏历史更加完整。① 尽管太初四年仍是汉武帝统治的巅峰时代，司马迁已毫不避讳地披露出武帝统治下社会政治矛盾的激化和潜在的社会危机，见盛观衰，以历史规律预示出汉朝封建集权统治的必然衰落，总结出得民心者方得天下的历史规律。

两次修改断限，两次升华主题，司马迁的思想也从温和刺讥走向激烈抗争，视野超脱出个人和时代的局限面向整个华夏民族的历史发展，作者胸中所怀更多的是对大汉一统天下和理想的华夏民族性的考量了。

### （二）《旧约》的底本融合

与《史记》文本修订过程相比，《旧约》的成书更加复杂和漫长，文本作者的身份也难以确证。经过长期的研究考证，圣经研究学者认为《旧约》编订者采用了不同的底本资料，这些资料作者身份不同，记述以色列民族历史的角度不同，编纂意图也不尽相同。仅以《摩西五经》为例，18 世纪中期以来，西方学术界兴起对《摩西五经》作者问题的考察和研究，主张这五卷书乃由多种原始文献陆续汇编而成。经阿斯特鲁克（J. Asturc）、胡辉德（H. Hupfeld）、格拉夫（K. H. Graf）、古宁（A. Kuenen）、威尔豪森（J. Wellhausen）等人的持续探索，"J、E、D、P 四底本说"逐渐形成完整的体系，认为《摩西五经》成书前的早期形式是四种主要文献，分别缩写为 J、E、D、P，这就是著名的"四底本学说"。其中 J、E、D 底本编著于古犹太史上的王国时代（约公元前 1028—前 586），P 底本编著于俘囚及复国时代（约公元前 586—前 332）；四部底本经过不断融合编纂，终于在公元前 5 世纪中后期形成流传至今的五部经卷。

J、E、D、P 四个底本来自不同时代不同地区，关注以色列历史文化的角度不同，对待一些问题的解释也有不同，但《摩西五经》乃至整部《旧约》都是由这样零散的材料单元汇编而成的。考查《摩西五经》的底本构成和成书过程，对于研究《旧约》的成书过程是具有借鉴意义的。

---

① 张大可《〈史记〉断限考略》，《西北大学学报》（哲学社会科学版）1983 年第 2 期。

　　简单来说，J 底本为一部记述以色列民族起源及早期历史的史书，主要见于《创世记》《出埃及记》《民数记》三卷，内容包括伊甸园、大洪水，亚伯拉罕和诸族长的事迹，以色列人出埃及、漂流旷野，直至摩西逝世。作者称以色列的上帝为亚卫（Jahweh，或 Yahweh），由此得名"J 作者"，他的材料则得名"J 底本"（或"J 文献""J 典"）。E 底本也出现于《创世记》《出埃及记》《民数记》等卷（或延伸至《约书亚记》和《士师记》），内容几乎覆盖了 J 底本所述的全部历史，只是始于族长时期，而非上帝在伊甸园造人时期。作者在叙写摩西以前的历史时，用"艾洛希姆"（Elohim）的名字来称呼上帝，显然保留了更多北国以色列的文化传统。与 J 底本相比，E 底本特别强调早期以色列民族与上帝的立约关系。D 底本的基本部分是公元前 621 年发现于耶路撒冷圣殿，又呈送给犹大国王约西亚（公元前638—前 608）的律法书或"约书"，史称"原本申命记"，它是约西亚王随后推行宗教改革的理论依据。全书出自匿名的"申命派作者"，这是一个具有共同思想倾向的文人集团，由一批活动于不同时期的犹太神学家兼文史学家构成，其观念和主张集中体现在《申命记》中。D 底本的中心内容是告诫众人，持守宗教忠诚、维护社会正义的基点在于严格履行上帝规定的各种典章律例，强调信奉耶和华神的关键是不折不扣地遵守其律例和规章。P 底本是构成《摩西五经》的四种主要资料中最晚成书的一种，因出自祭司派作者而得名"祭司经卷"，简称为"P 底本"。P 底本主要是有关以色列神权政体渊源的论述及礼仪细则，以及各种家族谱系和编年史资料，某些宗教礼仪的起源，特别强调祭司阶层的权利地位和祭祀时详细的规定。P 底本记录的实际上是数百年中以色列人各种祭祀条例及礼节规范的汇总与合成，正是这些繁复翔实的规定显示出犹太信仰与习俗的独特性，把犹太人和其他民族明确区分开来，体现了犹太人失去政治上独立的民族国家之后急欲抢救其宗教遗产，并以之为精神武器，早日完成复兴大业的紧迫心情。

　　至公元前 5 世纪上半叶，J、E、D 底本已合并为 JED 版本，最后便是 P 底本的汇入。研究表明，将 P 汇入 JE 的目的，是在肯定 JE 版本社会政治性和宗教伦理性主题的同时，为以色列民族史补入 P 底本对祭司阶层及各种宗教仪礼重要性的强调。这次"最后的合并"发生于巴比伦地区的犹太社团中，时间在公元前 5 世纪中期或后期。从《旧约》不同底本的逐渐汇入过程来看，《旧约》编订者对于本民族史传所承载的民族历史、文化和神学信仰等有一个逐渐深化的过程，从最初对民族历史的关注，逐渐融入耶和华信仰的强调，对维系民族文化传统的摩西律法的重视，最后通过强调圣洁法典、强调祭司阶层和祭祀规章礼仪来进一步区分以色列"上帝选民"身份与其他异族的不同，强调本民族在与上帝神圣之约中的特殊身份。不论是《史记》的断限调整，还是《摩西五经》的底本学说，我们通过考查史传的成书过程其实有益于对史传思想主旨的理解，明确史传作者在进行文本修订时对民族意识的关注。

### 四、《史记》与《旧约》体例和民族视角的形成

《史记》与《旧约》有一个共同的特点，那就是以人物为中心述史的特点。中外历史书写的重心，都有一个从"事"到"人"的变迁。以人为中心，引发了历史哲学的思维变革，历史记载从神的历史到人的历史。恩格斯说："有了人，我们就开始有了历史。"孔子修《春秋》是从人的角度来记载历史，在人事的记载中寄寓一字褒贬，以当一王之法。《太史公自序》中，司马迁表达了"《春秋》者，礼义之大宗也"的思想，可见司马迁非常推崇《春秋》，认为其是一部政治伦理道德全书，其作用在于给人们提供是非善恶的标准。司马迁以《春秋》喻《史记》，表明他的创作宗旨继承《春秋》，就是要写出一部足以引导华夏民族的政治伦理道德构成的经典，用以"辨是非""善善恶恶"，这一意图从《史记》的体例结构就有所显现了。就《旧约》而言，文本的核心当然是神救世人的神权历史叙述，整个文本也以耶和华的意志为中心，但以人物为中心叙述的结构体例依然体现出虔诚的以色列人对民族自我意识的揭示。《旧约》名义上为神说的话，其实是以色列民族的历史追忆和对民族命运的反思与希望，耶和华神所象征的正是以色列民族的理想化自我。所以，《旧约》是民族的历史，也是人的历史。《史记》与《旧约》在进行人物传记或族群传记选择时会充分考虑其在族群身份建构中的意义，对人物的性格和事迹也会相应进行调整，不仅如此，史书的体例设计也会符合其对族群理想身份建构的设想。

### （一）《史记》五体

作为史书，《史记》被赞为一部体大思精的著作。"体大"指《史记》开创"五体"，内容丰富；"思精"是指《史记》内容的全面、系统和进步。《史记》首创纪传体，以人物为中心，历史叙述转入对人的关注，全书记载四千多个人物，为一百多人立传，创造了历史与文学统一的范例。所以，《史记》的纪传在中国文学史上又是传记文学的典范。司马迁以人物为中心写历史，其目的就是要用鲜活的人物和他们在历史长河中的命运作为历史研究案例，从而寄寓褒贬、明辨善恶，总结出历史政治和伦理道德的规律，从而做到以史为鉴。所以，司马迁写历史人物，不求人物生平事迹的完整，而是抓其性格中的突出一点，即塑造典型人物和典型性格，使之成为自己所刻画的理性民族精神或个人品格的一部分。鲁迅评价《史记》为"史家之绝唱，无韵之离骚"，揭示了司马迁在人物塑造方面的高超文学技巧。在人物传记的外部，司马迁还为《史记》量身打造了一套"五体"结构，把古今人物纳入五行运动的历史哲学体系中进行论述。"五体"与岁时、五行联系，象征着历史的无尽运行和天人合一，这是司马迁"究天人之际"思想内容的一个组成部分。①

---

① 张大可《司马迁评传》，《史记研究集成》第 1 卷，华文出版社 2005 年版，第 144 页。

　　具体来说，《史记》的五体可用八个字来概括："时代为序，以类相从。""时代为序"，勾勒历史发展的线索，是司马迁"通古今之变"的思想反映；"以类相从"，是运用历史类比法纵横排比，探寻治乱兴衰的规律，它既是一种编纂方法，也是一种研究方法。"时代为序"是客观的情势。篇目按时间顺序排列，尊重历史运动的先后顺序和连续性，从而创立了通史体例。①

　　五体由本纪、表、书、世家和列传五部分构成，五体各司其职，又互相配合。所谓"本纪"，是《史记》的根系和基础，为后续历史叙述奠定基调，所以司马迁自"黄帝"本纪说起。"表"作用是表达隐微之事，使之鲜明，扩大纪、传的记事范围，与纪、传互为经纬，是联系纪、传的桥梁。虽然没有详细的事迹记载，但是"表"提纲挈领，不使历史事实有所遗漏。"书"是历史典籍的汇编目录，主要记录分门别类的文化制度史。"世家"有别于帝王本纪，主要记诸侯列国历史和各世家事迹。最后是"列传"，"列"即按照顺序罗列，"传"则是为人作传，记载历史上有功于华夏的能臣贤人言行，从而令后人铭记。

　　五体各司其职，《本纪》编年，广载军国大事，以象征历史发展的统绪。《世家》述开国承家的诸侯。《列传》叙人臣事迹，辅弼君上，如众星之拱卫北辰。这种不同的题名及载述笔法，是一种等级序列。所以纪传史是以帝王将相为中心的历史，形象地照映了封建政体的等级秩序，适应了封建统治者的思想体制。这一考量暴露了司马迁仍然无法逃脱封建制度背景下的儒家士大夫思想局限。但总括五体，本纪侧重记载朝代兴亡及政治演变的规律，表侧重于阐发历史发展的阶段特征，书则侧重于记录典章制度和天人关系的演变，世家收录那些有益于维护民族统一和安定的诸侯，列传侧重记载各个阶层历史人物对历史的贡献，一方面反映广阔的社会生活，另一方面彰显其性格中的某一闪光点。这"五体"相辅相成，相得益彰，融合为一个整体，载述了丰富的历史内容，蕴藉着深刻的历史哲学，客观上有助于对华夏民族历史规律的总结与梳理，最终又是超脱出阶级局限的。

### （二）"三分"到"四分"

　　希伯来圣经在希伯来语中被称为《塔纳赫》，也称为"圣经"，后来为了与基督教《圣经》进行区分便得名为希伯来圣经，即今天基督教《圣经》中的《旧约》部分。天主教的《旧约》内容更丰富，把基督教拒绝承认的"次经"部分也纳入《旧约》之内。

　　按照希伯来传统，整部《塔纳赫》分为三个部分共 24 卷：《妥拉》（Torah，希伯来文意为"律法"）、"耐维姆"（Nevi'm，希伯来文意为"先知们"）和"凯图维姆"（Kethuvim，希伯来文意为"作品集"，也被称作"圣录"）。《创世记》《出埃及记》《利未记》《民数记》《申命记》

---

① 张大可《司马迁评传》，《史记研究集成》第 1 卷，华文出版社 2005 年版，第 144 页。

五卷为律法书《妥拉》。《约书亚记》《士师记》《撒母耳记》和《列王记》（基督教圣经的旧约部分将《撒母耳记》和《列王记》又分成了《撒母耳记上》《撒母耳记下》《列王记上》《列王记下》4 卷）4 卷为先知书中的"前先知书"，《以赛亚书》《耶利米书》《以西结书》和《十二小先知书》（《何西阿书》《约珥书》《阿摩司书》《俄巴底亚书》《约拿书》《弥加书》《那鸿书》《哈巴谷书》《西番亚书》《哈该书》《撒迦利亚书》《玛拉基书》）为"后先知书"部分。"圣录"部分包括了《路得记》《历代志》《以斯拉记》《尼希米记》《以斯帖记》《约伯记》《诗篇》《箴言》《传道书》《雅歌》《耶利米哀歌》《但以理书》。

基督教《圣经·旧约》则一般采取五经、历史书、先知书和智慧书 39 卷的四分法。从《创世记》到《申命记》依然是五经，也被称为律法书。而历史书部分有较大变动，包括了《约书亚记》《士师记》《路得记》《撒母耳记上》《撒母耳记下》《列王记上》《列王记下》《历代志上》《历代志下》《以斯拉记》《尼希米记》《以斯帖记》12 卷。历史书部分不但将《撒母耳记》和《列王记》分为上、下各两卷，《希伯来圣经》中原属于"圣录"部分的《路得记》《历代志》（上、下）、《以斯拉记》《尼希米记》《以斯帖记》6 卷被纳入历史书部分。《以赛亚书》《耶利米书》《以西结书》《但以理书》（前 4 卷被称为"大先知书"）、《耶利米哀歌》《何西阿书》《约珥书》《阿摩司书》《俄巴底亚书》《约拿书》《弥加书》《那鸿书》《哈巴谷书》《西番亚书》《哈该书》《撒迦利亚书》《玛拉基书》（后 12 卷被称为"十二小先知书"）共 17 卷属于先知书部分。先知书中"大""小"先知书的区分并不是由各位先知的地位决定的，因为"大"先知书篇幅较大，故而称之为"大"先知书，而"小"先知书则指篇幅短小的经卷。《雅歌》《诗篇》《箴言》《传道书》《约伯记》5 卷为"智慧书"。

从《希伯来圣经》到《旧约》中间经过了从"三分"到"四分"的一个调整，这并不是一个毫无意义的变化。因为哪些文本能够进入《圣经》正典是经过无数次的讨论会议才最终决定的，考查前后文本构成的变化能很好地帮助我们了解《旧约》编纂的意图。

首先，《五经》前后并没有发生变化，这一部分关于上帝创世、人类诞生和希伯来早期民族历史的部分奠定了以色列民族的基础，是民族的神圣起源。其次，历史书部分有所调整。《约书亚记》《士师记》《路得记》《撒母耳记上》《撒母耳记下》《列王记上》《列王记下》《历代志上》《历代志下》《以斯拉记》《尼希米记》《以斯帖记》是《旧约》的"历史书"，它记载了以色列族由立国、亡国被掳及重建的历史。其中比较特殊的是《路得记》《以斯拉记》《尼希米记》《以斯帖记》和《历代志》5 卷，它们在《希伯来圣经》中原属于"圣录"部分，是文学性强、正典化较晚的篇章。之所以正典化较晚正是因为其中内容与律法书和先知书部分的宗教核心内涵距离稍远，但基督教《旧约》在编订过程中却将这些篇章纳入历史书部分，与历史价值较强的《约书亚记》《士师记》《撒母耳记》等篇成为一个体系。这一调整原因为何？就重述以色列民族历史的角度而言，"律法书"部分记载了人类、民族的起源，记录了以色列先祖的传说、民族英雄摩西的史诗故事，《约书亚记》《士师记》等记录了以色列民族从部落联盟时期进入封建王朝直至南北朝分裂的历史。《历代志》类似于《史记》中的表，虽然没有具体详细的人物描写，却能用比较简洁的方式记录南北朝时期的以色列十二支派历史大事。《路得记》描写了一位摩押外族女子路得的传记，本来好像与以色列民族历史无关，但是我们知道路得是伟大的以色列王大卫的先祖，是以色列的希望弥撒亚——耶稣的先祖，因此关于《路得记》的正典化也就顺理成章。将《路得记》由"圣录"调整到"历史书"部分可以完善关于犹大支派及大卫的谱系，让大卫谱系的资料更加完整。《尼希米记》和《以斯拉记》则补充了以色列重建圣殿时期前后以色列人的处境和历史，而《以斯帖记》则描写了处在异国他乡、受到异族迫害的以色列族群不忘族群身份、团结对外的故事。这些篇章的内容都或多或少有助于完善以色列族的历史叙事，可见，《旧约》对"历史书"部分的调整是站在民族视角上，希望构建出一个更加真实完整的以色列历史，从而有助于刻画出更清晰的以色列民族形象。其三，《以赛亚书》《耶利米书》和《耶利米哀歌》《以西结书》《但以理书》《何西阿书》《约珥书》《阿摩司书》《俄巴底亚书》《约拿书》《弥加书》《那鸿书》《哈巴谷书》《西番雅书》《哈该书》《撒迦利亚书》《玛拉基书》（玛拉基究竟是否为先知名一直存有争议，书中未涉及该先知的任何个人资料）都属于先知书，各篇以先知的名字命名，记录该先知的生平和言论。先知书部分从《希伯来圣经》到《旧约》也发生了变化，将原来"圣录"部分中具有较高历史价值、与先知思想有关的《耶利米哀歌》和《但以理书》置入先知书部分。这个变化也是源于对先知思想的看重。先知思想是犹太教定型的重要基础，包含了犹太宗教信仰的重要观念和思想，正是由于先知们的努力，犹太教从一个民族属性的宗教走向了世界性宗教，耶和华神由一个部族神祇上升为灵性的普世之神。最后，经过调整，"智慧书"部分也就是文学价值更浓的"圣录"只保留了《约伯记》《诗篇》《箴言》《传道书》《雅歌》5 卷，是古代以色列人对上帝进行赞美及关于人生智慧记录的诗歌体作品。

可见，《旧约》的文本体系从《希伯来圣经》的三分法变为《旧约》的四分法，即由原来律法书、先知书和圣录 24 卷，变为律法书、历史书、先知书、智慧书 39 卷。这次修订对圣经的文本类型和篇章数量等都进行了调整，从这一变化看出，《旧约》编纂者一方面在强化作为"上帝选民""圣洁之民"的以色列民族身份，同时也力图构建一个更加具有包容性的民族，比如大卫和弥赛亚基督的祖先就是一个来自摩押的外族女人。这种变化适应于犹太教从一个民族宗教走向世界性宗教的过程，也是以色列崇拜的耶和华神由一个家族神走向民族神和世界神的过程体现。

### 结语

从史传文学的角度考查《史记》与《旧约》，不仅是中国古代史传走出去的尝试，是对《圣经》文学研究的一次大胆创新，更重要的，这一研究可以打破以往对《旧约》作为宗教典籍的属性偏见，将之作为一部文学作品、一部历史文本予以考查。历史与文学、宗教与人文、文化与民族的交叉，使史传文学研究不仅进入跨学科的范畴，更进入一个跨文化的维度，《史记》和《旧约》都将在新的接受语境中带来崭新的解读。除了本文粗浅谈到的两部历史经典在成书背景、编纂意图、体例构成等方面存在的可比性，《史记》与《旧约》两部文本在人物塑造手法、传记类型、人物评判标准、文学个性乃至历史观、伦理观等方面都具有进行比较研究的潜在价值，有待进一步深入研究。